横波夫人

陆拂明 著

作家出版社

横波夫人

陆拂明 著

作家出版社

图书在版编目（CIP）数据

横波夫人 / 陆拂明著. -- 北京：作家出版社，2023. 11
ISBN 978-7-5212-2537-2

Ⅰ. ①横… Ⅱ. ①陆… Ⅲ. ①长篇历史小说 - 中国 - 当代 Ⅳ. ①I247.5

中国国家版本馆CIP数据核字（2023）第190631号

横波夫人

作　　者：陆拂明
责任编辑：朱莲莲
封面设计：张子林
出版发行：作家出版社有限公司
社　　址：北京农展馆南里10号　　邮　　编：100125
电话传真：86-10-65067186（发行中心及邮购部）
　　　　　86-10-65004079（总编室）
E-mail:zuojia@zuojia.net.cn
http://www.zuojiachubanshe.com
印　　刷：河北京平诚乾印刷有限公司
成品尺寸：152×230
字　　数：315千
印　　张：24.25
版　　次：2023年11月第1版
印　　次：2023年11月第1次印刷
ISBN　978-7-5212-2537-2
定　　价：49. 80元

目录

序：主体意识揳入历史画卷中　吴调公　001

第一章　夜泊秦淮　001
第二章　眉楼上的复社名士　023
第三章　石巢园的鬼蜮之计　040
第四章　卞玉京与吴伟业　059
第五章　却悔石城吹笛夜　078
第六章　梦系青溪　091
第七章　合肥才子龚鼎孳　108
第八章　桃叶渡茶香　124
第九章　五千绛纱灯　135
第十章　茅元仪之死　149

第十一章　黄道周醉卧赛虹桥　167
第十二章　题画　180
第十三章　魂销海月楼　196
第十四章　京华风雨　210
第十五章　刀光血影　224
第十六章　龚鼎孳降清　242
第十七章　祸起歌台　253
第十八章　黄钟与瓦砾　269
第十九章　静静的市隐园　286
第二十章　西湖月夜　300
第二十一章　魂断垂虹桥　313
第二十二章　柳敬亭挥泪说王郎　327
第二十三章　游说苏松提督　341
第二十四章　一曲秦淮哀江南　354

序：主体意识揳入历史画卷中

吴调公

面对错综浩瀚的历史事件，面对性格纷呈的历史人物，作为历史小说的作者，既是一个历史判断者，也是在往古的形象世界中遨游并与其中诸多角色进行心灵对话的人。究竟应该怎样揳入历史画卷中呢？这历史不是一般的历史，而是历史人物的"灵魂史"（勃兰兑斯语，见其《十九世纪文学的主潮·序言》）。这就必须入乎其中而又出乎其外。

最近几年中，致力于历史小说创作的陆拂明同志，在创作中，一向注意揳入主体意识这个问题的重要性，而又解决得比较好。继以柳如是为主人公的《兰舟恋》出版后，他又写了以顾横波为主人公的《横波夫人》。这两本长篇我都读了，特别是后一种，我深深感到作者能掌握历史小说（而有异于一般小说）创作的特殊技巧。

写历史小说的人不但要掌握小说范式，更要在艺术思维中掌握科学的历史观。事实很清楚，拂明写的是明末期的秦淮旧事，是17世纪的历史形象。难能可贵的是他并没有把它写成演绎历史的演义，写成笔记式的稗官野史的拼凑，也并不像有些小说家的以古喻今或借古讽今。（比如说，他们往往喜欢凭主观臆想去编造人物，最后让历史人物穿上当代服装，想的，说的，所作所为的，思想的本质，情感的结构，心态的浮现，都不符合历史规律，变成了非古非今的作者主观意念的高音喇叭。）拂明同志不是为写横波夫人顾横波而写顾横波，他是在饶有深刻意蕴的历史形象中挖掘出这一段历史的现实意义。既不是纯客观地演绎，但也不是用他自己的20世纪的主体意识代替历史。事实告诉我们，这显然是“入”于17世纪而又“出”于20世纪90年代。真的，他把“历史”写“活”了。这就是克罗齐所谓的“活的历史”（《史学的理论和实际》第一编之一）。如第二章所写，冒辟疆等人在顾横波的眉楼之上结盟，意在显示复社名士忧国哀时的特色，而与此同时，却又通过他们出入于舞榭歌台，征歌选色，表现了在那个天崩地裂时代悲歌郁勃中的文人名士的自我聊遣。在作者笔下，当时人物性格的二重性被巧妙地、有机地组合了起来。字里行间，莫不倾注了作者的深邃而高瞻的主体意识，透露了合情合理的艺术判断，尺幅之间，晚明之季，这一个特定的“世纪末”的悲愁，跃然纸上。这是17世纪时代气氛中历史性格的复活，也更是作者深深领会了时代气氛后得到的历史的浸润。

按理说，时代气氛中的历史性格和历史事件、审美情趣、感情色彩，都有其特定的社会土壤和心理状态，由于时代的变迁，今天的作者难以揣摩得恰如其分。什么秦淮八艳，什么明末四大公子，什么东林、复社之对阮马的斗争……一切一切，从今天来说，都已经凝结为历史的“化石”了。可现在，拂明成功地运用他那柄艺术雕刀揳入历史，揳入那些灰飞烟灭的古人灵魂，在小说的“历史”和“现实”（包括今天的作者和读者）之间居然架起了一座艺术阐释和描写人物的桥梁，沟通古今，进而和历史人物在心灵世界展开对话。这就不得不感谢拂明同志的桥梁工程了。他让千万的《横波夫人》读者，有幸走进大诗人杜甫说过的“怅望千秋一洒泪，萧条异代不同时”的既悠邈而又亲切的境界。

所谓揳入历史人物的心灵深处，和把历史人物性格复活，二者是一个意思。不把历史人物片面化、简单化，这是《横波夫人》最大的成功。写好顾横波最大的难关，是要准确地把握顾横波的丈夫龚鼎孳，这一极其复杂的人物。龚鼎孳是一个传统所不屑的“贰臣”。不错，他是降清的，不能把他写成高风亮节、大义凛然。可是，难道我们就能把他写成第二个洪承畴吗？揳入主体意识的历史形象，首先该是全面了解人物所处的形势和深入领会人物的多样性格。就算是“贰臣”吧，也应该恰如其分地多种多样地来表现。拂明之所以能揳入龚鼎孳内心深处，就是由于他能够全方位多层次地对龚鼎孳进行剖析。当作者写到身居兵部官员的龚鼎孳看到李自成声讨明皇朝檄文后，这一段心理活动就显然符合他的性格逻辑，描写了他既跟顾横波议论了农民军事件，但也仍然穿插了一段他同顾横波的爱情生活。而更为浓墨重彩的，是第二天清早的一段细节。龚鼎孳坐在轿子中往皇宫走去时，不由想到当朝政治风气腐败如何使人痛心。崇祯皇帝朝中那些老于世故的大臣，怕触犯皇上一个个韬光养晦，噤若寒蝉。为了朝廷安危，他竟一夜没有回到一茎庵去。在这个一向温文尔雅的人物身上，迸发了一场磅礴的雷霆。终于他揭发了显赫一时的大学士周延儒。结果呢，他因此下狱。书中的龚鼎孳，不但敢于弹劾奸佞、呼吁关注人民疾苦，还曾固守蕲水县达七年之久。对这件事，他的历史局限不必讳言，但却也可以从中看到他忠于职守、才胆俱备而绝不做丧家之犬的一面。就是这样，用全面地写人的艺术方法，在书中揳入作者的主体意识：不盲从古人，也不硬做翻案文章。就是这样，在历史小说中人物的大节、出处和主要性格上给人物以恰如其分的描绘，融会了精湛的艺术判断，站在时代高峰，还其历史真相：龚鼎孳的一生就是徘徊于爱情与忠君交织之中，被卷到血与火的历史旋涡内，在矛盾中走向自己明知其沉沦而终身为之郁勃的道路。美化他不对，鄙夷他难道就对吗？作者选择的是用网络式思维意识揳入这一个复杂性人物的深层次之中，打破了那些简单化的“俯看”或丑化式的方法。

全方位的创作思维，对女主人公顾横波来说也是一样。拂明能写出横波夫人毕竟是横波夫人，写出她是秦淮名妓的“这一个”，应该说是成功地塑造龚鼎孳形象以外的又一成功。

在描写这位夫人生活的复杂航程中，顾横波的个性跃然而出，这是《横波夫人》的成功，但也更有力地说明了这一真理：任何作品中，任何一个卓越作者的主体意识都不可能像呼风唤雨一样地渗进历史形象。只有真正了解和把握人物心灵的全部流程，才能从人物的多维活动中选择并突出其主导性格，从而深化其一维性。主导性格的突出，区别于与“这一个”人物的，亦即与之依稀相似的诸多人物，绝不是一件简单的事。而阐述和描述主导性格之中，也都离不开作者对人物的所作所为的评价，离不开作者在情节安排和组织结构中感情的荡漾和审美情趣的流露。可以这样说，顾横波艺术个性的突出，正是作者从顾横波毕生复杂的生活中，从顾横波和许多秦淮名妓同辈的比较中，经过多维的艺术构想，才逐步深化了对顾横波特质的认识，是于多维中深化一维的艺术结晶。顾横波有其与同侪姊妹们依稀仿佛的一面：她花容月貌，多才多艺；她熟谙文史，锦心绣口；她受了复社名士的熏陶，为名节所砥砺。这些在明清之际的秦淮都不是十分罕见的。而这特质，亦即最难把握的同中之异，却被拂明发掘出来，而且生动地外化出来了。譬如，书中的顾横波，虽有潇洒之气，但却不同于风流不羁的杨宛叔；虽也能急人之急，但却不同于侠义刚烈的葛嫩娘；虽也婉转深情，但又不同于缱绻温柔的董小宛。她的特性当然大体有其历史依据，可在小说中、在拂明笔下，分明是写出了这一位在特定心灵土壤中遵循其历史逻辑而成长起来的横波夫人的性格，既有历史依据，又有艺术想象的生发。

归根到底，在人物性格的多维中突出一维，恰恰是作者在整个创作思维活动中强化自己主体意识的成果，也是作者主动将他自己的悟性理解特别是艺术判断渗入到历史形象客体之中的成果。

也正因为拂明的主体意识在创作中立下了汗马功劳，所以在主要人物形象的塑造上能够把“辐射思维”和“辐集思维”二者统一起来，亦即在把握顾横波、龚鼎孳的多种性格基础上突出他们的主导性格，揭示出这样的艺术判断：顾横波在比其他名妓更为饱经沧桑的生活中培养出一种与深沉相结合的灵动之美；龚鼎孳在多歧人生中，始终保持着一种爽朗胸襟和浩瀚气度之美。当然，除此以外，由于主体意识楔入画卷，小说还表现出了更多的艺术魅力。妙肖如生的秦淮曲会，眉楼美食雅集，河房的洞箫声，莫愁湖的苍茫暮色……这些都可以说是绝妙的江南风物画卷。高尔基所激称的风景画与风俗画，这二者都兼而有之了。不过，作者写下这些应接不暇的历史画卷并不同于散文家之写游记。这里的一切山川风物，都是为小说服务的。它们的感情旋律随着标志着一代兴衰的时代脉搏而共振，从而以内在节奏渗透于历史画卷深处。这真是寒蝉哀泣的钟山行将易主时的苍茫感和悲壮感啊！

拂明的才华，十几年前我早已发现，想不到他的创作进步如此惊人！面对这堆得高高的长篇原稿，我不禁联想到小说的格局和气魄之大。当然，我自己也深浸到“烟笼寒水月笼沙”的沉思之中。特别重要的则是，对于如何把主体意识楔入历史形象、入而能出的问题，拂明同志给了我启发。

第一章　夜泊秦淮

六朝金粉之地的金陵，自燕王朱棣称帝北迁之后，在战乱兵燹之余，曾有过短暂的衰败。但这儿毕竟是人文荟萃、商业繁荣的江南首府，几年之后，这个曾设六部九卿和其他官署的留都，又逐渐变为更加绮靡浮华的风月之乡、酒色征逐之窟。崇祯元年之后，南北水旱灾情频繁，李闯王、张献忠起义，烽火所至，各地官僚士绅纷纷南迁金陵，这里愈加显出种种畸形病态的繁华。

十里秦淮从东水关到西水关，经武定桥、长板桥，再经桃叶渡到大中桥，水满的时候，画船箫鼓，昼夜不绝。沿河两岸更筑有精美的河房，那描金的画栋和朱漆栏杆，那绿窗上悬挂着的五色缤纷的流苏、华丽的帏幔，都让人有一种神秘莫测之感。到了月上秦淮的时候，更有那细吹轻唱的灯船在河中游弋，其音凄清婉转，沁人魂魄。这时，两岸河房里的女郎们穿着轻绸衣衫，头簪茉莉，湘帘半卷，让房里的龙涎酒味向河上弥漫而去，和水面上的月光融成一片，远远望去此地犹如阆苑仙乡一般。

这是崇祯八年初夏的夜晚。桃叶渡对岸的御河坊的清吟阁传出一阵阵缠绵悠邈、清越流丽的昆山腔，时而管弦齐奏，时而洞箫一缕，桨声灯影中，回荡着令人魂心醉迷的声音。这儿正开着一年一度的品曲会。

当年正德皇帝南巡驻跸过的观灯处——御河房早已无复那种金碧辉煌、雕栏玉砌的气派，但这清吟阁庭院清旷，林木蓊郁，楼台亭榭甚为宏丽，仍不失旧家府第规模。此时，清吟阁楼上搭着半人高的小小戏台。红氍毹上，生、旦、净、丑一概不施粉黛，逐个上台低吟高唱着。台下靠前边坐着达官贵人、富商巨贾以及文人雅士、清客篾片，稍后或坐或站的是三教九流、百业之民，无所不包。

原来今天的秦淮品曲会与以往大不相同。除了早已擅名江南的脱十娘、郑妥娘、李宛君、李雪衣、董小宛之外，正走红的李香君和顾横波都要首次登台献艺，一展歌喉。

此刻，媚香楼身材小巧玲珑的李香君穿着一袭淡青色轻薄罗衣、外披鹅黄披肩出了场。那一双眼睛明如秋水，双眉微蹙，真似在春寒中初绽的一枝兰花，于清淡处露出个极艳来。李香君自幼受复社名士的艺术熏陶，十三岁时便拜昆曲名家周如松为师，在他那儿学到一手好琵琶。她平时最擅长《牡丹亭》中的诸曲，此时李香君在乐工的伴奏下，唱了一曲她最拿手的《牡丹亭》中的《皂罗袍》：

原来姹紫嫣红开遍，似这般都付与断井颓垣，良辰美景奈何天，赏心乐事谁家院？朝飞暮卷，云霞翠轩；雨丝风片，烟波画船，锦屏人忒看的这韶光贱！

李香君的嗓音并不嘹亮，却唱得低回婉转、缠绵悱恻，将杜丽娘这个囿于深闺中的少女盼望解脱礼教束缚的心情，表现得淋漓尽致。尽管她在唱法上的技巧尚不如脱十娘、郑妥娘圆熟，甚至比李宛君、李雪衣、卞赛还稍逊一筹，但她年轻俏丽。那垂首敛眸时的神态，舞姿的飘逸温柔，使得台下的看客们如痴如醉，连声唤绝。

李香君款款莲步，刚下了台，就被一个生得眉清目秀、头上挽着个冲天髻的童子拦住。

“你是谁呀?”李香君和善地问道。

“我是端哥，学名叫夏完淳。家父请你到后边去。”原来这个五岁的童子便是松江几社领袖人物夏允彝的宠儿。在李香君的媚香楼上最受敬重的就数复社的张溥和夏允彝。有一次，夏允彝亲口答应她，为她寻找一个才貌出众、气节高尚的夫婿。想不到今天夏允彝意外地屈居后座，专程来听她唱曲，这真使李香君有受宠若惊之感。

李香君挽着这位被文坛泰斗钱谦益称为“神童端哥”的夏完淳，在众人青睐之下穿过一排排听客的座位，走到临河的阳台上。李香君见身穿海蓝直裰、头戴儒巾的夏允彝神情慈祥地端坐在一张雕花红木靠椅上，便十分恭敬地上前施礼道：“彝仲公屈尊枉驾，香君不胜惊喜。但恐香君所唱有污清听，尚祈先生不吝指教。”

“过谦了。你学唱昆曲时间不长，却能按拍依腔，唱得音韵悠扬，独饶风采，尤其是一口苏白，不亚于玉峰陈圆圆，真是难得。”夏允彝虽是松江人氏，但对源于昆山的昆曲却十分熟稔。李香君是一个明辨事理的少女，她有些腼腆地说：“我唱《牡丹亭》哪有圆圆姐唱得好，听说冒公子听了圆圆姐的水磨调后，简直欲仙欲死哩。”

站在一旁的童子夏完淳，扑闪着一双亮晶晶的眸子，以尖嫩的童音说道：“香君姐姐，冒辟疆听了水磨调便要欲仙欲死，这不是溺于声色而忘却经国大事吗?”

“小孩儿懂什么，在这儿胡乱评论!”夏允彝一面佯为训斥，一面内心窃喜。莫非自己的五岁儿子真是个神童?“快进去看戏去吧，待会儿有武打戏，真刀真枪，精彩纷呈。”

待夏童子跳跳蹦蹦复进阁内，李香君躬身施礼道：“夏公今日一定有事教诲。”

夏允彝见夏完淳已走，便说出了来意。他这次带着爱子夏完淳去京都拜访了曾任兵部侍郎、户部尚书的侯恂，认识了侯恂的儿子侯方域。这侯公子风流倜傥，文才出众，以名家贵公子仪观伟然，雄怀顾盼。海内文人把侯方域、方以智、陈贞慧、冒辟疆合称为“四公子”。侯方域颇好声色，每宴必邀乐伎侑酒陪坐，夏允彝受复社领袖张溥之托欲将自幼崇尚骨气、有侠女风的李香君引荐给侯方域，免得这位复社中的知名人物招来物议和攻讦。于是，夏允彝缓缓地说道：“香君，你可知道商丘公子侯方域其人？”

李香君也听金陵一些文人说过关于侯方域恃才傲物，并经常饮酒狎妓的种种议论，然而她说：“夏公，我听说侯方域是个放荡不羁的贵公子。但他如遇知己，辄吐肺腑之言，朋友有危难之处，不吝一掷千金，遇势利小人则睚眦必报，叫人下不了台。侯公子为人很爽快。”

听完李香君的话，夏允彝朗声笑道：“香君真有主见！我也听说你在看《岳飞传》时，将那有‘秦桧’两字处，都用香火烫去，你对奸佞之徒岂止痛恨二字，你要将他们烧成灰哩，你和侯公子都是爽快人呢！”

不知怎的，李香君听了这最后几个字，脸儿发烫，顿时飞上两朵红云，说道：“我没见过侯公子，只是听人说起。”

“要是侯方域到媚香楼去拜访你，你不会让他吃闭门羹吧？”夏允彝以轻松的口气探问道。

“谁不知道桐城方密之、如皋冒辟疆、宜兴陈贞慧、商丘侯方域这四位公子的大名呢。只是这四人之中，我唯独没有见过侯方域呢！”李香君说着嘴角泛起了笑意。虽然直至四年之后，李香君才和从商丘处到南都应乡试的侯公子见面，并结下了生死不渝的情缘，但不能说李侯的姻缘之红线是夏允彝所牵系的。

就在李香君和夏允彝在临河的阳台谈商丘公子侯方域的时候，那蒙古贵族后裔的脱十娘以她刚柔兼备的唱腔赢得了人们阵阵叫好。一向崇拜脱十娘的李香君便辞过夏允彝，赶忙回到戏台下。不料今天脱十娘仅仅唱了一曲短章便匆匆地走下了台。

此刻，踏上红氍毹的是年方二八的顾横波，她身穿银白闪丝窄袖衣衫，外罩一件薄如蝉翼的粉红披风，丰姿绰约。顾横波，原名顾媚，字眉生，号横波，她自幼便是一个美人坯子，假母延师授课，小小年龄便将四书五经、唐诗宋词以及食谱茶经、琴棋书画熟记在心。顾横波那双漂亮的眼睛向台下投去温柔而含羞的目光，真是秀丽天成，自饶柔媚。而后，她凝了凝神，在秦淮吹箫圣手张魁官的伴奏下，唱起袁玉的《西楼记》传奇中的《楚江情》：

朝来翠袖凉，薰笼拥床。昏沉睡醒眉倦扬。懒催鹦鹉唤梅香也，把朱门悄闭，罗帏漫张，一任他王孙骏马嘶绿杨。

梦锁葳蕤，怕逐东风荡。只见蜂儿闹纸窗，蜂儿闹纸窗，蝶儿过粉墙。

这一段《楚江情》是《西楼记》女主角穆素徽为她的情人于叔夜所唱，也是全剧中最为难唱的一曲。顾横波不愧是秦淮翘楚，她唱得宛转悠扬，如清风爽籁，音韵清脆，如听春莺。加上她的丰姿，她的粲笑，她的明眸，她的风情，让满场的听者掌声雷动，手舞足蹈，如痴似狂，几乎要将这清吟阁掀倒似的。然而，这顾横波并不陶醉于一般听者狂热的欢呼与激赏，她的眼光全注意在第七排上坐着的一位神情潇洒、瘦精精的中年人——张岱身上。

张岱，字宗子，号陶庵。他的曾祖张元汴在隆庆年间当过状元，因而张岱是个早年过着精舍骏马、鲜衣美食、斗鸡臂鹰、弹琴拍曲的生活的贵公子。崇祯初年之后，张府家道中落，他便流落金陵当起寓公来，由于他家数代都是官宦之家，家里养着戏班子，并在绍兴著名藏书家祁承爜的澹生堂中读尽有关戏曲传奇之书，所以张岱特别精于品曲演戏之道，秦淮南曲姐妹串戏无不以得张岱赞许为荣。

然而，头戴方巾、身着淡青暗花儒袍的张岱不动声色地端坐在靠椅上，他在满堂喝彩声中显得特别冷静。张岱这一年不过三十九岁，但经家族荣衰之后的炎凉世态，处世外圆内方，性格狷介而淡泊，于纷繁喧嚣的人世中每每能看出事理的真谛来。

五岁的童子夏完淳在董小宛、李香君、顾横波这些艳丽照人的姐妹丛中嬉戏嗔笑，兴奋得不知如何是好。谁也不会想到几年后，他会写下一首七言艳体诗《青楼篇》以志李香君和侯方域的恋爱悲剧；谁也不会想到，十二年后，他为抗清在离秦淮河不远的刑场以碧血染芳草。

“端哥，”顾横波搀着夏完淳的小手，“姐姐带你去看一个老伯伯，叫他以后领你到杭州去玩。”

夏完淳虽然只有五岁多点，但早慧早熟，他感到顾横波的手柔软滑润，暖融融的真舒服，不像父亲夏允彝的手掌心硬硬的，捏得他好疼。顾横波尽管在众人面前庄重得有些矜持，一般并不将那些达官贵人、风流名士放在眼里，但对这位流寓金陵的绍兴人张岱却怀几分敬畏之情。

“宗子先生，”顾横波走到张岱旁边柔声说道，“请直言教诲，我这段《楚江情》唱腔可有什么毛病？”

“眉生，你今天唱得好极了，你看这场子里闹腾得翻了天，就算是脱十娘当年最走红的时候也不过如此。”张岱拈了拈颔下稀疏的黑须道。

“宗子公可要说真心话，我顾横波初出茅庐，有几斤几两，自己心里也有数的。”顾横波娇嗔地拉着张岱的宽袍袖子，“你不说今天不放你回家。”

张岱一听说不让他回家，便笑着说：“谁不知道你家眉楼的菜肴为秦淮之最，我闻名已久，今天可以让我一饱口福了。”

“宗子公是闻名遐迩的美食家，天下美食宗子公无不吃遍，区区一个眉楼恐怕要倒了先生的胃口的。”顾横波将话锋一转，“如蒙先生不弃，在此点拨一下，小女子当洗耳恭听的。”

“好，眉生既然如此诚心，我就不妨说两句实话了。内行看门道，外行看热闹，我看这满场的听客都是冲着眉生姑娘的美艳而来。至于姑娘的昆腔不要说比不上苏州的陈圆圆，比起‘香扇坠’（李香君在南曲中的绰号）也要略逊一筹……”

张岱说到这儿见顾横波的脸上飞红，又感到自己说得太不留情面，便打住不说了。难怪，这顾横波毕竟才只有十六岁哩，怎能承受得了。不料顾横波却又问：“宗子公，请为眉生指点迷津。”

“昆曲吐字与行腔非岱之所长，但也略知一二。姑娘嗓音甜美，神采飞动，然而口型的开、齐、合、撮，发音时的喉、舌、齿、牙、唇的运用皆缺名师指导。当年家大人好养家班，人称可餐班。”张岱见顾横波一副凝神贯注的神情，继续说道，“我自幼也耳濡目染一些，譬如，欲言宫，舌居中；欲言商，舌大张；欲言角，舌后缩；欲言徵，舌抵齿；欲言羽，唇上取。”

顾横波听到这儿展开了微蹙的眉头，笑道：“听公一席话，眉生茅塞顿开，请受学生一拜。”说罢欲施跪礼。张岱急忙搀住顾横波说道：“我张岱于梨园戏目之道，不过是略知皮毛而已，如眉生真想以串戏为韵事，我可以推荐一位真正的师傅。”

“谁？”顾横波问道。

“当涂人肖云从，字尺木，善诗工画，又妙达音律，凡是音调中阴阳清浊，轻重疾徐，抑扬顿挫，稍有谬误，无不辨之分毫。”张岱说起肖云从赞不绝口。

“我怎么没听说过这位肖云从？”顾横波对往来于秦淮南曲之中的风流名士、达官贵胄是了如指掌的，以为张岱在作弄她，脸上罩着一层淡淡的疑云。

“尺木兄有诗人兼古侠士风度，僦屋桃叶渡头，与旧院虽隔秦淮盈盈一水，但绝不涉足秦楼楚馆，姑娘不闻肖先生之名也是当然的了。”张岱娓娓道来，令顾横波困惑顿释。站在一旁的童子夏完淳眨巴着一双明亮眼睛，插嘴道：“老伯伯，既然有古侠士风度，一定佩龙泉宝剑，带我去看看吧！”

顾横波嫣然一笑，摸了摸夏童子头上梳着的冲天髻说：“姐姐以后一定带你去。待会儿我请张伯伯、令尊大人和你到我家眉楼去吃饭，好吗？”

童子夏完淳拍手雀跃嚷道：“我早就听父亲说过眉楼的菜肴甲金陵，我最喜欢吃。”

张岱抓住夏童子的小手道：“小小年纪也懂美食，张岱为老饕，夏神童为小饕，到眉楼去大快朵颐。我们一言为定。”话毕引得顾横波粲然展笑。

金陵最富有六朝金粉气息的地方，莫过于令人触发思古幽情的秦淮河，而秦淮河两岸最富有诗情画意的地方更莫过于青溪与秦淮河的合流处——桃叶渡了。东晋大书法家王羲之的儿子王献之，当年曾在这儿接送他的爱人桃叶渡河，并咏《桃叶歌》道：“桃叶复桃叶，渡江不用楫。但渡无所苦，我自迎接汝。”词人辛弃疾更深情地写道：“宝钗分，桃叶渡，烟柳暗南浦……”桃叶渡对岸虽然粉红黛绿，纸醉金迷，歌喧酒嚣，彻宵不绝，但这边桃叶渡头的肖寓却是庭院深深、廊舍曲折、花木清幽的闹中取静之处。这也是肖云从愿意寄寓于此的原因。

肖云从没有一般文人那种午后酣睡的习惯。此刻，他手持一卷陆机的《文赋》坐在名叫“琴啸”的小轩里。微风拂处，小园里几棵梓树上黄白相间的灿如云锦的繁花，纷纷落地，在青碧的苔藓上铺积盈寸，他也不去扫除，以为是一种意境。

肖云从嗜酒，昨夜曾开樽痛饮，酒酣耳热之后，弹琴舞剑，尽管他满腹经纶、多才多艺，然而，南都踟蹰，科举蹭蹬，不觉感慨万端，泪洒胸襟。这几年家居不乐，便游学江南，那江出花鸟、洞壑烟云、荒榭遗台和残碑寒驿，都酝酿成了他绮琴锦瑟的清音，化成了他画笔下的理想境界。如今羁旅南都金陵，谁知道他那看似淡泊潇洒的风仪之后，隐藏了多少未酬的壮志和忧国伤时的愤懑。

虚掩着的竹篱门吱呀一声被推开。

肖云从循声一看，推门的是最近刚刚移家桃叶渡口的吹箫圣手张魁。虽不甚熟稔，毕竟是个邻居。张魁字修我，但在这秦淮河一带的旧院花丛中人都称他为张魁官，“修我”只是一些复社的相公们这样称呼他。

“修我兄，驾临寒舍必有见教！”肖云从笑盈盈地放下手上的书卷，踱出小轩迎接。他早就听说金陵青楼清客中最著名的乐师艺人，有张卯官的横笛，管五官的管子，吴章甫的弦索，盛仲文的十番鼓，丁继之、张燕筑、宋维章的串戏，柳敬亭的说书和张魁官的洞箫。由于肖云从绝不涉足对岸的秦楼楚馆，所以无缘相识，现在张魁官登门来访，自然喜出望外了。

“尺木先生，”张魁官进得篱门便施礼道，“久闻先生精于音律，善于绘画。魁官虽屡屡在戏场旧院吹箫度曲，但在先生面前无异班门弄斧。”张魁官尽管是地地道道的苏州人，但因久居客地，一口柔软的苏白中已夹杂了不少金陵官话。

“来来来，快把丝弦家伙拿过来，我们俩热闹一番，以破长日之寂寞。”肖云从只要有人跟他谈论音乐，他立即放下平时颇为矜持的仪态，显出一副纯朴的童真来。

“尺木兄，”张魁官见肖云从态度亲切，便改称为兄道，“魁官吹箫在这秦淮河上小有名气，怎敢在尺木兄这儿献丑。今天冒昧晋谒，是来为一位姑娘请名师的。”

“名师是谁，这姑娘又是谁？”肖云从问道。

“这姑娘便是眉楼的顾横波，她要拜你为师，学昆曲唱腔。”张魁官经常为顾横波度曲吹箫。这次在清吟阁，顾横波唱《西楼记》和张岱那番纠葛，张魁官并没有说出口。

肖云从一听“眉楼的顾横波”，脸上的神色便严肃起来。他今年刚过四十，在明代已算是步入不惑之年的老成人了。他自幼家教甚严，不像江浙一带风流名士那样出入秦楼楚馆，总以为那些青楼妓女在男人面前目挑心许，百般绸缪、千般温柔，一旦金尽财竭便冷若冰霜，视为路人。虽然他没有见过顾横波，也没有去过闻名遐迩的眉楼，但想到那美艳妩媚的顾横波周围缠绕着的狂蜂浪蝶似的公子哥儿们，他便有一种厌恶感。

“顾横波……”肖云从沉吟道。

张魁官以为肖云从并不熟悉顾横波其人，心里忖道：“如果你见了这千娇百媚的顾横波，不目眩神摇才怪哩。”于是轻轻地说：“尺木兄，顾横波正在桃叶渡口的画船里等候你的消息呐。”

肖云从想不到这个张魁官竟是为顾横波来当说客的，他此时才向他凝注了下：这张魁官虽是一名秦淮河上为人吹拉弹唱的乐工，但面貌清腴，身材颀长，自有几分江南人物的俊秀气，只是在额上引人注目地长着一块白癜风斑，在此刻看起来格外令人讨厌，要不是喜欢他吹得一手好箫，肖云从真想立刻将他轰走。于是说道：“我也早就听说顾横波的艳名，一出《西楼记》更是脍炙人口。我肖云从乃姑熟一村夫耳，何敢以师相称，再说此刻忽感头昏脑涨，需要休息一下，还请海涵了。”

张魁官没有料到肖云从会将诚心来从师的顾横波拒之门外。像顾横波这样姿容靓妍、风度超群的青楼女子，一般崇拜者乃至达官贵人不要说她屈尊亲临了，就是请也请不到的，这个至今仍一介布衣的肖云从未免太傲慢了，也太迂腐了。张魁官心里甚为不快，但嘴里还是客客气气的：“既然尺木先生贵体欠安，魁官改日再来问恙，横波姑娘也只好请她等几天了。”

“我肖云从生平碌碌，偶试琴瑟，或拍曲品歌以解孤馆寂寥，如此而已。顾横波乃天仙中人，吾等凡夫俗子，何敢谬称师长，还是另请高明吧！”听肖云从说到最后几个字语气很冷淡，张魁官十分恼火，他说声告辞便离开琴啸轩回到船上。

求师心切的顾横波，满以为经张魁官的引荐便可以跟肖云从习唱昆曲，将《西楼记》那《楚江情》唱得有情有韵，丝丝入扣，无可挑剔。谁知却在肖云从这里吃了个闭门羹。最使人不可思议的是这个名不见经传的肖云从竟不把她顾横波放在眼里。但一想到度曲争戏对于青楼女子地位的影响，她便将一股火气压了下去。

为何顾横波要如此看重自身串戏唱曲的素养呢？在明万历之后，无论达官贵人、富商巨贾，还是三教九流、五行八作都喜欢看戏，尤其是官僚士大人阶层演戏成风，串戏成瘾，编戏度曲几可与谈诗论文一般重要。顾横波所崇拜的太仓诗人吴伟业便写过一首唱昆曲而得宠的《临顿儿》：

绝技逢侯王，宠异施恩泽。高堂红氍毹，华灯布瑶席。
授以紫檀槽，吹以白玉笛。文锦缝我衣，珍珠装我额。

已过申牌时分，秦淮河上游船渐多，船上的狎客们有猜拳斗酒的，有吟诗作画的，清客篾片们调管拨弦，身份不同的歌伎们唱着或雅或俗的曲儿，真是游船如梭，笙歌盈耳不绝。

顾横波绝不是那种浅薄艳俗的歌伎，她知道光凭自己出众的美貌要在这美女如云、群芳斗妍的秦淮河保持“南曲第一”的称号是不容易的。她虽有极好的嗓音，但玉不琢不成器，不让像张岱、肖云从这样的昆曲行家里手认可，是站不住脚的，因而她执意要拜肖云从为师，只要心诚，顾横波不相信肖云从会不收她这个门徒。

翌日卯牌时分，顾横波便早早地离开了眉楼。带着雏婢荔儿款款步行数百步，即到武定桥堍，乘秦淮河上一艘小游船径直划向桃叶渡。约莫燃半根香时间，游船已到桃叶渡。那划船的船工黑苍苍的脸上露着笑容，他问道："姑娘找谁？"

荔儿见顾横波矜持地沉默不语，便代答道："我们找一位唱昆曲的相公。"

"哦，你们找他，就是那个读书疲倦了都要唱几段曲子的先生。这桃叶渡口常有客人停下游艇听他唱曲。"这船工唠叨道。

"你们听，那边桃叶水亭里有人在唱曲儿呢！"荔儿惊呼道。

顾横波侧耳聆听，果然那水亭里有人在唱《一捧雪》：

青陵台下流风古，乌鹊歌中落日黄。多少衣冠拜巾帼，头颅谁肯付疆场？

那苍凉悠慢的昆腔，唱得声情并茂，催人泪下。顾横波没有见过肖云从，但她感到这就是他在唱。她也听人说，肖云从喜欢在桃叶水亭唱昆腔。

"老伯，暂不登岸，将船划到水亭下。"顾横波拍着船舷道，"我要见见那位先生。"

游艇的木桨溅着浪花，艇儿逐渐靠近水亭。原来这桃叶水亭就在肖云从僦居的桃叶河房的右侧，也是他经常吟诗作画、拍曲品戏的场所。

船工将铁锚掷在岸边，艇儿泊在水亭之下。顾横波在荔儿的搀扶下站在微微晃动的船头上，衣裙飘拂，在秦淮河的晨雾氤氲中似凌波仙子一般。等水亭中那位唱《一捧雪》的读书人一曲方歇，顾横波便翘首发语："尺木先生，小女子久慕高名，再次前来晋谒！"

那唱《一捧雪》的读书人漫不经心地转过身来，不禁被顾横波的无比的艳丽和高雅的仪态所慑，情不自禁地将回话的声音放得温柔起来："姑娘，在下姓王名朴，在丹青之余，跟肖先生学点昆曲，以遣羁居寂寞。"

顾横波自幼通文史，吟诗作画，故对金陵画家之名如数家珍，王朴虽不是本地画家也无缘谋面，但欣赏过他的画。王朴的人物肖像画虽不如闽南人曾波臣那样出神入化，却也画得气韵生动，十分逼真，尤其是仕女图，装束古雅，眉目端凝，于古朴中见其妩媚，她以前在夏允彝那儿见过几幅。想不到在这桃叶渡肖寓水亭里见到了画家本人。她禁不住赞道："小女子在孩提时便临摹过先生的图画，一向崇拜得很，没想到先生的昆曲也唱得这样精妙，这一段《一捧雪》唱到激奋处如敲金戛玉、掷地有声，沉郁处跌宕低回，令人涕下，真得昆腔之神韵。"

听了眼前这位如花似玉的少女的赞誉，王朴倒谦虚起来："就昆腔而言，肖先生的声腔如云中之鹤，翩然高翔，我王某只不过是寻常燕雀，啁啾于檐下而已。"王朴瞥了顾横波一眼，似乎在哪儿见过她，于是又问道，"敢问姑娘尊姓大名？"

"小女子碌碌凡人，何敢在先生面前称名道姓。"顾横波语气中带几分俏皮，稍一停顿后又缓缓地说，"我家住眉楼……"

"哦，原来是眉生姑娘，我在清吟阁听你唱过《西楼记》，还在张岱那儿见过你画的兰花。"王朴只要一兴奋，他的话语里便露出浓重的保定口音，"眉生姑娘，快将船划到前面去，我替你开门。"

顾横波见那水亭筑在临河的石坝上，耸然危立，除亭有明窗之外无路可通、无门可开。于是她命船工将游艇绕到前门，而后舍舟登岸。顾横波想到昨天与张魁官吃了肖云从闭门羹的窘态，不免有些胆怯，但求师心切也顾不得平时的傲矜与自尊了。

王朴开了竹篱门，将顾横波和荔儿迎进门去，请她俩在琴啸轩里坐着。一个垂髫书童，模样儿挺清秀的，轻手轻脚地送上两杯茶来。王朴在让茶之后说道："尺木兄不在书房就在卧室，待我请他出来，请姑娘稍候。”

王朴走后，顾横波见这小小的琴啸轩布置得雅致整洁，左墙边是满架琴谱和悬挂的锦瑟古琴，右边是两三只长短不等的坐榻，迎门挂着一副自撰楹联，是一笔好章草：

看梅子熟时，个中人酸甜自得；

闻木樨香否，门外汉坐卧由他。

顾横波举目向轩窗外望去，恰好几棵枝叶茂盛的梅树上结着繁多的青黄相杂的梅子；那假山旁两丛木樨开着暗黄色的小花，发出阵阵幽香——原来这副楹联写的竟是眼前情景。谁是“门外汉”呢?

琴啸轩隔墙便是肖云从的书房，只听得门帘一晃，王朴踱了出来，他那张椭圆脸上露出几分尴尬的笑容，他说：“眉生姑娘，你来得真不凑巧，刚才尺木兄还在书房读书，一忽儿不知跑到哪儿去了。”

顾横波正想说话，婢女荔儿心灵耳尖，她听见书房里有衣衫簌簌之声，于是就向顾横波眨眨眼……顾横波立即会意地点头，若无其事地说道：“王公，既然尺木先生刚才还在，那我们就在这儿恭候一会儿吧!”

顾横波的话音未落，书房竹帘掀开。一个身长鹤立的中年人站在帘边，用三指拈着下颏上清疏的长须。此人朗目直鼻，肤色微黄，身穿飘然的熟罗衫，虽过不惑之年，仍可想见少年时代的神俊风采。他就是顾横波想要师从的当涂名士肖云从。

“想必这位便是眉楼的顾家姑娘了，”肖云从向顾横波拱了拱手道，“刚才推辞不见大驾，颇有些矫情作伪。昨日知道你和修我兄屈尊来寒舍，本当倒屣以迎，然而，我肖云从乃草野庸愚之徒，虽粗通音律，实误采虚声，徒有其名。唯恐以次竽之技，误人子弟。”

顾横波对突然出现的肖云从感到十分兴奋又很惶恐，不知怎么的，她平时极为伶俐的口齿也变得笨拙起来。她嗫嚅道：“尺木先生，我顾横波是诚心诚意前来请教昆曲音律唱腔之道……”

肖云从听了顾横波的吴侬软语，想到的却是青楼妓女与狎客们调情的淫言浪语；而她那美丽的容貌，又使他仿佛看见那些秦楼楚馆的娘儿们在达官贵人们的面前曲意承欢的放浪劲儿。心里不禁泛起一阵厌恶之感，他冷冷地说道：“顾家姑娘，我这儿虽然也偶尔拍曲度曲，细品音律，不过是自娱遣兴，一泄胸中块垒而已。肖云从乃樗栎散材，不能多奉陪你们了。”说罢竟不顾及顾横波的面子，拂袖进了书房。

顾横波还没有被人如此轻慢过，委屈得差点流下泪来，但最后还是竭力忍住了，她愿意保持一种豁达大方的气度。顾横波很清楚自己的身份处境，她只能表现出一种荣辱不惊的模样，说道：“荔儿，肖先生今天心情欠佳，我们就先走啦。王相公，等一歇，劳驾你打个招呼。”

顾横波和荔儿出了肖寓，仍旧在桃叶渡口下船，经文德桥抵武定桥下，上岸后匆匆回到眉楼。刚登上盘曲的楼梯，忍不住的泪珠儿便唰唰地往下直滴。

黄昏以后，一阵初夏的急雨打在楼下油绿色的芭蕉丛中，溅起一层如雾如凇如烟的氤氲。顾横波为了排遣连日来求师所遇到的不快，燃檀香数支、置香茗一瓯，挑灯夜读于书案。然而这平时读来回味无穷的唐人诗卷，怎么也看不进去。一股郁闷的思绪横梗在胸臆，眼泪又涌漫而出。顾横波不由得想到自己虽然是个备受人们宠爱的红姐儿，但毕竟还是一个青楼女子。别人可以从骨子里瞧不起你。年方十六的顾横波还未曾经历人世间的千忧万愦，但生活中苦涩的滋味，她也算是尝到一点儿了。

绵绵霖雨竟然下了十天，清晨顾横波早早地起身，揩面漱口之后，推开楼窗见整个金陵古都笼罩在梅雨的薄幕中。秦淮河上除了几只匆忙去来为酒楼送水鲜的渔舟之外，往日熙熙攘攘的游艇画船也不知蛰泊何处去了，整个天地都蒙在银色的水帘里。

其实顾横波很喜欢这种淅淅沥沥的雨天。唯有雨天，那些骏马轻裘的贵公子、故作风雅的假名士和满身散发着铜臭的豪富商贾才很少光顾眉楼。她的天性似乎有一种近乎执拗的自尊心和好胜心，她不相信天底下有经追求而得不到的东西。她一定要再次去找肖云从，将他那套唱昆曲的绝活学到手。顾横波等了几天，密实的梅雨一直下着。她记得幼时听柳敬亭说书有《刘皇叔三顾茅庐》那一回，刘备曾冒雪求访高卧隆中的诸葛亮，自己何不冒雨再访肖云从呢？于是她唤婢女雇船备伞，再度去桃叶渡造访肖寓。

船儿到了桃叶渡，雨下得愈发大了。荔儿个子略矮于顾横波，将那杏黄色的雨伞举得高高的，走上河边水桥，那急雨打在伞上发出啪啪的声响。她俩在肖寓竹篱边站定，使劲敲了敲这紧闭的门，半晌无人开门。荔儿嘟着嘴说："媚姐姐，我看这个肖老夫子多半是没有什么唱昆曲的本领，所以躲着你，何苦冒着大雨又来求他？"

"小丫头，你懂什么？"顾横波半嗔道，"肖先生为张宗子所推崇，必有其真本事。张宗子是个眼光极高的大名士，他不会看错人的。"

这时竹篱门吱呀一声开了，开门的就是十天前那个模样清秀的髫龄书童。

顾横波一进琴啸轩便闻到一股浓郁的药香味，炭火盆上的瓦罐里正熬着草药。原来这几天肖云从卧病在床，先是从全身酸软开始，而后高烧不退，夜间谵语连连。虽然还没有到药石罔效、病入膏肓的程度，但也一病缠绵，几乎不能言了。顾横波也顾不得忌讳，赶忙进了肖云从的卧室。只见肖云从仰面睡在一只红木床上，那纱帐门半开着，他形容憔悴、目眶微陷，全然不是那种傲岸轩昂的神气了。

"肖先生，肖先生……"顾横波连连呼唤几声。

肖云从迷迷糊糊地睁开眼睛，认出顾横波来，他依稀记得前些天曾几次回避过她，因而感到有些内疚，有气无力地说道："顾姑娘，请坐……"这声音很轻，只有凑近身去方能勉强听清楚。说罢又昏昏沉沉地入睡。顾横波一看此状知道肖云从病得不轻。她一面照应病人，一面吩咐荔儿赶紧到三山街请医生。不到一炷香的时间，拎着药笼的一位瘦长脸的医师冒雨进门。那医师按脉观看病容之后，开了药方，拿了银子便走了。

两三天过去了，将汤药服完，肖云从的病仍不见好，顾横波心里真有些着急了。顾横波忽然想起一个医道很高但脾气古怪的袁道士来。袁道士本名袁汝和，他年轻时视四书五经如日月经天，至于诗词歌赋更是爱不释卷，但几场科考名落孙山后，便无意再钻营仕途，辞章诗赋固然写得好，不如得医道能益人神智，起人沉疴。十年之后，袁汝和以高明的医术闻名金陵，青囊妙术药到病除，被称为南都第一名医。然而这位袁道士专爱为贫苦之人治病，一般富贵之家，如果是他看不入眼的凡夫俗子，报酬再多也请不动他。此外，袁道士还十分使气任性，谁也摸不清他的脾气。譬如说有一天他在对弈中输了棋，他就会赌气，足不出户，更不用说为人看病了。

顾横波总算运气好。她在长乐渡玄帝庙（俗称铁老鸦庙）找到了袁道士，恰好这天他赢了棋，又见顾横波冒雨登门，求医心诚，便欣然允诺出诊，到肖寓为肖云从治病。袁道士不愧是金陵名医，在诊视之际，望闻问切之余，开了几服药。几天之后药到病除，肖云从霍然病愈。顾横波终于感动了兀傲的肖云从，他破天荒收一个青楼女子为门下之徒。

依然是梅荫映照的琴啸轩，依然是桃叶渡口的水亭，顾横波师从肖云从学曲习腔，转瞬间已到蝉声鸣夏的季节。

顾横波从眉楼来桃叶渡肖寓总是带着婢女荔儿在一旁侍奉，吹箫伴奏的则是张魁官。肖云从手捏一把紫砂茶壶听顾横波唱《西楼记》——《懒画眉》：

梦影梨云正茫茫。病不胜娇懒下床。欣然扶病认檀郎。果然可爱风流样。阿呀，恁地相逢喜欲狂。

尽管肖云从于音律尤其是昆曲造诣很深，但他所见到听到的大多是读书人之间的自娱性的品评，像顾横波这样娉婷妖媚、嗓音圆润的旦角，他还是第一次遇到，难怪这个顾横波的芳名远播呢。此刻，顾横波将最后一个“狂”字唱完，余音袅袅，不绝于耳。肖云从定了定神，说道：“琴棋书画、诗词歌赋，虽为小道，但心不清、不细则不可得也，姑娘心清心细自可成器，不过吐、吞、擒、放的运用，尚未尽如人意。吞即吸气，应该如闻幽兰香气一般，要吸得细而长、长而深，方能到达美妙境界。”

顾横波是个很有心的人，她懂得眼前这位肖云从是江南一带最负盛名的音律大家，岂能错过这样求教的机会，于是又在吸气、吐气上细细品味，重唱一遍，果然将《西楼记》中的穆素徽对于叔夜的恋情表现得情真意切、惟妙惟肖。

人的感情就是这样微妙，这位品格方正、足不涉秦淮旧院的肖云从，在顾横波的莺声燕语和柳舞花翻之姿里感到如痴如醉。肖云从不是那种轻薄的文人，他一向厌恶那种曲意迎合、打情骂俏、忸怩作态的女人。以前他对复社、几社那些才子夏允彝、陈贞慧、冒辟疆等人出入金陵旧院青楼而感到不解，甚至还有几分鄙夷。如今自己年过不惑却也在顾横波这个女弟子面前大有魂不守舍的样子，倒先有些羞愧了。于是，他轻咳了两三声，显出些威严来，说道：

“姑娘，你刚才所唱的西楼一曲，虽不能说江南第一，也堪称独步秦淮了。但你扮演的旦角身段动作犹未到火候……”

“弟子愿恭听先生开导。”顾横波躬身作礼道。

“好身段动作无非轻、飘、曲、圆、收、丰、韵、柔这八个字。”说到这儿，肖云从回头望了望轩外天色已晚，那秦淮河上各式游船上的明角都渐次亮了起来，船上管弦箫鼓之声、歌伎侑酒声、狎客们的喧嚷声，随夏风飘然而至。

“姑娘，今天就说到这儿，明天……”顾横波见肖云从欲言又止的神情，知道其中必有一时难以言传的意蕴，便投去理解的目光道：“先生有何吩咐？”

“有一位去年从桐城到金陵来寄居的方文先生，家居凤凰台，他有一些平时秘不示人的书画，要我去鉴赏。艺无止境，古人说，听千曲而后晓声，观千剑而后识器。我想请你明天午后一块儿去。”肖云从慢慢地说出缘由来。

顾横波是个聪明绝顶的女子，她很快领悟到其中的弦外之音。她接着肖云从的话说：“桐城方文先生字尔止，又称嵞山先生，我听夏公允彝说起过他。据说他是避流寇之乱从桐城到金陵来的。可惜我没见过他。明天能与先生结伴而去拜访方先生，真是求之不得的事。”

在一旁的张魁官和荔儿都是何等乖巧的人物，张魁官说道：“方尔止先生的书画既然是秘不示人的宝物，我们就别去凑趣了，荔儿你说是吗？”

“我听姐姐吩咐。”荔儿睨了顾横波一眼。

顾横波等人辞别乘船归家后，肖云从剪烛夜读，想借此拂清凌乱的绮思，然而顾横波那艳丽的面容很难在心里抹去。直到月下蕉窗、时过午夜才找到一个应付这个困扰自己心灵的万全之策。辗转到凌晨，肖云从才迷迷糊糊地睡去。

次日午后，顾横波独自一人雇船到桃叶渡。她对肖云从昨天所表现出来的异乎寻常的情愫感到几分甜蜜的欣慰，但更多的却是一种惶惑不安。顾横波踏上水桥，轻移莲步径直踏进肖寓时，肖云从和那个清秀的小书童已在篱门旁等候。她以为肖云从在琴啸轩让她稍事小憩后，便雇马车同去凤凰台方尔止家。

肖云从将顾横波引进她往日很少去过的书房。更令人讶异的是，这书房里竟摆着一桌香气扑鼻的醇酒和佳肴，与那满架牙签玉轴，秘帙珍函不甚相称。

肖云从见顾横波面呈狐疑之色，笑道："顾君，请先坐下，我慢慢跟你说。"

顾横波感到奇怪，今天怎么以君相称，不是要到凤凰台去吗？

顾横波面窗而坐后，肖云从随即坐下，并命书童满满地斟上两杯酒后，说道："顾君，肖云从今天请你来蜗居，痛饮数杯，虽无折柳且作灞桥一别，我将远离金陵矣！"

顾横波更是迷惑不解，问道："金陵乃龙盘虎踞之地，建功立业之乡，肖先生为何匆匆言别，莫非先生怕被吾等俗脂庸粉所渎？莫非我顾横波言语不逊、行为猥鄙多有得罪先生之处？"

肖云从敬了顾横波一杯后，自己连饮三杯，酒酣耳热，一吐胸臆块垒：

"顾君，你起初托张魁官求我为师，我想你虽负盛名也不过是青楼艳女、章台尤物而已，从我学音律之道，也不过附腥慕膻之举。然而我肖云从虽不是腐儒迂夫之流，亦不愿进丑声于闾巷间，扬秽名于士林中。可是精诚所至，金石为开，你冒雨求师胜似程门立雪，后来又请来南都名医，救我于病危之中……"

顾横波谦和地笑道："肖先生何必再说，这都是些不足挂齿的小事。"

肖云从又让书童斟了一次酒，便借故将他差出门去，倚着几分醉意说道："云从年已届不惑，本不该重温少年春梦，无奈顾君聪颖绝伦，不仅通文史，那琴棋书画、诗词音律都有夙慧灵气，正是我梦寐以求的终身伴侣。我昨天想单独邀请你同去凤凰台，就是想与你一诉衷肠。”说到这儿肖云从忽然神情恍惚、神色黯然，讷讷似不能言。顾横波感到面前的肖云从忽然变了个人似的，缓缓地说道：“肖先生，有什么事尽管说。”

“顾君，云从一夜辗转苦思，决定今天晚上投宿燕子矶，明日一清早乘船离开金陵……”

“弟子的昆腔尚未学好，如有所得也仅仅是皮毛而已……”顾横波道。

“我必须离你而去，我不能在此陷入爱河欲海之中。顾君请恕我不能尽其师道。”肖云从想到此去又是天涯孤旅，漂泊无定，怎不令人神颓志伤。然而，他又为克制自己欲望的理智自豪，眼里噙着热泪，不好意思在顾横波面前痛痛快快地流下来，于是佯做去铜面盆里绞汗巾，擦去了眼泪。

顾横波这一年还是一个尚未梳笼的清倌人，她虽然比一般少女早熟，也曾暗自在心里悄悄地揣摩、想象过自己未来夫君的容貌、形象以至举止动作。尽管往来于眉楼的客人中也不乏风流倜傥、举止潇洒的人物，但顾横波还没有，也不想将自己的命运托付给那些狎客名士。然而，此刻这位画家肖云从却想拨动她爱的琴弦，她很清楚自己不会接纳他的爱，但也确实同情他，并敬佩他的品性。顾横波知道肖云从是个沉毅果断的人，主意既定是不会轻易改变的。她还想劝一下，便说：“尺木先生，我恳求你别走行吗？”

“合肥龚鼎孳少年英俊，前年中癸酉进士，出为蕲水知县。承蒙他多次邀我去游学。这次可以成行了。”肖云从答道。

“听说蕲水为荆楚之地，近年来遭流寇蹂躏，战乱不断，先生乃一介书生还是不去为好。”顾横波所居眉楼常常是复社诸君子聚会畅谈国事的地方，天下大事也往往耳熟能详。

“我肖云从曾任性负气，少年好击剑骑射、抵掌谈兵，近十年才为八股文所囿，此去楚地投龚孝升麾下正可一试身手。”肖云从辞意慷慨，颇有英雄豪气。

“我听吴伟业先生说，蕲水城已被黄州流贼所困，是一座兵临城下的危城。”顾横波忧虑重重地说道。

“这也正是我想去的地方。”肖云从语气坚定，此时已看不出什么伤感的情绪了。

“先生主意已定，我到燕子矶去设酒宴为先生饯别，以壮行色。”说罢，顾横波站了起来满斟一杯酒，恭恭敬敬地递给肖云从，直到他一饮而尽方坐下。肖云从素来善于豪饮，此刻更是酒入愁肠——顷刻间将千种绮情化成近似悲壮的豪情。但那一腔热泪还是禁不住洒落胸襟，但这时肖云从并不掩饰自己的感情了。肖云从不知道自己这种快刀斩断情丝的决断是勇敢，抑或是一种怯懦。

顾横波见肖云从已有七分醉意，不敢再为他斟酒，便说道：“横波暂且告退了，明天一早定去燕子矶为尺木先生送行。”

顾横波离去后，肖云从已经玉山倾倒，颓然醉矣。歇了两个时辰，已是暮色四起的黄昏，在稍事收拾后他雇了一辆马车，带着书童径直去燕子矶。这桃叶渡寓所便转赁给画家王朴了。

出金陵城北，行二十多里路便是幕府山，再往东行才是三面临江的燕子矶，这距离不近，因此，肖云从很感谢顾横波这份师生之情。

桃叶渡午宴之后的第二天上午，顾横波果然如期在燕子矶为肖云从饯行。是日，燕子矶下的长江惊涛逐浪，浑无际涯，肖云从与顾横波在观音阁匆匆作别。肖云从溯流而上，江海飘零，羁旅楚地；顾横波经这位音律名家的点拨之后，在十里秦淮的歌舞场上、华筵绮席中赢得了更加令人目眩神摇的声誉。

顾横波也不会预料到，在今后的生死缠绵的感情经历中，在惊心动魄的宦海沉浮里，这燕子矶头会留下她深深浅浅的足迹。

第二章　眉楼上的复社名士

崇祯九年的南都金陵。

秦淮河两岸，有豪华而雅致的河厅，有一掷千金的酒楼，有名满东南的戏台，有秀才们应考的贡院，而那散居各幽深的庭院的名歌伎们更是争艳斗妍，各有绰约的风姿和超群的才艺：她们之间有风流不羁的寇白门，侠义胆肠的李香君，清高端庄的卞赛和她的妹妹卞敏，娴静温柔的董小宛……她们一般都住在石坝街和钞库街附近，与庄严肃穆的贡院隔江相望。

然而，顾横波所居的眉楼却在武定桥西境的长乐巷里。眉楼是一幢雕花砖木结构三层楼建筑，此楼原为丝市口一个“神帛堂”官吏的别墅，那官吏败落后，被名妓顾三娘所购，人称顾楼。自从顾三娘的养女顾横波艳名大噪之后，她索性将顾楼改名为眉楼。

崇祯九年正是丙子乡试之年，江南一带的读书举子们从水陆两路来金陵应考。贡院的考试虽然定在八月初九，但在六七月份，各地来应试的秀才们已将客舍、驿馆、会馆挤得满满的，甚至连长板桥两旁的回光寺、鹫峰寺的僧房也都住上了苦读八股文的读书士子。这三年一次的乡试时期，也是号称六朝金粉之地的秦淮河格外繁华绮靡的时候。

今天是八月初一，眉楼的女主人顾三娘却一大早坐在客厅里生闷气。顾三娘虽说是顾横波的假母，年龄也不过是三十刚出头。她肤色洁白，姿容秀丽，一双凤眼在男人面前甚为媚人，她是个外秀内黠，工于心计的青楼女子。

雏婢荔儿小心翼翼地端上一壶刚泡好的狮峰龙井茶，轻轻地放在红木方儿上，见顾三娘面有愠色，便不敢多话，只说了声："阿妈，请用茶。"便在一旁垂手肃立，只将一双眼睛偷偷地看着顾三娘。

"荔儿，"顾三娘唤道，"快去抹点糨糊来，把这张黄纸条儿贴到外边大门上。"

荔儿赶紧取来糨糊，拿着纸条儿疾步走出客厅，穿过花径与假山石，在门厅外的带铜环的朱漆大门旁停留下来，踮起足尖将黄纸条儿贴上去。荔儿还没细细看这纸条上写的什么，那位脸上长着一块儿白癜风的吹箫圣手张魁官紧挨着她站着，眼光只在黄纸条儿上一扫，脸唰地红了。张魁官是眉楼的常客，无论是眉楼的华宴绮筵，还是曲中串戏、河上艇游，都少不了张魁官的一管洞箫，此外，张魁官还是一个很知趣的人，经常一大早即到眉楼帮助姑娘们插瓶花、点炉香，甚至拂拭琴儿、擦洗杯盘，故而赢得眉楼上上下下女子们的喜欢。荔儿抬头细看，一下子明白张魁官为什么脸红了，那纸条上写道：

"革出花面篾片一名，不许复入。"

荔儿心里明白，所谓"花面篾片"就是指张魁官。从去年开始，他不知怎么吹着邪风，得了白癜风。她年龄虽小，眉楼里那些风流事她也是知道的——顾三娘和张魁官之间曾经有过暧昧之情。

张魁官气冲冲地扯下了这张新湿未干的黄纸条儿，顾不上和荔儿打招呼便直往客厅里走。他还没踏上城墙砖砌成的阶梯，那客厅上一架精巧玲珑笼里的鹦鹉叫道："张魁官来啦，张魁官来啦，阿弥陀佛，阿弥陀佛！"

"三娘，这张黄纸是谁贴在大门上的？"张魁官走进客厅，还没坐定便生气地问道。

顾三娘向张魁官斜睨了一眼，冷冷地说道："张相公，我不知道是谁写的。我倒要问你，你的良心让狗吃了，还是怎么的，我听说你这几天常常往东花园和徐青君混在一起，怪不得近来见不到人影儿。"

"我不过是帮他家里的戏班子吹吹箫而已。"张魁官嗫嚅道。

"哼，谁不知道徐公子有断袖之癖，家里多蓄男宠，你不是在当他的兔儿吗？你以为我不知道！"顾三娘满含醋意地说。

张魁官的隐私被顾三娘点穿，自知无趣，原来想借大门上黄纸条发发性子的劲头也泄了气，嘴里说道："没有的事，没有的事。"

"哼，谁不知道你这个兔儿天天上徐青君老爷的床，还不给我滚远点！"顾三娘本来就是个泼辣角色，岂能容忍自己的相好当了别人的男宠。

涨红了脸的张魁官正欲躲开顾三娘的辱骂，往厅外走，顾横波下楼来了。张魁官一直帮顾横波吹箫伴奏昆曲，知道她或许能帮自己摆脱困境。果然，顾横波刚才就听说大门上贴黄纸条的事，还没坐定下来，便笑盈盈地对顾三娘说："阿妈，生这么大的气干吗，叫张先生一走，谁替我吹箫呢？我看有人说坏话，使了离间计，像张先生这样的老好人在眉楼待不住，以后谁还敢上门？"

顾三娘虽然是顾横波的假母，但她知道顾横波话的分量，眉楼这两年在秦淮河上声誉日隆，是与顾横波俏丽的姿容和出众的才艺分不开的。此外，她平时结交的也都是些殷实的绅士和复社名士，就连一些附庸风雅的官吏也常常来请顾横波去唱曲画兰。想到这里，顾三娘将已到嘴边的一些刁钻泼辣话收了回去，于是自找台阶地说道："这也是，或许是那些不要脸的老嚼蛆，往张先生身上喷粪。魁官兄宰相肚里好撑船，不会计较。"

这时，顾横波拿出一只画工精致的小瓷瓶来，揭开盖子，一股清香的药味直扑鼻端。张魁官敏锐地知道这可能是一帖治白癜风的灵丹妙药。果然，顾横波走到张魁官身旁说道："张先生，这是我从袁汝和道士那儿要来的好药，名叫芙蓉露，专治各种皮肤病，你拿去擦擦看，听道士说这药很灵光的。”

在顾横波心中，张魁官是有特殊地位的。她幼年父母双亡，顾三娘将她从苏州领到金陵顾楼来，张魁官也是苏州人，惯说一口吴侬软语的顾横波见到张魁官便有一种亲切感。他又吹得一手好箫，更是她唱昆曲时离不开的人。今天对于顾横波来说还是一个十分重要的日子，待会儿复社风云人物——如皋公子冒襄，金坛名士张明弼、吕兆龙，盐官公子陈梁，漳浦秀才刘履丁要到眉楼来宰牲焚香，结为异姓兄弟。因而她希望眉楼氛围好一些。张魁官满怀感激之情揣着盛芙蓉露的小瓷瓶离开眉楼。

不一会儿，著名的四公子之一冒襄便来到了眉楼。尽管顾三娘对冒襄、张明弼等五人今天来眉楼不甚愉快，但冒襄也是一位官宦世家公子，他的祖父冒梦龄当过云南宁州知州，其父冒起忠进士出身，曾任南京吏部考功司主事，目前尚在山东等地当官，冒襄的才智、文采为江南人物所倾倒。因而，顾三娘还是摆出一副热情接待的模样来，但言语中免不了夹杂着酸溜溜的味道，她在敬茶寒暄之后，说道：

“冒公子到金陵来快两个月了，听说经常到寒秀斋李小大那儿去。也难怪，我们眉楼哪里比得上寒秀斋的台榭庭室华丽无比呢，也比不上她们长袖善舞，是吧？”

冒襄一双俊目微蹙，那几分忧思使他更添一番风采，他说：“李小大固称侠士，我之所以常去不过是因为社友吴次尾、陈定生、方密之、万年少、孙克咸他们常去聚会的缘故。魏忠贤余孽阮大铖在城南库司坊的石巢园里，与金陵的达官贵人相勾结，天天车马盈门，歌舞升平，还组织什么群社，准备与复社为敌，秽气熏天，置东南清流于何地？”

顾三娘和冒襄所说的寒秀斋李小大，即李十娘，字宛君，性格豪爽，出手大方，有须眉丈夫气概，与人相交讲情义，从不计较钱币，故有侠妓称号，艳名张于桃叶、莫愁之间。顾三娘人虽妩媚，但性好嫉妒，再说今天是八月初一的好日子，原先答应徽州富商查昂在眉楼设宴的，硬是让顾横波谢绝了，于是说："冒公子喜欢寒秀斋就是了，今天能看得起我们眉楼就算不错了，听说那个阮胡子人还是挺和气的，天天在他那石巢园里手把手地教女子拍曲唱戏，前几天还派人来请眉生去石巢园唱戏，眉生脾气怪，不领这个情。"

冒襄环顾客厅不见顾横波，便问道："眉生在楼上？"冒襄是秦淮河上少数几个能上眉楼并可以进顾横波卧室兼书房的青年男子，这一点连作为假母的顾三娘也怀有几分妒意。顾横波的美艳和才艺使她在秦淮众多的歌伎中占有特殊的地位，再说这冒襄又是名闻江南的美男子，顾三娘虽已三十出头，但姿容靓丽，顾盼生情。她何尝不想赢得冒公子的垂青？

"冒公子，眉生在楼上等着你呐！"说着，顾三娘禁不住又向冒襄看了一眼，那冒公子身材颀长，穿一件月白色的绸袍，下束银灰熟罗裤，白皙的椭圆脸上一双神光四射的眼睛，特别吸引人，"你还不快上去？"

冒襄今天上午先于张明弼、陈梁等人来眉楼的原因，自己也说不清楚，今年二十六岁的冒襄已在两年前于如皋和苏氏夫人结婚，虽说明代的读书人乃至达官显贵，或公开或秘密地去秦淮楚馆拈花惹草，是他们的寻常韵事，但像冒襄这样热衷于功名科举的公子来说，他是有些内疚的。他的祖父冒梦龄年方二十便由选贡出任会昌县知县，乃父冒起宗更是崇祯元年的进士，冒襄十六岁到扬州赴郡试中了秀才，此后每三年到金陵参加乡试，丁卯年、庚午年均棘闱场屋，名落孙山，因而使才高气盛的冒襄内心十分愤慨。

但冒襄毕竟是个风流名士。三年前，他到南都贡院应乡试期间，便到顾楼（后改名为眉楼）见过年方十五的顾横波，她那惊人的美丽和高雅的气质使他惊羡不已，虽然那年秋天冒襄与顾横波的交往不过是品茗吟诗、挥毫画兰罢了，但艳闻传到其父冒起宗那儿，冒起宗便将癸酉乡试失败的原因归咎于冒襄的涉足秦淮探顾横波。就这样，在癸酉乡试失利的第二年，冒起宗便在如皋为他娶了个贤惠老成的苏氏夫人。冒襄不是一个自甘寂寞的人，所以今年丙子乡试前夕，他将与张明弼等人的结盟仪式放到眉楼来，这样做一举两得：既完成结盟又可以重见他梦魂相萦的顾横波。

顾横波在送走张魁官之后，便径自回楼上，她知道冒襄一行人很快就要到眉楼来，三年前她便认识了冒襄。他的才气、他的英俊、他的那种白鹤临空般的潇洒风度以及他的温柔可亲，都给她留下了极深的印象。可是顾横波绝非一般凡俗的青楼女子，尽管冒襄是一位世代簪缨的复社名士，她并不想过早地将自己的终身大事依附于他。在顾横波看来，她的婚恋的前景就像那风光旖旎、无比幽深的九曲青溪一样，她的人生的舟棹刚刚开始划动，前面或许还有更加璀璨、更加花团锦簇的溪边绿茵。可是，在两年前当她得知冒襄已在如皋娶苏氏夫人为妻时，她躲在被窝里偷偷地流过泪，感到一种莫名的惆怅，那怅然若失的情绪持续了很久才慢慢平复下来。

“笃、笃、笃……”顾横波很熟悉，这是冒襄上楼的声音，她知道婢女荔儿是不会拦住他的，所以便在临河的前楼等他。

冒襄挑起门帘，见顾横波临窗背面站着，他顺便向这宽敞的楼厅瞥了一眼：那迎门的墙上挂着一幅肖云从笔法苍秀的设色山水图，图的下方是一排红木长几，其上有七八棵精品素心秋兰栽在宜兴紫砂盆里，正发出阵阵幽香。另一面长榻上放着一只汉代铜瓶，插着三株开得极盛的月季花。那临窗一面墙上挂着两支洞箫，他知道顾横波跟张魁官学过吹箫的。靠卧室的门两旁放置两排书橱。这当儿，顾横波忽而转过身来，还没开口，冒襄轻轻地唤道：“眉生，我来啦！”冒襄见顾横波愣愣地站着不说话，又道，“知道我要来为什么不在楼下客厅等?”

“那你为什么不和张明弼他们一块儿来？”顾横波反问道。

“我想先来跟你单独谈谈。”冒襄深情地说。

“冒公子，你好不得意哟，在水绘园里金屋藏娇，娶了个阔小姐。现在又跑到秦淮河来招歌侑酒，调笑谐谑。宜兴陈贞慧送寒秀斋李小大七百金，尚未得晤见；冒公子一去，便能与她眼语眉言，好不默契，跟我有什么好谈的？”顾横波心里盼着冒襄的到来，可是一旦见到了，嘴上绝不让人，她回眸瞥了他一眼，又觉得自己语气尖刻了些，于是又柔柔地说了声：“辟疆，你太寡情了。”

“眉生，”冒襄听了顾横波半是讥讽半是埋怨的话，千言万语不知从何说起，又唤了一声，鼻子一酸，掉下两行眼泪来，哽咽道，“我娶苏氏夫人也实出无奈，严父慈母亲命难抗。”

“那你既来金陵，为何不先来看我？”

“眉生你也许不清楚，你家三娘不像李小大那样明事理，愿和我们复社的人声气相通。近来阮胡子在石巢园里兴风作浪，寒秀斋正是复社社友聚会的好地方……”冒襄的话还没说完，婢女荔儿捧了一壶茶进门道：“姐姐光顾着说话，怎么让冒公子站着？”

敬茶让座之后，荔儿退了出去。顾横波为冒襄绞了一把散发着香气的汗巾，恭敬地递给冒襄，见他愣在那儿，伤感地道：“辟疆，你不要解释了，我们今生今世看来是没有缘分了。只要你心中有我就行了。”

冒襄接过汗巾，顺势一把握住顾横波的手，含情脉脉道：“我到眉楼来就是向你谢罪的，你能宽恕我吗？”冒襄心里有一个愿望，但他不敢讲出来——他很想将顾横波带回如皋水绘园去，但顾横波是绝不会甘心做他小妾的。

顾横波虽是一个唱南曲的青楼女子，但由于她在眉楼乃至秦淮河上异乎寻常的地位，一般狎客和冶游子弟，尽管可以在其他秦楼楚馆里做蝶狂蜂浪，到了眉楼别说宿花眠柳，就连一亲芳泽的机会也不会有。因而顾横波很少和青年男子亲近，冒襄这亲昵的动作使她感到一种十分新鲜的快感。

顾横波正想说话，楼下传来一阵喧哗声，她和冒襄都知道这是张明弼、陈梁他们来了。顾横波急欲抽出被冒襄捏着的手，便说道："辟疆，我们下楼去吧！"

冒襄将顾横波的纤手往自己怀里一拉，顺势将她紧抱入怀，这温馨柔软、香气扑鼻的感官刺激似乎增加了冒襄的勇气："眉生，隔几天乡试完毕，我便带你到水绘园去，那儿专门为你筑香巢三椽如何？"

顾横波一听冒襄要把她带到如皋去，莫非要自己当姬妾，便猛然挣开身躯，愤愤地说道："冒公子是要把我当成白居易的宠妾樊素，或者是苏东坡的朝云喽，我顾横波还没那个福分呢！何况这十里秦淮名姝辈出、美女如云，又何必来找我？"

"哎，你怎么生这么大的气，我想请你去水绘园，实在是对你爱之弥深、慕之弥切呀……"顾横波这一番话，使冒襄这个平日风度潇洒、能言善辩的名士愣了一刻。冒襄感到顾横波是个性格复杂多变的女子，原来很清晰的怀春少女的形象变得朦胧起来，如同山林的晨雾和岚气。她一会儿像一泓清池，明澈温情，令人心爽神怡，可以揽入怀中，似乎可与之尽情恣爱；可是转瞬间风雨突变，面目冷酷得令人难以接近，那一副绮罗香泽之态，化成了冷冰冰的风霜雨雪。顾横波看冒襄面呈尴尬之色，便和缓地说道："辟疆，只要你以后不要再提什么水绘园就行了，我也不会使你难堪的。"说罢，瞥了冒襄一眼，这个形体颀长，眉目英俊又儒雅风流的贵公子，曾经惹得多少个待字闺中的姑娘倾慕，受到多少青楼名妓的青睐啊，如果他不是两年前在水绘园里与苏氏结秦晋之好，她是会委身于他的。想到这里，又觉刚才的话有些失礼了。

冒襄虽是明代人，却有魏晋名士的情怀。他也是一个感情极其丰富的人，但在灵魂深处有一间悲观的暗室，待人处世，总有一种无可无不可的超脱风度。他知道世间一切事包括男欢女爱在内，都是可遇而不可求的。何况他还是一个意气风发、心怀社稷黎民的复社志士哩。

“刚才的事是我鲁莽了，语言失之谮妄，其性失之偏急。”冒襄望了望顾横波，见她和颜悦色的模样，继续说道，“张明弼他们来了，吾等在此结盟，多谢眉生屈尊应允，你要不要请他们到楼上来？”

“他们都是我顾横波十分敬佩的忧国忧民的铮铮君子，赶快请他们上楼，等一会儿我要亲自为你们燃香点烛、设牲结盟呢。”顾横波热情地说。

冒襄下楼片刻，便和陈梁、刘履丁兴冲冲地登上眉楼。

“则梁兄、渔仲兄！今日二兄光临眉楼，真令我顾横波有在空谷闻足音之感。”顾横波一见陈、刘两人就兴奋起来，尤其是陈梁更引起她的诗兴酒豪之情。

“眉生兄，”陈梁是第一个能称顾横波为兄的人，有一次酒宴上善饮的陈梁在醉中误称顾横波为兄，以后就将此称呼延续下来，“你好大的架子，知道辟疆兄与我们要来眉楼，也不在楼下恭候，该当何罪，待会儿罚酒三杯如何？”陈梁笑道。

其实顾横波也有两年未能见到陈梁了。陈梁字则梁，浙江海盐人，有奇才高节，生平爱读异书，尚声气、耽交情。他与董其昌交往并为艺友，却并不去效法董其昌受世人推崇的书法，近年来与王觉斯过从甚密，但也从不去追随他的画技。他最喜欢标新立异。这陈梁身材高大，气宇轩昂，年龄不过二十八岁，却留着一把乌黑的连鬓胡子。

“则梁兄亲莅眉楼，弟何敢怠慢，只是楼下人多眼杂，怕有人到那个徽州查昂那儿去挑唆。”

站在一旁的刘履丁操着一口福建话说道：“则梁兄不要苛求了，顾姑娘辞了富豪查昂，让吾等作结盟之会，够豪气的了。”刘履丁字渔仲，黑黝黝的脸儿，唇上翘起清疏的八字须随着话音微微颤动，见冒襄与顾横波都在用赞许的目光瞧着他，于是又继续说下去，“这个查昂虽说是个徽商，仗着他身缠万贯之财与金陵诸勋臣，如诚意伯刘孔昭、保国公朱国弼、忻城伯赵之龙等都很有交情，这个人不好得罪。”

“查昂这个人确非一般商贾之客，隔几天我请他到李小大寒秀斋去和他见一面，但眉楼绝不让他上来。”顾横波也听说过查昂其人非寻常之辈，但对他与南都诸勋臣之间的关系不甚了了，听了刘履丁的一番话才表示愿意应酬的意思。

这当儿，荔儿悄然而至，轻轻地对顾横波说：“各式美酒佳酿，冷盘热炒都准备整齐了。”此时冒襄心里很高兴，这次在眉楼与陈梁、刘履丁他们结盟所需花费都由他支付。冒襄平时为人就以慷慨大方、仗义疏财闻名于复社内外，何况今日结盟之会。

“张明弼、吕兆龙怎么回事，现在还不来?”性急的陈梁见张、吕两人迟迟不来，竟直呼其名了。

冒襄内急外缓，也问道：“眉生，结盟仪式安置在何处?”他很担心张明弼与吕兆龙这两位金坛名士不能如期到眉楼来。

眉楼之所以闻名于江南除了顾横波的艳名之外，还有它的楼房的精巧雅致和烹饪技术的精湛。顾横波看了冒襄一眼，胸有成竹地说道：“辟疆兄、则梁兄，请到隔壁去吧。”

冒襄和陈梁跟着顾横波走进这间临河的楼厅，胸襟顿时清爽明畅，耳目为之一新。这是一间三面都有窗户的宽敞的水式楼，濒临秦淮碧波，在中午明亮阳光的照射下晶莹透亮，犹如置身水晶宫一般。面河的墙上挂着一副黄道周书写的楹联：“诗墨淋漓不负酒，江山雄丽洵宜人。”

冒襄翘首东望，见紫云笼罩下的钟山和烟柳相接的玄武湖，以及城内的琳宫梵宇、碧瓦朱甍都在秋阳下闪闪发光，想到就要举行的结盟豪举，雄丽江山和隽秀人物共此一时，心里不禁一阵欣喜。他的目光回到厅内，一张红木八仙桌上已放好各式美馔佳肴，香案上蜡烛、祝香业已备好，他心里更加踏实了，笑道："黄石斋先生惜墨如金，我还是第一次见到他所书写的楹联呢，眉生的面子真不小。"

"黄公高风亮节，博学多才，负海内重望。顾横波不才，虽蒲柳之质而于先生心仪已久。这副楹联是渔仲兄转赠给我的。"顾横波答道。原来这刘履丁是福建漳浦人，与黄道周同乡，并与黄公有师生之谊，知道顾横波敬重黄道周又无缘谋面，便将这张没有题款的楹联赠送给她。

正在这时，从金坛县赶来的张明弼与他的同乡吕兆龙风尘仆仆地上了眉楼。他俩不像其他的应试读书人——在秋试之前半年或更早些时候就僦屋金陵苦读经书，以期一举中乡试。金坛离金陵较近，他俩在乡试前几天方才到金陵来。冒襄、陈梁和刘履丁是在月前约他俩于八月初一来眉楼结盟的。张明弼是个面貌清腴、神情娴雅，做什么事都从容不迫的人。他和绍兴人张岱一样，历来十分同情秦淮女子。他以为像顾横波、李小大、董小宛、李香君、卞玉京等人虽自幼沦落青楼，但性格善良，或飘潇坠溷，或如璞玉元琢。她们生活在大厦将倾的明末动乱之际，这些身世坎坷的名妓又是历史的见证人。到了清康熙年间，已年过花甲的张明弼写了一篇脍炙人口的传世之篇——《冒姬董小宛传》便是明证。

"公亮兄、霖生兄，你们来得正好。"冒襄是这次结盟的发起人。陈梁、张明弼、刘履丁等人虽也为复社中人，但不想过多卷入南京的政治旋涡中去。而冒襄则是复社中坚人物，他希望通过这些结盟之会使他们进而参加望日之后桃叶水阁大会。

"本当昨日赶到南都，无奈舟船受阻，害得辟疆兄等久候，惭愧，惭愧!"张明弼对众人拱手作礼道。

"霖生兄是才思敏捷的大诗人，今天姗姗来迟，待会儿免不了罚诗一首。"顾横波笑盈盈地说道，一面亲自为刚刚坐定的张明弼、吕兆龙敬茶。那一口宛转动听的苏白，那娉婷的举止使得这一句普普通通的应酬话显得极有魅力。在女性面前显得特别腼腆而敏感的诗人吕兆龙尽管精于赋诗，此刻却涨红了脸。在这五位复社名士中，唯独他尚未娶妻，更谈不上纳宠了。

就在他们谈笑诙谐、议论风生的时候，眉楼的厨役和管事老妈子，已将结盟所用的整羊以及牛头放置在大香案之上，当香烛燃起，楼厅里烟气缭绕、烛光闪烁。这时顾横波对冒襄说："香烛、祭牲、酒菜均已备好，以下便是你们结拜兄弟的事了，当年是刘关张桃园三结义，现在是眉楼五结盟，我告退了。"

"眉生兄怎么能走？"性急的陈梁挽住顾横波宽宽的绸衣袖子，"南都盛传酒宴之佳莫过于眉楼，而眉楼绮筵之上，若无眉兄则举座为之不欢，虽酒炙纷呈、管弦盈耳亦犹如置身寒天冰窟一般，吾等今日结盟之庆，岂可无眉兄在场？"

经陈梁一说，本来就很想留下的顾横波自然欣然陪同了，冒襄这时捧着特制的酒爵，大声说："古人云上下三千余年，兴废百千万事，大概光风霁月之时少，晦暝之时多，衣冠文物之时少，干戈征战之时多。吾等自幼读圣贤书，空有报国宏愿而且于科举棘闱场屋；今尘世苍茫，满目伧俗奸佞，不堪列对，现天下纷攘，外有建虏内有强寇，北方飞蝗蔽天，南地水患成灾，而大小官宦多燕雀处堂，殆无深谋远虑。今弟与公亮、则梁、渔仲、霖生于眉楼共结金兰之好，为社稷黎民廓清天下腥膻，诸君以为如何？如无异议，请同干此杯！"

冒襄此番话语说毕，陈梁等人皆举起酒爵，将其中白酒一倾而尽。而后在一阵忙碌之中洒酒酹天地、祖宗。这时在一旁观看的顾横波说道："今日冒公子与诸君结为盟兄弟，千载吉日不可无盟文一篇。"

冒襄心里着实敬佩顾横波的见多识广，便笑着对陈梁说："慷慨芳烈之作，至情至义之文，非吾则梁兄莫属，则梁兄如何？"

陈梁是个爽快人，接过准备好的笔墨纸砚，在一张长几上稍做凝思，以他刚健的笔力，用倚马立就的速度撰写了一篇盟文。顾横波久闻陈梁其人文才广博，其势若横扫千军，气吞山河。然而这样的文思如涌、雄怀顾盼的人，至今仍然是个没有任何功名的生员而已，因而他的狂放、他的愤世嫉俗也不算是突兀的。顾横波虽为青楼女子，但于经史文墨，自幼便有所涉猎，她见那陈梁一面构想文辞、一面经营书法结构位置，不一会儿盟文便已写好：

> 丙子桂月朔日，盐官陈梁，金坛张明弼、吕兆龙，漳浦刘履丁，如皋冒襄友善。天地父母无不闻吾语、见吾诚，乘车戴笠永矢勿谖……异日者，富贵弃则睚眦杀之……夫牲盟不若臂盟，臂盟不如心盟。愿与诸君共持之。

这盟文又经陈梁重新用楷书誊写五份，五位盟兄弟各自保存一份。嗣后，冒襄说道："在座四位年长于我冒襄，都是我的兄长，能听小弟一言否？"

陈梁动情地说道："辟疆贤名，自今后吾等兄弟当肝胆相照，情同手足，有何高见尽管吩咐，有什么事需要我们去办的，一定赴汤蹈火在所不辞。"说罢向冒襄拱手数回，看了张明弼一眼。

这时在一旁沉思的张明弼，外表平静，内心似潮水奔腾，他神色肃穆地说："吾等在眉楼结为盟兄弟，切不可成为利则相争、祸则相倾的贼友，更不能成为言不及义而甜言蜜语的昵友。今值天下纷攘、内乱外患之秋，吾等书生应成为缓急与共，死生可托的密友，成为道义相砥、过失相规的畏友。"

听到陈梁、张明弼一番慷慨激昂、忧国忧民的言辞，顾横波禁不住哭了起来，那晶莹的泪珠儿扑簌簌地落在雪绸衣襟上，冒襄急问道："眉生，好端端的怎么抹起泪来？"

顾横波泪光闪闪，眼圈红红的，显得楚楚可怜，她伤心地说道："我羡慕你们是男子汉大丈夫，或出身书香人家，或长于名门望族，可以科举功名，成经国大业；可以投笔从戎，封狼居胥，金戈铁马，封万户侯。我顾横波自幼失慈母之爱，命运如同树花同发，随风而坠，在旁人看来这花团锦簇的秦楼楚馆，不过是个粪溷之地而已……”

陈梁知道秦淮河的妓女分两种，一种像顾横波、李香君、卞玉京这样的艺妓，她们有较高的文化艺术禀赋和素养，狎客名士们只能和她们品茗谈诗、画兰听曲，至多不过赏玩于歌筵舞席之上，而色妓则可授宓妃之枕，销魂于床第之间。二者之间自有高低文野之区别，但不管怎么说也还离不开一个“妓”字。富有同情心的张明弼说出了无数顾横波的崇拜者所从未说过的话来，他诚挚地说道：“眉生兄，我看梁园虽好非久居之地，金陵为帝王建都之乡，宗室王孙，翩翩裘马；乌衣子弟，挥金如土。这些人的心地之鄙秽更甚于市井庸夫俗子。我想眉生兄不如早做良图，跳出风尘。”

顾横波不是一个头脑简单的女子，她的眼光很高，她绝不想轻易委身给一般的达官贵人，更不想去当那些名门世族之家的小妾宠姬。如果她凭着姿容才艺，跳出这秦淮地界，并不是一件难事，只是没有寻觅到意中人而已。她擦了擦眼泪说道：“眉楼要不是常有复社诸君子见爱，以气节砥砺，以诗词熏陶，我顾横波最多不过是个徒有色相的庸脂俗粉而已，我如果要寻找如意郎君的话，非复社君子莫属。”顾横波知道许多翩翩佳公子或文坛隽才都在狂热地爱着她，而这种爱的氛围，又使她有一种安全感。她觉得自己一时的伤感很对不起在座的约盟兄弟们，于是嫣然一笑道：“今天是你们几位结盟之日，我倒在这儿抹起泪来，真对不起。”

正如顾横波所思忖的那样，这几位结盟的复社名士都是顾横波的崇拜者，除了冒襄之外至今都未能得到顾横波的倾心之爱，而由于冒襄在两年前与苏氏夫人结缡于如皋，两人曾经有过的恋情也变为一种惘然的遗恨了。陈梁、张明弼、吕兆龙和刘履丁他们或失之于自尊，或失之于机缘，或失之自惭形秽的自卑感……谁也不敢贸然求爱。听顾横波说她非复社君子不爱，心里不禁都升起一股希望。

留着八字须的刘履丁兴奋地说：“眉生姑娘言过了，其实南都谁不仰慕芳名，姑娘的才学非吾等一介书生所能比肩……”说到这儿，他望了冒襄一眼，想到隔两天桃叶水阁大会，于是将话题转了向：“不知各位听到最近南都传闻否？”

“有些什么稀奇事儿？”顾横波问道。

“后金皇太极昭告天地，改国号为大清。听说满鞑子的骑兵已从喜峰口入了关，攻下了京师畿辅之地——昌平、宝坻等十六座县城，杀烧奸淫无恶不作，俘虏人畜十八万之多。”刘履丁忧虑地说道。

冒襄接着说：“满虏的铁蹄已逼近京都，社稷宗庙几被倾覆，这是外患；最近流寇骚扰郧襄一带，朝廷之内近来阉党余孽又在狼奔豕突，金陵城里阮大铖、马士英这些奸佞之徒已与勋臣们勾结，准备东山再起，这是内忧。吾等虽读书人士学齐民术，读圣贤书，岂能坐视太祖高皇帝开创的三百年江山毁于一旦。”冒襄是个极富感情的人，说到这里一腔热血沸腾，激动得流下了眼泪。这时有诗癖的吕兆龙早已打好腹稿，径自走到已备好笔砚的书案旁，蘸墨挥毫赋诗一首《结交行·同盟眉楼即席作》：

> 我生热血止一斗，藏之中心不在口。彷徨起舞为君父，安能倾吐向朋友。矧兹丑孽方陆梁，又值流氛犯郧襄。庙堂宵旰思颇牧，速期殄灭毋鸱张。竖儒难办天下事，未闻风鹤神先悸，平生不以胆许人，肉食之谋何所济。我今暂与同志约，毋为身家植私党，毋趋名利媚权贵，南都相聚尽人豪，文章节义须甄陶。……倾盖遥逢订石交，共祈努力报清朝。

吕兆龙的诗一写完，冒襄率先拿到手上，以抑扬顿挫、铿锵有力的声音朗读起来。听了这慷慨悲歌的诗篇，顾横波不禁眉蹙春山、目敛秋水，顷刻间，两行清泪潸潸而下。她敬重眼前这五个年轻的书生，他们绝不是那种寻常的诗朋酒友，而是她的一种精神慰藉。然而，她不可能爱上吕兆龙、张明弼、陈梁、刘履丁他们，她虽不是名门闺秀，但这些年来锦衣玉食、香绮醇醪的生活使她不可能跟书生们去过清贫的日子了。

陈梁见顾横波在一旁流泪，便说：“霖生兄的诗作可谓今日盛会的压台戏。”说着他挽起冒襄、张明弼的手臂，接着刘履丁也拉着吕兆龙的手臂，五人联挽着齐声说：“自今日起，我五人便是同袍同泽，勠力同心，忠心报国。”

这时荔儿走进楼厅说，午宴已摆好。于是他们回到隔壁酒炙纷呈、珍馐罗列的厅室。

这是一桌十分丰盛的酒宴。最为醒目的是一只铜盘上盛着的色如琥珀的烤小猪，入口含浆膏润、齿颊留香。烤猪两旁是两盘爽口清香的醉香蕈和凉拌芹菜。其他是金陵著名的桂花咸水鸭、扬州名菜豆腐羹和没骨鱼。除此之外便是水鲜山禽之类的佳肴。

随着一道道精心烹饪的菜肴上桌，冒襄、陈梁等人在顾横波的殷勤款待下，揎袖攘臂，飞觞拇战，直到酩酊大醉方才尽兴。午后，顾横波雇了五顶轿子，亲自站在轿厅门口送别，目送轿子远去才转身回眉楼。顾横波想不到，就在此时，应顾三娘之约前来的查昂正躲在大门外的柳丛里偷偷地窥视着她。

查昂是徽州富商，在扬州几执盐业之牛耳，又在徽州老家置平畴沃壤，不啻千亩。查昂其人为贾则厚利，为儒则名高，所以自称“贾而好儒”。他可以对人擅施剽剥、锱铢必较，也可以作一掷千金，慷慨任侠之举。他又是个精力过人的壮汉，商务之余每于长塘丰草，走马放鹰，高阜平岗，斗鸡蹴鞠，终日无倦容。然而，他最感兴趣的还是这纸醉金迷的十里秦淮。由于他的财富和堂堂的仪表，使得一般的秦楼佳丽、楚馆娇娃，一个个对他搔首弄姿，趋之若鹜，查昂自然是左抱右拥，踌躇满志。但使他不可理解的是，眉楼的顾横波竟然不把他放在眼里，却和那些复社的酸秀才往来甚密。后来有人告诉他，冒襄、陈梁等人在眉楼结盟，他不由一阵恼火，于是便和仆人查升到眉楼来，恰好看到顾横波在门口目送冒襄等人的情景。

顾横波的身段风韵，举止娉婷，一展眉一凝眸，或是一举手一投足，都使查昂感到魂飞魄荡，不能自已。他曾偷偷地去过清吟阁听顾横波唱《西楼记》，顾横波那婉转的嗓音，将那《西楼记》女主角穆素徽的缠绵情怀表现得丝丝入扣，淋漓尽致。可惜的是那顾横波并不看重他查昂的万贯家财。想到这里，查昂深深地叹了口气。

"老爷!"家仆查升喊了一声。

目不转睛看顾横波的查昂全然没有听见查升的声音。这查昂窥看女人自有他的一套路数，所谓正视、侧盯、背睨。有位狎客请教他诀窍，查昂说，正视得其花容月貌，侧盯得其婀娜风姿，背睨得其身段之形。这番话让那青楼狎客佩服极了。

"老爷!"查升又喊了一声。

"你说什么?"查昂直到顾横波款款莲步轻盈地走进了轿厅，才和查升搭腔。

这查升身材瘦高，皮肤黧黑，安徽怀宁人，绰号火烧木头。这个瘦而黑的仆人原来是前光禄卿阮大铖的家丁，因其人善于奉迎且多机谋，由阮大铖推荐给查昂为心腹随从，从此改名为查升。

"老爷如果想要顾横波乖乖地顺从你，非去找石巢园的圆海公不可，他胸中自有雄兵百万，一个小小的顾横波岂能逃过他的算计?"查升为讨好主子，献上了这个主意。这个火烧木头知道查昂平常非常敬佩阮大铖的才藻和机敏。

查昂一听阮圆海，心中忽而一亮，他决意再次去拜访这位招纳游侠、谈兵说剑的阮胡子。

第三章　石巢园的鬼蜮之计

长着浓黑髯胡的阮大铖，此刻正坐在咏怀堂的一张乌木镶大理石椅子上，椅旁是一只倭式嵌金银片台儿，阮大铖得意扬扬地将他自编的诗集摊在台儿上，想到前两天在真州（今仪征）买到的那个娉娉袅袅刚满十三岁的女娃儿，不禁喜上眉梢，只要再调教她两三个月，就可以排戏了。为此，他又想起在真州舟中的艳福来，随即吟了一首《无题》诗：

湘兰露重转无芬，遮月犹嫌巫峡云。
千顷艳情关不着，蛾眉寸月一疑君。

进士出身的阮大铖，在崇祯初年被定为逆案阉党，流寓金陵城南一隅的库司坊。他是个不甘寂寞的人，治亭榭，蓄声妓，广交文友。他在石巢园里吟诗拍曲，招纳游侠，谈兵说剑，居然以文采风流自赏。阮大铖功名利禄之心极强，他的目标是回到京都去，重新得到崇祯帝的宠信。这几天他内心深处对经常来石巢园的那批文人清客有些厌烦，他心里很明白，这些文人不过是贪图他丰厚的馈赠，流连石巢园里的轻歌曼舞罢了。

他最想笼络、结交的是复社那批享有盛名的人物，如侯方域、冒襄、方以智等，而这些人偏偏清高得很，难以接近。于是他想到了曲友文震亨，这位冠冕吴门的文公子乃文徵明曾孙，其兄文震孟当过东阁大学士。但这位唱昆曲的朋友，被崇祯帝授以武英殿中书舍人，为皇帝监造古琴两千张并一一为之命名，在京都当了皇帝御前琴棋书画的顾问。如果文震亨尚在金陵就好了，凭着他与文震亨的交情以及文震亨在复社那班读书人中的威望，便不难与复社中人攀上关系了。

这时管家阮庆匆匆走到阮大铖跟前，呈上一张名帖。阮大铖抬眼一瞥，那淡蓝色名帖上写着一行清劲而妩媚的瘦金书，“眷晚生山阴张岱顿首拜”。

阮大铖一看是张岱来访，兴奋得站起身来搓着一双肥厚白皙的手道：“快请，张相公快请……”阮大铖知道张岱是宦家子弟，工骈文精音乐能弹琴，而且嗜好很广，极江南声色之娱，这些正配他的胃口，更重要的是张岱交游甚广，可以通过他去拉拢复社那帮年轻气盛的公子们。

“宗子兄，大铖不知兄光临寒舍，有失远迎，万望恕罪！”阮大铖一面敬茶请座，一面打量张岱，只见他神情俊逸，举止潇洒，清瘦的脸上五官长得十分秀气，“大铖早该去晋谒宗子兄，今日亲莅必有见教！”

张岱曾在闽南画家曾鲸府上以及串戏的丑净彭天锡那儿见过阮大铖，虽然知道阮大铖曾有投靠魏忠贤的劣迹，但不忍舍弃其人在诗词歌赋、戏曲传奇方面超群的才藻，还是与阮大铖互通声气。作为一个钱塘寄寓金陵的游子，张岱不像那些言论过激、睚眦必报的复社中人，与阮大铖并无旧恨新仇，所以羁旅孤寂之时不免想到石巢园来走动走动，看看阮大铖所编的传奇《十错认》《摩尼珠》。张岱穿一身宽大轻软的儒袍，拢了拢宽袖笑道：“圆海公，不才曾遍读诸家传奇，看遍吴越间戏文，但公之大作尚未有缘聆听。故今日冒昧前来，不知圆海公能令我一饱眼福否？”

“宗子兄何必客气，你是排曲串戏的行家里手。我这里已定好明日开排拙作，只是唯恐有污法眼，得罪不起。说真的，承蒙宗子兄前来枉顾，我阮大铖早在天启年间就置身东林前辈之列，无奈受人罗织，遂遭禁锢，其实我与魏忠贤亦早有宿怨，我在魏逆事败抄家之前便有弹劾魏贼之文可查，可是，复社那班后生偏与我作对。宗子兄你是不会有门户之见的，对吗？”阮大铖机敏而又为人轻躁，只要有机会，他时时不忘为自己前几年的丑行洗刷辩白。

张岱大概可以算是晚明时期最具有名气的读书人了。他明明知道自己在士林的声望与地位，也知道阮大铖是个声名狼藉、退隐林下的人，但他却愿意和他交往。他常常对人说：“人无癖不可与交，以其无深情也；人无疵不可与交，以其无真气也。”他对待阮大铖便是以文以艺相交的。张岱望了望阮大铖那张因委屈而愤懑的脸，说：“复社的朋友们其实都是圆海公学生辈的人，公自不必计较后生小子的无知。何况像黄宗羲、魏学濂、周茂兰他们的父辈黄尊素、魏大中、周顺昌都死在魏忠贤手里，让他们发发感慨、放放悲歌也是顺理成章、情有可原的，听说他们最近在桃叶渡聚会呢！”

阮大铖听到张岱话中提到魏大中，脸色突然刷白。原来魏大中在天启年与阮大铖都是吏科给事中的人选，后阮大铖谄事魏忠贤而得官，魏大中因此死于冤狱。听到东林遗孤们已在桃叶渡聚会时，阮大铖感到心惊肉跳，急问道：“这桃叶渡聚会是谁出的主意？”

“听说是冒辟疆、张公亮、陈则梁他们。此外，前几天冒公子与他们几个人在眉楼结拜兄弟的事你知道吗？”张岱只顾显示他对南都复社名士的行踪了如指掌，不知道在无意中伤害了他的复社朋友们。

“哦——眉楼的顾横波，就是那个爱唱《西楼记》的顾眉生吗？她好大的架子。我几次请她到石巢园来串戏，她都不来，如今倒让冒辟疆他们上眉楼拜把兄弟。”阮大铖对这个清秀的钱塘名士张岱素有好感，有时甚至想如果他再年轻几岁，可是个极好的男宠的人选，可是今天偏偏带来了东林遗孤声讨魏忠贤余孽的消息，令人好不恼火。

张岱看了看阮大铖那肥胖的身躯和倒挂浓眉下的一双鹰目，忽想起他在天启年间阴险狡诈的行径，顿生厌恶之情，心想这个阮大铖如果不是一个利欲权欲熏心的人就好了，凭他的文藻才思，何尝不是孟浩然、韦应物流亚，关汉卿、汤显祖再世。张岱站起身来拱手作礼道：“圆海公如果还想请顾眉生到石巢园来献艺，我可以去通报一声，如蒙圆海公许诺，我明天请她一同前来看一出《十错认》，让她开开眼界。”说到这里见阮大铖的脸色由阴沉渐转晴霁，便继续道，“弟今天就告辞了，明日定来府上看戏。”

阮大铖笑道：“宗子兄请稍候一会儿，我有一俊物相赠。”说罢，他从书几上取下一只锡瓶，递给了张岱说：“古人云扬子江中水，蒙山顶上茶，这是我珍藏的一点蒙山贡茶，请宗子兄笑纳，以助君晴窗闲吟或与红妆翠袖密晤谈私时添些乐趣。”

嗜好品茶的张岱觉得此刻的阮大铖的笑容不似别人所说的那样奸诈阴鸷，倒是妩媚可爱得很。原来这阮大铖极善笼络文人雅士，客来每有馈赠，而且能迎合来者的不同爱好。

在他眼里，张岱绝不是一般等闲之辈，阮大铖看上的正是张岱实力殷厚的家庭背景。阮大铖想在他东山再起的事业中，张岱这个看似闲适的文人或许是个重要角色哩。

阮大铖送走了张岱，在咏怀堂里刚刚坐定不久，一心想得到眉楼顾横波青睐的富商查昂又骤然来访。“唉！”阮大铖重重地叹了一口气，这过于频繁的来访打搅了他的突发的诗兴，他正准备出一本《咏怀堂丙子诗》，他撩起镶金边的缎袍急走到轿厅里，迎来了衣着华贵、脸儿丰腴的查昂。

“祖韵兄，别来无恙！”阮大铖声音洪亮、语气虔诚而亲切，显得很有人情味。当他一见到查昂，刚才那一丝不快也烟消云散了。

查昂听见阮大铖称他为“祖韵兄”心里十分感动，因为他的字称一般人不熟悉，都称他为“老爷、公子”之类。查昂虽系商贾，但曾祖查鼐却是一位名闻遐迩的琵琶家，正德年间曾在宫廷为乐师。江湖上称查鼐为查八十，查鼐年轻时也到秦淮河来演奏过琵琶，留下过不少乐坛韵事。查昂除了也会弹弹琵琶之外，其他就绝非他那位身怀绝技而郁郁不得意的曾祖可以相比的了。

“圆海公，小弟查昂冒昧晋见，请恕唐突。”查昂一面客套着一面和阮大铖步入咏怀堂。

在敬茶让座稍事寒暄之后，查昂又站起身来，向阮大铖作一深揖，道：“不才查昂于商贾之事无不顺心畅意，唯涉足这南都花丛艳薮中，虽于粉白黛绿之间顾盼得意，却想不到……”查昂欲言又止。

阮大铖原以为查昂说出什么惊天动地的事，原来是寻花问柳，于是发出几声爽朗的笑声，说道：“祖韵兄，像你这样的风度翩翩的浊世佳公子还愁没有左抱右拥的福分吗?”

“不瞒圆海公说，我多次去眉楼，想去亲近亲近那个艳名远扬的顾横波，不料她并不把我摆在眼里。听说圆海公计谋过人，能坐运机智，胜人于千里之外，我今天就是来取锦囊妙计的。”查昂此刻说出了来意，“只要那顾横波顺从我查昂，一定重谢圆海公!”

阮大铖其实也是一个情场老手，但他这几年来在权欲上兴趣更大，他并不像一些达官贵人那样去猎取艳名极大的名妓，他认为名气太大的女子往往保不住贞洁，也容易在官场上招来物议。因而他和他的密友马士英一样，并不去秦淮河寻觅侍妾，而是到淮扬一带物色绮年玉貌的少女充实内宠的行列。他知道查昂其人年轻气盛，财大气粗，一心想将顾横波这样的名妓搞到手，也是不奇怪的。再说这个顾横波最近总是和复社的秀才厮混在一起，也没有把石巢园放在眼里，如果查昂真的能够将顾横波抢到手并藏之金屋，也可以杀杀那些复社名士们的威风。想到这儿，阮大铖抚摸了几下浓密的胡子，得意地笑道："祖韵兄，我阮大铖自万历四十四年进士及第之后，虽不求闻达，而历任吏科给事中、光禄寺卿，虽才智不如诸葛，却喜抵掌谈兵、忧国忧民；虽文藻不似李杜，却也能挥毫作诗拍曲，在金陵薄负虚名，如蒙查兄不弃，大铖虽不能说满腹韬略、胸罗星斗，只要我略施小计，便可让那眉楼的顾眉生乖乖投入老兄的怀抱。"

查昂知道阮大铖一席话未免有些夸口，但还是愿意相信此公的足智多谋，听说在天启年间，他明明投靠在魏忠贤门下，却在表面上装成疏远的模样，每次去拜访魏忠贤后，又厚赂门役将名帖收回焚毁，免得以后留下投靠魏贼的话柄。果然，后来魏忠贤事败被抄家时，找不到阮大铖勾结魏阉的证据。魏忠贤死后，阮大铖写了两份内容相反的奏疏，一份是专门弹劾崔呈秀和魏忠贤的，另一份则是弹劾东林党人的，到底奉上哪一份，就据当时的政局风向而定。查昂之论人识友以自己利害关系而转移，他并不在乎阮大铖的所谓人品，就像他在经商时认钱不认人一般。

查昂神色专注地凝眸望着阮大铖，问道："圆海公何以教我？"只要顾横波能报以青睐，他竭诚求教。

阮大铖胸有成竹地轻声说："祖韵，快附过耳来。"其实此刻客厅里只有他俩在场，阮大铖却要故弄玄虚，将气氛搞得神秘兮兮。查昂和阮大铖都是皖人，阮大铖操一口浓重的怀宁乡音与查昂头靠头窃窃私语起来。说到得意之处，查昂开怀大笑，还兴奋地说了几句村语粗话。

咏怀堂的后厅隔了几堆玲珑剔透的假山石，其间有十几株浓荫深樾的百年老松，在南风劲吹下发出沉沉的松涛声。阮家戏班子正在后厅排练主人阮大铖的得意新作《燕子笺》，女孩儿们正用悠扬的昆腔唱道：

老卸名缰拘管，闲充词苑平章。春来秋去酒樽香，烂醉莫愁湖上。燕尾双叉如剪，莺歌全副偷簧，晓风残月按新腔，依旧是张绪当年情况。

送走了富商查昂，阮大铖从容地直趋后厅。他是一个出色的编剧与导演：所撰传奇笔笔勾勒，皆苦心经营。生旦角的感情贯注、丑角的插科打诨，乃至对白的咬嚼吞吐，他都能耐心地与那些女孩们一一讲清。就连《燕子笺》中的燕子，《十错认》中的龙灯，《摩尼珠》中的走解和猴戏都无不尽情刻画。阮大铖知道张岱也是一个精于戏剧之人，明天他要到石巢园来观剧可不是闹着玩的，阮大铖要亲自排演一下在他面前露一手。多才多艺如阮大铖在南都也是凤毛麟角的，无论写诗拍曲，谈兵说剑，饮食茶经，还是这石巢园里亭台楼阁的安排、挖池垒石的经营莫不出于他的精心设计。难怪阮大铖愤愤不平呢，东林复社这批人竟然不把他放在眼里。最气人的是，他数次亲自登门拜访东林名士雷缜祚，都被雷缜祚拒绝。有一天，阮大铖带着最名贵的一瓶酒再访雷缜祚，阮大铖随门役进了客厅，那雷缜祚竟越墙躲避了，犹如逃避瘟疫一般，这还不算，他还在茶几上放着崇祯帝钦定的逆案一册，以此羞辱阮大铖。

顾横波坐在莫愁湖郁金堂里，在绿窗红槛、碧瓦珠帘之中的她淡妆素服，丰韵娉婷，肌肤洁白，胜于艳雪，从湖上望去宛如神仙中人。然而，这会儿时近黄昏，顾横波凝视着湖边秋柳千丝万缕，在西风中纷飘，那湖上的荷花凋零、荷叶残黄，给人一种翠冷红凄的迟暮之感。在这南都金陵不管顾横波如何红得发紫，不管她多么受人宠爱，她总是在冷静地思考自己的归宿。是啊，梁园虽好非久留之地。顾横波除了忙里偷闲读书吟诗之外，还喜欢带着婢女荔儿到这山水明瑟的莫愁湖凭栏独坐：或远望在烟雨杳霭中的清凉山、石头城，或看那几近倾颓的胜棋楼，遥想当年诸葛、徐达的功业。更多的时候是为了躲避那朝朝暮暮的秦淮歌筵管弦之声，借此清幽的莫愁清波一荡胸中俗尘。

婢女荔儿轻轻地唤道："姐姐，你看天色晚了，我们回家吧，轿子在外边等急了呢。"

顾横波并不回头，只是向芦花与残荷丛中的湖心亭望去，她多次来莫愁湖皆因来去匆匆，未曾去过湖心亭，忽而动了雅兴，回眸道："荔儿快去备船，我俩到湖心亭去玩玩。"

荔儿知道拦不住顾横波的山水癖好，便说："我去把轿夫叫来帮我们划船。"

"湖里水波不兴，一平如镜，我们自己也划得动，岂容他人坏了雅趣。"说着顾横波便兴冲冲地往郁金堂外走。

莫愁湖里盛产鲜藕，那湖边放着不少采菱采藕的尖头小船。这莫愁湖和湖边的产业原来都属于中山王徐达，从明初到了崇祯年间徐氏逐渐败落，那华严庵、胜棋楼、郁金堂几经易主，早已不是徐家的产业了，唯剩莫愁湖中的水产仍归徐家后裔所有，称之为中山王湖田，渔民们年年岁岁都要向徐府纳税。顾横波知道这莫愁湖水面的一切都是属于徐府的，而徐府的少爷徐青君便是顾横波所熟悉的人，不过她从未对那位纨绔子弟报以青眼罢了。

顾横波和荔儿相扶着上了小船。划船对她俩来说并不是一件为难的事，她们自小就在秦淮河边长大。她们经常坐船从武定桥到新桥或到文德桥、大中桥，兴趣大时还到九曲青溪去泛舟，然后上岸踏青哩。船儿向湖心荡去，惊起的野鸭扑棱棱地向湖西北的茭瓜塘飞去。湖面上的残荷使顾横波想到——快到吃鲜藕的日子了，那切得薄薄的雪藕是她最爱的解馋之物，也是眉楼酒宴后醒酒的佳品，莫愁湖的鲜藕是名闻江南的。

莫愁湖是在城西一隅的僻静之地，黄昏时分，除了顾横波、荔儿外，附近阒无一人。荔儿胆小，便提醒顾横波道："姐姐，船也划过了，湖心亭下次再来好了，我们往回划吧。"说罢，荔儿看着那近岸处丛丛青里泛黄的芦苇，有些神色不定。

不知什么时候，一艘赭色快船从簌簌作响的芦苇丛中蹿了出来。顾横波和荔儿还没能搞清怎么回事，那快船便已靠近小船。船头站着三四个强壮男人，一个满脸胡须的汉子将一只沉重的铁锚猛掷到她们的小船上，顾横波知道来者不善，而且晓得凭她俩的体力是逃脱不了的，便笑着说："几位壮士，莫非是江宁府派出来巡夜的？"

那满脸胡须的壮汉嬉皮笑脸地操着北方话说："俏姑娘，你先别问俺们是干什么的，快到俺船上来谈谈心，俺船上有酒有菜，独缺你这样的美人儿。"

荔儿还从来没听人如此无礼地对顾横波说话，脸儿羞得通红地说道："尔等怎么这样放肆，你知道我姐姐是谁？"

那壮汉正欲答话，被站在一旁的另一个汉子制止，他穿一身绣花黑色短袄长裤，腰间束一条黄丝带，白皙的脸膛上五官倒也生得端正，只是长着一副倒挂浓眉，在清秀中显出几分奸邪之气，人称"白面秀才"。他缓缓地说："小姑娘，你也不用问了，不管是谁，反正今儿要你俩在这船上陪陪咱们哥儿们。"

顾横波不卑不亢地站起身来，那亭亭玉立的身姿和丰神绝色的容貌，更使那几个粗鄙贪色的汉子垂涎三尺。她镇静地说："你们不问我是谁，我也不问你们是谁，我这里还有几十两银子，送给诸位如何？"

那壮汉嚷道："几十两银子？别说是几十两，就是几千两俺们也见过，姑娘还是乖乖地过来吧，免得拉拉扯扯怪难看的。"

荔儿急了，忙说道："我们是眉楼的人，你们要是再胡闹，明儿姐姐禀告守城提督赵之龙，叫你们吃不了兜着走。"

荔儿想抬出勋臣忻城伯赵之龙镇住这伙强横的壮汉，谁知他们一听“眉楼”二字，乐得哈哈大笑，那壮汉淫笑道：“俺们有眼不识金镶玉，姑娘原来是眉楼的娘们，怪不得长得水灵灵、嫩生生的，快来船上陪俺们喜度良宵，俺们送上银子，绝不少一两。”

顾横波心里盘算着眼下的情势，知道对付这伙粗鲁淫邪之徒，只能智胜，不能力敌，于是先用一个缓兵之计，她莞尔道：“既然诸位看得起我顾横波，请明天到眉楼来，包诸位吃得痛快，玩得尽兴。”

不料这班粗汉得寸进尺，满口秽言亵语：“听说你顾横波还是一个没开过荤的清倌人。”

“是呀！你大姑娘也是酒糟鼻不吃酒，枉担虚名，今夜就跟咱哥儿风流风流……”

“大姑娘不要羞答答的，当官做老爷的可以嫖，咱们就嫖不得吗?”

正在这帮强徒恃凶逞横、口吐脏话的时候，一艘官船从湖西茭瓜塘那边朝湖心急遽驰来，那为首的满脸胡子壮汉见到官船迫近，便有几分慌张，但又不想在两个年轻女子面前丢脸，转过身来对那个白净脸问道：“秀才，看来风向不对头，俺们干脆把这美人带走算了。”说着就奋身一跃，跳到小船上来，他身高体重，船儿一摇晃，差点儿倾倒，荔儿吓得脸儿发白，顾横波操起木桨，准备抵挡顷刻即至的凌辱。

“哪里来的狂徒，在这里撒野!”官船驰近，那船头上站着一个气宇轩昂、嗓音洪亮的青年男子。他那威势派头，使这几个强徒慌了神。这青年男子一个箭步跳上赭色快船，一伸臂，只听得扑通一声，那满脸胡须的壮汉便掉落在湖里，那白净脸汉子见势不对，官船上还站着七八个穿着玄色短装、膀粗腰圆的在衙门当差的人物，于是垂头丧气地收锚逃窜，谁知那铁锚尖戳在小船上，拔不出来，他只能慌忙跳水逃窜。

“眉生姑娘受惊了。”青年男子拱手作礼道。

顾横波定神一看这拱手作礼的男子有些眼熟，但怎么也想不起来在哪儿见过面，于是躬身施礼说道："先生在我顾横波危难之时，救我出困境，免遭凌辱，不知如何表达感激之情？"顾横波看了看这个气度不凡、衣着华贵的男子，实在想不出他的名字，又问道，"敢问先生大名？"

"在下姓查名昂字祖韵，不过是新安蓬茅下士，谬承赞誉，实在惶愧。湖上渐起西风，凉意逼人，不如上我的大船。"查昂说着便伸手来搀顾横波，一面柔声地对荔儿说："姑娘也快些上船吧。"

顾横波又看了查昂一眼，暗暗地想：查昂眉目清俊，颇有英武气概，以前怎么没有注意到呢？她此刻无法拒绝他的搀扶，只能让查昂握住自己的纤手。查昂心里满溢着甜蜜，尽管他目前尚不知道自己的英俊潇洒和侠义的行动，是否已经绾住了这位绝色美人的芳心。

顾横波和荔儿在官船陈设华丽的舱室里坐了下来。查昂的家人送上香茗一瓯和几色茶点后，恭谦地退出。查昂抿了几口茶后，对顾横波说："眉生姑娘，今天也算我们有缘分。"

"为什么有缘呢？"顾横波说着，心里暗忖道："这查昂说的是什么意思，是仗义相救之缘，还是姻缘之缘？"

查昂深知顾横波平日最喜欢和一些文采斐然工诗善画的人交往，于是就说："眉生姑娘，前天我听人说王铎老前辈要在莫愁湖为冒襄画画。谁知待我前来，如此雅集已提前在昨天幸晤，我只能独自雇船以赏湖景，不意在此解了姑娘之围，这不是缘分吗？"

顾横波心细如发，她知凡富商者，往往机敏有余，诚笃不足。其实王铎为冒辟疆画画之事她是知道的，冒辟疆也约过她赴会。只是她不想和这个任少詹事京官的王铎来往。昨天晚上冒襄还很得意地将王铎的赠画给她看。她想试一试查昂是否说的是真话，便问道："你知道王铎为冒襄画的什么吗？"

恰巧查昂在三山街裱画廊的一家裱画店里见到了这张画，心里一阵窃喜，他说："我知道这幅赠画叫《松窗茗对图》，连觉斯（王铎字觉斯）先生的画跋我也铭记在心。”说着得意地向顾横波投去一瞥，“跋文如下，‘余卧病旧京冷曹，与辟疆兄尚论今古，旁及绘事。辟疆鉴赏证据得画家三昧，因出疾作《松窗茗对图》为赠。时崇祯丙子秋月’。”

顾横波听了这番话后，心里十分佩服查昂的悟性，觉得像这样博学强记的富商倒也罕见，顿时增添了几分好感。不一会儿舱身微震，船儿已抵湖岸。此时暮色四起，郁金堂、胜棋楼的白墙碧瓦渐次蒙上一层神秘的色彩，湖风吹来，那莫愁湖上白萍残荷、丹枫衰柳瑟瑟作响，平添几许秋意。待查昂送顾横波和荔儿回到秦淮河畔的时候，已是笙歌缭绕，万家灯火的时候了。

查昂并没有在眉楼多作逗留，当晚便乘轿到了库司坊，在咏怀堂见到了正在灯下读信的阮大铖。

下午，阮大铖刚刚收到同年进士马士英为他的《怀堂诗》所写的序，看到得意时候便大声诵读起来：“……集之文章经济凌古烁今，呕心风雅，如狮子王搏象搏兔皆全其力。其诗沉郁顿挫、清新俊逸无所不有，明兴以来第一人而已。”马士英所称的“集之”是与“圆海”同为字称。阮大铖的密友皆称他为集之。

查昂知道阮大铖是一个自视甚高、风流自赏的人，故一进客厅就连连称阮大铖为当代李杜，将阮大铖吹捧得心花怒放，掀髯大笑起来。一番寒暄之后，查昂说道：“圆海公，今天傍晚我在莫愁湖见到顾横波了，圆海公真是运筹帷幄，料事如神啊！”

听了查昂的话，阮大铖仿佛喝了一杯香醇清洌的金陵大曲一般，平添了几分醉意，他笑道：“祖韵兄，金陵六代风流空余衰柳烟草而已，青山绿水则赖英雄美人之名得以传世。顾横波者美人也，祖韵兄则英雄也，从此莫愁秦淮当不寂寞矣！”

“不才赖圆海公的计谋，初战告捷，待事成之后定厚谢先生。”查昂拱手长揖道。

阮大铖扬扬自得，从不放过自尊自夸的机会，他说：“莫愁湖之计只是大铖小小运筹耳，吾之用兵遣将的神机妙算亦如此矣！”

“顾横波明天将在眉楼设晚宴酬谢我！”查昂喜形于色地说，“圆海公能屈尊与查昂同赴欢宴否？”

阮大铖摆了摆手说：“如此好事，岂容我阮胡子扰乱清兴？我不能去的。只要那顾横波能于眉楼之上一榻横陈、入君怀抱，让那些复社的酸秀才气得捶胸顿足就好。”

查昂想到明天晚上眉楼上绿盏交飞、情浓兴酣的情景，乐得差点笑出声来，连声道：“说得妙，说得妙！”

“这下子那帮复社的急色儿鞭长莫及了！”阮大铖还想说几句粗话，转念一想又忍住了。

“圆海公有什么事需要不才去办的，定效犬马之劳！”查昂问道。

阮大铖心里想，既然你查昂开了口，那就不必客气了，他抚摸着油光乌黑的胡子，说道：“我听说宜兴周延儒虽然早几年从内阁中退了下来，最近又有东山再起，重入内阁任首辅的预兆。这个周延儒二十岁就会试殿试第一当了状元，他性格警敏，善伺人意，外表潇洒儒雅，骨子里很贪钱。我想走走他的路子，一旦我阮大铖重步朝廷，便可实现经国济世的抱负，救万民于水火倒悬之中。”

查昂是个聪明人，阮大铖说要走走周延儒的路子，又说周很贪钱，此意十分清楚，便说：“眼下江南尚属升平世界，可那北方鞑虏虎视眈眈，流寇又蹂躏豫皖巴蜀等地，圆海如出山救民于苦难则有望矣！我查昂虽为商人而极慕君子的嘉言懿行，俗商们孜孜于筹算赢利，汲汲于求田问舍，皆非我之所愿，我可以奉上薄财为圆海出一份力。”

阮大铖一听心里一阵狂喜，但嘴上却连连说着：“怎能让祖韵兄破财？”

阮大铖得意地抚梳着颌下的乌黑浓重的胡子思忖着，看来眉楼的顾横波就要投入查昂的怀抱了，他想查昂现在是十万缠头、千金买笑，将来色衰而宠弛，以后便有好戏看了。顾横波只是没有答应阮大铖的约请来石巢园串戏，阮大铖便存梼杌之心，难怪后人都认为他是个意气用事、睚眦必报的人。

查昂因明日要去眉楼赴宴，总要作细细的安排，不想在石巢园里多作逗留，又说了些客气话便告辞了。

翌日近晚，武定桥的眉楼内外已早早地点上了明灯，门庭整齐堂皇。那大门的门框上镶着一块汉白玉的匾，其上镌刻着用瘦金体书写的“眉楼”二字，是新近由七十九岁的松江老名士陈眉公所写，前几天由夏允彝顺便捎来的。那大门两边各挂着红黑皂隶帽和超棍等物，是明初官妓的遗风，这也显出眉楼有别于一般枇杷门巷的地方。

此刻，查昂站在眉楼的回廊上，他背靠着紫檀雕花阑干，饶有兴味地观看那些婢女将一道道珍馐美肴罗列于餐桌上。顾横波穿一件湖色绸夹短袄，下面是白地浅紫花绲边湘裙，她脸上作桃花妆，睛如点漆，光彩照人，顾盼生情，有一种让人魂飞魄动的妩媚。这时，顾横波正指挥着厨师、婢女，安排烹调，待她坐定下来不觉云鬓半脸，额角上汗珠沁沁而出，两颊红红的，格外娇艳。

顾横波今夜是专门宴请查昂的，不像往常那样，凡宴请总要请几位有身份有地位的勋臣或名士作陪。这样就使这次宴会变得隆重又亲切，也使查昂心里十分高兴。等到珍馐罗列，宾主入席的时候，五六个面目清秀的雏妓坐在临窗，手持笙、箫、管、笛、琵琶，轻轻地、缓缓地吹奏起来，绝无一般秦楼楚馆那种浓痴肥艳的习气和急管繁弦的浮嚣之风。

查昂是徽州人，顾横波在劝酒之后，先让他尝了尝只有北方才有的文火炖熊掌，查昂吃着感到肥而不腻，入口即化，便问烹调之法，顾横波说：“这炖熊掌就和烧东坡肉一般，用微火炖一昼夜，我是用蜡烛熏的，可却烟焦味。”吃了两筷熊掌，顾横波又夹了几片桂花糖藕，放在查昂的碟子里，笑道："祖韵先生，这就是莫愁湖的嫩藕，刚派人采来的！"

查昂吃了两片果然脆嫩可口、水灵灵的不留一丝渣子。他想起阮大铖导演的莫愁湖上的那一幕戏心里格外欣喜，顿时胃口大开。这时，顾横波又让查昂尝了蜜汁燕窝、阳羡茶炸虾仁，然后荤素相间也品尝了杏仁豆腐、香菇煮干丝、麻油菜心等。不一会儿，婢女荔儿又将两盘色香味俱佳的佳肴端上楼来。顾横波掀开盘盖，查昂一看原来是一盘用四五十条青鱼唇炒成的烧鱼唇，另一盘则是黄灿灿的炒鹅掌。吃到这时，查昂心中暗暗吃惊——难怪眉楼的菜肴名传遐迩，为秦淮诸楼之首。

刚刚吃过这两盘名贵佳馔，顾横波站起身来说道："祖韵先生可记得杜少陵在一首绝句中写过白鹭的，如背得此诗，我干一杯，如记不得此绝句，先生干三杯如何？"查昂一听此语，心里知道顾横波是在故意讨好自己，心里甜蜜蜜的，杜甫所作的这首绝句一般人在蒙童时代都背诵过。

"老杜在成都草堂写过，'两个黄鹂鸣翠柳，一行白鹭上青天。窗含西岭千秋雪，门泊东吴万里船'。不知可对？"查昂白皙的长方脸上因酒酣而泛着红光，高兴得笑出声来，"眉生姑娘，快干一杯，快干一杯！"

"先别忙，"顾横波莞尔一笑，而后唤道，"上汤。"

不一会儿，伶俐的荔儿又将一只海碗盛着的美食端上楼来。只见青碧碧的菜叶上浮着七八只雪白的圆子。查昂正想开口问话，顾横波笑道："这碗汤的名字就叫'白鹭上青天'，这圆子是春天藏在冰窖里的刀鱼肉制成的。祖韵先生请尝一点儿。"

查昂舀了一只鱼圆后，催道："你的酒还没干呢！"

顾横波很畅快地将一杯干了。荔儿又上了一盆炒菜，查昂连忙摆手谢道："吃不下了，吃不下了。我查昂行遍天下，也吃遍天下，从来没有像今天这样尽兴!”

顾横波笑道:“祖韵兄，这道菜既然上了，我们还是吃一筷吧。”查昂一看，这道菜也是十分别致的“炒裙边”，他以前也品尝过。所谓“裙边”就是三四斤重的河鳖的裙边，这满满的一盘少说也要用三四十只河鳖的裙边方能烧成。查昂心里有几分担心，待会儿说不定那顾横波又要他背一首关于河鳖的诗来，他可一无所知了。果然顾横波一面夹了一块裙边给查昂，一面说道:“去年住在芥子园的李笠翁到眉楼来吃了一盘炒裙边，高兴得写了首诗，我记得其中的两句，‘新粟米炊鱼子饭，嫩芦笋煮鳖甲裙’。那李笠翁不但善作传奇，还是一个地道的美食家呢!”

听到这儿，查昂心里十分敬服顾横波的聪颖过人了，一时兴起又连干了几杯，心想难怪她在秦淮河上才貌出众，人称南曲第一。到此时，查昂已经吃得差不多了，顾横波也深知鲜则动其食兴，少则不致餍饫的道理，便令婢女们将余下的菜肴酒具撤去，和查昂步入隔壁一间收拾得十分雅洁的厅室里去，让那雏妓仍旧留在餐厅奏乐，好使那悠扬的乐曲隐隐传来，营造诗一般的意境。

查昂在一张红木锦垫软榻上坐了下来，望着那紫红色纱灯照映下的绿叶纷披的几盆秋兰，心里充溢着绮思遐想，刚才那种热热闹闹的气氛固然令人心旷神怡，但总不如此刻——幽暗的厅室里，顾横波和他单独相对而坐，瞧着这丰肌丽质、韶秀可人的美人儿，查昂心儿狂跳、目眩神摇了。

顾横波请查昂喝了几口上好的绿茶之后，缓缓说道:“顾横波以前不识先生高义，数次有辱先生枉顾眉楼，昨日莫愁湖上与我解围于窘迫之中，实在让我感激不尽。”

带着几分醉意的查昂听了顾横波娇于燕语、嫩于春莺似的一口姑苏软语，不禁情思迷离、骨酥意荡起来，定了定神说道:“姑娘兰姿蕙质，锦心绣肠，人称南曲之中第一人，我查昂今日在眉楼终于得睹芳容，又与姑娘共享欢宴，已是万幸，已是万幸。”

顾横波又说了几句感谢的话后，从一只冰纹石的小圆桌上拿起一把洒金折扇来，娉娉袅袅地走到查昂面前，柔声说道：“呈上点曲的歌扇，这扇面上十六首曲子任先生喜欢，我要为先生唱一曲。”

查昂接过歌扇举目端详，见歌扇中有《燕子笺》中《拾笺》一折，便笑着说：“姑娘就唱《燕子笺》中的《拾笺》吧。”查昂很感谢阮大铖所定之计，今日方能成其好事，自然而然便点了这一折。不料顾横波眉头微蹙道：“复社诸君子因阮胡子当年依附魏忠贤，丧尽廉耻，这曲子我久已不唱了。那阮胡子的曲儿我以前也喜欢唱的，如果先生一定要听，我今夜可以破例一唱。”

查昂欣喜地唤道：“好姑娘，我在此一聆清音，真可谓三生有幸了。”

顾横波踅到隔壁命雏妓改奏阮大铖的《春灯谜》《旅泊》中的《一江风》，而后回到厅室中微启朱唇，先是幽如山泉，继而清亮如百啭黄鹂：

> 可怜宵，小泊在黄陵庙，淡月江声搅。闪星灯苦竹春丛，似有江妃笑。琴心不自聊，琴心不自聊，骚魂何处招？向归鸿支下伤秋料。

顾横波没有多唱，她感到表示一种酬谢之情就够了，但在查昂看来却是另一种绵绵的情意了，他甚至感到这是一种暗示，一种心灵交融的默契。这时，婢女荔儿又送来了两碗醒酒汤，放在几案上便下楼了。顾横波从银盘里取下一碗，走到查昂身旁，亲手递给他，并说道：“阮胡子的曲子写得虽好，我实在不想多唱，喝了这碗醒酒汤，再下一盘棋如何？”

查昂伸手接碗时故意用手指轻轻地捏了顾横波的手背，那玉笋一般的手丰若有余，柔若无骨，似羽毛般轻软、似玉石般润滑。他痴迷沉溺起来，恨不得立刻与顾横波同床共枕一度良宵。顾横波当然感到查昂这一个举动的轻浮，但碍于莫愁湖遭遇的情面也不便发作，只是将醒酒汤搁在查昂手里便要回到隔壁去。

不料查昂霍地站起身来拦住顾横波道："姑娘不是要和我下棋吗？"顾横波半嗔半笑道："查公子看来有些醉了，我也有点醉醺醺的，要下棋恐怕也下不出真功夫来，改日一定和你鏖战一番。"顾横波心里想，这个查昂先生给人一种风流蕴藉的印象，并非那种褊急鄙俗的商贾，但这一刻儿却显出了狎客伎俩，其猴急的模样，已使她感到讨厌。这查昂此时便索性倚得三分醉意，凑近顾横波，双眼微扬，涎着脸说道："眉生姑娘，"说着，查昂那灼热似烧的目光向顾横波丰胸细腰之际绕来绕去，"你别走，我们来个秉烛夜谈如何……"

顾横波其实并没有醉，但她却说："'吾醉欲眠，君且去'，这是古人所说的，查公子不能当我无礼吧。"说着掠了掠半垂的鬓发，又莞尔一笑。

查昂此刻早已忘掉原来不想过早僭越的界线，在他看来如果今夜不能和顾横波有肌肤之亲，那便是坐失良机了，他看着顾横波道："眉生姑娘，人生在世说穿了就是图个及时行乐，你岂不知耳常闻乐声，口不离佳味，穿则绫罗轻裘，身不离男欢女爱，所谓极声色之好吗？"说着将一只肥白的手搭在顾横波的肩上，"今夜我就不走了……"

顾横波见查昂如此轻薄，本想甩他一记耳光，但又很快想到查昂毕竟在莫愁湖为她解过围，于是将他的手轻轻地挪开，正色道："查公子，我看你是真的吃醉了。"说罢，又对楼下喊道，"查公子吃醉酒了，请备轿送归。"

查昂听顾横波已向楼下喊轿，知道今天过于猴急，误了好事，于是索性装醉以饰窘态，连连嗫嚅道："姑娘，我没有醉，我没有醉，眉楼的酒没有什么后劲，没有什么后劲……"

查昂无可奈何地坐上四角流苏的蓝呢大轿时，还掀开轿帘留恋地望着在浓浓的夜色中酒阑灯灺、管弦已歇的眉楼，他这才知道顾横波绝非一般舞女歌姬，可以凭着他的财势，他的怜香惜玉的手腕，将她轻易地揽入怀，藏之密室的。他准备隔几天之后，打起精神再度以柔情款语、万贯钱财取得她的青睐。

第四章　卞玉京与吴伟业

徽州富商查昂怎么也想不到，在眉楼与顾横波觥筹杂陈、酒香肴甘的欢宴已经不可复得了，由于他倚酒轻薄的言辞和举动，顾横波从此或避而不见，或佯病推托，有时干脆给他吃闭门羹。这使查昂十分恼火，但也无可奈何。今日上午他便去眉楼，不料那个慧黠的婢女说顾横波偶感不适谢绝酬对。查昂简直有些绝望了，从去年眉楼宴请之后，他就没有再见过顾横波。

这天傍晚，查昂躺在听笛楼河房的一张藤榻上，侧身看着秦淮河上来往的各式船儿。藤榻旁边的倭式漆几上放着一篮新采的玄武湖樱桃。

这时夕阳西下，万缕垂柳，披拂河面，两岸绿窗红槛，于疏帘中云鬟隐约闪现，透出阵阵香气。河里原先因水枯搁浅着的船舫，现在都活跃起来。查昂一双亮眼原想在此游目骋怀，以饱眼福的，不料在河中虽然偶尔也有几个姿容靓丽的女子坐在船上徐徐而过，但那杂七杂八的画船与七板子中，多半坐着些俗脂庸粉，唇上胭脂涂得猩红如血，在那儿搔首弄姿的，令人生厌。

忽而，查昂听到一阵清脆的笑声，循声望去，但见一只装饰华丽、艇室雅静的画船上，三四个丰肌似雪、艳如桃李的少女和两个男人围坐在中舱的一张圆桌旁，迎面对着查昂的那个女子，他好面熟，细细辨认，是以唱《玉茗堂四梦》而闻名的李香君，她长得娇小玲珑，绰号就叫“香扇坠”。侧面坐着的便是神采焕发的顾横波，她正在和留着连鬓胡子的陈梁谈笑着，另一个青年男子长得眉目俊秀，气宇不凡，端坐倾听着什么，那是查昂认得的如皋公子冒襄。看到这里，查昂觉得自己似乎突然被一阵闷雷击倒一般，耳朵轰轰然，双眼冒金花。他感到一阵耻辱。他想这顾横波分明是在回避自己，说是身体不适，此刻却与冒襄等人谈笑风生，泛舟秦淮。

顾横波所乘的画船逐渐远去，查昂恨得牙痒痒，他霍然而起，一脚将半篮樱桃踢翻在地，踩成烂糟糟一大片。正在这当儿，临河一边的圆门上的珠帘一动，查升伸进一张黑黑的脸来。

“老爷，大事不好。老爷囤积在真州的几万斤盐完蛋了！”宠仆查升由于过于紧张，顾不得往常说话时的字斟句酌，“张献忠的流寇骚扰真州，盐库的盐包都快被抢光了。”

查昂听到他的万斤盐库遭抢，犹如蝎子蜇心一般，他知道张献忠近年来流窜两淮一带，没想到竟然将战火燃到几近扬州城郭了。查昂食则山珍海味，行则宝车骏马，出则前呼后拥，入则拥吴姬抱越女，这一切就靠他的万贯家财。此刻他已将刚才情场上的失意抛之九霄云外，心急火燎地嚷道：“快鞴马，快鞴马，赶快跟我到扬州去！”

顾横波他们所乘的画船从武定桥下驰向桃叶渡，在桃叶渡头将画家王朴接上船，而后又驶回武定桥，径直向门西的新桥方向泛去。顾横波一行人是到万竹园去参加扬州大名士郑元勋的兰社盛会的。

郑元勋，字超宗，祖上为徽商，以米盐致富。靠着祖荫和他自身的经营，郑元勋成为扬州著名绅士，他本人以诗文书画冠于这个绿柳之乡。崇祯五年，七十八岁为南京礼部尚书的董其昌路过扬州，郑元勋持其画册请教董其昌，并介绍他所居的住所。因其地近平山堂，起势蜿蜒起伏，四面植柳万株，荷花千余顷，水清多鱼。园在柳影、山影、水影之中。董其昌当即书写“影园”两字相赠。从此以后，郑元勋把影园当作联络文人墨客的地方，凭着他的才气和魄力，不久他便成了复社在扬州地区的领袖人物。郑元勋当然是一个不甘平庸的人，他想在南都金陵更进一步奋然前驱，在复社中扩大影响，逐渐在士林在朝廷博取高位。于是郑元勋僦居金陵城西南一隅的万竹园，并在那儿组织了兰社，专门招致江南一带的文人与画家，定期到万竹园来吟诗作画，以诗文绘画会友。这一招果然灵光，近来南都金陵无论是六部前门，还是儒林文士乃至秦楼楚馆、茶肆酒馆莫不知扬州郑元勋的。

郑元勋是一个头脑灵活的举人，他时常会想出令人感到新颖别致、惊叹不已的新招来，使见多识广的南都名士美人们也大为赞赏。这次兰社的聚会安排在夜间，更使大家十分兴奋。

当顾横波一行人踏进万竹园的时候，天色业已全黑，隔墙的古瓦官寺的晚钟敲响，悠远的声音荡漾开去。万竹园内点着二十几只灯笼，将那万竿绿竹映照得如同千叠绿色的云霓一般。顾横波一进园门便拍手叫绝，她对冒襄说：“辟疆兄，这万竹园是比不上你家如皋的水绘园，但超宗先生在竹林中挂置灯笼，其景实在妙不可言，让我开了眼界。”冒襄并没有答话，只是对顾横波笑笑，便伸手搀着顾横波道：“当心脚下的石子路。”原来万竹园的花丛竹林小路多半是雨花石铺成的，真难为了姑娘们的款款莲步，画家王朴和书画家陈梁跟在后边和娇小伶俐的李香君一起谈笑诙谐，不时发出爽朗的笑声。

兰社主人郑元勋选择了园中绿波阁作为群贤聚集的地方是再合适不过的。此阁四面环水，仅有一曲桥相通，阁内三面有窗，池中绿波粼粼，犹如置身于水晶宫一般，郑元勋听到一阵莺声燕语似的谈笑声，知道顾横波一行人到了，便走出阁去迎客。

顾横波以前见过郑元勋但从未凝目端详过，她见郑元勋身穿一件宝蓝绸袍，腰系丝绦，他不像冒襄那样五官清秀，但方正的脸膛丰腴而白皙，眼睛不大却熠熠有神。他生于富贵之家，但保持一种闲云野鹤的潇洒风度。

“超宗先生襟怀不凡，如此良夜主持兰社兴会，小女子可以大饱眼福了。”顾横波笑道。

“浮生若梦，为欢几何，古人尚且秉烛夜游，吾等非蓬蒿之人，岂可辜负这良辰美景。”郑元勋操一口地道的扬州话说着将来客们迎到了绿波阁。

顾横波一进阁便见书案、画案上放着几只净水盆、丹青盒和几十支大小各异的画笔。一个肤色微黄、长着一双深邃的眼睛的年轻书生模样的男子正在画案前挥毫作画。他一见顾横波、冒襄、陈梁、王朴、李香君渐次进门便恭敬地站立起来，腼腆地应着就算是打招呼了。这书生唯有王朴比较熟悉。他姓龚名贤，字半千，祖上是昆山人，但少年时代便迁居金陵。虽然年及弱冠尚为一介布衣，但以写得一手质朴清新的诗文、画得一笔好山水而赢得南都士林的推崇。

顾横波虽是个青楼女子，常与文士画家过从，颇知画的真谛。她见龚贤的画中央有一间两面设窗的书屋，书屋边则是浓淡深浅不同的雨后春树，其间晨岚袅袅，远处是如黛的青山，便对冒襄笑道：“半千先生的画酷似沈石田的，但又胜似沈石田。我倒是喜欢先生的画，这一片雨后树林笔墨苍秀，层层染出，真有味道，人人都说黄公望倪云林的画好，我不太懂，枯枯的，淡淡的，就像老头的眉毛。”

还没等冒襄开口，龚贤红着脸，他的眼睛不敢正视漂亮得令人目眩神摇的顾横波，说道：“我龚贤乃一区区布衣，何敢与沈石田先辈相比。石田先生春雨后的林峦，千载之下犹见其苍翠欲滴，非龚贤能望其项背的。”

冒襄素来敬仰黄公望、倪云林的绘画，因此感到顾横波贬低黄、倪，赞扬初出茅庐的龚贤似有些对先贤的失敬，但又舍不得责备这位如花似玉的美人儿，干脆就默不作声，只是面带笑容地听别人说话。

站在一旁的陈梁也是一位丹青好手，平日从不轻易推崇他人的作品，但见了龚贤的画也禁不住赞道：“龚先生的山水不落古人陈套，可谓天姿高而功夫深，这《绿荫书屋图》可算今晚聚会的翘楚了。”

龚贤早就听说陈梁书画诗堪称三绝。这个连董其昌、王铎这样的大书画家都并不盲目崇信的人也这样称赞他，心里十分欣慰，于是俯下身去将画最后挥洒了几笔，便拱手道：“诸位，不才龚贤献丑了。”说罢放下笔来。

从此龚贤愈加专心于画艺，无心于科举功名，一直到他七十一岁，康熙二十八年死于金陵清凉山下的虎踞关时，依然是一个历尽沧桑的平民百姓。

郑元勋本人其实也是一个颇有才华的画家，他的画虽无师承却曾得到董其昌的称誉，以为得山水骨性。但此刻他对龚贤的画却无太大的兴趣，他想要活跃兰社欢聚的气氛更不能冷落了顾横波、李香君她们。于是便对王朴说：“玉樵兄，你是当今吴道子，快来给眉生姑娘画一张肖像吧！”

顾横波自从两年前在桃叶水亭结识王朴之后也时有过从，却没有请他为自己画一张肖像，她大大方方地对王朴说：“玉樵先生，横波早想请你画一张哩。”说罢，取下两只纱灯放在画案上，然后端坐灯下，就等王朴为自己写真了。

王朴是个敦厚纯朴的北方人，身材魁伟，大有燕赵侠士豪爽之风，他并不多说客气话便取出随身携带的颜料盆、画笔等物，坐在顾横波的对面，细细地端详这位国色天香、风华绝代的眉楼名妓。

王朴心里很明白，这南都金陵不像他的故乡保定，那里画家凤毛麟角，这里高手云集，令人目不暇接。尤其是画肖像画的画家更是因达官贵人、名姝丽媛的特殊需求应运而生，其中最有名望的就数曾波臣了。其他擅长山水画、花鸟画的更是不胜枚举。再说，今晚参加兰社聚会的人都是南都隽秀之士和曲中才女。王朴凝神细看，先在脑海中打好腹稿，来个意在笔先。一般画家画人物仕女，总是先画鼻子，然后画眼睛和眉毛。但王朴觉得顾横波的眼睛实在太美了，首先抓住她眼睛的神采，用铁线篆的线条勾出眼睛的轮廓，而后是敷以色彩，勾勒出眸子来。这时，顾横波忽而嫣然一笑，那如春雨海棠般的两颊上，呈现出甜甜的笑靥来，王朴心里想，这笑靥也表现出来，才算是得其神韵呢。

王朴将顾横波的脸部画好的时候，便放下笔来，准备歇一口气，再集中精力画。顾横波见王朴停下笔来，便走过来看画，她本人对绘画也算是个行家，知道画画之难无过于肖像写生。她见那纸上的画后，心里一阵激动。

“玉樵兄把我画得太美了，我哪有这样漂亮?”顾横波嘴上谦虚，心里却好似喝了蜜一般。

王朴是个老实人，他赶忙说：“我这画肖像的本领还是跟曾波臣学的，跟曾老比起来有天壤之别哩。”

这时站在一旁的李香君心直口快地说：“别提那个曾鲸了，他最近和马士英、阮大铖打得火热，阮大铖三天两头地往他家里跑。阮胡子臭烘烘的，那马士英也不是个好东西，我听歙县人程穆倩说，马士英眼多白，必将乱天下，可那曾鲸和马士英竟结成画友。”

郑元勋忖道，这兰社雅集中或许还有些人在暗中与阮大铖、马士英有往来，岂不难堪，于是就和李香君开玩笑，他不想将气氛搞得太紧张，就说：“香姑娘，那个程穆倩其人其画被称为‘干烈秋风，润含春雨’，说话不免有些偏颇。我看香君还是找个如意郎君来管管你这张嘴，我听说夏彝仲先生这次中了丁丑进士，在京都已托人带信给商丘的侯方域公子了，请侯公子到金陵来看你。”李香君毕竟是个女孩儿，一听说侯方域公子脸就红了，便对王朴说道：“王先生快画吧，像媚姐模样那么俊的在秦淮河上也是数一数二的，算你的福分好。”那王朴听李香君这么一说，就将画笔重新捏在手上，说了声：

“坐好，我又要献丑了。”便认认真真地画了起来。

正当这绿波阁中名士佳人作画为娱的时候，那门口走进一位剑眉朗月、俊美潇洒的年轻后生来，冒襄眼尖一下子认出那个美少年是前翰林院待诏茅元仪的学生刘芳，便招呼道：“刘兄，你来得正好，快请坐。”

郑元勋并不认识刘芳，见冒襄对他甚为熟悉便拱手说：“刘兄光临，令绿波阁更添光彩。”

刘芳解释道：“止生公本当来参加兰社盛会，无奈中午饮酒过量，玉山倾倒，高卧不起，乃令小弟前来请罪。”说罢向郑元勋躬身作礼，“弟才疏学浅，向各位告辞了。”

冒襄挽留：“别人也许不熟悉你，我还不知道吗，你是茅止生先生的得意门生，别走。”

刘芳谦虚地笑道：“不才刘芳虽忝列茅公门墙，但平生对诗与画都不甚了了。”说到这儿，他的目光突然被顾横波漂亮的面容和丰满窈窕的身姿所吸引。他早就听说顾横波的艳名——刘芳和钱谦益的族孙钱湘灵从常熟到金陵来，一门心思投在极富韬略的军事家茅元仪的门下——没有时间去秦淮河一睹芳容。刘芳敏感而又有些腼腆，内心却是个负气徇情的人。此刻，他的双眸只是往顾横波那边飞速地一瞥，心儿就狂跳起来。其实在这个时间里，这绿波阁里的男人们都在趁王朴为顾横波画肖像的机会，将顾横波艳丽绝伦的面容看个够。

这时，顾横波正面对刘芳坐着。她当然注意到刚刚进门的这位美如冠玉、身材修长的书生，他不像往日那些风流名士那般地洒脱老练，那深情而腼腆的目光，显得那么纯粹那么富有真情，这分明是个一心苦读经书的后生，绝不是常来南都走马章台、拈花惹草的读书人。她听冒襄刚才唤他为“刘芳”，这使她想起，茅元仪的宠妾杨宛叔曾对她说起，最近有个常熟少年刘芳到武定桥跟茅先生学习《武备志》，大概就是他。使顾横波感到奇怪的是这个取着女性名字的美少年，一副儒雅文弱的模样却对兵家之学有浓郁的兴趣。

“刘兄，请稍留。”郑元勋的声音让顾横波从沉思中恢复了常态，她听郑元勋继续说，“止生兄以一部洋洋一百八十万言的《武备志》得圣上的‘赅博’之誉，擢为翰林院待诏，止生兄数次随兵部尚书孙公从征辽东，风餐露宿、饮冰茹檗，与建虏周旋于白山黑水之间，如今退隐金陵，唯以醇酒为乐。如今可以告慰茅公的是，东南一带民气正盛，南都复社诸君子以砥砺气节为尚，寻求挽国运于既倒，谋约良策，止生先生定有东山再起的希望的。”郑元勋是一个性格复杂的扬州大名士，他既有“治国平天下”的志向，又有放浪形骸，耽溺于山水烟霞、声色犬马的癖好。他希冀茅元仪从消极的文酒欢生中解脱出来，而自己却不能免俗。

“超宗先生，”刘芳久闻扬州郑元勋的盛名，因而十分虔诚说道，“我一定将先生的诚意转达给茅公。”说罢这句话忍不住又向顾横波投去深情的一瞥。还没等刘芳告辞，那画家王朴已将顾横波的肖像画好了。他将画笔轻轻地搁在几案上，说道：“眉生姑娘艳如浴露牡丹，雅似月下梨花，可谓清艳两绝，虽有江郎彩笔、子建高才恐怕也难以描绘，何况我王朴的一支拙笔了。惭愧，惭愧！”

顾横波踏着轻盈的步履走到王朴身边取过肖像，细细地端详一番后，说：“王先生画得太好，不过，我哪里长得这样漂亮。”话虽这样说，心里实在是甜滋滋的。顾横波此刻不会想到几年之后，王朴所画的这张肖像会引出她和合肥才子龚鼎孳的一段生死不渝的姻缘来。

在一片赞美顾横波肖像的叫好声中，刘芳从冒襄手中接过形象逼真、神采艳丽的肖像来。那洁白的宣纸上顾横波的神态悠闲自若，清水芙蓉不似其娇艳，雪中梅花不若其高雅。那柔媚的丰韵、迷人的明眸和凝脂般的肌肤，真使刘芳欲仙欲死，激动得呼吸急促，手儿发颤。将画儿拿在手上，他竟找不到一句赞美的话来。这窘态都被顾横波看在眼里，不知为什么，这个纯情而腼腆的刘芳给她留下了极深的印象。她便对刘芳说道："刘公子，凡是今夜到万竹园作兰社雅集的人不留下墨宝是不能走的。你看半千画师、王先生都留下了画作。你也该画点什么，不是吗?"顾横波也并不知道刘芳是否能画画，她只想将他留住。

刘芳一听顾横波要他也挥毫作画，忙摇着手道："我……我不会画画。"

冒襄笑道："刘兄不会调弄丹青，但写得一笔好书法，我在茅公的赅博堂里见过你写的条幅，章草胜似宋元，行书直追晋唐，快来写上一条，以后珍藏在超宗兄的影园里，如西园雅集，庶几流芳百世哩。"

刘芳听冒襄这么一说，便红着脸说道："刘芳浅才薄质，诸公书画如珠玉在侧，不才自惭形秽，何敢班门弄斧。"顾横波很想看看刘芳的书艺也想试试他的才华，便说："兰社书画必须即兴而作，刘兄当不推辞吧。"说着嫣然展笑，显出万般妩媚。

刘芳见顾横波这么一说知道很难推托，只好走到画案边，拿出一支羊毫来说道："刘芳是代止生先生带口信来的，权当先生来参加兰社雅集，我就写一首止生公于天启三年从军辽东，抵御建虏，在渝关途中之作。"说罢便饱蘸墨汁，以二王笔法十分洒脱流畅地写下了茅元仪的一首七绝：

频下征书到草庐，自惭猿鹤久踌躇。
十年还负双龙剑，一日何当驷马车。

这首七绝刚写好，顾横波便凑近画案朗读起来。她对刘芳所书写的七绝中所表达的阳刚之气十分欣赏，感到在南都十里秦淮中黛绿粉白，连空气中都充溢着腻人的脂粉气，甚至那些男人都染上了柔靡之习，想不到这个貌似文弱的刘芳却胸怀奋战沙场、报效社稷黎民的志愿，给顾横波以耳目一新之感。想到这，她便将这张墨迹未干的书件拿在手上，说道："刘公子所写的条幅，笔势飞动挺秀，自有一股豪气，让人勃然心震。这幅字就送给我吧？"

刘芳见顾横波索字，禁不住有受宠若惊的感觉，连忙说："姑娘……若不嫌丑陋就留下，但……"此刻刘芳很想将王朴所画的顾横波肖像要过来，然而他没敢说出口。其实，他真开口索取，顾横波不会拒绝的。刘芳想到他的老师茅元仪正因豪饮醉卧赅博堂上，而他的师母杨宛叔又不在金陵，便依依不舍地离开了万竹园。

绿波阁里琴书分列，香茗郁然，画幅书幅纷然陈列于纱灯之下，名士美人文采风流浮动于几案之间，斯时，一轮明月飞上碧空，清风吹过万竿翠竹发出萧萧秋声，给这风雅的兰社之会带来了几分凄凉的气氛。刘芳辞别万竹园之后，陆续又来了不少南都的硕儒隽秀和曲中名妓。兰社欢聚一直热闹到星月阑珊，东方既白，众人才兴尽散去。

虽然建虏几次入塞蹂躏北方、流寇纵横豫皖的种种消息，不断从衙门官吏以及市井商贾那里传来；虽然南都三山街、贡院街也时而可以见到不少从桐城、凤阳一带逃来的衣衫褴褛的难民，然而，这十里秦淮依然是个歌舞升平、绮靡浮华之地。

崇祯十二年初春的一天下午，一顶绿呢轿子从聚宝门外的长干里急遽地向城里行走。坐在轿里的是著名的诗人吴伟业。他崇祯四年中进士、殿试第二，时年方二十三岁，任翰林院编修。作为皇家的文学侍从，他参与了复社的活动，得罪了权臣。在崇祯十二年被明升暗降为南京国子监司业。吴伟业字骏公，晚年号梅村。他学问博赡，诗文工丽，通书画，与董其昌、杨龙友、程松圆等共称"画中九友"。金陵是他的旧游之地，往常吴伟业会过秦淮河去河房拜访一下寄寓在桃叶渡的冒襄等好友，可是今天，吴伟业却全无心思。他要急急地赶到水西门的觅渡桥去。他的胞兄吴志衍明天将去万里之远的巴蜀任成都知府。明代的巴蜀往往被文人们称为蛮荒之地，尤其在崇祯初年之后张献忠揭竿乱蜀、杀戮屠城后，更被官场视为畏途。这次觅渡桥的辞别，或许就是永诀。想到这儿，他的心情十分忧郁。

吴伟业今天一身儒生打扮，头戴方巾，穿一件灰绸直裰，极显风度潇洒。他下了轿，走进觅渡桥下一幢宏伟的住宅，径直走进门厅，见几个穿官服、戴纱帽的官员在等候。其中一位身材颀长、眉目脸盘颇像吴伟业的就是吴志衍。兄弟俩手挽着手走进了花厅，众人分座次坐在几只红木镶大理石的靠椅上。吴伟业所熟稔的几个秦淮乐师正坐在琴儿旁摆弄乐器——吹箫圣手张魁官的箫吹得柔曼悦人，张卯官抽出笛囊中一支玉笛正在试着调儿，盛仲文带一帮人将十番锣鼓也摆了出来。吴志衍知道这都是伟业从旧院请来的，以增加临别的欢乐气氛。

其实吴志衍也知道这次觅渡桥送别非同寻常小别。因此他也请了几位平日与自己颇为知己的秦淮名妓来此一别，以此增添一些情趣。另外，他想把刚从苏州回来的秦淮才女卞赛和卞敏两姐妹引荐给胞弟吴伟业。

吴伟业、吴志衍以及几位贴心幕僚们刚在席上坐定，仆人送上香茗，花厅外传来一阵环佩声，一股芳香传入鼻中，两个少女娉娉袅袅地走进。左边一位肌肤胜雪，长得丰腴绰约、亭亭玉立，是卞敏；右边一位身材高挑，是卞赛，字玉京，后称玉京道人。她虽无倾国倾城之貌，却有一种高贵脱俗的气质，脸颊上长着几颗淡斑，反而增添几分妩媚，那一双深邃的眼睛，隐隐让人看出几分忧郁凄然。

吴志衍一见卞赛卞敏姐妹已到，赶忙从椅子上站起身来，拉着这两姐妹的手回吴伟业身旁说："骏公弟，志衍明天就要起程，此一去关山万里，天各一方，不知何时才能重到秦淮……"说到这儿声音里有几分颤抖，"骏公已从京都升任南京国子监司业，日后要多多关照卞家两姐妹!”

吴伟业早就听说卞家姐妹的艳名，并知道卞敏和其兄吴志衍的亲密关系，更是知道苏州叶圣野的百韵诗里有两句诗“酒垆寻卞赛，花底出陈圆”。卞赛和陈圆圆都是闻名江南的歌伎，只是自己久在京都宦海沉浮，在今日之前尚无缘相识罢了，便拱手说道：“今天在此得以与两位姑娘相会，是我吴伟业的荣幸，只要我在金陵任职一天，一定不会让她俩感到委屈的。”

这时卞敏眼里早已泪水盈盈了，她动情地说道：“志衍公在南都对我们从没少过照应……”卞敏想到前天吴志衍和她在钞库街河房最后一次幽会极尽缱绻的情景。吴志衍本想将卞敏带到成都去赴任，无奈吴志衍夫人也要随夫君去巴蜀共生死。卞敏深知吴志衍的心思，他今天是借觅渡桥外宅和他的一些贴己的密友们告辞，有别于明天正式的饯行仪式。

卞赛见卞敏那模样，便笑着说：“志衍公此去成都，不要迷恋薛涛那样才貌出众的女子，把我们卞敏给忘了。”“薛涛不过是唐朝会写几句诗的风尘老丑而已，如何比得你们姐妹俩……”吴志衍说到“姐妹俩”时愣了一下，就没有再往下说。

吴伟业早就听说卞家姐妹都善于画兰，便取出一把团扇说：“明日吾兄匆匆登程，由燕子矶出发溯江而上，恐怕来不及与你俩细细叙谈了，还不如请你们两位各画兰花一幅，以作留念。”说罢就在笔架上取下两支上好的湖笔来递给卞氏姐妹。

性格豪爽的卞敏接过一支湖笔，说：“秀才人情纸半张，我和姐姐各画兰花一幅就算礼品了。”卞赛和卞敏以画兰闻名于金陵，一般士大夫和附庸风雅的商贾都以得到卞氏姐妹所画的兰花为荣。

卞敏捋起袖子，将吴伟业研好的墨汁蘸了几下，稍一凝神便在宣纸上画了几枝飘逸而潇洒的兰花，就那么淡淡的、稀疏的几笔，画得极有韵味，这在吴志衍看起来，犹如在烟水朦胧的河边伫立着一个风鬟雾鬓的美人，仿佛就是卞敏本人的化身。

“如此兰花不可无诗，请赛赛赋诗一首。”吴志衍将卞敏所画兰花图送到卞赛身边。

“天下谁不知骏公诗文盖世，此地岂有我卞赛胡诌之处，还是请伟业先生写一首吧！”卞赛答道，“听说当年京都人士都说骏公兄的诗文如陆机辞赋，早年独冠江东；如苏轼文章，一日喧传都下。”卞赛到这时才开始正面注视吴伟业，这一注视竟使她心头猛动，这个被当今皇帝称为“正大博雅”的太仓才子，是一位相貌堂堂的男子。无论是那张圆脸上秀气而明亮的双目，还是那线条分明的鼻梁和轮廓清楚的下颌，处处都透露着一股聪颖的才气。可以说这是卞赛所遇到的最值得倾心相爱的男子了。

吴伟业感到喜出望外的是这位第一次见到的秦淮名妓居然对自己这样熟悉。他兴奋地对卞赛拱手作礼道：“赋诗作文乃书生应酬的东西，不见得就是全情至性的东西。伟业早就听说秦淮卞赛除了擅画兰花之外，还工于诗词。令妹的兰花虽疏疏几笔，但极富神韵，加上姐姐的题诗，珠联璧合，为后世艺坛留下一段佳话呢！”

卞赛本不想作画更不想赋诗，然而她对吴伟业的一种骤然而生的爱慕之情，使她根本无法拒绝他的任何要求。卞赛是个极有才情的女子，她细细琢磨刚才的一些言谈以及离情别绪，想到吴志衍将去巴蜀，自然又想到了李商隐的名诗“何当共剪西窗烛，却话巴山夜雨时”，想到成都万里桥边的薛涛，于是执笔在其妹所画的兰花的空疏之处，写下了一首传之于后世的绝句：

题扇送志衍入蜀

剪烛巴山别思遥，送君兰楫渡江皋。

愿将一幅潇湘种，寄与春风问薛涛。

卞赛这首题画诗是送给吴志衍的，但在吴伟业看起来仿佛是赠给他的，除了那位盛泽的才女柳如是之外，他还从未看过有如此才思敏捷的女子呢。吴伟业这时有些失态了，他神情专注地凝望着卞赛：如果将那卞敏比成在艳阳下春天中沉醉的桃花，那卞赛犹如在明月清风中带露的池中白莲，何等清丽，何等高雅脱俗。吴伟业又想起冒襄说过的一句话来：女性的真美往往并不仅仅在容貌的艳丽上，而在那动人的仪态风度和发自内心的高度的文化素养上。蕙质兰心，淡香天然，方谓真美。眼前的卞赛确实印证了冒襄的话。

在一旁的吴志衍已经看出吴伟业和卞赛之间眉目传情、心心相印的模样儿。其实他让卞赛来觅渡桥外宅，就是想在他俩之间牵线，为其弟觅一知音。如果他们能够倾心相许，也了却他的一桩心思，于是微微笑道："赛赛，你看我为你找到真正的知音了。"说罢唤来一个书童，将卞敏卞赛合作的兰花图珍藏在一只锦缎制成的盒子里，随身带到成都去。

卞氏姐妹的画与诗获得了一片赞美声，给这辞别之会带来了几分欢欣的气氛。其实对于吴伟业这样闻名天下已取得功名的才子，卞赛早已心慕很久了，只是无缘相识罢了，现在机会就在眼前，岂能轻易错过，便轻轻地说道："听说骏公先生不但工于绘画，名列'画中九友'，与董其昌、杨文骢等相颉颃，而且精于音律，吹得一口好听的笛子，不知先生能令我姐妹俩一饱耳福吗？"

说到吴伟业善于吹笛，吴志衍想到此去巴蜀万里，以后恐怕很难听到弟弟的笛声，神色凄然，差点掉下泪来，默默地走到在一旁尚未演奏乐曲的张卯官的身边借来一支笛子，递给吴伟业，说了声："吹吧，我也想听听。"

吴伟业接过笛子说："我哪会吹笛，在张卯官面前吹笛，岂不是班门弄斧了，但今天只好勉力为之了。"吴伟业沉吟了一会儿又说，

“当年桓伊将军为王徽之在青溪吹笛，曲名为《梅花引》，我就吹这首曲子吧。”说罢便横起笛子，缓缓地吹起来。

这时花厅外又悄悄地来了两位妙龄女子，其中一位便是大名鼎鼎的顾横波。卞赛正想和她招呼，那顾横波做了一个要她别作声手势后，便与婢女荔儿在卞氏姐妹身边坐了下来。吴志衍见顾横波来了，站起身来拱了拱手，微微颔首一笑就算招呼了。

吴伟业吹的笛声开始由弱至强，由朦胧渐至明亮，就像寒山野岭中早蕾初绽；继而笛声又转入浑厚，犹如白雪飘落将梅枝笼罩；继而笛声又臻高亢激昂，使人们仿佛看见那梅枝挺立、梅蕊傲雪的情景；吹到尾声时，如寒塞落梅，笛声转为轻柔低回，真所谓如怨如慕，如泣如诉，余音袅袅，不绝如缕。

吴伟业终于将《梅花引》吹完，但仍然手握笛管伫立在琴边，似乎还沉溺于乐曲的情景中，秦淮名笛手张卯官率先拍起手来叫好，说道：“吴相公的笛子吹得极好！吾等寻常乐工肚子里没有相公胸中的万卷诗书，只能甘拜下风。”顾横波虽然在前不久刚刚认识吴伟业，但由于她的才貌、地位，说起话很是放得开、收得拢的，她带着几分调侃几分亲昵的口气说：“听伟业先生的笛子可真不容易哟，多少人求他吹也不行，我看还是卞家姐姐面子大呐!”

顾横波微笑着将目光投向卞赛卞敏那边，却发现卞赛在偷偷地抹眼泪哩。卞敏推了推卞赛说：“痴姐姐，听这么好听的笛子有什么可伤心的。”

卞赛的笑容中带着苦涩，她说道：“我想今天我们在这儿相聚，就像梅花吐蕊一般是何等清雅，不知明年此时各人飘零何方，志衍公好好地在金陵当着官，马上要去遥远的巴蜀之地。”卞赛这么一说触动了卞敏的心事，她鼻子一酸，顿时伤心得大哭起来，那哭哭啼啼的声音把在座的人都搞得不知如何是好。吴志衍好不容易才使她将啜泣声停息下来。

吴伟业急忙说道："都怪我不好，吹了一首悲悲切切的曲子。"

正在这时，门外响起一阵脚步声，众人抬头一看，原来是前翰林院待诏兼副总兵茅元仪携姬妾和门生刘芳到了。

四十五岁的茅元仪身材魁伟，他顾盼自雄，不怒而威，长着一双炯炯似朗星的眼睛，只是眼角已有几条很深的皱纹，记载着他经历的戎马生涯。

他生于浙江武康一个历代抗倭的书香家庭，祖辈好谈军事。茅元仪青年时已不甘居于家乡一隅，十六岁读书于杭州孤山"快雪堂"，十八岁游学北京国子监，二十岁畅游吴越金陵与汤显祖、徐光启、董其昌、王稚登等相过从。结社赛文，砥砺学问，后因撰成兵书《武备志》而声誉鹊起。天启二年从兵部尚书孙承宗经略辽东军务，天启四年又在江南招募水师，筹集楼船。崇祯二年他率二十四骑护卫孙承宗突围东便门。守通州时，茅元仪又迎建虏裹伤百战，斩虏首六千余级。然而，他的军事才华却被权臣们斥为"浮谈乱政""诡辞惑众"。他不断遭到迫害和放逐，不幸的遭遇使他忧愤万分，不免飞觥把盏，论古谈今之余放浪形骸于诗酒文会之中，近年来连这点风流的兴致也淡薄了，唯有饮酒之后，偶赋诗词自娱了。提起茅元仪，在南都金陵无论是复社名士还是词林耆旧，对他的经历和学问没有不敬佩的。

吴志衍见茅元仪伉俪相携而来，急忙站起身来，将茅元仪恭让在首座，虔诚地说道："志衍本定于今晚去贵府辞行，如知茅公驾到，当倒屣以迎。万望茅公恕罪。"

"止生乃湖海散淡之人、贬谪之罪臣，何劳吴兄枉顾。"茅元仪声音醇厚低沉，"兄去烽火遍地的巴蜀就任成都知府，该地流寇蜂屯蚁聚，其势益张。止生世受国恩，如在十年之前，一定投君之麾下报效社稷黎庶。"

吴志衍想到文韬武略的茅元仪迭遭迫害至今贬谪在野，自己能被皇上委以重任而感到自慰，但更多的是深深的忧患。他又想到亲朋诀别，想到前途的险恶，不觉怆然欲泪，他说："志衍此去如孤焰置于风口，唯搏一亮，虽竭尽寸石之志，恐怕也难有补天之功，贤相诸葛亮尚且不能保全蜀汉，我吴志衍也唯有鞠躬尽瘁，死而后已了。"

茅元仪正想说几句宽慰的话，这时坐一旁的刘芳悄悄地站了起来，对吴志衍躬身作礼道："不才刘芳常蒙茅公教诲，对巴蜀荆楚等地流寇略知一二，张献忠那些流寇都是被裹挟的饥民，乃乌合之众，不明军纪，不谙兵法，如遇王师能晓以大义，予以温饱，当皆作鸟兽散，何必铤而走险。而大明军队勇于私掠却怯于公斗，将骄兵懦，岂能不败。如以吴公文韬武略，重整军威，区区流寇何愁不灭？"

顾横波想不到貌似文弱书生的刘芳竟然说出这番慷慨激昂的话来，便问道："刘公子，名流硕彦、文坛名士，诗词歌赋乃其所长，横波孤陋寡闻，不知可有书生赴疆场以胜强虏的先例？"

刘芳一听顾横波问话，心里一阵狂喜，他竭力怂恿茅元仪到觅渡桥别墅来拜访吴志衍，最大目的就是想借此机会与顾横波相见。他赶紧答道："书生大胜强虏的事，前有宋代虞允文在采石矶大败金兵，今有合肥才子龚鼎孳，以崇祯癸酉进士身份，出任蕲水县令，守城七年之久，日与流寇相持，发号施令，恩威并施，屡败强敌，城中百姓安然无恙。我听说骏公兄前年在蕲水曾与龚鼎孳先生诗词唱和，结为知己。"

吴伟业对顾横波笑了笑说："眉生姑娘，刘兄所说正是我之所思，那个文坛高手、下笔如神的龚鼎孳确有王谢之才。"顾横波听了吴伟业的话愈发对刘芳产生了强烈的兴趣，首先是他与一般耽于六朝脂粉、以清谈为尚的读书人不同，南都名流耆宿不少，他却认定有将帅之才的茅元仪为师，为人不卑不亢，恭谦有礼。尽管南都是个人才碧草的地方，勋胄公子、风流名士都向她献殷勤，但这些人十有八九都是或娶名门闺秀于桑梓之地，或藏美姬于别室的人，而眼前这位刘芳确是一个尚未婚配而十分纯情的人。一般的秦淮名妓的归宿是充当达官贵人或富豪商贾的宠妾，顾横波想得到的是堂堂正正的明媒正娶，享有一个女子应该得到的幸福和尊严。她不想也不愿当别人的小妾。想到这儿，顾横波像在万竹园兰社雅集的那天晚上一样，对刘芳投去了深情的目光，刘芳从顾横波的眼睛里看到了眷恋的灼热的流波，他的心不禁又狂跳起来。

浸沉在爱河里的人是十分敏感的。此刻吴志衍面对美貌面带几分娇憨的卞敏，感到一种难以排遣的离情别绪——所谓黯然销魂者，唯别而已矣！那吴伟业和卞赛更是互慕才情，幸逢知音。平时沉默恬静的卞赛，遇到风雅之士相聚的时候，兴致一来也会谐谑间作，妙语如珠的，何况此时她正有意让气氛轻松一点。她粲然一笑："眉生今天是来送别吴公的，不跟他说点亲热话，倒跟刘公子眉来眼去的，就不怕别人说闲话……"

吴志衍听了卞赛的话，朗声笑道："好了，赛赛，不要五十步笑百步了，我看你也是眼去眉来的。"他此刻也想用谐谑的气氛冲淡可能哭哭嚷嚷的局面，接着，他对张魁官、张卯官这些乐坛名手说道："来几段热闹的曲子吧！"

随着悠扬悦耳的管弦之声，花厅里摆了酒宴，珍馐佳肴，纷然杂陈。席间由粉黛劝酒，主宾时而抵掌雄谈，声惊四座，时而唏嘘低吟，泣下数行。这觅渡桥的送别聚会直到半夜才散，主客颓然而醉。

第二天下午，吴志衍和日前并没有出现在觅渡桥饯行聚会的周氏夫人，在随行人员的簇拥下由燕子矶沿江而上，开始了他的长江万里之行。山气蓊郁的钟山远了，燕子矶也消失在暮色之中，吴志衍远远地站在船头，心里想的是没有来燕子矶送行的卞氏姐妹和顾横波她们，他预感到他将永远见不到这些散发着六朝烟水气的秦淮名妓了。

几年之后，吴志衍作为成都知府，罹难于血雨腥风的张献忠围城之战。这位风流太守的命运不如虞允文，更不如合肥才子龚鼎孳，他一家三十余口都被张献忠杀死，无一生还，连尸首都未送回江南水乡太仓。

第五章　却悔石城吹笛夜

茅元仪所居住的赅博堂在南都武定桥一侧，与秦淮河对岸的大油坊巷的市隐园隔河相望。眉楼离武定桥不过一箭之遥，因此顾横波去赅博堂找杨宛也无须坐轿，只要婢女荔儿陪伴着就行了。

顾横波到了赅博堂大门口就叫荔儿先回去了。茅家仆人要进门通报主人，顾横波摆了摆手说，熟人不必循礼，便进了轿厅。她见那厅后有很宽敞的院落，其中一棵百年紫藤，在日影下绿叶纷披，森郁映照，几朵开谢的春花狼藉地落在长满青苔的地上，过了院落是一条弧形的厅廊，那厅廊下满嵌着石碑，细细一看都是杨宛所书写的真草隶篆各体书法的碑刻。原来杨宛在旧院时即以书法绘画名噪一时，与茅元仪订盟结约后，仍有许多慕名者前来求其书件，茅元仪便请了金陵著名的老石匠将杨宛所书写的精品镌刻在大理石上，来赅博堂乞字者可在石碑上拓印而得。顾横波站在石刻边，心里着实敬佩杨宛的才华和她特有的那股豪气，除了盛泽的柳如是，在艺术素养上恐怕江南名妓中无人可以和她相颉颃了。杨宛见过大世面。崇祯二年，杨宛随其夫茅元仪从军蓟辽，衣霜雪、冠风霭，在马上，真刀真枪地干过一番轰轰烈烈的大事。因而在杨宛四十岁生日时，当时尚为华亭教谕的杨龙友还为杨宛写过一首祝寿诗。顾横波好记性，至今尚能背诵哩，想到这儿她兴致勃勃地吟诵起来：

瑶岛神仙谪碧空，奇才屈作女英雄。
文成五采争娲石，笔擅千秋夺卫风。
曾把兵符生敌忾，尝持桴鼓佐军戎。
蛾眉剑侠非闲气，闲气生成付令公。

顾横波那娇软清脆的一口苏白，吟诵得如昆曲道白一般，在静静的庭院里传得十分清晰，将正在书房里午睡的杨宛惊醒了。她拾起掉在睡榻下的一册唐人诗卷，走到门边掀开垂着的湘帘，心里想："谁在念杨龙友的祝寿诗？是顾横波吧！这样婉转如春莺的嗓音一定是她。顾横波消息真灵通，这么快就知道自己已经回金陵来了呢。"

"宛叔姐，在杭州玩得真痛快吧……"顾横波一边说着就走进这间在正厅一侧属于杨宛专用的小书房。

杨宛听了顾横波这句话，不知怎么脸儿发起烫来。她到杭州进香是名，而和她情夫张可仕在杭州幽会则是实。杨宛确实是一个"天下风流佳丽"，当时有人就将扬州名妓王微、盛泽柳如是与杨宛合称为鼎足而立的三个风流才女。但杨宛到四十岁之后，对男欢女爱之情更显出一种狂热的追求，仿佛要补偿她业已逝去的如花似玉的青春年华似的。从年龄来看她算是出身秦淮旧院的老大姐了，但她依然风致迷人，发如乌云、肤色白皙、媚人的明眸还是那样撩人情思，就像色彩绚烂的晚霞一样。说者无心，听者有意，曾多次私下幽会的杨宛总是那么敏感，以为别人知道她的隐秘似的。

"上有天堂，下有苏杭，那西湖的风景绝了，看山，千峰紫翠；看湖，碧波澄清；楼台烟雨，绚丽清幽，以前我看西湖画，总以为景不如画，如今到了西湖，方知道图画不及西湖之万一。"杨宛真不愧是个才女，寥寥数语就将西湖之美和对西湖之爱表达得恰到好处。

顾横波叹了口气道："宛叔姐，我哪儿有你这样的福气哟，嫁了个这么好的姐夫，跟他在一起干过一番轰轰烈烈的大事，现在虽隐于江南一隅，然而翰墨之雅、声气之广，非一般贵胄公子可比较。茅相公人又洒脱不羁，你爱上哪儿，就让你上哪儿，今朝游西湖，明朝上黄山的。”

杨宛笑着，用手指戳了戳顾横波的额头说：“看来我得赶快替你找一个称心如意的丈夫啦！”顾横波向四周环顾了一下，悄悄地说：“这儿就我们姐妹两个人，说点知心话，我跟你打听个人。”

“你尽管说吧，我的好妹妹。”杨宛虽是一个女性，但对顾横波美艳照人的花容月貌和丰姿俊逸的仪态也是十分喜欢的，认为她是堪称“南曲第一”而当之无愧。

顾横波从杨宛亲切安闲的神态中，感受到了诚挚，便问道：“宛叔姐姐知道茅相公的门生刘芳吗？”久历情场爱河的杨宛一听顾横波的口气便能猜出几分意思了，便情真意切地说道：“我虽嫁与茅相公，但也是青楼出身的女子，对那些到秦楼楚馆来玩的公子哥、达官贵人还不清楚吗，他们对待漂亮的女人就像馋嘴猫见到鱼腥一般，可是一旦吃过了就弃如敝屣，我看那刘芳倒是一个用情很专的男子，人又长得丰神潇洒，要是你跟了他是不会吃亏的。”

顾横波心里很清楚，只要她略微示意，刘芳定会拜倒在她的石榴裙下，现在是自己拿主意的时候了。对于刘芳的面貌仪表以及他的人品，她是放心的，她感到欠缺的是刘芳其家虽称殷实，但比起那班高轩结驷、鲜车怒马来眉楼的缙绅贵胄们，以后能不能供养她那种近于奢侈的豪华生活，这确实是一件让她犹豫不决的事。“不瞒宛叔姐姐说，我看那刘芳也真不错，但你知道，像我们这些平日里锦衣玉食惯了的人，如找不到像姐夫茅元仪这样家道殷富、雄资足赡的文人，以后日子难过。”顾横波将她踌躇不定的心情说了出来。

“你说的倒是大实话，我看那位盛泽的柳如是经常乘着书画船往来于吴越之间，在外人看起来如张志和钓桃花鳜鱼于斜风细雨中，又如苏东坡泛舟于赤壁、听洞箫于月夜，雅得很哩，其实终日在水上风吹雨打，遇到大雪弥天衣食不济之时，苦不堪言，此中滋味只有亲身经历者才知道。你的担心是有道理。”杨宛显出人情练达的神态说道。

顾横波和杨宛正在小书房里说着悄悄话的时候，满面愁容、泪痕犹在的卞赛和她的婢女柔柔也踏进了赅博堂的大门。这卞赛到来一番哀怨的倾诉，使得顾横波与刘芳的恋情终趋明朗起来，卞赛与吴伟业这一对情侣倒是成全了刘芳对顾横波的朝思暮想的夙愿。

许多年之后，吴伟业在常熟写了四章《琴河感旧》，记述了他有负卞赛的忏悔之情，其中一章为：

白门杨柳好藏鸦，谁道扁舟荡桨斜。
金屋云深吾谷树，玉杯春暖尚湖花。
见来学避低团扇，近处疑嗔响钿车。
却悔石城吹笛夜，青骢容易别卢家！

原来自从卞赛和吴伟业在金陵觅渡桥送别吴志衍的酒宴上相识之后，两个心慕已久的恋人之间的感情日趋炽热，吴伟业为卞赛的举止风韵、优雅谈吐所倾倒，而卞赛也想找一个归宿，两人结成伉俪的时间，是指日可待了。

这一天，吴伟业刚从北京回到南都金陵寓所——成贤街国子监司业后院。庭院寂寞，春鸟鸣树，在午睡之后，吴伟业喝了一杯浓酽的阳羡红茶，手中盘着块玉，踱到天井里去，他的目光停留在一只龙泉青瓷的鱼缸上，那呷波唼藻的金鱼使他悠闲而满足。他在上个月和卞赛悄悄地搭船到苏州，在横塘的临河密室里，度过了销魂的日日夜夜，卞赛那丰满窈窕的身材和诗人气质的情韵风怀，使他体味到了从未有过的如幻如梦的意境，这些都是他的原配发妻所不能企及的。他真想把她带回太仓去，但一想到他的原配妻子王氏，不禁心沉了一下。崇祯四年吴伟业殿试为榜眼，授翰林院庶吉士，皇帝钦赐荣归故乡太仓娶王氏完婚，一时传为天下佳话。然而吴伟业的内心却是痛苦的，他并不爱这位名门闺秀。他感到这桩婚姻像噩梦一般使他窒息郁闷，犹如让他穿着一件长满了荆棘的内衣。但身为国子监司业，如果休妻娶妓将受到朝野的指责，圣上怪罪下来的话……想到这儿，吴伟业心情突然烦躁起来，将手中的玉石掷到金鱼缸里，鱼儿受惊，泼啦一声，溅起一阵水花。

“老爷，刚才一个女孩儿送来一封书简和一张条幅。”书童的禀报使吴伟业精神为之一振，他知道这一定是卞赛的宠婢柔柔送来的。他一看见卞赛那娟秀小楷字，便将原先的烦恼抛到九霄云外去了。这书简用的是成化年间制成的洒金诗笺，其雅人深致先使他陶醉起来。吴伟业回书房，坐在几案边读起信来。他的手因极度兴奋而有些发颤。诗笺展开后，他轻轻地念道：

> 月前与君在姑苏小留。横塘梅雨，虎丘梨影，已酬相思万斛。桓子野每闻清歌辄唤奈何，玉京自去年觅渡桥畔闻先生笛声后，梦魂萦绕而情不胜止，今夜正是月半，朗月清风，秦淮波平。君可携玉笛来寒舍慰我渴思否？
>
> 金陵卞赛

再看那兰叶纵横、兰花袅娜的条幅，使得精于书画的吴伟业也赞叹不已。那淋漓墨色和秀逸线条，处处显露出卞赛超群出众的灵气。看见这幅兰花图，不由得使他想到几十年前的另一位秦淮名妓马湘兰，她也是以善画兰花而闻名遐迩的，至今南都的士大夫们还以收藏马湘兰的兰草图为荣。马湘兰曾多次画兰花图赠送给当时的文坛领袖王穉登，以示倾身相许之意。再往下看，兰花之下还题着一首七绝：

沙鸥同住水云乡，不记荷花几度香。
颇怪麻姑太多事，犹如人间有沧桑。

吴伟业早岁功名，以诗文艳发而闻名天下，久于宫闱官场、歌台舞榭之间，可谓阅人多矣，但像卞赛这样的才女确实少见。吴伟业是一个多愁善感的诗人，他知道卞赛今夜邀他前往，虽说是听听笛声，实质上是要他在婚事上摊牌表态。

在明代，尤其在正德年之后，一方面封建礼教要求女子三从四德，宁可饿死不可失节。另一方面封建社会防范两性间关系的藩篱开始被上层官僚绅士们的纵情享乐之风所冲溃。士大夫，无论是戚继光、史可法，还是张肯堂、陈子龙等莫不娶有姬妾，至于能和名满海内的青楼女子相狎，也都被认为是风流韵事。但如果哪一位士大夫真心爱上了一位青楼歌伎，还要和她正式结为夫妻的话，那就要受到硕儒们的责难。吴伟业是作为殿试榜眼，受到皇帝的青睐而赐归完婚的，如果他胆敢娶一位秦淮名妓为妻的话，哪怕是妾的名分，也会惊动皇帝的。吴伟业突然想起当朝内阁首辅温体仁那张阴鸷冷漠的脸来，他在翰林院时曾起草过弹劾权奸的奏本，因而得罪了权臣，于是从京都北京被贬到南都金陵来当了个国子监司业。前不久有一位京官来南都，回京都后便说吴伟业身为国子监司业不顾儒学规范，与一群歌伎在一起授简分题，征歌选胜，点缀秦淮烟雨，妆饰六朝豪华，游情惑志，不能为人师表。如果再与卞赛结缡秦淮，恐怕连这个国子监司业的职位也将保不住，弄得不好还会锒铛入狱，搞个身败名裂，想到这儿吴伟业不禁打了个寒战！

吴伟业虽为当时文坛巨子，其诗词文赋为天下俊彦所称道，但在爱情的牺牲精神方面远不如长他几十岁的钱谦益。同样是娶歌伎为妻，钱谦益显得更为勇敢些。他作为东林前辈，又当过礼部侍郎，却公然与柳如是行匹嫡之礼，这在当时可是一件惊世骇俗的事。他，吴伟业则不敢下这个决心。但又不忍这样遽然与卞赛不辞而别。他已拿定主意，可以和卞赛保持一种暗中相爱的关系，不能明媒正娶使自己因此而履祸。

钞库街上，卞赛的临河三椽精舍庭院里种着一株百年紫藤，紫绿一片像云彩一样。入夜，河风吹来，那满架的紫藤花簌簌而下，落到卞赛的肩膀。此刻她正站在花架下痴痴地等着吴伟业的到来。屋内婢女柔柔已燃起几支明烛，精致的兽鼎里焚着檀香，那氤氲的幽香缭绕溢出户外。

门外有马蹄声，卞赛能听出那是吴伟业的青骢马，不一会儿门上的铜环铿锵作响。柔柔开启大门，穿一身月白夹衫、头戴儒巾的吴伟业，风度翩翩地站在门口，手执一支玉笛，另一只手牵着青骢马。乖巧的柔柔赶紧将马儿牵了进来，并将它拴在紫藤花架边，手脚利索地抱了一捆饲料搁在地上让马儿去嚼。

吴伟业与卞赛手挽手进了一间布置清幽、一尘不染的小客厅。卞赛素有洁癖，无论是服饰器具，还是琴几书橱都用近乎素白的颜色，她一见吴伟业这一套月白色儒袍便知道他深知自己的喜好。善解人意的柔柔递上茶水后便悄悄退出客厅。

“我的信收到了?”卞赛含情脉脉地问。

“你看，我不是将笛儿带来了吗?”吴伟业说着便用双手来抚卞赛的肩膀。两人靠得很近，可以听见彼此呼吸的声音，吴伟业心里很明白，以后他不会再到钞库街来了，他想这也是最后一次亲近了。

“骏公，”卞赛亲热地唤道，“我先不跟你说什么，马上就听你吹笛子吧!”说罢，卞赛将客厅里几支蜡烛一一吹熄，让银色的月光似水一般泻进厅来。

在溶溶的月色下，两个人都陷入一种如幻如梦的意境中。吴伟业白皙的手指在笛孔上轻振柔按，那声调婉转而凄凉，在这寂静的月夜里传得很远很远。卞赛也通音律，她很快听出这是著名的琴曲《阳关三叠》，聪颖的吴伟业将它改为笛谱。那音调先是轻柔明快，仿佛让人看到青青的新柳和清和滋润的朝雨；继而声韵低沉，透露出一种羁愁别恨，分明是一幅黯然销魂的离别场面。笛曲的最后，音调在沉郁中显示出离别时强烈、深挚的感情。当最后一个乐句逐渐消逝，卞赛看了吴伟业一眼，发现他正在流泪，感到很奇怪，又想今夜正是欢会，他为什么流着泪吹一首离别的曲儿呢？便问道：

“骏公，月夜吹笛，你吹我听，真是良辰美景，为什么要选《阳关三叠》这样的断肠之曲？”

吴伟业本想说出自己的心事，但见卞赛一片痴情又不忍说破，便嗫嚅道：“……我想人生自古伤离别……有聚便有散……”

“别说这种扫兴话。皇帝老儿把你的官位降了，当了个南都国子监司业，正好能和我在金陵城长相聚，或乘画舫于秦淮河上，效米芾之书画船；或游莫愁栖霞，犹如陆游骑驴觅向钟山烟雨之中。”卞赛一往情深，还没看出吴伟业内心的怯懦和复杂的心绪，自然还沉湎于诗情画意之中。

“唉，可惜我吴伟业不能消受这六朝胜地的秀山丽水了。伟业羁居京华，近年寄寓南都，家中慈母年迈多病，昨天接家书令我归家，奉慈严于膝下……”吴伟业违心地说出这番话来。

卞赛知道吴伟业平日奉母甚孝，因而对他的话也并不感到突兀，便说：“骏公，你要回太仓老家去探望老母也是应该的，只不过这样一走又要叫我受尽相思之苦了。”说出这句话，卞赛鼻子一酸，泪水盈盈欲滴，眉头微蹙，动了幽恨之情。

“赛赛也不要难过，我很快就会回来的。”吴伟业劝慰道。

卞赛有极好的酒量，每逢惆怅或者欢乐的时候，她便要饮酒，所以有“酒垆寻卞赛，花底出陈圆”的美誉。这时，卞赛便叫柔柔备了一些秦淮应时名点和菜肴，径自从卧房里取出一瓶上好的金陵醇酒来对吴伟业说："人生难得几回醉，骏公，今夜我要和你来个一醉方休，看来人生该聚多少时间，该见多少次面都是有夙缘的，待你从太仓回来，我们就……"

"赛赛，"吴伟业知道卞赛想说什么，便有意将她的话打断了，"你的酒量在南都是很有名的，我素来不能豪饮，要是喝醉了就回不了家了。"

卞赛想起一个月以前在苏州横塘寓所，吴伟业喝醉了酒就在卧室里过了夜，夜半酒醒之后那刻骨铭心的海誓山盟，那欲仙欲死的销魂时分，她的脸儿忽而红了起来。于是斟上两杯满满的酒，含情脉脉地说："骏公，你的酒量虽不大，但这杯酒一定要喝下去，要真的醉了，今夜就别走了。"

吴伟业接过酒杯，一仰脖子便喝了下去。他是爱卞赛的，但他作为一个国子监司业没有勇气与她一个青楼女子结成伉俪，从内心来讲，吴伟业是十分矛盾而痛苦的，想到自己很快就要离开卞赛，强烈的伤感情绪使他几乎掉下泪来。他说："赛赛，今夜月光似水，清风徐来，正可抚琴笛，痛饮醇醪。然而家母病重令我寝食不安。明天我便要乘船回太仓老家去。此一去虽不像胞兄志衍那样关山万里，后会无期，但一年半载怕也不能重来金陵……"

卞赛见吴伟业说话遮遮掩掩，神情里又有重重忧郁和惶惑，便感到她和吴伟业的关系中，一种不祥的预兆已经萌生。

她是一个秉性清高而又多情的女子，既然和吴伟业的感情已经到了这一步，便毫不犹豫地说："骏公，我卞赛虽为秦淮名妓，但对那征歌卖笑、欢筵绮罗的生活早已厌倦。有幸结识先生，君不以我卞赛为风尘陋质、蒲柳之姿而倾心相好。你我既能缠绵于苏州横塘幽居，啮盟于秦淮水榭之侧，说一句唐突的话，君今决意回太仓侍奉慈母，何不邀我同行?"

吴伟业听到最后几个字，心猛然一跳，他最怕的便是将卞赛带回太仓去，他知道这就意味着要正式娶她为妻，他很快想起长他几十岁的已故文坛领袖人物王穉登和秦淮马湘兰，虽有刻骨铭心的挚爱，也没有结为夫妇。于是便违心地说道："这次回太仓时间实在仓促，且不说梅园废荒，野蔓没径，梅花为荒草所困，那简陋的厅室也尘埃盈寸，无复洁雅之陈设。待我先去整理整理，家务粗定之后，一定以香车宝马迎赛赛去太仓，共结百年之好。"

卞赛听了吴伟业这番话，心里颇感惶惑，但也无可奈何，只好说了句："那我只好等你的佳音。"说罢，泪水禁不住下滴，湿了衣襟一片。

在吴伟业、卞赛吹笛倾谈之际，婢女柔柔早将那秦淮名馔、淮扬佳肴、江南珍果、南都醇酒络绎不绝地端到那花梨木圆桌上。然而此刻吴伟业和卞赛已无食欲，只是不断斟酒闷闷地喝着。柔柔是一个善于鉴貌察色的女孩子，她知道往日里，卞姐姐和吴相公对酒而坐，不是抵掌雄谈天下大事，便是执手密语、情意绵绵。今夜两人只是一个劲儿地喝闷酒，便知情况不妙，说声"姐姐少喝点儿"，便带上门出去了。

吴伟业见柔柔出了屋便对卞赛说："辰光不早了，我想走了，明朝一早就要上路。"

卞赛曾表示过要吴伟业今夜留在这儿，他却执意要走。这使卞赛的自尊心受到很大的损伤。他的寡情使她平日里高傲的品性重新苏醒。卞赛原先一片纯情温柔的心绪已化成冰霜般的冷漠。她好一会儿不说话，半晌，吐了几个字："吴伟业，你快走吧。"卞赛停顿了一会儿，大声唤道："柔柔，快来送客。"

吴伟业还是第一次听到卞赛对他直呼其名，他从中当然也觉察到卞赛情绪的骤变，知道再逗留或多作解释更会自讨没趣。此刻，恰好门外那匹青骢马长鸣数声，在春夜显得格外凄怆。他对卞赛深深地躬身一揖道："赛赛，你多保重，待家慈康复后，即来南都接你，我告辞了……”

卞赛并不搭理他，她背着脸心忧如焚，欲哭无泪。她已近美人迟暮之年，但红粉飘零，知音难觅，这风流俊逸的吴伟业可算是知心的情人了。但一提及婚配，哪怕是一种试探也被他敷衍拒绝了。卞赛听到吴伟业随柔柔出去的脚步逐渐消逝后，才放声大哭起来。

果然如卞赛所料，吴伟业从此就不再涉足秦淮。既没有来接卞赛到太仓去，更没有如同冒襄那样终于娶了董小宛——在如皋水绘园过了七年琴瑟和谐、诗书共读的幸福日子。

吴伟业后来成为明朝的遗民又号梅村。他身历兴亡，感怆时事，其诗词沉雄瑰丽而又缠绵凄婉，许多感受都得之于他年轻时代与卞赛的这一段始乱终弃的爱情生活。当然，吴伟业对卞赛感情上的叛逆，后来是付出代价的，就像他入清后违心地当了清朝的官吏一般，临死都凄怆伤怀，泪痕潸潸，良心受到极大的谴责。这些在他的诗篇中都有详细的记载。

卞赛的一番哀怨愤慨的诉说，使得顾横波和杨宛都感叹唏嘘、泪下数行。终于，卞赛逐渐收住了哭声，擦去了泪痕，说道：“宛叔姐，我想喝点儿酒。”

杨宛转愁为喜道：“赛赛，赅博堂有的是酒，茅先生嗜酒你想必也是知道的……”

“卞姑娘要喝酒吗？要得好，老夫今天也要来陪你喝一杯。”身材魁伟的赅博堂主人茅元仪迈着雄健的步履踱到杨宛的小书房里，“怎么刚才哭哭啼啼的，一定是那个小白脸吴伟业跟你三心二意，别理他就是了，天下多的是好男儿。”茅元仪是一个性情豁达的人，并不将男女恋情看得很重，由于他曾经有过显赫的地位，尽管他和许多名媛闺秀或青楼佳丽有过不寻常的风流韵事，但他只将这些看作是人生征途中驿站上的憩息而已。

“茅先生不要取笑我们这些多情的弱女子了。”卞赛笑道，“在先生的面前哪有我卞赛喝酒的地方。”

“宛叔快去备酒来，今天我非要痛痛快快陪卞姑娘喝个人仰马翻不可。”茅元仪年轻时候并不嗜酒，由于他这十年来在朝廷屡遭迫害和谤言，空怀报国之志、经世之才而不被重用，因而染上嗜酒的癖好。

不一会儿杨宛已将丰盛的酒筵安排妥当。茅元仪坐了上座，三位女子依年龄为序坐定。本来杨宛是要亲至庖厨指导厨师烹调的，今天有顾横波、卞赛在，她便一起陪着了。

茅元仪举起一只盛满醇酒的凉州夜光杯，朗声道：“我茅元仪十六岁读书杭州快雪堂，二十岁游学吴越与汤显祖、徐光启、董其昌诸前辈为忘年交。二十八岁撰成兵书《武备志》又承皇上御书‘赅博’两字，然而燕塞百战被谗为‘浮谈乱政’，屡被放逐，甚至银铛入狱为阶下囚。真可谓读书学剑皆不成。如今寄寓金陵，唯有举杯痛饮方能超然物外；临风把酒，荣辱两忘，万念皆淡。”

顾横波这时才知道，茅元仪绝非一般高阳酒徒，一味醉生梦死，他沉溺诗酒是一种傲世，是对腐败的朝政的无声抗议。他放浪形骸于诗酒之间，是为了宣泄心境的苍凉和灵魂的寂寞。这时，顾横波有些理解古代羁旅的诗人和被贬谪的正直官吏为什么要借酒浇愁了，诗仙李白为什么写了那么多与酒有关的诗篇了。

顾横波、杨宛和卞赛都郑重地站起身来，满斟杯酒，与这位满腹文韬武略的昔日英雄茅元仪，痛痛快快地干了一杯。

卞赛的心是哀怨的，这热辣辣的酒就像吴伟业的寡情而善变的心一样，让她感到辛酸，感到苦涩。杨宛饮下了这杯酒，心情是复杂的。这酒使她想起她和张可仕的割不断的恋情——原来在茅元仪娶她为妾之前，张可仕就是她的梳笼情人。茅元仪虽不如张可仕那样风流温柔，但毕竟是个堂堂正正的伟丈夫。他的威严矜重、他的悲愤慷慨的气度，又使她感到几分羞愧与内疚。此刻只有顾横波怀着一种甜蜜的心情想象着她将和刘芳的感情的发展——卞赛与吴伟业一段失败的恋爱，尤其是吴伟业这种瞻前顾后、始爱后弃的感情叛变，使她感到刘芳的纯情可贵。顾横波在喝了一杯酒之后已打定与刘芳相会的主意。

第六章　梦系青溪

画舫过了桃叶渡和大中桥便是秦淮和青溪的分界了。这一边河房林立，笙歌沸天，一水皆香；那一边万缕垂杨，畴野无垠，景物清丽。刘芳和顾横波雇了一艘三节舱的画舫，避开那市廛尘嚣，任画舫款款驰向九曲青溪。

顾横波平时应酬殆无虚日，所以很少乘舟过大中桥去青溪游览的，今天主动约了刘芳作青溪之游，刘芳喜出望外，真有受宠若惊之慨。刘芳向舱外望去，那两岸自生自灭的野草闲花、那寻常的瓦房茅屋都变得似有奇趣，勃勃然有生机。这儿清幽寂静，没有喧嚣的市声，只有草木浓浓的带有野味的香气沁人心脾，远处还有几只黄鹂在嘤嘤鸣叫，增添了几分诗情画意。

在秦淮名妓中，顾横波算是最幸运的，她美艳的面容和魅力的身姿，加上才艺超群，使她在青楼生涯中从未遭到过挫折，因而她虽然涉世不深却显得十分自信，她那双使人神魂颠倒的秋水般的明眸，除了妩媚之外还带几分狡黠和野性。她不像其他绝色女子一样只是矜持地等待男人的追求，而是主动邀请刘芳作青溪之游。顾横波深信自己的选择是正确的。

“刘公子……”顾横波轻柔地喊了一声。

刘芳将目光从舱外转到顾横波一边。顾横波看那刘芳真是一个地地道道的江南隽秀人物，肤色不敷粉而莹白如玉，嘴唇虽不点朱而鲜红可爱，他身穿一袭淡蓝色儒袍，映照在春天融融的阳光下，显得精神焕发。只是那双略微上挑的眼睛似乎蒙着一层淡淡的氤氲，犹如湖上的雾气一般，使他的神情中总带着几分忧郁。

“眉生……”刘芳应声唤道。他庆幸自己有机会和顾横波一起借这一艘画舫浮游于青溪之上，终于有了将久积在心的情愫倾吐出来的机会。内心的激动使他的声音有些颤抖：“你不以我刘芳为一介布衣，寄以稠情挚谊……”

“你……坐过来。”顾横波见刘芳那美姿俊采，风度翩翩的仪态，一缕情思从胸中荡漾来，凝注着他的全身，婉娈欲醉。刘芳离开座位紧挨着亸袖垂肩的顾横波身旁坐了下来，顷刻便闻到顾横波那珠圆玉润、粉白水嫩的肌肤里透出的一阵阵幽香，他那股感情就像蕴藏在积柴下的火种一样，遇到风便燃烧起来。他大胆地将顾横波揽在怀里，并轻轻地摩挲着她的纤纤小手，心里如骀荡的春风漫过，感到无比的温馨，到了如痴如醉的境界。在刘芳看来，以前别说是敢有肌肤之亲的奢望，就连一见顾横波芳容便激动万分，如今得到她的深情眷顾，怎能不令人有似羽化登仙的欢乐之感！

哗啦一声，一条肥硕的鱼儿跳出水面，溅起一片水花，刘芳本能地吃了一惊，慌忙将顾横波的温软玉体放开。顾横波看到水面上跳起的那条银白色的鱼儿，辗然笑道：

“原来是一条鱼，要是捕到这样的好鱼，我亲自下厨，为你烹调如何?”

刘芳一旦放开顾横波，反而没有勇气再去亲近，就说道：“要是能吃到你当厨的鱼，天下的美食都不会有味道了。那一言为定，明天我到眉楼去品尝。”

画舫在静静的青溪上浮荡着，知趣的艄公喝了点酒半醒半眠地掌着舵。他是看着顾横波在秦淮河上长大的，也为她找到这样一个知书达礼的俊俏公子而感到欣慰。这画舫离秦淮越来越远，两边的细草如绒，碧绿一片，似乎连着遥远的天际，岸边间或有渔帘蟹簖和丛竹垂柳，或断或续一直延续到钟山之下。远处，渔唱樵歌互答于水雾芳草之间，使人有一种怡然归隐的田园之思。

紫色的钟山越来越近了，那松涛声也隐隐可闻，几株迟开的山桃花，横斜在山翠中。熟读文史的顾横波知道山上有周颙的草堂和王安石隐居过的定林寺，于是站起身来骋目瞭望。这时，刘芳轻抚顾横波的肩膀道："金陵繁华都在历代兵燹中破坏殆尽，周颙草堂和王安石的定林寺早已不复存在。倒是青溪小姑庙至今香火兴盛得很，我们去看看吧。"

顾横波早就听说过青溪九曲间有一座名叫青溪小姑庙的。汉代秣陵尉蒋子文，因为追击盗贼到了钟山脚下，反被贼人用箭射中额头而死。到了孙权定鼎江南后，封蒋子文为中都侯并将钟山改称蒋山，连蒋子文的三妹也被祀奉为神圣。于是金陵的百姓在青溪之旁建筑了青溪庙。后来南朝乐府中有一首脍炙人口的《青溪小姑曲》："开门白水，侧近桥梁，小姑所居，独处无郎。"一般青年男女为了祈祷真诚的爱情，或为求子嗣的都到这儿来烧香拜神。这个充满神秘和浪漫的小姑庙，仿佛专为溺于爱河的顾横波和刘芳而造。顾横波立即请艄公停船，两人踏着如茵的绿草向青溪小姑庙走去。

青溪小姑庙，不像附近的蒋王庙、定林寺等钦定御封的寺庙那样早已湮没在历代的战乱燹火之中，它受到黎民百姓的钟爱和保护，因而年年香火颇盛。逢到天灾人祸之后，那欹侧的屋宇，颓倒的大殿便有人集资来修葺一新。

顾横波和刘芳走进庙院后，顺着长满松柏的长长甬道，便看到大殿上一块泥金匾额上镌刻着"青溪小姑庙"五个龙飞凤舞的大字。那神位上立着一个眉清目秀、神情哀怨的女神，这就是小姑神了吧。神位下有一张香案，其上立着几支点残了的蜡烛，香案下是一只长方形的石制香槽，盛满了厚厚的香灰。刘芳的目光被青溪小姑神像所吸引，凝视良久，便对顾横波说："这青溪女神并无一般神像那种庄严矜持的法相，倒像是一个多情的怀春少女。难怪此庙香火很盛。"

顾横波正要答话，旁边禅房里踱出一个慈眉善目的老僧来，见了顾横波、刘芳便合掌道："两位施主屈尊前来小庙，有失迎候，有失迎候！"

"久仰贵庙大名，知此地神签尤为灵验。"顾横波望了刘芳一眼继续道，"我俩想在宝寺求签，指点迷津，以知晓一切过去未来之事。"

刘芳在老僧禅房侧买了香烛，丢下几两银子，就与顾横波洗心涤虑，双双跪在香槽下磕了几个头，跪持签筒默祷起来，顾横波手持签筒使劲地摇了几下，便有一支签从筒中落下来。

顾横波低头一看这签上的四行诗是现成的集句：

天河迢迢笑牵牛，春雨梨花醉玉楼。
梦魂不到关山难，凤去台空江自流。

顾横波看了前两句感到十分吉利，尤其是"春雨梨花醉玉楼"十分符合她这些年来春风得意、名花独艳的情景。可是后两句中"凤去台空"与"梦魂不到"却有几分不祥之兆，然而再想到这竹签上的诗句也无非是那些粗笨的和尚，或某个酸溜溜的不第秀才收集的诗句，根本无须认真。

那老僧见顾横波开始喜在心上，后来又微颦眉头，便取过这竹签来看，然后笑道："两位施主还是听老衲道来，人生聚散本是天数，但人有时却胜天，这就要看你俩的诚心了。"刘芳看了看竹签，念道："'梦魂不到关山难，凤去台空江自流'，这正是激励我刘芳的诗句，大丈夫当立功异域，封狼居胥，所谓'关山度若飞'当指此耳。至于'凤去台空江自流'，无非是李太白登凤凰台的仿崔颢的游戏之作，岂可当真。”

“这位居士说得很有道理，老僧不能多陪，尚有功课要做。”老僧说着便手持佛珠回禅房去了。

老僧一走，庙堂里骤然清静起来。顾横波对刘芳说：“这求签的事，不可全信，也不可不信。信则有，不信则无。”

刘芳当然知道那签中诗句不甚吉利，就说：“这小姑庙里求签全是僧人赚钱的玩意，岂能左右吾等雅兴。青溪小姑神倒是一个多情的女神，何不在她面前说几句话？”

顾横波心里知道刘芳想要说什么话，便说：“刘公子，你想说什么就说吧。”

刘芳这时从怀里掏出一只小巧精致的锦盒来，这锦盒里放着两颗鲜红透亮的红豆。这两颗红豆是有来历的——几年前刘芳随挚友访前礼部侍郎钱谦益，时届深秋，多年未结实的红豆树竟然开花结子，钱谦益见刘芳少年英俊、文采艳发，便赠予红豆两颗。刘芳一直将这两颗红豆珍藏着，想赠送给他未来的情侣。现在他终于找到了。

“眉生，我想在小姑神面前送你一样东西。”刘芳深情缱绻地说，“你猜一猜是什么？”

顾横波想不到他会在这时赠送礼物，心里惊喜万分。刘芳打开锦盒，两颗鲜红浑圆、晶莹如珊瑚的红豆镶嵌在做工精巧、黄金编织的首饰里。这一件金镶红豆首饰是刘芳专程去扬州请著名的老艺人精心打制的，放在身边已有两年多了，今天终于有机会送给顾横波作为定情之物。

“刘公子，所谓‘红豆生南国，春来发几枝’，你送如此俊物给我，真让人喜欢，我就收下了。”顾横波说罢，将这件红豆饰物放上手心里抚摸再三、爱不释手。顾横波和刘芳都懂得赠予红豆意味着什么。顾横波十分熟悉王维的这首题名为《相思》的红豆诗，并且还会唱关于红豆的曲，现在，刘芳真的将两颗红豆当成爱情的信物赠送给她，用意就不言而喻了。

“眉生，传说古代有一位女子，因情人死在关山万里的羁旅之中，这女子悲恸万分，那如杜鹃啼血般的眼泪，滴入树下，不久这树结子化为红豆，所以后人又称红豆为相思子。现在这两颗红豆也寄托了你我的相思之情。”刘芳紧握着顾横波的手道。

“我也要送你一样礼物。”说罢，顾横波从怀里取出一颗红亮晶莹的六合玛瑙石来，放在刘芳的掌心上。刘芳拿起这颗玛瑙石往光亮处一照，那玛瑙石中隐隐约约还蹲着一只白色的猫。刘芳见过许多五颜六色、千姿百态的六合石子，这样巧夺天工的玛瑙石还是第一次见到。于是说声“多谢”，便虔诚地放在行囊中。

顾横波笑了笑说：“刘公子，我可不喜欢隔山隔水地经受相思之苦，我们要朝朝暮暮相聚，舒舒坦坦地过太平日子。”

“眉生，”刘芳激动得声音有些发颤，“我们刘家在常熟虽不能称首富，也称得上殷实之家。家父在徽州尚有一笔款项，待我到皖南去一次，然后让你永离青楼，我们在琴河之畔、虞山之下构筑爱巢，成百年之好。”

“皖南与金陵也不算遥远，你速去速回，免得我记挂。”

“我从徽州回来后，要将这婚娶合卺之礼办得隆重异常，让你那时光彩照人……”刘芳想以这样的话来表示他对顾横波的爱慕之情。

顾横波洒脱地说：“许多人以为我顾横波平日里锦衣玉食，仿佛在花团锦簇里过日子。其实还是庄子说得好，‘鹪鹩巢于深林，不过一枝；偃鼠饮河，不过满腹’。常熟乃江南福地，随君去虞山脚下，得一茅庐聊避风雨足矣！”

“像你这样的绝代佳人，岂是茅屋所能包容，以金屋藏之也不过分！”刘芳朗声笑道。

顾横波和刘芳在青溪小姑庙求签定情之后，又乘兴游玩了几乎已经湮没殆尽的周颙草堂和王安石的定林寺遗址。他们精通文史、谙熟六朝掌故，免不了面对前人的文化遗迹感慨万端。到了苍烟暮霭渐临钟山之时，鸦雀投林，牧童遥唱樵歌，他们才乘着画舫，由青溪回到秦淮河上。当画舫停泊在武定桥畔的时候，这儿早已是游船箫鼓、浅斟低唱的夜秦淮了。

觊觎顾横波艳丽美色的徽州富商查昂，此刻正骑在一匹高头大马上，由仆人查升带路，出了聚宝门，过了长千里，向南郊祖堂山而去。查昂刚从合肥回金陵不久，尽管年前在真州的大量囤盐并没有大损失，张献忠义军只是在那虚晃一枪便杀到西边去了，但他的心情却很不好。他感到一种巨大的失落感，狂躁而又空虚，疲倦而又亢奋……凭着他的万贯家财，查昂可以任意在秦楼楚馆征逐嬉戏，夜夜作销魂之游，可是这个顾横波竟如深池的莲花一般，可以远观而不能亵玩。而他最感兴趣的是难以采撷到的花。

仆人查升是一个十分机灵狡猾的人，他深知主人的癖好——若遇名妓丽人，初则爱之如痴，待色衰珠黄之后便弃之如敝屣一般。此外，查昂还有一桩秘密使查升难以理解，他身边总是携带着一只沉香木的小箱子，不肯须臾离身，甚至每夜都放在枕边摩挲一番。

查昂从合肥归来，重游秦淮时，第一件事便是去眉楼找顾横波，但还是吃了个闭门羹。恼怒之余又去拜访库司坊的阮大铖，不料这位石巢园主人在上个月就躲到南郊祖堂山“隐居”去了。于是查昂就和查升骑马到南门祖堂山找阮大铖。因为阮大铖对金陵，尤其是秦淮旧院佳丽和复社名士们的行踪是了如指掌的。

牛首山弘觉寺塔上的铜铃声，断断续续地传到耳边，查昂知道阮大铖蛰居的祖堂山已经不远了，前几年，他曾和金陵城里的一些豪富们带着女眷到牛首山狩猎。那如画的山林，虬松修篁的幽深曾使他娱目赏心过一番的。过了一炷香的时间，祖堂山即在眼前了。查昂心里想，这阮大胡子真是个会享福的人，从山脚下望上去，幽栖寺像一个典雅妩媚的仕女被翠绿的山林拥抱着，陷在绿色的爱抚中。这时，那寺中的钟磬木鱼、念佛诵经之声一阵阵传到查昂的耳里，他便与仆人查升沿山路登幽栖寺。这幽栖寺虽不算巍峨，却也殿宇参差，甚为庄严。

幽栖寺和其他寺院一样，也经常将空余的僧房与庭院租给一些达官贵人或文人雅士“隐居”、赋闲之用，这些僧房的名称都很雅致。阮大铖将幽栖寺中最精美的一套庭院和住房——石函精舍租来作为憩息之地，并将其中一间厅堂题名为“呈剑堂”。阮大铖正坐在呈剑堂里，厅堂上放着一张山水纹大理石面书桌，一把藤椅。墙壁上无甚布置，仅有一幅自写新裱的条屏“一林明月碧如此，六代寒山青不言”，这是他《咏怀堂诗》中最得意的名句。查昂少年时学过点书法，他看出阮大铖的书法是学苏东坡的，只是写得豪壮有余失于臃肿。

“圆海公，你让我好找哟!”查昂一进呈剑堂便嚷道，“复社那帮酸秀才真不是东西。”

阮大铖抬头一见是查昂，心里一阵高兴，将刚才一肚皮恼火消去了不少。一番寒暄之后，他拿起一张四尺长的黄纸说：“祖韵兄，你看看这就是所谓的《留都防乱公揭》，真是一篇千古妙文呀!”

查昂接过这张《留都防乱公揭》，目光很快停留在一些最令人触目的字句上：

为捐躯捋虎，为国投豺，留都可立清乱萌，逆珰庶不遗余孽，撞钟伐鼓，以答升平事。……如逆党阮大铖者可骇也。大铖之献策魏珰，倾残善类，此义士同悲，忠臣共愤，所不必更述矣。乃自逆案既定之后，愈肆凶恶，增设爪牙，而又每骄语人曰：“吾将翻案矣，吾将起用矣。”……乃逃往南京，其恶愈甚，其焰愈张，歌儿舞女，充溢后庭，广厦高轩，照耀街衢。……夫陪京乃祖宗根本重地，而使枭獍之人，日聚无赖，招纳亡命，昼夜赌博，目今闯、献作乱，万一伏间于内，酿祸萧墙，天下事将未可知，此不可不急为预防也……

查昂看到这儿心里便明白，为什么阮大铖要离开库司坊石巢园这样的安乐窝，而跑到清静得近乎孤寂的祖堂山来了。复社的那批读书人在金陵城内将这声讨阮大铖劣迹的《留都防乱公揭》四处张贴，阮胡子当然没有脸皮在城里混下去了。

“可恶！可恶！这班复社的酸秀才，我一定要给他们点颜色看看！”查昂想起了冒襄、侯方域、陈梁那帮复社名士，凭着一支烂笔杆、一副白净的面孔，竟然得到顾横波的青睐，现在又跟阮大铖作对，心里愈发燃起一股报复的火焰。

“哈哈哈哈……”不料阮大铖却发出爽朗的笑声，“祖韵兄，和这帮肤浅的秀才值得大动肝火吗？当年骆宾王写了一篇《为徐敬业讨武瞾檄》把武则天骂得狗血喷头、天昏地黑，那女人尚且能泰然处之，并称骆宾王的檄文为‘好文章’；陈琳写文章骂曹操反而治了曹操的头疼病；我阮大铖本来就隐于金陵城南一隅，现在索性闲居祖堂野处，登牛首可以眺大江，坐茂树以终日，濯清泉以自洁，春晨秋夕在呈剑堂里吟诗拍曲，岂不优哉游哉？”

查昂心里想，这个阮大胡子被复社秀才们骂得在金陵城里混不下去了，躲到这祖堂山来，还要打肿脸充胖子。这次来祖堂山本是为了向他讨教锦囊妙计的，不料他自己也狼狈得很呢。还没等查昂开口，阮大铖已将话题转了向。

“听说祖韵兄这两年长袖善舞，经商每每得手，再加上北国胭脂、吴楚佳人艳遇不断？”阮大铖问道。

“唉，谈什么艳遇，不瞒圆海公说，那眉楼顾横波原来也应是我查某藏之金屋的尤物，不也害在复社那批秀才身上吗？”查昂愤愤然说。

“何以见得?”阮大铖想听听查昂内心隐秘。

“顾横波原先被那个风流才子冒襄哄了一阵子，现在又和一个常熟书生刘芳定情青溪小姑庙，已有婚约之盟。”查昂不想详细叙说。

“刘芳何许人也?”阮大铖问道。

“这刘芳听说是当过翰林院待诏茅元仪的学生。”一提起刘芳，查昂禁不住向阮大铖说出他在皖南屯溪的一次巧遇。

有一天，查昂去赴一个做徽墨生意富商的酒宴。席上，一位临窗端坐的秀才长得唇红齿白，眉清目秀，仪态潇洒。查昂便故意在推杯换盏中，谈徽州风物，说皖南风景是青山旖旎，绿水萦回，处处古色盎然，说到得意处还运用了临川汤显祖诗——“一生痴绝处，无梦到徽州”之句。果然引起那位美少年的注意。于是两人萍水相逢，互报姓名，这美少年便是刘芳。两人结为朋友，当夜秉烛夜谈，意极款洽。融洽之余，刘芳在查昂再次探问之下，说出了他深藏在内心的珍贵的回忆——他和顾横波在金陵万竹园之会、青溪小姑庙的定情与婚约，并取出顾横波赠送给他的一颗晶莹的六合玛瑙石（后人称为雨花石）给查昂看。这时，查昂妒火猛生，恨不得一刀杀了刘芳方才畅快。后来查昂与刘芳在屯溪分手，刘芳踅回合肥，查昂在做了几笔生意后又重新回到金陵。

“那刘芳现在在哪里?”阮大铖问道。

“听说刘芳在合肥城郊遇到张献忠罗汝才这帮流寇，先是被裹挟，后来被辱杀……反正是生死不明!”查昂幸灾乐祸道。

“祖韵兄，你还想不想把那个顾横波搞到手?”阮大铖又问。

“当然想!”查昂答得爽快。

“我只要略施小计，那顾横波便会跟你走。”阮大铖笑道，“你只要告诉顾横波，刘芳已死在合肥就行了。不过，这消息不能你去说。”

“谁去说呢?”查昂急问道。

阮大铖想了一会儿，说：“你可以叫查升去找那吹箫的好手张魁官，就是那个绰号叫‘花面篾片’的家伙，他是眉楼的常客。他说的事，顾横波多半会相信的，兵书上说兵不厌诈，既然刘芳能夺你之所爱，你就不能拿他泄恨吗?”

“圆海公所言极是，所言极是。”查昂心里明白，他查昂对阮大铖没有吝惜过银子，阮大铖当然愿意为他出些主意的。

“祖韵兄，弟在此也有一事相求。”阮大铖不失时机地说道，“不知该说不该说?”

“圆海公尽管吩咐。”查昂知道阮胡子有事相求无非又是银子。

阮大铖尽管嘴里说什么曹操不在乎陈琳辱骂云云，心里对复社中人恨不得食其肉寝其皮，他说：“复社那帮后生，其学问不过如三家村学究而已，然而他们文章不足而轻躁阴险有余，上惑国事，下摇群情，乱天下者，复社也。我这儿有一份《复社十大罪檄》，你和那三山街的书坊老板相熟，可否请他制印，以广传天下。”

查昂是个精明的生意人，他当然懂得要他去找蔡老板就是要他出银子，他想到这阮大铖绝非等闲之辈，有朝一日，他真要东山再起的时候，自己还要借重他做靠山哩，也就欣然允诺了。

“这《复社十大罪檄》想必是圆海公的大手笔?”查昂讨好地说道。

“哪里，哪里，这篇檄文是一位叫徐怀丹的读书君子拟就的。”阮大铖抚弄着他那浓黑的胡子得意地说，“这篇檄文写得精妙绝伦，大气磅礴，小弟尚能背诵其十条纲目。一曰僭拟天王；二曰妄称先圣；三曰煽聚朋党；四曰妨贤树权；五曰招集匪人；六曰伤风败俗；七曰谤讪横议；八曰污坏品行；九曰窃位失节；十曰招寇致灾。”

查昂一面细看檄文，一面听阮大铖卖弄他的好记性，当查昂看到其中一条说复社“……至于千里赴会，万艘停桡，僧道优倡，俱入社中，医卜星相，莫非友人，其品行如此，罪之三也”时真想笑出声来，至于“夸豪举于一掷，锱铢动兴诟詈；买欢笑于千觞，别袂已见睚眦……”这岂不是阮大铖本人的写照吗？其实，阮大铖也好，查昂也好，都是聪明绝顶的人，并非不懂圣贤之教诲，儒者之德行，只不过为了一己的利益和欲望而言行不一、文过饰非罢了。查昂认定这篇《复社十大罪檄》就是阮大铖本人写的，不过不敢署真名而已。

“圆海公博学强记，非常人可比，弟敬佩之至!”查昂连声赞好。

在用过丰盛的晚宴之后，查昂便带着七分醉意回到阮大铖为他主仆两人安排的卧房中去。夜深之后，查升睡在外间随时听主人差遣。查昂坐在一张红木靠椅上，吩咐查升早点睡觉，便关上门。待查升睡定之后，便悄悄到床边将他那只沉香木小箱搬到烛台下打开，谨慎地用手指拈出一件件女性使用的亵衣，竟然有二十几条之多。有湘绣的、苏绣的，也有艳丽夺目的金陵云锦镶边的，还有薄如透明的真丝的。那亵衣上的图案更是五花八门、令人眼花缭乱——有鸳鸯双栖、金鱼戏水、龙凤呈祥、牡丹吐蕊……

查昂有怪癖，他喜欢收集他所倾慕女子的贴身所穿的亵衣，凡是那些漂亮女子跟他风流一夜之后，便要留下一件亵衣来，这沉香木小箱里独缺顾横波的贴身内衣。查昂一面抚摸着一件件亵衣，一面想着顾横波那苗条的身姿，艳丽绝伦的面容以及她周身散发出来的那种高贵脱俗的劲，便如万爪挠心般地难受。所庆幸的是，自己毕竟还在刘芳那儿偷得了顾横波亲手所赠的六合玛瑙石，此刻虽不能和顾横波肌肤相亲，用嘴吮吮这颗玛瑙石也仿佛一亲芳泽呢!

查昂想到阮大铖提醒他的夺取顾横波的计谋之后，忽而想起这颗六合玛瑙石，再随便找些带血迹的衣衫，便可以作为刘芳已死的证据，他不禁拊掌亢奋，高兴得笑出声来。

一般秦淮女子都喜欢手执团扇，除了扇凉，多半是为了装饰，为了一种婀娜的风度。而顾横波却喜欢用男人们用的折扇。她倒不是为了拂暑，而是为了随时欣赏扇面上的各种书画作品。熟悉顾横波的男人们为了讨好她，往往不惜重金收集各种名扇，以求得顾横波的青睐，所以顾横波在眉楼收藏了近百柄各式折扇。

秋风渐起，该是收藏起折扇的时候了。顾横波玩了一个夏天的扇子好像还没有过足瘾，趁今天收藏扇子入箱的机会，请姐妹们来欣赏她的各种扇子。

眉楼依旧摆设得既华丽又典雅。花梨木大理石面长桌上整整齐齐地排列着形色各异的折扇。原先，顾横波想邀请她所熟悉的卞氏两姐妹、董小宛、寇白门，不料这些人都是红得发紫的大忙人，只请到了李香君和住得很近的杨宛来一睹她心爱之物的风采了。

痴心的李香君自从松江夏允彝说要将商丘侯方域引荐给她后，一直真心诚意地等着侯公子。她想，“四公子”中的冒襄、陈贞慧、方以智都见过了，唯独那位侯方域才是她梦中的情侣！为了摆脱那些俗人又要到媚香楼来纠缠不清，索性就到眉楼来玩玩顾横波的折扇。

李香君登上眉楼时，顾横波已和杨宛站在一起欣赏扇子了。不说扇子了，光是琳琅满目的扇套就让李香君大开眼界。每把折扇旁都放着业已摊开的扇套——有云锦的、苏绣的、剪绒的、织金的、缕银的……不下十几种，而每个扇套的图案色彩又各不相同。

李香君本人是喜欢团扇的，后来她拒嫁奸臣田仰，以死相拼、血溅扇子，那扇儿也正是团扇。李香君首先被一把唐伯虎亲笔所画的仕女图折扇所吸引，不禁拿起扇子来近看。这时顾横波笑盈盈地走过来，笑道：“香妹妹，真是个性急鬼，你别忙着看画，先把这几十把折扇的扇骨端详端详，你看金陵城里哪家有这样的好扇骨?”

顾横波得意地拉着李香君的手，往杨宛那边走。原来看扇子还有先看扇骨这样的花样，真使李香君开了眼界。

精于书画的杨宛，尽管多年跟随其夫茅元仪见过无数的绘画精品，但对顾横波收藏的扇面画还是十分欣赏敬佩的。光是名家所画的梅花扇就有十把。有趣的是这些画家多半爱梅成癖，连名号也浸透着对梅的挚爱。杨宛拿起一把署名为“梅主人”的红梅折扇道：“梅主人，梅主人是谁？哦，想起来了，就是曾经住在桃叶渡的肖云从，梅石道人。”

说起肖云从，顾横波的脸不禁红了起来，她想起几年前冒雨去桃叶渡跟肖云从学昆曲的往事来。那时她唱《西楼记》中的穆素徽唱段，不料肖云从先是拒收青楼人物，后又为她魂不守舍。这幅红梅扇面还是后来他托人从淮南捎来的。

第二把梅花折扇十分难得，是王冕的墨梅。那扇面左下角赫然署名为“梅花屋主”。天真热情的李香君一听说是王冕的墨梅，便说她能背出画上的题画诗：“‘吾家洗砚池头树，朵朵花开淡墨痕。不要人夸好颜色，只留清气满乾坤。’怎么样，小妹的记性不错吧！”李香君永远记得夏允彝教她的这首梅花诗，自然顺口就咏诵出来。

杨宛用食指在李香君的额头上重重地点了一点，说：“你不要张冠李戴了，王元章那首题画诗足有六尺长，我以前在王觉斯家里见过。你呀，还要好些学学。”

“宛叔姐，谁比得上你家丈夫呢，堂堂翰林院待诏，著作等身，白天教你，恐怕在枕头畔也教你吧。”李香君回敬道。

“你呀，等到侯公子来了，也就有人教了，香君不要着急嘛。”顾横波打趣道。

“不过，我看这幅王元章的墨梅多半是赝品。”杨宛对顾横波说。还未待顾横波说话，便继续说道，“我听说王元章喜画野梅，不爱画官梅，这把扇面虽署名为梅花屋主，画的却是官梅。但不管怎么说却是元人所画，也值得收藏的。”顾横波觉得杨宛说得很有道理，但又说：“这把王冕画的折扇是张岱所送，一般不会是假的……”

杨宛不愿再让顾横波扫兴，便接着观看其他扇子，其中有署名为“梅和尚”吴镇的《寻梅图》；当代人查士标的《梅花小鸟》，署名为“梅壑”；苏州人陆复的《梅花图》，署名为“梅花主人”。看到吴伟业所画的《白梅图》时，杨宛笑道：“这把扇子要给卞赛看到了，是要吃醋的，这个负心吴郎真是该打。”

李香君从欣赏扇骨上得到启发后，便细细地看这些折扇的扇骨，不看则罢，一看就看出滋味来了。这些折扇的扇骨中有象牙的、紫檀木的、玳瑁的、檀香的、斑竹的、嵌金丝的、珍珠镶木的……不下十几种之多，她心里十分羡慕。再看看那些梅花折扇在画法上也各有不同，有工笔的、写意的，也有兼工带写的，还有几幅是双钩的和没骨的。心里想，媚姐姐果然不愧为“南曲第一”，别说姿容俏丽，才艺双佳，就连这扇儿都有这么多的名堂。

忽然楼梯发出笃笃笃笃的上楼的声音，脚步很是急促。登上眉楼又未请人通报，显然是个常客。门帘动处一张清秀而有些文弱的脸先探了一下，额上还余留着一点白癜风的痕迹。

“我道是谁，原来是张先生。”顾横波一向很尊重这位性格温和的吹箫圣手张魁官，“快请坐。”张魁官在音乐上曾经给顾横波许多指点，前几年还教她吹过箫的，所以上眉楼是很随意的，然而，今天说话和行动却有些迟疑不定。

“眉生——”张魁官唤了一声，声音有些颤抖。

顾横波听张魁官的声音里带有几分悲伤凄凉，心里先有一些不祥的预感。更令人惊扰的是，张魁官手里还拎着一只沾着些尘土和污迹的布包袱。

“张先生有什么事尽管说。”顾横波故作平静地说。

“不知几位听说了没有，”张魁官目光先向杨宛、李香君瞥去，又停留在顾横波那掩饰不住惊慌的面容上，“合肥在上个月被张献忠掳掠烧杀一空，无论高城深池，或者是歌馆楼台都夷为平地，听说那些土贼凶残异常，破入百姓之家，奸淫搜刮，虽阴沟井底，无有遗漏，蹂躏残杀，以至叠尸盈路，河道堵塞，实在是亘古未遇之浩劫。”

“怎么可能呢？”李香君说，“今年春天有小姐妹从合肥到媚香楼来，说那儿城隍庙百姓比肩接踵，百业兴旺，七里塘牡丹盛开，游人如织，一派升平景象。”

“唉，这也是天数啊，所谓天有不测风云，人有旦夕祸福。”杨宛毕竟久经风霜，阅世较深，不像李香君那样天真未凿，“这几年朝廷里贤人屏退，小人得志，贪官污吏舞爪张牙，竭尽百姓膏血，搞得天怒人怨，是大明气数已尽了吧，所以有张献忠这样的煞星来乱世了。”

顾横波无心听杨宛的议论，急问道：“张先生快说下去，合肥怎么啦?”她朝夕思念的刘芳正在合肥羁旅之中。

“眉生，刚才我在乌衣巷遇到一个安徽客人，问我眉楼在哪儿，我说我即去眉楼。那安徽客人便说他在合肥城隍庙的瓦砾堆里看见一个周身是血的读书人。”

“那读书人是谁?”顾横波问。

“那读书人……是刘芳。”张魁官将携带来的包袱解开，一件沾满血污的淡蓝色儒袍赫然展现在顾横波面前。

顾横波认出这件淡蓝色儒袍就是刘芳在青溪小姑庙定情时所穿的，顿时感到一阵眩晕。继而是天旋地转，要不是杨宛和李香君急忙过来搀扶，她就要翻倒在地了。张魁官接着又取出一只锦盒，盒里的白丝绒上衬着一颗红亮晶莹的六合玛瑙石。张魁官也认识这一颗内含猫形的玛瑙石原是顾横波的心爱之物。于是将玛瑙石递到顾横波手中。

顾横波手持玛瑙石泪珠洒落如雨，问：“刘公子怎么样了?”

“安徽客人将刘公子送到一座寺庙里，不料刘公子伤势过重当夜就……这玛瑙石是他临终交给安徽客人的，要他务必送到金陵眉楼来。”张魁官神色黯然地说。

“那位安徽客人呢?”顾横波又问道。

“已在楼下等着。”张魁官道，“他说要等你的赏赐呢。”此时正是暮色四合的时候。武定桥、钞库街一带的屋顶和狭长的街道都披上了一层夕阳的余晖。离眉楼不远的乌衣巷口箫声、笛声、檀板声、歌声一阵阵传来，往常那种令人神往的黄昏暮霭在顾横波看来都显得黯淡无光。

夜色更浓了，顾横波听到刘芳的噩耗之后，感到一切都如梦如幻，仿佛这十里秦淮，这精致华丽的眉楼，和自己都化成了一缕缕升腾的云霞，向无穷无尽的天穹飞去，和刘芳的魂魄融成一体。

第七章　合肥才子龚鼎孳

崇祯十二年，正是己卯乡试之年。逢到乡试之年也正是六朝金粉之地的秦淮河分外繁华靡丽的时候。这一年，才高气盛的如皋贵公子冒襄，在丁卯、庚午乡试失利，再次来白门应试，桐城彦秀方以智也和他的叔叔——诗人方文重到贡院，准备一举登龙。那风流倜傥、恃才傲物的商丘公子侯方域则第一次来金陵应考，当然他此行还有一个公开的秘密，就是要见见夏允彝先生为他多次推荐的秦淮名妓李香君。

然而，名闻江南的眉楼近来却异常地冷清。顾横波听到刘芳在合肥遇难的噩耗后，情绪低沉，郁郁不欢。

位于武定桥一侧的眉楼与杨宛所居的赅博堂相距甚近，久经风霜又富有同情心的杨宛心疼顾横波，于是常常到眉楼来和她做伴。

眉楼四周种满梧桐和杨柳，正是暮春时节，绿荫弥天匝地，好像一张碧绿的大伞，把眉楼映得绿玻璃似的。楼上燃着檀香，氤氲缭绕，药罐里熬着药，透着几分苦涩的香味，其实顾横波并没有病，顾三娘还是让人抓了几剂安神的补药，让荔儿天天为她熬。

顾横波穿一件淡紫的夹衫，窄窄的腰身，宽宽的袖儿，愈显得体态苗条，只是那俏丽的面庞添了几分清瘦，坐在花梨木圆桌边听杨宛说话。身穿藕色夹衫、下衬绣湘裙的杨宛握着顾横波的手道：“眉生想开些，那刘芳已死，不能复生，伤心也无济于事。其实……也算刘芳没有福分，再说……”杨宛想说刘芳配不上顾横波之类的话，又感到不妥，于是将话锋一转，“你看冬去春来、回黄转绿，在家蛰居已久，转眼清明已过，春意渐浓，何不结伴去城外一游，才不辜负这良辰美景。”

顾横波心里也清楚，论相貌，刘芳也许可以和冒襄这些复社名士相颉颃；论才华，他比不上张岱、陈梁、张明弼这些人洒脱，更不用说像夏允彝、张天如那样有雄才大略、满腹经纶了。但刘芳心清如水，外秀内慧，是一个纯洁的读书君子。他不像那些浅薄的狂生那样，外作清高，内贪名势，表面上为谦谦君子，骨子里则是蝇营狗苟之徒。这就是顾横波怀念刘芳的原因，更不用说他俩曾经有青溪小姑庙的婚约呢。

“唉！我实在提不起神来去游春访景。”顾横波叹了口气道，“万斛沙石，寸金易寻；大千红尘，知音难得。”

杨宛莞尔一笑，看了看顾横波美艳的面容说道：“大好春光，何人去领受，如此美人又待何人去消受哟！”

顾横波啐了杨宛一口道：“别人心里难受，你倒在这儿拿我取笑。”

杨宛俨然一副大姐姐的神态，说道：“姐姐是为了你好呀，刘芳固然温柔可爱，还在茅公那儿学过点兵书，然而他清而不明，诚而不毅，谈兵说剑，似有满腔抱负，恐怕即便是善终也不会成大气候的。何况人生悲欢离合，生死异路都是有夙缘的，你顾横波和他就是那么点情分，你说是不是?”

杨宛和顾横波坐在眉楼之上侃侃而谈的时候，在东牌楼那边的青石板铺成的路上，安徽富商查昂，头戴宝蓝软纱浩然巾，额上的红宝石在宝蓝色纱巾上闪着熠熠光彩，身穿蜜黄色轻罗直裰，骑在一匹菊花青高头大马上，马后挂着沉甸甸的行囊，沿着秦淮河向武定桥方向而来。查昂的心情非常欢愉，甚至有些亢奋，一则他苦心经营的人参已从关外经运河运到了扬州。在明代人参是非常贵重的商品，到了崇祯之后因战乱交通经常阻塞，商旅不行，物价腾跃，有钱人便购买人参用以保值，因此人参经常和银两一样在市面上流通。查昂这一船人参价值连城，只需囤积一些，抛出一些便可利上加利，称富江南了。二则顾横波所钟爱的刘芳已“死”，他想到只要再下些温柔功夫，顾横波就可投入他的怀抱，到时候绿鬓捧茶、红袖添香，他查昂便可在此温柔乡里喜度春宵了。想到这儿，查昂乐得差点笑出声来。

眉楼上，荔儿通报了查昂的来访。顾横波想起前年此人曾在莫愁湖为她解过围，便对杨宛说：“那个查昂有了点钱偏好附庸风雅，骨子里俗不可耐，上次宴请过他，谁知他得陇望蜀，吃过酒便动手动脚，很不像样子。”

杨宛调笑道：“那是你不喜欢他罢了，要是喜欢，这一动手岂不成其好事啦……”

顾横波一眼横睨过去，笑道：“你真是狗嘴里吐不出象牙来！”

杨宛抚着顾横波的肩膀道：“我看你整天含着泪，黯然神伤的，不妨与你耍弄耍弄，提提精神嘛。”

“荔儿，你快去将那个查昂打发走！”顾横波道。

“待会儿，让那个查昂来，看我来对付他。”杨宛笑道，“荔儿，你去对他说媚妹妹和我明天中午在眉楼设宴招待他。”

翌日中午。眉楼上一桌酒席摆得十分丰盛。查昂一上眉楼，见那月白色的门帘高高挂起，打扮得千艳百娇的杨宛迎在门首。她身穿银红色宫衫外褂，内衬白色罗衫，下系玉色罗裙。

“查大官人，知道你远道而来，特借眉楼佳肴为兄接风。”

杨宛甜甜的声音使查昂有未饮先醉的感觉。

“眉生姑娘呢？”查昂一进门扫了一眼，不见顾横波影踪，只是几个风致嫣然的雏妓站在一旁等待伺候。

“你问媚姑娘，她跟寇白门到大油坊巷去有点儿事，叫我先陪陪你……”杨宛将最后几个字说得慢慢的、柔柔的。查昂听了几欲销魂。

“平原不见，但见清河。”查昂想了一刻儿，总算想起《世说新语》上的一句隽语，很是得意，“早就听说宛叔艳名，只是归于茅府之后，可谓侯门深如海呀，今天有幸在眉楼一见，真是三生有幸啊！”

查昂入座之后，杨宛命雏妓将楼厅四周窗帷严实拉拢，楼厅里顿时光线暗淡，产生一种神秘的朦胧感。两名雏妓送上金陵大曲之后即轻轻退下，厅上只留下两个长得俊俏的姑娘。杨宛见席上冷盘已齐，便传下话去：“待会儿我喊了再上热菜，在楼下看着，除了眉生姑娘和寇白门，什么人也不准上来。”

杨宛叫两名姑娘挨次入座后，猜拳行令，飞盏流觞，先就灌了查昂几杯。而后杨宛站起身来，满斟一杯酒，双手端到查昂跟前，笑盈盈地说：“我杨宛虽离开秦淮多年了，但曲中新闻仍时有所知，久闻查大官人酒量似海，今天难得聚会，请赏脸多饮几杯。”

查昂不是一个初涉酒场的人，他一双眼望着杨宛道：“宛叔艳名酒名早就称雄于秦淮，你先干一杯吧！”

杨宛并不言语，举起酒杯，一仰脖就喝了下去，脸上很快飞起两朵红云，说道：“祖韵兄该喝了吧，起码连喝三杯。”

查昂仗着几分醉意一把抓住杨宛那双温软白腻的纤手，说：“能喝你宛叔夫人的酒，真是痛快极了。”说罢果然连干了三杯。喝完了第三杯又去捏杨宛的手。杨宛嗔道：“你这副轻薄模样儿，要让茅元仪看到，非砍掉你脑袋不可！”

查昂知道杨宛的丈夫茅元仪是一个久历疆场的血性汉子，心中自然是有些惧怕的，嘴里仍然调笑道：“要被他砍了脑袋，我想宛叔夫人也舍不得，是吧？”

杨宛虽然是一个感情丰富的人，她不免也有逢场作戏甚至放纵自己的情欲的时候，但她讨厌查昂这种满身铜臭，却以猎艳为乐趣的暴发户，心想你查昂既然在追求顾横波，怎么见色眼开，又轻薄到我身上来了，待会儿寇白门一来便有好戏给你看。刚想到这儿，楼下传来了轻盈的脚步声和环佩相碰的叮当之声，又一阵似兰似麝的异香扑鼻而来，门帘动处，寇白门进了门。

寇白门原名寇湄，字白门，因为有顾横波美名顾媚在先，她便以字为名，这十里秦淮都称她为寇白门。论容貌，寇白门不如弹琴画兰的顾横波那样艳丽；比艺技，寇白门不如卞玉京；唱昆曲不如李香君；说起脾气更不像董小宛那么温顺、善解人意；更不用说似陈圆圆那样长袖善舞，工媚悦人了。然而，寇白门肤色莹白、体态丰满，在性格上，时而温存静美，时而热情似火，跌宕风流，泼辣豪爽，有古侠士风义，为世所称道。

“好个杨宛叔躲到眉楼来喝酒，还藏着个小白脸儿，看我不告诉茅老爷去！”寇白门戏谑道。

查昂抬起微醺的一双眼睛睨了一下，便感到眼前一亮。那寇白门头上戴着银丝镶嵌玛瑙、碧玉的珠髻，乌黑油亮的头发上绾着凤凰含珠的金钗，身上穿着玫红的锦缎窄袄，勾勒出胸部和腰间的线条。她那一双妩媚的杏眼闪着火辣辣的流波，湿润红甜的嘴唇因走得气喘而翕动着。查昂心里热乎乎，心想今天真是艳福不浅，美人儿都聚到一处来了，便赶忙站起身来作揖道：“这位小姐是……”

杨宛笑道：“该死，该死，连大名鼎鼎的寇姑娘也不认识，该罚三杯。”

寇白门刚才在大油坊巷天香楼里听顾横波讲述了杨宛的锦囊妙计，稍做一些安排后便乘着轿子来到眉楼。她以前就听说查昂的大名，今日一见觉得此人庸鄙不堪，一副方面大耳，五官也甚为端正，但仍掩饰不住骨子里那股财大气粗的铜臭味。

“哟，查祖韵真是贵人多忘事，前年你在大油坊巷里甩掉一个漂亮姑娘，那姑娘气得抹脖子跳井的，还是我寇白门救过来的呢！”寇白门泼辣地说道。

“唉，寇姑娘哪里知道，这姐儿太痴心，我说娶她是一时高兴，像我这样四海为家的人怎能死守一个姑娘，再说我待她也不薄，都像她那样，以后谁还敢到秦淮河来玩。”查昂乘着酒兴说了心里话。

“哈哈，”寇白门笑了两声，“谁跟你认真，来来来，伸出左手来，我帮你看个相。”

杨宛见查昂有些犹豫便说：“寇白门看手相面相在秦淮河是有名气的，看得好的，她便交往，看得不好，恐怕就是没有缘分了。”

查昂伸出了左手，寇白门捏住他的手，这个举动让查昂真有些受宠若惊，尤其那寇白门的手柔滑温润，一股酥麻的感觉直透心际。

寇白门捏着查昂的手，反反正正细细看了一番后，说道：“你这双手五行合配，八卦停匀，福运得位；再看手色红润，手掌多肉，手纹细深，只是纹理稍微凌乱，幼时不愿读书，不以仕途为正，好在乾宫之纹直透离宫部位，名叫冲天纹，此纹主财，查先生不愧是当今财贯四海的陶朱公。”

查昂一听乐得眉开眼笑，连声道：“不敢当，敢当，请再看面相。”

寇白门嫣然一笑道：“请查先生先咳一声。”

查昂便重重地咳了一声。

寇白门点了点头道：“先生的声音清而悠扬，此声乃出自丹田，非一般喉舌之浅音，以后必有恩荣五马，宠擅京华之誉。”说罢又看看查昂的面相，“足下五官端正，眉浓眼亮，印堂红润，数年之后将有官运，只是天中有黑痣数点，日后可能有破财之虞，此外手纹上有一条桃花线，且深又长，先生好女色，艳福不浅。”寇白门说完，取过酒壶又道，“手相面相看过了，先生要将这壶酒喝完呢。”

查昂摇手道：“一壶酒不行，喝三杯吧！”

寇白门十指纤纤，捧着酒杯，靠近查昂，送到他嘴边，那女性温热的香气让查昂神魂颠倒不能自持，嬉笑道：“我吃，我吃，就是醉倒在你身边，做……做鬼也风流……”说罢仰脖一饮而尽。

就这样查昂又连饮三杯，这时查昂趁着醉意醉态，伸过手去勾住寇白门的肩膀说：“我醉了不能再喝了。”寇白门目光一瞥，向杨宛示意，杨宛取过一只大杯斟满了酒，递给寇白门。查昂连声嚷：“不能喝了，不能再喝了……”

寇白门哪里听他的，用左手搭住查昂的脖子，将一大杯酒灌到查昂的嘴里去。查昂喝下这杯酒，心里愈发燥热，情欲中烧，张开双手，把寇白门丰满的身子搂得紧紧的。

就在寇白门从大油坊巷来到眉楼的时候，在金陵城里地位显赫的保国公朱国弼，坐着八抬大轿也从三山街私邸向武定桥急行而来。他刚才听人说他看中的寇白门被一个富商查昂挟持到眉楼侑酒唱曲，心里火冒三丈。朱国弼既怪寇白门在他面前搭架子，不肯乖乖地就范，更恨那个不知天高地厚的臭商人，竟敢染指他的禁脔。这朱国弼绝非一般的留都官宦，他是大明功臣朱谦的七世孙，曾当过京营提督。

朱国弼走进眉楼，没有谁敢拦住这个身穿锦袍、身材魁梧的大人物。朱国弼将几十个熊腰虎背的家丁安排在楼下后，便怒气冲冲地闯到楼上。他掀开门帘恰好看见查昂紧紧地搂着他心爱的寇白门。

查昂一向骄横，听见楼梯上有一阵显然是男子的急促脚步声，心里便大为恼火。回头一看，果然有一个身穿锦袍、双目圆睁的男子站在门口。查昂放开寇白门，醉眼蒙眬地大声呵斥道：“哪儿来的市井泼皮，竟敢闯到眉楼上来了，还不给我滚下去……”朱国弼还没有说话，查昂倒先发制人。朱国弼二话不说，抄起门口红木架上的一只青瓷花瓶向查昂头上狠狠砸过去。查昂虽在醉中动作仍然十分敏捷，头一偏，那青瓷花瓶就砸在地上，哐的一声，惊动了楼下那班如狼似虎的家丁，他们气势汹汹，一拥而上。

“给我捆起来，送江宁府去！”朱国弼大声喊道。

不由查昂胡乱挣扎和怒骂，他被朱府家丁捆绑得结结实实，不能动弹。朱国弼指着查昂的鼻子骂道："你这个狗彘不如的东西，就算你有几个造孽钱，竟敢到这儿来欺侮寇家姑娘，你要是下次再来，我要你人头搬家。"

查昂一听这话，顿时酒醒了一半，知道这是个不好惹的人物，但嘴是不会软的，问道："敢问阁下的尊姓大名？"查昂的话刚出口，朱国弼狂笑道："你连我保国公朱国弼都不认识，还想在这十里秦淮混？"这也难怪查昂不认识朱国弼，这几年朱国弼一直在北京城里供职，今年春天刚迁居南都金陵。

"国公大人，你就原谅他这一回！祖韵兄也是酒后偶失礼仪，何况祖韵兄也是这东南一带数得上的人物……"寇白门一面为查昂说好话，一面向一旁的杨宛丢眼色。

杨宛是何等乖巧的女子，她当然也不想在查昂面前做恶人，笑道："算了，算了，都是这南都场面上的人嘛。"

"好，看在她们两位的面子上，今天且饶了你，以后你再敢上眉楼一步，莫怪我朱国弼对你不客气！"朱国弼又向家丁说，"松绑吧，把他送到门外去。"

查昂深谙"好汉不吃眼前亏"的道理，看此刻朱国弼人多势大，不再继续和他争斗，便被朱府家丁推出了眉楼，在步履踉跄之中，还被家丁打了几拳，在脸上留下几块青紫。

就在徽商查昂被杨宛和寇白门灌醉，又被保国公朱国弼驱逐出眉楼的第二天，一位衣着华贵的英俊男子骑在一匹骏马上，沿着三山街缓缓而来。不一会儿他穿过裱画廊、书铺廊，在达官贵人的香车宝马、华盖雕鞍和引车卖浆的平民百姓中徜徉。三山街是南唐时代的御街，因地近读书士人考试的贡院，故多印刷、文具、书肆、装裱门坊。今年是乡试大比之年，许多或衣着华丽或举止寒碜的秀才都在这儿购买文房四宝之类的东西。

“老爷，再转一个弯，就可以看到秦淮河了！”一个长相精明乖巧的书童提醒道。

“哦，不急，不急，慢慢走。”这位被喊作“老爷”的男子不过二十六岁，他便是蕲水前县令，新近被崇祯任命为兵科给事中的龚鼎孳。

龚鼎孳此刻是春风得意，踌躇满志的。他也是复社成员，他听说他那批社友，风流俊逸的冒襄、顾盼自雄的侯方域、聪明绝顶的方以智以及那个愤世嫉俗的陈则梁等目前都聚集在金陵，准备应举，以期登上仕途。而他却早在六年之前就已成为癸酉进士，并外放湖北蕲水当了近七年的父母官。这七年来流寇鸱张，蕲水邻近各县均告失陷，唯独他所守卫的蕲水，威严整肃、固若金汤。为此他得到皇上的青睐，即将去京城赴职。

然而龚鼎孳并不急于去他的复社社友那儿炫耀自己，他倒想放松自己那根绷得紧紧的心弦。

“龚云，”龚鼎孳唤了一声仆人，便身手矫健地跳下马来，他可不是那种纸上谈兵的文弱书生，“你将马牵回去，今天我要一个人逛逛这十里秦淮，晚饭也别等我了。”

书童龚云牵着马回大油坊巷市隐园寓所，龚鼎孳信步向贡院街走去。过了文德桥，龚鼎孳便看到那石坝街头矗着一块万历辛亥教坊司题名碑。博通古今的龚鼎孳立即想起太祖皇帝建都金陵所设官妓院的事来，当时有来宾、鹤鸣、醉仙、轻烟、淡粉、梅妍、乐民、石城等所谓“花月春风十四楼”，供官僚士大夫作酒宴陪侍。后来十四楼逐渐废弃，倒是在贡院对岸的石坝街、钞库街一直延续到新桥，都成了秦楼楚馆之地，因而万历之后被称为旧院。这儿的妓女们靓妆迎门，争妍卖笑，朝歌暮弦，炫人心目。

龚鼎孳知道，其实这旧院也有北曲南曲之分。南曲只是为达官贵人清歌侑酒，陪侍筵宴。她们的住宅宽敞雅洁，布置奢华，而且一般有精美烹饪，以便酒宴之需。加上有翰墨书橱、瑶琴琵琶，更令文人雅士有宾至如归的感觉。南曲的女子或淡妆素抹、文雅俏丽，或浓妆艳抹、妖冶动人，她们辞令雅致、吴侬软语、情意缠绵，但绝不轻易以身许人、灭烛留髡的。北曲则地位较低，她们倚门卖笑，流盼四顾，眉目送情，谈吐风骚，住宅珠帘微启，绛帘半垂，有客来到便可陪酒侍寝、春风一度。甚至那些被饥寒所迫的簪花村女、敷粉老妇也常在北曲中出现。

龚鼎孳站在钞库街那青石板的长街上，这一带琼楼绮户相互连缀，或台阁三重、飞甍四面，或玲珑小屋、粉壁明窗。那琴韵箫鼓之声，饮酒猜拳的喧嚣，不时传到墙外，可谓纸醉金迷，粉黛万家。钞库街也有不少店铺，都是做狎客与名妓生意的，如金银首饰、香囊云锦、丝竹乐器、海内名酒等。龚鼎孳对这些不感兴趣，他便在一家临河的酒店里坐了下来，叫了咸水鸭、鸡汁干丝、拌海参一类的下酒菜，慢慢地品着，斟的酒却很少喝。他望着夕阳西下的乌衣巷，恰好几只晚归的燕子从秦淮河东面飞来，使他产生怀古幽情，那唐代的刘禹锡脍炙人口的《金陵怀古》不正是写的此情此景吗？

这时一种叫“七板子”的灯船划到酒店的水桥边，天色尚未黑下来，舱前舱后垂着流苏的彩灯都点得亮亮的，很是引人注目。一个绮年少妇站在船头操着苏白：“老爷，阿要白相秦淮河，夜里景致好……”这是一个很会做生意的船娘。

龚鼎孳虽然熟悉这儿，但并未泛舟夜游秦淮河，于是就登上这只灯船，并在一只金漆小圆桌边坐了下来，悠悠地喝着茶。在桨声、管弦声中，龚鼎孳有些陶醉了。这只灯船款款地行到了武定桥。这时，月光如水泻在河上，加上河房灯光相互映照，那水波上泛起一层银色的、紫色的、粉红的色彩，给人以温馨的梦一般的感觉。他忽然想起他的朋友周亮工的两句诗来：“一生明月秦淮好，到眼云烟第几回。”不过，龚鼎孳总觉得周亮工的诗有几分得意也有几分颓唐，他此刻感受到的却是一种宁静的幸福感，经历了七年的戎马生涯的蕲水战乱之后，他像一个久历沙场的老兵一样，需要在这十里秦淮的温柔乡尽情地休憩一番。远远传来了一阵阵昆曲之声，那悠扬清越的声音中满含柔情又带几分忧郁：

人人尽说江南好，游人只合江南老。春水碧如天，画船听雨眠。垆边人似月，皓腕凝霜雪。未老莫还乡，还乡须断肠。

这莺声呀呀的昆腔，使龚鼎孳浸沉在江南杏花春雨的如痴如醉的意境之中，继而那悠扬的声调又转成低吟浅唱，恰似一缕缕婉转幽雅的洞箫声，如泣如诉不绝于耳，与秦淮河上的月色和一片朦胧的烟霭，融成一种梦幻似的世界。

“你知道这是谁在唱?”龚鼎孳问船娘。

“老爷，这可能是眉楼顾横波的声音。”船娘恭敬地答道，见龚鼎孳有几分疑惑又说，“顾横波就是顾媚嘛，听人说顾媚一双眼睛特别媚人，所以人称顾横波。”

“顾横波，横——波——”龚鼎孳拖长了“横波”两字。他也早已听说顾横波的艳名，但由于长年累月都在蕲水抵御流寇，无暇来金陵访晤。现在即将去京城任职兵部，何不趁这明月之夜去眉楼一访?龚鼎孳自幼受到儒家和道学的熏染，但这一切丝毫不影响他风发的才思和多情的秉性。他也和许多明代的士大夫一样，在家庭里不能表示任何不合礼仪的轻狂举动，但对青楼女子却可以纵情施爱。龚鼎孳决定去拜访秦淮名妓顾横波。

龚鼎孳弃舟登岸，上了武定桥。这时虽是灯火万家的夜里，那如烟的杨柳，似雪的飞絮在灯光的映照下，显得愈发扑朔迷离，春色撩人。此刻，武定桥两旁的楼台亭阁、邃房密室，传来一阵又一阵的清歌檀板、笙笛琵琶之声，唯有那顾横波的昆腔声已悄然逝去，使龚鼎孳有几分莫名的惘然。

龚鼎孳走过那栉比鳞次的河房，眉楼即在眼前，这名闻遐迩的眉楼果然是雕栏玉栋，飞丹流翠，华丽绝伦，不同凡响。经过通报之后，龚鼎孳登阶进门，见到一个清静精致的院子，花台上开着杜鹃和海棠，走过院内长长的甬道，抬头见那花架上的紫藤刚刚开了几朵紫莹莹的花儿，已有几分微香。走完甬道，再过一座玲珑假山和两旁长满苔藓的砖地，便进了厅堂。

顾三娘见龚鼎孳衣饰华贵，气宇轩昂，先有了几分敬畏，便殷勤接待，问明来意后就叫荔儿上楼去告诉顾横波。顾三娘知道楼上的顾横波正在和那个愤世嫉俗、喜欢发牢骚的盐官人陈梁在一起品茗夜谈呢，顾三娘近来很有些讨厌陈梁，他既不如冒襄、侯方域那些公子那样风流潇洒，也不像一般富商那样挥金如土，可是顾横波就喜欢跟这帮复社的名士闲聊。所以她巴不得这个刚到的龚鼎孳上楼去赶走陈梁。

龚鼎孳一面慢慢品着顾三娘端来的毛尖新茶，一面打量这厅堂，堂中锦幔绣幛，古董陈设，琴棋书画，布置得华贵而不俗。

“龚大人，小女顾横波可能还要梳妆打扮一番，这会儿让丫鬟们为你檀板清歌一曲如何?”顾三娘说罢，招呼了一声，一个明眸皓齿、身材苗条的女孩便手持檀板，在洞箫和琵琶的伴奏下唱了一段新编《西厢记》:

美莺莺，解佩环，在西厢两情恋。双文是云鬟半弹娇声喘，君瑞是任意风流人不倦。一个是摆柳腰故轻轻，一个是荡花心偏款款，苦煞红娘户外忍把香津咽！只到了透灵犀一点鲜！

龚鼎孳听了这段所谓新编《西厢记》的时调心里暗暗好笑，不知哪个浅薄伧俗的秀才编的东西。他想顾横波是绝对不会唱这种粗鄙的调的。但龚鼎孳的涵养极好，仍旧不动声色坐着听着这被称为“水磨腔”的昆曲唱段。

就在龚鼎孳坐在眉楼的厅堂上听歌伎唱曲的时候，楼上的顾横波正在和多日不到眉楼来的复社名士陈梁临窗相对而坐。桌上放着助兴的美酒和佳肴。

身材伟岸的陈梁才气横溢，雄辩滔滔。这位冒襄的盟兄忽闪着一双英气逼人的眼睛，对顾横波说：“眉生，你可知道近来有人在散发《复社十大罪檄》?”

“谁写的?”顾横波问道。

“署名为徐怀丹，我看是躲在祖堂山的阮大铖写的，这十条罪状，望文生义，全无道理。说什么复社‘煽聚朋党，千里赴会，万艘停桡’。其实正是我们复社声气之广，威望之重。说什么复社‘招集匪人，谤讪横议’，什么‘夸豪举于一掷，锱铢动兴诟詈；买欢笑于千觞，别袂已见睚眦’。什么‘积轻成重，羽可覆舟，上误君父，下悖物情’，这些诬词诋毁，毫无佐证，信口雌黄，怪诞不经，不值一驳。”陈梁说到这儿连喝两杯酒，不禁眉飞色舞，豪情勃发。

“则梁兄，三年前你和冒辟疆、张公亮、刘渔仲兄宰牲焚香，结盟于眉楼，而后又在桃叶渡大会东林遗孤，砥砺名节声讨阉党余孽阮大铖，悲愤激昂，拍着桌子，喝着酒，后来还起草了声讨阮大铖的檄文，怎么现在这个阮胡子又猖狂起来了?”顾横波叹息道。

“眉生，我看你虽是一个女孩儿，长得千媚百娇，丰姿艳绝，但说起话来比那些自视清高的士大夫还明黑白、辨是非。这眉楼说是锦衣玉食、夜夜笙歌，毕竟不是久留之地，不如找一个志同道合的如意郎君，离开这里，达则共济天下，穷则寄情于诗书，粗茶淡饭足矣。听说寇白门最近就有离开十里秦淮的意思。”陈梁一面说着，一面凝视着顾横波。从内心深处来看，陈梁何尝不爱顾横波，那秀丽的面容，令人心醉；那莹洁的肌肤，朗若玉山照人，沉穆中凸现其妩媚可爱。但他更知道顾横波虽敬重他的豪情和才气，但内心并不爱他。如果他有非分之想，那么很快就会失去经常接近她的机会。

陈梁的一番发人深思的话，使顾横波陷入了颇为矛盾的心理状态中去，终日在眉楼唱莺啼燕语之声，效柳舞花翻之态，的确不是长久之计，然而，她能离得开吗？且不说这秦淮河畔桨声灯影的旖旎风光、浓春清秋里的乌衣斜阳；且不说这武定桥边的月色波光、诗画流连的繁华生活；更不用说和这群风流倜傥、志比天高的复社隽秀少年在一起砥砺气节、切磋诗文的机缘了。尽管这眉楼之上也会有一些腰缠万贯而伧俗不堪的富商豪绅前来附庸风雅、一睹芳容，可是她也绝不会屈从他们的非礼之想的，但以后呢？当她到了美人迟暮、年华老去之后，又该会遇到什么命运呢？"媚姐姐——"荔儿的叫声将顾横波从沉思默想中唤了回来，"阿妈要我来请你，有一位从合肥来的龚鼎孳先生要拜访你，让他上楼呢，还是你下楼见他一面？"荔儿掀开门帘，站在门口说道。

龚鼎孳，这个熟悉而又陌生的名字，在顾横波心湖里溅起了涟漪。四年前，她在桃叶渡肖云从那里请教昆曲唱腔声韵的时候，就多次听平时自视甚高、不肯轻易褒扬他人的肖先生称赞过龚鼎孳。此外吴伟业在丙子年（崇祯九年）以京官身份典试湖广，也极称龚鼎孳的才华，这可是吴伟业转官南京国子监司业后专程来眉楼说的。顾横波还记得这位以文采风流闻名士林的龚鼎孳写的一首《登金陵清凉台》：

千峰并日坐飞觞，秋入乾坤有醉乡。
雁外一声谁倚笛，梅花哀怨谱青羌。

但顾横波很尊重博学多才、见多识广的陈梁，她看了他一眼道："则梁兄，小女子孤陋寡闻，你可知龚鼎孳其人？

陈梁作为一个复社的中坚分子，当然知道其社友龚鼎孳的，也知道龚鼎孳是一位干练而有才华的人物，但陈梁由于科举屡屡失利便有一种愤世嫉俗的癖性，他总怀疑龚鼎孳少年得志、仕途顺利中有一些营私舞弊之处。此外，由于龚鼎孳是合肥人，虽参加过复社，终究不像他的盟兄弟冒襄、张明弼、刘履丁等人那样亲近。加上龚鼎孳又是一个丰神清朗、气宇轩昂的伟男子，他预感到龚鼎孳的出现，顾横波可能会被吸引过去，他就会失去一个梦中情人，一个精神伴侣。陈梁想起龚鼎孳的父亲龚孚肃虽读书不仕，但其伯父龚萃肃天启年间官至太仆寺少卿，投靠魏忠贤，是一个地道的阉党。魏忠贤失败后，龚萃肃反过来严劾阉党崔呈秀、田尔耕等以求自保。于是他便对顾横波说："龚鼎孳嘛，虽然少年得意、早岁功名，又富于文藻，但可能是阮大铖一类的人物。"

"何以见得？"顾横波追问道。

"龚鼎孳的伯父龚萃肃是当年魏逆忠贤手下的得宠人物，他是个攀附枝叶、依托门墙的无耻之徒。龚鼎孳从小就是这个阉党余孽手授经书、亲加课督教育出来的。龚鼎孳虽为复社成员，恐怕也是一个朝秦暮楚的人。"

在一旁等候的荔儿是个聪慧的女孩，便问："媚姐姐，那我就去回了那个姓龚的……"

顾横波犹豫了一会儿，对荔儿说："跟阿妈说，我今晚酒喝多了，恐怕失礼，就不会贵客了。"

陈梁和一些复社名士一样，他们往往富于正义感、疾恶如仇，但有时又持门户之见，失之偏颇。他在顾横波面前有意无意中伤了龚鼎孳之后，意犹未尽，又甚为愤慨地说："如龚鼎孳这样的人，虽无狂诞悖戾的行为、无褊急鄙俗的语言，然而城府甚深，是个不好对付的角色。如今是为善者未必蒙福，为恶者未必得祸。"

顾横波虽不如陈梁那样博学多闻，但是个思维敏捷、头脑清晰的女子，尽管她听了陈梁的话拒绝了龚鼎孳的约见，但以为陈梁对龚鼎孳的评价似乎有些过分苛刻，性格温婉的顾横波并没有立即质询他。

荔儿下了楼，将顾横波的意思告诉了顾三娘和龚鼎孳之后便出了客厅。龚鼎孳知道，顾横波说醉酒不能见他，分明是一种拒绝，心里不免涌起一阵波澜。他龚鼎孳以达官兼名士，并以文采传于海内。外有仪仗剑佩之迎，内有宾客幕僚之接，竟然被一个青楼女子所轻视，实在使他感到意外，心里不免有些愠怒。然而，龚鼎孳蕴藉沉着，胸中坦荡如光风霁月，很快让自己的情绪稳定下来。反而从顾横波的拒绝之中感觉到这位丰靓秀丽的秦淮名妓身上蕴藏着一种神秘的、不可捉摸的力量。于是，他站起身来，掸衣整冠，从容中带几分矜持地说："既然她酣然方醉，玉人倾倒，那么我改日再来问候。"说罢留下些银两，便缓步走出眉楼。

第八章　桃叶渡茶香

即使在羁旅之中，将去京城上任的兵科给事中龚鼎孳仍然将他的寓所里的旅行物品、箱箧安排得井然有序。但从眉楼回市隐园后，他有一种怅然若失之感。龚鼎孳失神地望着平时天天都要练习、欣赏的龙泉剑、古琴、古人字画、《武备志》、棋谱等物。他明天就要正式赴京都去兵部任职，想到顾横波真有些神不守舍。

龚鼎孳不是那种纵情声色犬马的纨绔子弟，他和一般的复社名士也有所不同，他博学多才，二十岁中进士，就连应考的闱卷，也脍炙大江南北，为读书人的楷模；七年蕲水县令更使他体察民情，增加了阅历，增深了底蕴。他既是一个玉润金声、兰薰桂馥的浊世佳公子，又是一个以天下为己任的少壮派官吏。但他毕竟是一位二十六岁多情男子，或许是这一水皆香、笙歌画舫的秦淮，抑或是这撩人的春风柳絮，使得龚鼎孳今天竟然神魂不定，惆怅莫名。他想起几年前，吴伟业在蕲水县衙后院花园饮茶时，曾向他说起金陵城里有个当今的茶圣闵汶水老先生最精于茶道。听说闵老先生就住在桃叶渡，龚鼎孳决定前去领略品茗之趣。

龚鼎孳走出大油坊巷，转了个弯便是东牌楼。这东牌楼与旧院钞库街是一河之隔，这儿商贾辐辏、楼阁参差，商店里卖着湖州的毛笔，歙县的砚台，杭州的藕粉、纸扇、剪刀，本地的云锦等。过了东牌楼便是贡院街，这里更是酒楼鳞次，明珰翠珥，灿若云霓，与对岸的秦楼楚馆的歌舞之声照应，形成一派盛世繁华景象。龚鼎孳简直不敢相信，同是大明的天下，长江上游和北方或者烽火连天，盗贼遍地，或者是旱涝频仍，赤地千里，而这金陵秦淮之地则是笙歌乐舞、画船箫鼓的极乐世界。想到这里，一向忧国忧民的龚鼎孳不免生出一番感慨和几分内疚。与此同时，他知道当今圣上崇祯帝是一个性格多变、喜怒无常的人。常言道“伴君如伴虎”，这次到京城任兵科给事中，是吉是凶很难预料。因而他更加产生一种人生苦短，要秉烛夜游的念头。

贡院街的尽头便是秦淮河与青溪合流处——桃叶渡。龚鼎孳走到这儿，想起了辛弃疾那首昵狎温柔的《祝英台近·晚春》词：“宝钗分，桃叶渡。烟柳暗南浦……”这千古传名的桃叶渡就是因为晋代王献之在此送别了爱妾桃叶而因此出名的吧！自古以来“黯然销魂者，唯别而已矣”，谁能逃得脱一个“情”字呢？

几声黄莺鸣啼婉转，扑入龚鼎孳的耳中，他抬头一看，见如烟的柳荫中停栖着几只可爱的小鸟，而柳丛之中有几间古朴而幽雅的瓦房。门楣横额上三个篆字“七茶居”，这便是名满南都的茶道名家闵汶水的家了。闵汶水年轻时曾是一位精通茶艺的书生，后科举失利便在三山街开了一家茶叶店，赚到了不少钱。在天启初年将茶叶店交给伙计管，自己便移居桃叶渡过着半隐居的生活。

龚鼎孳敲了敲虚掩着的门，一个聪明伶俐的小茶童便迎了出来，笑着说：“老先生不在家……”

“我可以等他吗？”龚鼎孳难得有此雅兴，他一定要见见闵汶水，“我是专程从合肥来的。”

茶童见龚鼎孳衣着华贵、举止潇洒，不是一般凡夫俗子，接待这样的人物想必主人知道了也会欢迎的，于是就将龚鼎孳迎进客厅去。

在茶童取水泡茶的时候，龚鼎孳很快就被墙上挂着的一张《事茗图》吸引住了。走上前去细看画的一端细字书写着“唐寅”两字，另一端还题着一首五绝：

日长何所事，茗碗自赏诗。料得南窗下，清风满鬓丝。

画中青山溪流、古松茅屋，屋内一隐士端坐，小童正在烹茶，若有所思，几上放着茶壶，小桥上一老翁持杖而来。龚鼎孳看了这张唐伯虎的《事茗图》，便知道闵汶水绝非等闲之辈了。这张名贵的《事茗图》之下，放置着一张紫檀木的长方形茶几，茶几上放着紫砂壶和青瓷的茶杯、茶盏、茶盘。另一端耸立着一只硕大的白瓷罐。

“老爷请用茶。”茶童恭恭敬敬地奉上一个茶盘，盘中一壶一杯而已，“请老爷暂时解渴，老先生回来了，必有好茶。”龚鼎孳熟读过苏翁诗篇，他记得苏翁有《试院煎茶》：

蟹眼已过鱼眼生，飕飕欲作松风鸣。

蒙茸出磨细珠落，眩转绕瓯飞雪轻。

眼前茶壶里泡的茶水看来已无复煎茶时什么“蟹眼”“鱼眼”的乐趣了。但这紫砂壶所泡的茶水吃起来齿颊生香，的确和别处茶水不同。明代之后，商业兴盛，朝野为功名利禄奔波，生活节奏加快，就连饮茶也由烹茶改为泡茶，懂得烹茶之道的人愈来愈少，像闵汶水这样的精于此道的更是凤毛麟角了。

正当龚鼎孳坐在茶几旁饮茶的时候，门外一阵环佩金钗摇动之声传到他的耳畔，鼻中便闻到一股如兰的芳香，沁人心脾，定神看去，他的目光一下子被踏着婀娜轻盈步子进来的女子所吸引。

这女子穿一件梨花般洁白的缎子衣衫，外罩隐水纹淡青绸衣背心、下系同色裙裾，那鬓边系一朵近似透明的绢纱织成的银色蝉，衬托出她的妩媚俊俏，那窄窄的细腰更显出她苗条的身材。龚鼎孳是贵胄公子出身的名士，平时的举止动作、神情仪态都是潇洒而带有几分矜持的，他当然也不愿在这位绝色女子面前失态。也许是她的容貌超群，也许是她的身姿无比地柔美婀娜，也许是她的服装实在高雅脱俗，也许是她的神情妩媚而庄重端庄，龚鼎孳的目光确实无法从她脸上移开。

顾横波一进门看见一位陌生的青年男子，正欲反身退出，这时跟随在她后面的婢女荔儿轻轻地用手拉了她一把，低声道："姐姐，他就是龚鼎孳……"

听到龚鼎孳三个字，顾横波的好奇心使她回过头来向他横睨而去，正与龚鼎孳的目光相遇。顾横波这一年不过芳龄二十，遇到的英俊男子，所谓貌如潘安者是很多的，但她从来没有见过有人有这样一双眼睛。这双眼睛深邃明澈，凝视时光彩温柔；目光闪动时又好似雷电掠空，一下子照亮天穹。

龚鼎孳和顾横波的目光相撞，几乎要迸出闪电来。就在这时，在一旁看得清楚的荔儿，对龚鼎孳笑道："还不过来拜谒，这便是你要求见的眉生姐姐！"

龚鼎孳唰的一声站起身来，那颀长而带几分文弱的身材如玉树临风，风姿洒脱。"眉生君，龚鼎孳久慕芳名，日前专程去眉楼拜访，不料君酒酣欲眠，无缘得见。今天在此不期而遇，实为三生有幸……"龚鼎孳平时善于辞令，文采斐然，现在面对一位丰韵绝世的美人，竟有些紧张，本想把话说得得体一些，可说出来的话却平庸得如戏曲唱本中的道白。说完这几句，生怕顾横波会突然一言不发，拂袖而去，赶忙又补充道："汶水先生外出未归，眉生君如果也是来品茗的，就也请在这儿稍候一刻。"顾横波笑了笑，面颊上显出两个甜甜的酒窝，脆声说道："如果龚先生不嫌小女伧俗不堪，我便在此恭候闵老夫子，我也有几天没吃他的烹茶了。"说罢，就在龚鼎孳的对面的圆形软榻上坐了下来。异性间的两情相悦，竟使她暂时忘掉了陈梁所说的龚鼎孳伯父从魏逆之事。

“我听说这闵老先生的七茶居一般人是进不来的，其实这南都繁华之地，商业辐辏，茶店林立，人们为何偏偏到这儿来？”龚鼎孳问道。他面对这位风华绝代的秦淮名妓早已魂飞魄动，不能自已，但碍于初次见面只能找些眼前的话题说说。

顾横波是个善歌善画又通文史的人，她当然乐意谈诗论茶的：“你只要想想这‘七茶居’三字便可明白了。唐诗人卢仝有诗《饮茶歌》曰，‘一碗喉吻润，两碗破孤闷。三碗搜枯肠，唯有文字五千卷。四碗发轻汗，平生不平事，尽向毛孔散。五碗肌骨轻，六碗通仙灵，七碗吃不得也，唯觉两腋习习清风生！’闵老先生的茶水也有卢仝的七碗之妙，难怪南都文人雅士都来登门求茶……”

龚鼎孳看着顾横波丰神秀丽的面容，听着她那绵丽可人的吴侬软语，凭着诗人的气质和想象力，随着顾横波的隽词秀语，他仿佛看到一个唐代诗人在风雪之夜关闭柴门，独自煎茶品茗，茶水清澈透亮，绿波泛于碗面，那碧云般的水汽缭绕而上。吃第一碗，那诗人便觉喉舌生润；两碗入口，胸中块垒顿失；饮之三碗，满腹锦绣文章，下笔即成；四碗过后，生平不痛快之事，随毛孔散发；五碗之后，浑身舒适；第六碗饮毕，仿佛入了仙境；至于第七碗，诗人不敢再吃，如果吃了的话，便要两腋生出习习的清风，登仙而去了。

“其实，”顾横波继续说道，“我和姐妹们还是更喜欢让茶童奚仆带着茶铛竹炉去郊外行茶宴。龚先生认识董小宛和王月生吗？她俩都是品茗煮泉的行家，去年我们在钟山之下借卧青霭，听黄莺近席鸣叫，拂花蕊留衣而不散。童子煮清溪之水，所饮之茶盛于白玉杯内，饮了如玉露仙浆。”确实如此，顾横波爱饮茶，更爱在鸟鸣花开的生机勃勃的环境里饮茶。

龚鼎孳听了顾横波这番话，愈发感到她的气质高雅、风姿迷人，才华出众，大有相见恨晚之慨。他原先想象中的顾横波不过是一个出了名的漂亮的歌姬舞女，那绮罗香释之态，那粉妆玉琢之貌，也只能供士大夫数月之欢，一旦揽入怀抱，终有酒阑灯珊、曲终人散的时候；可是当见到了顾横波，他感到眼前这个少女将是他真正的闺帏良友、人生知己。尽管龚鼎孳作为一个早岁功名得意的风流名士，为人慷慨任侠，可以说交游遍天下，但说起女中知音，他常有满眼悠悠，不堪酬对之感。现在终于见到这位才貌双佳的顾横波，岂可视之为一般花丛艳薮中的庸脂俗粉。龚鼎孳虽然初次见到顾横波，但心里已暗暗发誓，一定要与她结成终身伴侣。

“眉生君真是一位女中陆羽，堪称茶知己了。我龚鼎孳听了你一番话，顿觉心脾澄清，仿佛也要羽化登仙。”龚鼎孳说着，举起茶杯啜了一口，“鼎孳乃区区小吏，今日真正领略到这六朝胜地的风雅了。”

“龚先生何必如此自谦，其实我于茶艺不过初得皮毛，仅茶经一道，我顾横波尚不如董小宛呢。”顾横波平时虽自视甚高，但绝不妄自尊大。

正当龚鼎孳和顾横波在七茶居谈着茶经的时候，门响处进来一位额广目深、两颊瘦削的矮个儿老翁，他便是赫赫有名的南都茶圣闵汶水。

“老先生，”茶童亲热地喊了一声，“眉生姐姐和这位龚老爷已经等了多时了。”

性格孤傲的闵汶水对顾横波笑了笑说道：“一清早就到雨花永宁寺去喝茶，我看那江南第二泉名不虚传。”说完仅对龚鼎孳微微颔首便算招呼。

“汶公，这位便是合肥的龚鼎孳先生。”顾横波感觉到闵汶水对龚鼎孳的冷淡，特别介绍一下以引起他的重视，“龚先生去京都兵部任职，道出金陵，久闻汶公茶艺精湛，前来拜访，一尝闵公亲手调理的好茶水。”

“我说眉生姑娘，你怎么也俗起来了，只要志趣相投，尽管来寒舍吟诗品茗，别说什么兵部吏部的。”闵汶水恣口谐谑，话虽失之尖刻，但也爽快，“有些书生十年寒窗，一旦身居高位，便把那原先的一片赤子之心抛到九霄云外，那满腹的经纶变成了奸诈之术。”

闵汶水年轻时屡败于科场，因而胸中感慨积为愤世之言，顾横波听了他的话脸儿红了一下，但并不生气。龚鼎孳久历官场，平时既听惯阿谀奉承的话，也常常听到牢骚不恭之言。因而在一般情况下都能做到荣辱不惊，对于闵汶水一顿抢白也能泰然处之。谁知闵汶水意犹未尽，唱起了陆羽的《六羡歌》来：

不羡黄金罍，不羡白玉杯，不羡朝入省，不羡暮登台。
千羡万羡西江水，曾向竟陵城下来……

“汶老，鼎孳远在荆楚久慕先生乃茶道圣手，今日如不能吃到先生妙手煮泉烹茗，绝不离开先生的七茶居。”龚鼎孳诚心诚意地说，一面遽然而起，向闵汶水深深一揖。

“既然龚先生看得起我，老翁就献丑了。”闵汶水见龚鼎孳心诚，便有几分高兴，说罢便点燃柴火煮起茶来。此柴乃松木，烈焰高旺，水沸如风雨。水初沸如鱼目，微微有声，此为一沸；一会儿水的边缘如涌泉连珠，此为二沸；再隔片刻，水面腾波鼓浪，这就是三沸了。这时，闵汶水将龚鼎孳和顾横波带到一间收拾得雅洁明亮的临河敞室，桌上放着成宣窑瓷瓯十余种，样样都是精品。

闵汶水并不言语，也不让座，径自将茶水置于桌上，从锡壶罐中取一撮茶叶置宜兴紫砂壶中，沸水徐注紫砂壶后，一股茶香味扑鼻而来。

龚鼎孳喝了一杯，连声称好。顾横波也饮了一小口，蹙眉道：“汶公，这是什么茶?”

闵汶水笑着说："这是湖州紫笋茶。"

顾横波又啜了一口，疑惑地说道："怎么不像紫笋茶，倒像是阳羡茶。"

闵汶水又笑道："你的嘴真厉害。"

顾横波沉吟了一会儿，又问："汶老所用的水是何处之水？"

"这是镇江中泛泉的好水，产于扬子江中。"闵汶水抚着颌下的胡须道。

顾横波又啜了一口，说："汶公不要欺我是个女流之辈，这水是中泛泉之水，但不是新泉。"

闵汶水拍手笑道："妙，妙，吾得知音了。姑娘你说对了，这茶叶虽是湖州紫笋茶但并非今年清明前之煮茶，而是去年秋天所采制的，所以味道有点像阳羡茶了。这水确实是镇江中泛泉水，但并非半夜所汲新泉，那童儿不解事，未等夜深便取了泉水。佩服，佩服，女子中精赏鉴者莫过你顾横波了。"话音未毕，闵汶水重新又去取茶取水，烹于瓦铛，须臾之间泉水沸起，徐徐冲泡于三只精致小巧的紫砂壶中。隔了一会儿，三人微微啜饮，但觉清香一片，从齿颊间沁入心脾；两三杯后则薰风似满两腋，顿时觉得襟怀一爽，飘飘欲仙。"好茶，好茶！"龚鼎孳连连赞美道。

"如此好茶岂是屠狗卖浆菜佣伧夫所能领略，岂是孜孜于利禄的达官贵人们所能受用的！"闵汶水忘形地大笑起来。

在龚鼎孳的面前得到闵汶水的褒扬，顾横波心中十分快慰，但心上总有一个结扣尚未解开，便想支开闵汶水，她说道："汶公刚从永宁寺回来，又忙着为我煮泉烹茶，真累坏了吧！我实在过意不去……"

闵汶水看出顾横波想要和龚鼎孳单独在一起的意思，便知趣地说："眉生，你在这儿陪龚先生，待会儿宗子要来取诗稿，我失陪了。"说罢便走出这间临河厅房。

待闵汶水一走，顾横波这时将一番品茶的心思，全部转移到龚鼎孳身上。她感到今天在七茶居邂逅完全是一种缘分，这种缘分是一种好兆头。前两天因为陈梁说了句“龚鼎孳的伯父是魏忠贤的余孽”，她便让他碰了个钉子，也未免太过分了，伯父的罪孽怎么能算到侄儿的头上呢？想到这儿，她便说道：“听说孝升兄……”顾横波这样喊让龚鼎孳心头一热，“文采风流，气雄一世，虽为复社中人，但和金陵城里的名士们往来不多，你冷落了人家，是吗？”

“不不，”龚鼎孳急忙摆手，“我渴慕张天如、夏允彝诸先生已久，早想拜谒门下，但先生门墙高峻，弟乃樗栎庸才，无缘拜师。至于这几年，内忧外患，社稷震荡，而读书君子唯知寻章摘句，做八股文章，写些无病呻吟的诗词歌赋。从野草小儒到朝廷命官都不务实，那些懈沓之风，虚浮轻躁之习将遍于国中矣！”

顾横波听得出，龚鼎孳虽为复社社员，但对南都一些复社名士过于讲究门户、拒人于千里之外的态度是不满意的。但此时，顾横波想的是一种男女之爱，当她意识到这一室之内只有他们两个人的时候，心内忽然一阵狂跳，自从刘芳噩耗传来之后，她还第一次感到万种柔情如潮水般从心上涌来，她从什么时候为这个龚鼎孳心动的？

“孝升兄，你要喝茶吗？”顾横波说完这句话后，便觉得自己的可笑，因为他们两人都在时不时地喝着这溢着清香的茶水，“明天到眉楼来品茶吧，我把董小宛也请来，她的茶艺之精湛在我之上哩。”

“可是……太可惜了，明天我就要起程赴京都任职，来不及去眉楼了。”龚鼎孳听到顾横波的邀请，心里一阵狂喜，但赴京日期已定不能更改，心里有一种说不出的滋味。

“你不能缓一两天动身吗？”顾横波柔声挽留道。

“唉，圣上的意旨谁敢违呢？等到我任职之后，一有机会我就会到南方来，不知那时……我们有没有缘分了。”说到这儿，龚鼎孳颇有几分伤感。

顾横波知道行期已定，不好勉强，便想明天到燕子矶送别。继而一想，她与龚鼎孳虽说彼此都有倾慕之情，但毕竟相识时间很短，如果明天前去燕子矶饯行的话，一则此举会惊动这十里秦淮的姐妹们，二则怕送别的本身就是一种姿态，这种过于亲昵的行动反而被龚鼎孳轻视。她不愿意过早放任自己的情感。于是，将原来想去燕子矶送别的话，留在舌边了，只是说了些宽慰的话："我看是有缘分的，不然怎么这样巧，老天爷让我们在这'七茶居'不期而遇呢，你到了京都后，可不要忘了我顾横波。"说着，顾横波看了龚鼎孳一眼，见他原先雄姿俊采的仪态已变为愁肠百结的模样，一缕情丝款款地从秋波中荡漾出来。她深情地说道："孝升兄，我顾横波乃一秦淮弱女，上无力任社稷之重，下不系苍生之望，谬有浮名也不过是个初知文史、略识歌舞、供人筵前欢愉的青楼人物。孝升兄少年功名、青云得意。目前江南耽于安乐，而北方流寇作乱、饥民啼于沟壑，建虏鹰视虎步，几次迫近京都，兄少年英俊但久历政事，熟读兵书，胸有韬略，正是中兴大明江山的栋梁之材。"

龚鼎孳听了顾横波这番话，醇醇然如饮甘露一般，愈发如痴如醉，他听到顾横波这些激励的话，心里有一种冲动，他真想将她拥入怀抱纵情抚爱。龚鼎孳外表温文尔雅，气象庄严，但在内心深处有一个狂热的感情火山，只是他平时眼界极高，一般的粉白黛绿的女子他不屑青睐而已。但龚鼎孳还是坐着不敢有丝毫亲昵的举动，他是怕自己过激的爱会将已经取得的好印象破坏殆尽。

"眉生姑娘，"龚鼎孳亲热地唤了一声道，"我比起那些时运乖蹇的文人来说，确实是幸运的，但听说京都诸臣于政事疲疲沓沓，徒尚空言，不务实际，纵有李纲之才，宗泽之忠，恐怕只落得贬谪殒命的下场，此去凶吉未卜。还不知能不能重来秦淮与君在河厅之中品茗吟诗，作半日之闲呢……"说到这儿，龚鼎孳神色中带着几分凄惶。

这时闵汶水掀帘而入，手里端着一只福建漆器盘，上盛两碟麻油豆腐干丝和一盘莫愁湖鲜藕片，站在门口说道："我以为你们俩品茗清谈，对此秦淮绿波总要题诗觅句一番，谁知你们倒在这儿纵谈天下大事，真是煞风景。如今国事糜烂、奸邪横行、公道沦丧，我看还不如及时行乐，享享清雅之福。来，来，来，尝尝我为你们做的金陵清淡小吃吧。"

闵汶水刚刚将碟儿、盘儿放好，顾横波便伸筷夹了一小块藕片给龚鼎孳，道："喝了茶，最好进点茶食，这是莫愁湖鲜藕。"

龚鼎孳接过藕片咬了一口，藕片嫩生生的直淌水，说："果然名不虚传。"闵汶水谐谑道："自古嫦娥爱少年，眉生什么时候为我夹过鲜藕什么的。"顾横波脸儿一红，转了话题道："别看汶公不问世事，耽于烟柳，癖于茶道，一生壮志未酬，只在隐逸之中掩却一片慷慨激烈的心肠呐！"

闵汶水已过古稀之年，何况又在顾横波的面前，龚鼎孳并不介意闵老先生的牢骚之词、调侃唐突之言，只微微地笑着，以掩饰他将要离开顾横波的那种难以言传的惆怅之情。

龚鼎孳和顾横波在闵汶水的七茶居里于湘帘棐几、清果香茶之中、鬓影衣香近在咫尺之际，度过了难忘的一天。翌日清晨，龚鼎孳在燕子矶登舟解缆，渡江北上。一路疏星夕照，晓风残月，他回忆与顾横波的相遇相知，心里不时泛起幸福的涟漪。仿佛金陵的寒山荒寺、六朝废墟都留下了一片情一首诗，更不用说那撩人思绪的白门烟柳和秦淮碧波了。

第九章　五千绛纱灯

顾横波站在眉楼的过街骑楼上，推开窗户俯视武定桥上熙熙攘攘的人群，有挑担的商贩、牵驴的农夫、行色匆匆的市民，也有骑马乘轿的官绅和无所事事的市井泼皮，这些人群汇成的人流，使顾横波眼花缭乱，徒然增添几多愁绪。她现在十分后悔，昨天应该去燕子矶为龚鼎孳送行。顾横波是个聪明女子，尽管她曾喜欢过冒襄这样风流潇洒的复社名士，也曾对陈梁等人慷慨激昂的才情表示过敬佩，甚至和业已“猝亡”的刘芳有过婚约，但这些都是过去的事了。这位龚鼎孳虽初次见面，但两心相照，步步关情，看来是有缘分的，否则怎么会在“七茶居”里邂逅呢？

“眉生姐姐，”荔儿的一声轻呼，将顾横波从沉思中唤醒过来，“那个福建秀才刘履丁在书房里等你。”

顾横波想起几年前与冒襄、陈梁等在眉楼结盟的那个腼腆的刘履丁来，便说：“你先去，我随即就来。”顾横波说罢到闺房略略梳妆打扮一下，便款款地移动莲步到书房见刘履丁。

“渔仲兄，你是无事不登三宝殿的，有何吩咐尽管说。”顾横波稍稍寒暄之后，便开门见山地要刘履丁单刀直入地说话。

刘履丁喝了口荔儿端来的香茗后，涨红了脸，嗫嚅道：“我……想请寇白门到眉楼来，眉生，你和她是手帕姐妹，她也很听你的话……

你到库钞街去请她来……”

顾横波知道刘履丁爱着寇白门但又不敢去找，便说：“渔仲兄，白门是个风流跌宕，十分豪爽的女子，只要你有胆气，像你这样的读书人她会喜欢的，你自己去登门拜访吧！”

“要是她不见我，怎么办?”刘履丁忧虑重重地说。他怕万一寇白门让他吃闭门羹，那朝思暮想的深情就成了毫无希望的单相思。

顾横波其实知道寇白门对刘履丁也是很有好感的，但总觉得他缺少一点须眉男子的气魄，便激他道：“我看还是别动白门的心思了，你连这点胆魄也没有，听说在前几年你的老师黄道周被圣上斥为‘狂肆妄议’罪时，你在京都大声疾呼黄公之无罪，真有点豪气，现在在女人面前反倒胆小如鼠，是何道理?”

一提起崇祯五年一月，黄道周向崇祯帝上疏的事，刘履丁就很激动。黄道周痛陈时弊，规劝崇祯帝勿信用小人，字里行间，隐寓着对崇祯宠信的执政大臣周延儒、温体仁的抨击，引起崇祯帝的震怒，几欲处死黄公，他刘履丁联络在京都的福建籍的士绅官吏为黄道周奔走呼吁，终于保住了黄道周的性命。想到这里刘履丁便鼓足勇气道：“我就去钞库街，我就去寇白门那儿……”

如果说每个人都有自己的性格的话，那么每个城市也都有自己的性格：这南都金陵的最具特色的要数这十里秦淮，而这秦淮风月之最佳处也莫过于武定桥一侧的钞库街。这儿除了顾横波之外，金陵城里走红的歌伎如卞玉京、李香君、葛嫩娘、李十娘、寇白门、马婉容、范钰等都在这儿居住。

钞库街临河的一幢雅致的楼房，人称寇家院。在高高的阳台上，斜倚着一位身穿一套桃红衣裙的女子，她两鬓插着雪白的茉莉花，愈显出青幽幽的一头好乌发。她右手拈着一只极为精巧的象牙小瓢，为栖在碧玉架的绿毛鹦鹉添食，那左手叉腰的姿势，使她在妩媚之中又显出几分男性的气概来。她就是刘履丁要找的寇白门。

“白门，白门……”声音从对岸东牌楼传来。寇白门喂好一勺小米之后，便把鹦鹉关到鸟笼里去。她循声望去，只见东牌楼临河的水桥上站着一个穿淡蓝色洒花缎袍的男子在大声地喊她。寇白门很快认出那个人就是以前在眉楼对她一见钟情的刘履丁，他是冒襄的盟弟，一个厚道的读书君子。他们曾经有过一段缠绵相爱的情史，只是由于刘履丁的胆怯，在金陵乡试失败之后，不敢违背父命而匆匆回到福建去。寇白门看到刘履丁，心里交织着又恨又爱的情绪，就叫她的贴身女婢斗儿到对岸去请他过来。

斗儿说：“门已被阿妈亲自锁上了，此刻任何人不准进。那刘履丁进不了门，才到对岸去喊你的。”

“为什么？”寇白门十分惊讶地问道。

“保国公朱大人要到我们这儿来，阿妈关照今晚，除了朱大人，天皇老子来也不让进寇家院。”斗儿道。

寇白门这才想起几天前，保国公朱国弼和一批勋戚，倚仗天潢贵胄之尊，带弓箭手百余人，手擎旗持棍棒，并携旧院佳丽数人同往南门外牛首山打猎。朱国弼派人来邀请寇白门同行，被她托故谢绝了。她对朱弼国的追求也并非没有动心，只是感到朱国弼府中妻妾众多，与其嫁给他当小妾，还不如嫁个寻常的读书人为好，而刘履丁正是一个很牢靠的儒雅君子。

寇白门唤过斗儿耳语道：“你快去东牌楼告诉刘公子，请他午夜时分到寇家院后门候着，千万别再错过机会。”

斗儿担心地问：“那保国公既然到了寇家院，不闹到半夜是不会回家的，那怎么办？”

“我自有办法，斗儿，快拿酒来。”

斗儿将一瓶金陵大曲酒端了过来，递到寇白门手上。寇白门径直回到闺房，不用下酒菜肴，将斟得满满的酒，一杯杯喝了下去。她对斗儿说：“你告诉阿妈我吃醉了，午夜之前把我叫醒，那时你开后门把刘公子请来……”这话还没说完，她已经感到手足飘浮，头昏目眩，好像已经变成一片羽毛向空冥的天空上升、上升，一直到什么也感觉不到……

暮色四合的时候，声名煊赫的保国公朱国弼骑着骏马，前呼后拥地来到了寇家院。

寇丽娘——寇家院的女主人早就恭候在门墙外。她虽已年过四十，仍旧雍容俏丽，肌肤似雪，一双滴溜溜直转的眼睛还如当年那么媚人。她原是扬州人，自幼被卖到南都来，由一个普通妓女慢慢经营当上了寇家院女主人。

朱国弼在家丁、差役、随从的簇拥下，踏上了青砖砌成的台阶。他今夜穿一身宝蓝色的缎袍，帽冠上嵌着一块寸许的宝石，在夜色中，相隔数丈远都能见到它莹莹发光。朱国弼是个相貌堂堂的男人，他面如冠玉，丰神俊爽而傲岸，但在举止中随时可见其颐指气使的贵族气派。凭他的地位、他的财富、他的相貌，在这南都秦淮风月繁华之地，谁不羡慕他、巴结他？

“国公大人驾到，恕未远迎。”寇丽娘恭敬地施礼道，一面横睨一眼，怎么不见寇白门的小婢斗儿，心中不免一虚，她知道朱国弼今天要是见不到寇白门是要迁怒于她的。

朱国弼嘴角牵了一下，透出一点傲慢的微笑，哼了一声就算回答了。他在花厅坐定后，捧着一杯香喷喷的碧螺春茶，啜了一口问道：

“白门呢？前两天我和忻城伯赵之龙、徐青君他们到牛首山去打猎，连平时请不动的顾横波、董小宛、王月生都去了，一路上骏马美人、弓箭旗帜，好不威风，就是独缺你家寇白门……”

寇丽娘正要发话，寇白门的小婢斗儿慌慌张张地从楼上下来，扑通一声跪在地上战战兢兢地说：“白门姐姐多喝了点酒，醉倒在床上，都怪我没能劝住她。”

啪啪两声响亮的耳光，斗儿白嫩的脸上顿时起了两块红印，寇丽娘手重而狠。“看我不把你这个小蹄子的嘴撕烂，你是活得不耐烦了！”寇丽娘一面骂着一面偷偷地瞄了朱国弼一眼。不料朱国弼听这话并不气恼，倒是笑了起来，他说：“她喝醉了吗？喝醉了更好，昔日有贵妃醉酒，我朱国弼今夜倒要一睹寇白门醉酒的风采。”

“大人，白门这丫头的性子刚烈，恐怕她醉后失态，有辱大人尊仪，我看还是请寇玉儿来陪伴吧，她还是个没梳笼过的清倌人呢。”寇丽娘媚态可掬地说道。

这朱国弼是个偷香窃玉的猎艳老手，对于一般青楼女子，他听够了她们的歌声，看够了她们的舞姿，消受过她们的风情，也占过她们的身子，因此并不在乎什么清倌人不清倌人。他说道：“丽娘，那些个什么清倌人，芽儿太嫩，不识风流为何物，还要劳我神去调教她们。”在朱国弼看来，来旧院狎妓就像驾驭马儿一样，他不喜欢太驯服的庸马，而是倾心于又踢又咬的烈马。朱国弼早已知道寇白门是个泼辣清高的女子，但他出于强烈的好胜心，明知寇白门在躲着他，反而更产生了一种类似狩猎时追赶猎物的征服欲。

“听朱大人这样一说，真让我开了窍，我在这风月场上混了这多年，真还不如国公大人哩。”寇丽娘谄笑道，“斗儿，给你个将功补罪的机会，快带大人上楼，可要小心伺候。”

这是一间铺设奢靡的楼室。朱国弼刚走进卧室就闻到一股异香。他想到今夜将在这儿与寇白门共度春宵，喜不自禁。那粉红色的丝帐，罩着红木烫金的大床，白玉透亮的帐钩垂着，几盏小巧玲珑的纱灯闪着神秘的光亮，仿佛使他置身于梦境之中。

睡在帐里的寇白门在睡梦中似乎听到有人进了房间，是谁？她想睁开眼睛，但眼皮涩重，目眩头昏，身子不能动弹，一会儿又沉入更深的睡乡中去了。过量的醇酒使寇白门根本无法在午夜之后醒来，更无法见刘履丁了。

“斗儿，这儿没你的事了，你在门外候着，有事再喊你。”朱国弼瞧了斗儿一眼，发现这个小雏儿也长得十分俊俏，掐了掐斗儿嫩嫩的脸颊，笑道。

斗儿赶忙轻着步子走出房间，将门轻轻地拢上。朱国弼见斗儿走了，便将房门门闩插上，然后转过身来向床走去。他掀开帐子并将它用帐钩挂起一只角，一眼瞄去心里不由得一惊，一股热烘烘的血流遽然升腾起来。那寇白门香梦沉酣，如海棠春睡，轻罗内衣半褪，露出似雪的乳胸，那双平时娇媚动人的双眼垂闭，红红的樱口嗫嚅欲动，不知在梦里说些什么。在朱国弼看来，薄薄的被子盖不住她那丰腴的身材，醉后的酣睡也掩不住她的千种风情。对于朱国弼来说，这时的寇白门近在咫尺，唾手可得，只消他想动手就行。然而，他想到这寇白门平时任性逞强，秉性刚烈，因而不敢贸然行事。

朱国弼放下白玉帐钩，那粉红色的帐子像轻柔的云霞一般飘浮在床上，已到子时，钞库街一带河房里的灯光逐渐暗淡下来。笙歌箫鼓之声也慢慢地消失，不知是谁家歌女还在唱着令人神魂颠倒的艳曲，在秦淮河上不绝如缕，飘浮着……

这时，梦中的寇白门朱唇微启，有娇媚梦呓声传来。朱国弼又生起了一股欲望，向床边走去，他又掀开帐子，见那寇白门的面容如桃花一般鲜艳。他再也按捺不住心中的欲火，猛地脱掉身上的锦袍，掀开香气扑鼻的锦被，跃身上床，紧紧地将寇白门搂住。寇白门虽在睡梦中，凭着女子的警觉，突然从梦中苏醒，发现自己被朱国弼紧紧搂着，吃了一惊，那酒醉也醒了大半。她知道失算了，原想以酒醉躲开朱国弼的纠缠，不料喝得过猛，在醉中倒让他进了闺房。一惊一怒，使她杏目圆睁，脸色煞白，连声音都变了，她大声嚷道：“快放开，快放开！”朱国弼刚一松手，寇白门敏捷地从床上一跃而起，伸出右手，狠狠地抽了朱国弼一记耳光。

朱国弼摸着红红的脸颊下了床，连声说：“我失礼了，但我太喜欢你了，我太喜欢你了。”

寇白门怕他继续纠缠，甚至逞强施暴，便想了个缓兵之计，说道："国公大人的一片真心，我寇白门也是知道的，但我岂是寻常的烟花女子，供大人先生们一时之乐。你若真有娶我的意思也该先说清楚，不要趁我酒醉的时候来讨什么便宜，你若是真喜欢我，就请马上离开这儿。"最后一句话分明是给朱国弼一个偃旗息鼓的台阶下。朱国弼经她这样一说，知道今夜要想占有寇白门是不可能了，也就乘机收帆落篷，说："既然白门小姐愿意与我共结秦晋之好，我也就不计较这一夕之欢愉了。"说罢，朱国弼整装后由后院走了。

再说那刘履丁，他如约在午夜之后来到了寇家院的后院门外，足足等了半个时辰也不见寇白门的影踪，后门紧紧地关闭着，刘履丁不敢贸然敲门。只听后门吱呀一声，朱国弼匆匆地走出门来，刘履丁慌忙在一棵大树后躲了起来，当朱国弼的足步声逐渐消逝在寂静的秦淮夜幕之中时，刘履丁才闪出身来。他感到自己被寇白门耍弄了，尽管她说不想见保国公朱国弼，但受不住他的财产的诱惑和权势的威逼，终究投入了他的怀抱。一股嫉恨又悲凉的情绪从心中生起，刘履丁强烈的自尊心使他不想在这里多逗留半刻。他离开了寇家院，再也没有回来过。寇白门和斗儿再到后院来，那儿早已杳无人影，寇白门知道这醉酒以拒绝朱国弼的事已经弄巧成拙了。天亮后，她派斗儿去福建会馆寻找刘履丁，会馆里的人说，刘履丁一清早就离馆而去了。

几天过去了，保国公朱国弼并没有到寇家院来。寇丽娘责怪寇白门怠慢了王公大人，寇白门也以为朱国弼不再会来了。可是就在寇白门她们毫无准备的情况下，朱国弼带几个门下文质彬彬的随从来到了寇家院。诚惶诚恐的寇丽娘立即叫寇白门下楼与朱国弼相见。寇白门不好再推托，只好整妆下楼。

朱国弼见那薄施粉黛的寇白门正在向他走来，寇白门那双深邃黑艳的眼睛正在直视着自己，柔情中含傲气，凝重中存刚烈。她花瓣似的红唇，浅浅的酒窝，乌黑的发丝和颀长而丰满的身材，充满了女性的魅力。

“小女子寇白门拜见国公大人！”寇白门嘴里说拜见，实际上仅仅躬身施礼而已，她刚一低头屈膝，朱国弼便用手搀住寇白门的手，说道：“白门风度翩翩，飒爽英姿，有前朝薛素素之女侠风，为国弼生平所仅见。前日白门酒醉，弟多有失礼之处，恕罪，恕罪。”朱国弼近日来细细琢磨了下，时下秦淮名妓多半爱和复社名士过从，其主要是那些读书人举止文雅，谈吐不俗的原因。他知道要得到寇白门先要获得她的一颗心才是上策。

寇丽娘以为朱国弼此番来院一定要兴师问罪的，现在看他一副和蔼而从容的样子，心里便放下了一块沉甸甸的石头。她赶忙将朱国弼迎到陈设华丽的河厅里去。

在河厅上，寇白门亲手为朱国弼捧壶斟茶。今天寇白门发现这朱国弼没有往常那种咄咄逼人、剑拔弩张的架势，倒显出几分温柔的模样来，开始有些好感。这时寇丽娘已很知趣地退出河厅，寇白门轻轻地对朱国弼说：“国公大人降尊纡贵，对我这样的青楼女子报以青眼，小女子蒲柳俗姿实在担当不起呀。”

朱国弼搜索枯肠，终于想出几句文雅的词句来讨好：“白门姑娘兰心蕙质，豪爽英武，这秦淮河上有谁比得上？我听人说妇人以姿为主，色次之，我看白门姑娘丰神俊逸、风度超群，而容貌也远在众人之上，我想那才艺出众的马湘兰、薛素素要是活到现在也难以和你相比的。”

寇白门听了朱国弼的话，明知是奉迎讨好的话，心里还是高兴的，于是命婢女斗儿送来了琵琶笙箫之类乐器和鲜果醇酒置于河厅，欣然为朱国弼侑酒欢唱。朱国弼并不多逗留，到了申时便与寇白门言别了。

其实朱国弼是一个城府颇深的人，他为了得到寇白门欲擒故纵，在见面的时候装成文质彬彬的样子，显得温柔多情，并在寇丽娘那儿舍得大把大把地甩银子。这样，经过多次往返，寇白门逐渐对朱国弼这个勋臣贵族产生好感。

季节由春及夏。这一天寇白门午睡方起，坐在绿树荫翳的水榭里。她穿着一件藕色越罗轻纨，那莹白的双腕交叉地搭在栏杆上，身旁一张小小的瓷圆台上凉一杯香茗，鬓发上簪着两枝白兰花，幽幽地散发着香气，她轻轻地用扬州口音哼着一首流行秦淮的小曲：

十里秦淮旦暮潮，南都风情尚纤腰。
周郎若见湘兰面，料得无心恋小乔。

扑通一声，一块小石子儿被谁扔进了莲花池里。水花溅到寇白门胸襟上。她回头一看，竟是多日不照面的朱国弼。寇白门嗔笑道："这件越罗轻纨还是第一次穿呐，你要赔！"

朱国弼掏出一块手帕来，向寇白门身边紧挨过来，笑着说："我帮你擦，帮你擦。"

"去去去，谁要你献殷勤……"这话还没说完，朱国弼那只捻着手帕的手已经探到她胸前，她想躲开已来不及了，朱国弼的手在她的胸前擦了一下便停在那上面。寇白门骂了声"该死的……"便悄声说道，"休要轻薄。"

朱国弼不听寇白门的，突然搂住她纤纤细腰，并将她揽进怀里，嘴里喃喃说道："白门，我要娶你……"

寇白门知道一个入了乐籍的女子，最终总要寻觅一个称心如意的丈夫作为自己的归宿的，除了在才情方面不如刘履丁之外，朱国弼作为一个金陵城里的勋臣，无论从相貌仪表或雄厚的家底上看，朱国弼都远远胜于刘履丁那批复社名士的。想到这些，寇白门便温顺地倚在朱国弼的怀里，柔声地说："国公大人如果真想让我寇白门脱离风尘，这也正是我梦寐以求的事。脱籍的赎金，可与我阿妈洽商，至于迎亲仪式与规模总不会太小家子气，是吗?”

朱国弼朗声笑道：“白门，你看着吧，我朱国弼在这南都是个什么地位、什么架势。去年，那个贵阳人杨龙友要了石坝街的马婉容，说是挥金如土，也不过花了两千两脱籍赎金。”

寇白门微笑道：“没有五千两银子，阿妈恐怕不肯放我走的。”

“这事何须白门操心，你等着坐花轿吧。”

三天后，朱国弼派来数十名家丁先将购买妆奁等物的银子送到寇家院，让寇丽娘为寇白门采买各种妆奁。第四天黄昏，头戴束发嵌宝石黄金冠，身穿洋红金鱼戏水图案箭袖衣的朱国弼，骑在一匹披着红绸的高头大马上，由三山街国公府出发，到钞库街来迎亲。这迎亲队伍由数百人组成，一路上乐工细吹细打，四人抬的花轿富丽华贵，行人无不啧啧称叹。

迎亲队伍到了钞库街寇家院，婚礼执事一声令下，三声礼炮声震天动地，小鞭炮声噼噼啪啪不绝于耳。花轿停在轿厅里之后，执事大声喊：“请新娘梳妆，请新娘梳妆喽!”这时，寇丽娘叫斗儿将包好的数十两银子恭恭敬敬递到执事手里。三次催妆已过，新郎朱国弼请来的两名搀亲太太将戴着玉珠冠佩、身着流金溢彩衣裙的寇白门扶了出来。这时秦淮河上暮色已浓，寇白门在管弦吹打乐器声中被搀扶到花轿中去。明代南都风俗，凡曲中乐籍姑娘除籍从良，婚娶都在夜间。

当花轿到了武定桥上时，满面春风的朱国弼下了马，走到花轿边掀开花轿的一角，对寇白门说：“白门，这路上你看看是一番什么景象!”说罢，朱国弼得意地重新骑上马。

寇白门坐在颤悠悠的花轿里，她好奇地掀开一点轿帘往外瞅瞅，见桥上桥下站着两排手擎绛色纱灯的士兵，纱灯将这武定桥照得红彤彤、亮灿灿的。花轿下了武定桥，那大道两旁同样每隔几步便有一个士兵手执绛红色纱灯，远远望去犹如一条绵延不断的赤龙，蜿蜒盘旋在这个人烟聚集、金粉楼台的城南繁华之地。

寇白门望着这从武定桥一直延伸到三山街的长长的迎亲纱灯，忽然想到了当小姑娘的时候，七月二十九日清凉山地藏菩萨盛会。那天晚上，整个儿金陵城家家户户都摆上两张桌子，上置通宵风烛和一座香斗，从武定桥到清凉山足足十几里路，香火点得像满天的繁星一般，满城的大人孩童都出来烧香看出会，给寇白门的童年带来极大的乐趣。

浩浩荡荡的迎亲队伍在丝市口转了一个弯，便径直往三山街、内桥而去，那街道两旁站满了看热闹的百姓，他们见到这奢华辉煌的迎亲场面，没有不啧啧称奇的。

“哟！你看这新娘多风光——听说保国公派了五千个兵丁，每人手上都举着盏红灯笼，乖乖，好气派，从武定桥一直站到内桥哩……”

“那个姓朱的老爷花银子像淌流水似的，听说新娘子是钞库街里有名的美人儿……”

多少年后，南都金陵在鼎革易主、山河异色之后，城南父老在瓜棚豆架之下，仍旧将保国公夜娶寇白门以及五千兵丁高擎绛色纱灯迎亲的盛事，引为谈资。

花轿到了内桥，又打了个拐弯便到了大王府园。进了一条高墙森然的巷子，只见一座巍峨高峻的楼房，大门上端的金漆匾上赫然书曰“敕造保国府”五个大字。轿子刚进门厅，正厅里的文武缙绅都到甬道边，恭立着贺喜。

这时保国公府第里里外外乐声不断，新郎新娘合卺交拜，合府上下大摆筵宴，招待宾客，一直闹到午夜方散。

初秋的阳光，透过窗外柳树的间隙，洒在楠木雕花圆桌和旁边的短榻上。一束阳光照在顾横波俏丽的脸上闪闪颤动，她对坐在一旁的李香君说：“听说侯方域公子送了把扇子给你，还在扇上题了首五绝，是吗？”

早在几年前，复社的夏允彝在桃叶渡对岸的御河坊听曲时，就跟李香君赞扬过商丘侯恂之子侯方域，并希望她以后要结交他。几个月前，侯方域离河南来南都应乡试。李香君心里欣喜异常，但很快知道这位才子一方面与复社名士冒襄、陈子龙、陈贞慧等在虎踞龙盘的金陵登山临水，指评时局，以天下为己任；另一方面又以名门望族自矜，饮酒狎妓，纵情声色，每次筵宴都要妓女侑酒。对于后一点，李香君虽然是一个青楼女子，却有些不满的，她今天到眉楼来就是想和顾横波商量商量。她听顾横波问起侯公子最近在媚香楼为她的扇子题诗的事，便答道："是的，他为我题了一首诗。"说罢从怀里取出一把小巧精致的折扇来。

顾横波接到折扇，用食指拇指轻轻一捻，折扇开启，扇上果然书题着一首五绝：

> 秦淮桥下水，旧是六朝月。
> 烟雨惜繁华，吹箫夜不歇。

顾横波说："这首诗写得真好，'烟雨惜繁华，吹箫夜不歇'不就是古人秉烛夜游的意思吗？听说侯公子是个任侠使气、慷慨大方的人。"

李香君犹豫地说："侯公子好是好，不过我听说他这个人有点放荡不羁，连吃饭饮酒都要美人陪着哩，我有点怕……"

顾横波到底比李香君大两岁，各种场面，各种人物也见识得多，她笑着问道："香君，最近方以智的叔父方文和陈贞慧他们到媚香楼去找过你的吧？"

"是啊，"李香君很快想起这件事来，"那天他们几个人是傍晚乘船来的，侯公子中午吃醉了酒刚刚醒来。"

顾横波唤过荔儿在书箧中取出一张诗笺，说道："你看这首诗，就是方文那天回来后写的，我来读给你听，‘莫愁湖上蒋山青，向夕移舟傍苇汀。隔水名花香暗度，登楼豪客醉初醒。海天未卷蚩尤气，耆旧争归贯索星。此际贾生惟痛哭，不堪红袖依新亭’。诗中的‘名花’是你，‘豪客’便是侯公子，你看方文写得真好，侯公子是心怀社稷、报国无门才寄情歌舞场中的。我想，他侯方域有了你这个香扇坠，从此以后就不会去拈花惹草了。”

顾横波这一说，把李香君说得脸红了起来，忙说道：“你呀，一张嘴就会拿人家开心。你自己呢，我听桃叶渡七茶居的闵老头说，你在他那儿和一个合肥小白脸儿眉来眼去的，有这事吗？嘻嘻嘻……”

顾横波从坐榻一跃而起，用手在李香君腋下搔痒，李香君怕痒连忙讨饶。

顾横波和李香君在眉楼上诙谐调笑的时候，已经嫁给保国公朱国弼的寇白门形容憔悴地来到眉楼。尽管朱国弼付给寇家院主人寇丽娘的赎身银子甚巨，尽管两个月前那婚娶的场面极其隆重，那五千个士兵手中的纱灯几乎把半个城南照亮，一旦甜蜜的新婚过去后，信誓旦旦的允诺就逐渐被朱国弼淡忘。这个自命为天潢贵胄的公子哥毕竟是一个风月场中的老手，寇白门虽然堪称秦淮名妓，也不能使他改变其内心深处的薄情，他慢慢地将寇白门撇在一旁，依然厮混于歌台舞榭，走马于章台之间。

寇白门平时梳得整整齐齐的头发此刻显得有些凌乱，那向后绾成的堕马髻几乎不成形状，她一副忧郁绝望的神色站在门帘边。

其实顾横波早在前几天就听人说起寇白门在朱家，先是宠擅专房后被冷落的情形，今天一见寇白门的举止神态便证实了这传闻的不虚。顾横波抢上几步，将寇白门紧紧抱住，问道：

“那该死的朱国弼欺侮你啦？”

这一声关切的问话触动了寇白门的痛处，那一腔幽怨和愤慨化成了压抑不住的热泪，洒落在襟前。她想起昨天晚上，朱国弼临走前丢给她那几句冷冰冰的话来。

“寇白门，”朱国弼直呼其名，“你管得着我吗？你别忘了你的身份，你是我花了一万多两银子买来的！”

寇白门是个极有自尊心的女子，她平时豪爽任侠，手头大方，每逢秦淮姊妹中有什么难处，她总是慷慨解囊的，因此手上积蓄消耗殆尽，只能将朱国弼这句刺肝裂肺的话牢牢地镌刻在心田上。

“眉生——”寇白门哭道，“我不想回去了。”

“那你就住在我这儿。”顾横波知道，尽管像寇白门这样曾经名满南都的绝色艳姝，但实际上和自己一样，不过是一介风尘弱女。那花团锦簇、笙歌欢筵的生活掩盖不了身世的凄凉和曲终人散之后的孤独，更不用说被人遗弃之后的痛苦了。

眉楼下传来马蹄杂沓之声。李香君疾移莲步，在骑楼上往下看去，她认出骑在骏马上的就是保国公朱国弼，他在一队骑兵的簇拥之中，喝得醉醺醺的，马队中是两顶蓝呢轿子。李香君眼尖，一下子认出那两顶轿子的主人来。她急唤道：“眉生、白门姐，快来看，下面不是朱国弼吗？那轿子里坐的就是石坝街的王节、王满两姐妹嘛。”

顾横波和寇白门走到窗前，只见朱国弼和王节、王满的轿子刚过了武定桥。寇白门想起两个月前朱国弼用五千兵丁手擎绛纱灯迎亲的盛况，想到朱国弼的朝秦暮楚，想到他的倨傲和寡情，她那股跌宕的女侠之气——巾帼英雄十年报仇不迟的豪情勃然而生。她对顾横波和李香君说：“我在这儿住一夜，明天就回内桥保国府去，我要和朱国弼过下去，看一万两银子重，还是我寇白门重。”

第十章　茅元仪之死

崇祯十三年，明王朝的局面一天乱似一天，“索虏”铁蹄多次蹂躏京畿，张献忠、李自成的“流寇”在陕、豫、皖、楚、蜀各地纵横驰骋。北方赤地千里，江南各府水灾连绵。尽管南都金陵依然笙歌处处，纸醉金迷，茶社酒馆里座无虚席，但也时时听到陕豫一带传来哀鸿遍野、人相残食的消息。开春以来，城南一带突然趹趹爬爬地来了一批鸠形鹄面的灾民。这些栖息在屋檐或露天的人，衣衫褴褛，沿街乞食。婴儿嗷嗷待哺，老人伏地垂死。这一切都证实了种种传闻的真实性，也证明了这些年来，复社志士忧国忧民奔走呼吁，并非书生意气，并非无病呻吟。

作为一个养在妇人之手、步不出江南的青楼女子，顾横波虽然也在眉楼上和复社名士抵掌纵谈天下事，也见到他们醉后抚剑、长歌当哭的悲愤场面，但在顾横波看来，真正的血流成河、刀光剑影的惨况不会在升平了二三百年的南都出现。十几年来，顾横波居必华屋，食必美肴，衣必锦绣，行必车轿，她目前根本不大可能把那些饥寒交迫、命在旦夕的灾民的命运和自己联系在一起。

在秦淮名妓之中，顾横波要算是很幸运的。她不像董小宛那样体弱多病、命运多变；不像寇白门那样择夫不慎、先宠后弃；也不像柳如是、卞玉京那样羁旅不定，漂泊江浙之间，大有美人迟暮之叹。

然而，这眉楼上的锦衣玉食、欢歌笑语的生活并不能改变她精神世界的空虚和寂寞。自从刘芳噩耗传来之后，梦魂也不曾来相聚过。那冒襄、陈梁等人虽然都是才华横溢、气宇不凡的男子汉，但毕竟都是有妻有妾的人了，况且冒襄和侯方域这两位风流倜傥的才子后面还有董小宛和李香君她们爱着恋着哩。自从在桃叶渡闵汶水家里遇到了合肥龚鼎孳，可以说是一种令人企慕的奇遇，她希望龚鼎孳尽快从京都南下，与她在南都重逢。她暗自下决心，如果他再到眉楼来，她绝不再过分矜持，过分犹豫了。

顾横波想到这儿，忽而帘外雨云渐起，先是斜风细雨，后来豪雨大作，她忙把窗户关上。一向无忧无虑的顾横波突然感到自己像一只雨中的孤雁一般，不知何处是可以永久栖息的乐土，又感到自己像荒山野地里一棵随风飘转的蓬草，孤独无助。苦闷站着的她打开檀木书柜，找了一本才女冯小青所著《焚余集》读了起来：

春衫血泪点轻纱，吹入林逋处士家。
岭上梅花三百树，一时应变杜鹃花。

冷雨敲窗不忍听，挑灯夜读牡丹亭。
人间亦有痴于我，岂独伤心是小青？

读完《焚余集》后意犹未尽，索性又打开画柜，取出湖笔、歙砚和徽墨展于画桌上，凝神深思，凭自己对冯小青的想象，在一张宣纸上细细地勾勒起来。顾横波除了善于画兰、竹之外，还画得一手好肖像画。尤其这几年师从王朴、曾鲸这些画师之后，画艺更为大进。约莫两炷香的工夫，一幅白描便画好了。那画中的冯小青风鬟雾鬓，立于西湖之畔，蛾眉微蹙，似有千种哀怨郁结心头。

这时雨霁云开，夕阳照进眉楼。顾横波打开窗户，她含着眼泪，将冯小青的肖像画用细钉钉在墙上。她自己对这张画也很满意，于是将画又重新取下，在肖像画的右上角用瘦金体写了“小青小影”四个字。又在左下角用同样挺秀的字体写上“横波”两字。许多年后山东一位才华出众的诗人王渔洋有机会看到顾横波所画的《小青小影》，写了一首七绝。其中两句为：“最忆横波摹小影，眉楼一角写斜阳。”后附言道“顾眉楼小青小影”。

顾横波在眉楼画冯小青肖像画的时候，武定桥西畔的赅博堂里，杨宛正倚在楼厅的雕窗边，望着骤雨初霁的秦淮河。杨宛中午独自一人在家，她喝了点酒，不料竟沉沉睡去。

室内散着熏人的龙涎浓香，绛色的窗帷低垂，瓶花盛开，偶有几片花瓣落在红地毯上。她站起身来坐在梳妆台上细细地梳理着一头浓密的头发。这时，英俊魁梧、风度俊逸潇洒的书生张可仕悄悄地闪进了赅博堂的一间幽深密室。张可仕的到来，使杨宛那寂寞的心田上顿时勃发了满目的姹紫嫣红。她转过身来，伸出柔嫩的玉臂将张可仕紧紧地抱住，嘴里轻轻地唤道：“文寺，终于把你等来了……”

张可仕，字文寺，号紫淀，是杨宛嫁与茅元仪以前的情人。自从杨宛归茅元仪之后，他知道他们夫妻伉俪情笃，就独自离开金陵回楚地去了，最近他打听到他所景仰的范景文已调南都为南兵部尚书，便来金陵投奔，以期立功疆场，名垂青史。

张可仕被杨宛火一般的热情所撩动，一转身将她抱了起来。杨宛一双媚人的眼睛满溢着柔情蜜意，张可仕将杨宛抱到床前，轻轻地将她放在一条湖蓝色的苏绣百蝶恋花缎被上。

“夫人——”一声叫唤，将杨宛从梦中惊醒，一个面容姣好的丫鬟端了一盆热水进来。

杨宛用手揉了揉眼眶，一面洗脸一面问道：“老爷呢？”

“老爷还没有回府。”丫鬟答道。

“那你下楼去吧，有事我再喊你。”杨宛说罢，又把思绪带回到刚才的梦境里去，她恨这个小丫鬟惊破了她的好梦。杨宛觉得这个她与以前的情人幽会的春梦是她的潜意识中对茅元仪的报复，自从与茅元仪结缡以来，便和张可仕很少来往。然而今天她的内心起了激烈的变化，是因为上午她在凤凰台的名士方文那儿小坐，偶尔看到方文的侄儿方以智所写的诗稿《流寓草》卷六的时候，被一行字惊得几乎叫唤起来。原来这诗稿上赫然写着：《为闻道人作呈止生》。止生即茅元仪的别号，闻道人是谁？听说是一个从苏州到金陵来的流妓的别号，怎么从没听茅元仪说起过这件事？方以智这首七绝是这样写的：

封侯有笔画齐眉，玉种兰闺好下帷。
柳絮久传鹦鹉语，桂丛新得凤凰枝。

杨宛素来十分敬重她的丈夫茅元仪，他自少年起即好谈兵说剑，知古今用兵方略，及九边山川要害。他所撰《武备志》为崇祯帝所赞赏，被任命为翰林院待诏，后随孙承宗出关抵虏寇以安京都。然而朝中宵小诬陷，掣其肘，绊其足，使茅元仪报国无门，郁郁寡欢，经常以酒浇愁。但想不到他竟瞒着她另辟别室，和一个叫闻道人的女人暗中往来。想到这儿，杨宛觉得她以前和张可仕那点风流韵事也算不了什么了，她的心理趋向平衡，美人迟暮应及时行乐的欲望在胸中升腾。

一个以前十分爱着她杨宛的茅元仪为什么要和那个闻道人暗度陈仓呢？难道她的青春年华业已逝去了吗？多年前在秦淮河房里那种浮华奢靡的生活的种种情景又如图画一般在她眼前出现。

杨宛走到镜台上，对镜细细端详自己：浓黑如云的青丝依然乌黑油亮、滋润可人，媚人的双眸仍旧撩人情思，就连光滑洁白的前额上也看不到一丝皱纹，眼角、嘴角、笑靥，在一颦一笑之中也还是那样气质高雅、恰到好处，哦！杨宛啊，杨宛，你还是一朵盛开的牡丹，岂能独自枯萎，任凭那娇艳的花朵在春风中一瓣瓣地飘落在尘土之中。

杨宛的心不禁狂跳起来，她要去找张可仕，要让她绮年玉貌的情人业已熄灭的爱的火焰重新燃烧起来。杨宛想到了顾横波，眉楼是个消息灵通的地方，听说张可仕目前正在金陵，但他借寓在何处呢？

杨宛立即到眉楼找到了顾横波。这时，顾横波刚刚将那张才女冯小青的肖像画好。杨宛看了肖像心里很是佩服。就书法来说，杨宛的一笔行草、行书在这南都众多的名门闺秀或青楼艺妓之中可以说是技压群芳，但在绘画上，尤其是人物肖像画，她是比不上顾横波的。

“哎哟，横波——”杨宛见了顾横波的署名款后笑道，“难怪这么多的男人喜欢你，人漂亮是没说的了，又会唱又会画，就连这名字也令人丢魂失魄的了。”

“唉，我哪儿比得上你呢，茅止生老爷是个驰骋疆场的大丈夫，豪爽英迈，风流倜傥，锦绣文章，倚马可待，你们俩伉俪欢好，琴瑟和鸣，倒跑到我这儿来拿我寻开心。”顾横波谑笑道。

“眉生，我跟你说真的，你不知我内心的痛苦……”说到这儿，杨宛的眼圈红了，“茅元仪是个英雄，他也爱过我，但……他生性风流，因为几次被皇上贬谪，郁郁不得志便放浪形骸之外，每天晚上都吃得酩酊大醉。我是和着眼泪天天和一个醉死的人睡在一起，夫妻之间还有什么情趣可言……唉!”

顾横波同情地道：“倒也是……”

“眉生，你知道张可仕已到金陵来了吧，他住哪儿？我要去找他。”杨宛道。

“说来你不相信，你那张郎就住在长板桥附近的鹫峰寺里。你想见他，那不难。明天我叫荔儿给你们约一个地方，以酬相思之苦，如何？”顾横波熟知杨宛和张可仕的那段又痴又狂的旧情，所以说起来十分痛快。

“好妹妹，好妹妹……”杨宛拉着顾横波的手亲热地喊着。杨宛似乎已经沉溺到梦境中去了，她想到梦中的绮情很快就要变成实实在在的幽会时，不禁甜甜地笑出声来。回到家里，杨宛就用一张粉红色的薛涛笺，写了封情意缠绵的信给张可仕，准备托荔儿送去。

鹫峰寺和长干里的大报恩寺一样，住持和尚另辟了一些闲着的僧房，加以装修布置，砌上院墙，围成相对独立的庭院，租赁给一些来南都或赶考或游历的文人雅士。因为这鹫峰寺地理位置好，地近闹市又闹中取静，去旧院、三山街、贡院街都不远。所以一些著名的画家学人曾鲸、黄宗羲、方以智、侯方域等都先后在这儿住过。

张可仕白天在洪武门南都兵部衙门办事，晚上回鹫峰寺休息。有时上午去点个卯，便转回住处待友。就在杨宛去眉楼打听张可仕住处的第二天，顾横波的婢女荔儿已将杨宛的信送到张可仕手中并约定了幽会的时间和地点。

暮色四起的时候，杨宛进了这飞檐斗拱、殿堂深邃的鹫峰寺的后院，僧舍园内绿竹掩映、花木扶疏，那假山、池塘，都在夜色中显得幽深而神秘。杨宛如约踅进了张可仕的房间，那门虚掩着，室内帷帘低垂，显得幽幽黑黑的，一盏灯发出昏昏的光。

“终于把你等到了！”张可仕深情地唤道。

杨宛一双俏丽的眼睛在长长的睫毛下闪动，白皙的脸上泛着娇红的情潮，鼻翼上沁出细细的汗珠。她瞟了张可仕一眼，并不说什么离情别绪：“文寺，天好闷热。”说罢，便解开腰上一根绸带，脱掉穿在外面的一件鹅黄色罩衫，露出粉红色的窄袖紧身绸衫，那薄如蝉翼的绸衫将她勾勒得曲线毕露，张可仕情不自禁地走过去，搀住杨宛的手道：“先喝杯酒，助助兴。”

杨宛喝了张可仕递来的酒后，含情脉脉地说：“今晚我俩好好聚聚。”

杨宛一扭柔腰，取过酒瓶也满满地斟了一杯，站在张可仕的面前，用手勾住他的脖子，另一只手将酒杯凑到他嘴边，那娇柔丰满的身躯紧贴着他。张可仕很久没有和杨宛亲近了，感到一股快意如温泉一般向他全身涌来。杨宛将浓香的酒倒在他微张的嘴里，使他有一种飘在云彩里羽化登仙的感觉。他迅速将杨宛搂在怀里。

"茅公呢?"张可仕一提到茅元仪就有一种敬畏的感觉，仿佛那躯干丰硕、双眸闪光的茅元仪威严地站在身旁，那只手也不自觉地从杨宛肩头滑落下来，"我们……"

一提起茅元仪，杨宛眉头深蹙，显出一副哀怨激愤的神色来。她恨恨地说："止生以前是爱我的，可是时过境迁，我纵有芝兰之香，芙蓉之貌，如今在他看来，不过像枯枝败叶一般，还有何恩爱可言。他有他的酒，他有他的新欢闻道人。"她娇嗔地瞪了张可仕一眼，又说，"看你这个人平时还说什么大丈夫有廓清天下志向，什么封狼居胥的豪气。今日正是我俩欢爱之夕，以慰藉那生平梦寐之苦思，你倒情怯起来了。"

"谁是闻道人?"张可仕问道。

"一个苏州的美人儿吧，茅元仪早就迷上这个狐狸精了……"杨宛怨恨地说。

张可仕向来十分崇拜茅元仪，听杨宛这么一说，那一层薄如蝉翼的理智被情欲卷得无影无踪，既然茅元仪也并不专情于杨宛，他就不必守住这道义的樊篱了。张可仕禁锢了多年的感情像干柴遇着火星，在心里腾起了烈焰。他紧紧地抱住杨宛，用烫热的脸贴在她娇艳的脸颊上，他隐隐地感到她的身躯在激动地战栗，于是便抬头看了她一眼，只见她双眼微微地闭着，那长长睫毛上挂着几滴晶莹的泪珠，这泪珠中含有她对茅元仪的怨艾惆怅，又有此刻在爱河中沉浮的欢悦。杨宛的一头乌发凌乱了，使张可仕的脸上有一种痒痒的感觉，他感到心中的热情在燃烧，一把抱住她柔软的纤腰，两人完全进入飘飘欲仙、神魂颠倒的境地里去了……

销魂的欢会之后，杨宛不敢久留，她还是担心茅元仪会突然回到赅博堂去，因此她整理好散乱的青丝和衣裳便同张可仕告别，匆匆回去了。

张可仕握别了杨宛，回到卧室重新展开锦被的一角以手抚摸，依然感觉到杨宛留下的温热和馨香。那案上的醇酒还余下少许，也犹有她留下的口齿残香，他依窗而坐将酒一并倾倒，畅饮而尽。欢后的情思中反而留下一些寂寥来，他又取出前天荔儿带来的那封杨宛所写信简，细细读起来：

文寺君雅鉴：

姑苏一别，恍如隔世。每于明月清风之夕，辄思吾兄，而梦雨离云，未尝不依依在襟抱之中。当年与君或徘徊于莫愁湖畔，或听钟于寒山寺，或扫石留题，或登楼买醉，情之所钟，尽在梦魂乡里；昔日灯前携手，花下谈诗之情，犹似雪地足痕，历历可数。日前，知君僦居长板桥之畔的鹫峰寺，惊喜莫名。待明日月上秦淮之时，请候我于鹫峰，共剪西窗之烛。纸短情长，言不尽意。

金陵杨宛

张可仕读着品着，足足端详了一炷香的时间才恋恋不舍将这信笺夹在李商隐诗卷中，倒在床上睡去。清晨，寺庙里的钟磬声将张可仕惊醒，他匆忙梳洗之后，急匆匆骑马去洪武门南都兵部衙门，同兵部尚书范景文商量筹兵北上勤王的事宜。张可仕离去后一阵南风吹来，将窗边书案上的那本李商隐诗卷吹得如翼扇动，竟将杨宛所写的信笺吹出窗外，飘飘荡荡地落在一丛芭蕉叶上。

这天大清早，在南都设立兰社的扬州人郑元勋走出他寄寓的门西万竹园，到鹫峰寺去找僦居那儿的知名画家曾鲸，为他的影园《黄牡丹诗集》配图，郑元勋是一个活动能力极强的读书人，凭借他祖上传下来的万贯家财，经常做出一些令人赞叹甚至惊愕的事来。他家扬州影园在崇祯七年建成后，广植名种牡丹。崇祯十三年春天，牡丹园里长出一棵奇异的黄牡丹，朵大色艳，复瓣繁蕊，见者莫不叹为观止，郑元勋认定是吉祥预兆，于是决定在影园欢宴文坛名流，饮酒赏花，不久即得九百篇咏颂黄牡丹的七律。其诗全部隐去姓名誊清后，寄给文坛领袖钱谦益评定，并特制两只金杯，内刻“黄牡丹状元”五字，赠送给七律写得最好的人，结果南海黎美周被评为“黄牡丹状元”。如此豪举之后的第三年，郑元勋中了癸未进士。

郑元勋进了鹫峰寺后院，那随从书童耳目聪捷，见芭蕉丛中有一张粉红色的信笺，便好奇地拾在手中。书童还没来得及看这张信笺，郑元勋见那信笺上的行楷写得秀媚夺目、气韵生动，便取了过来。一看这竟是他多年前也曾艳羡过的秦淮名姬杨宛叔写给张可仕的幽会信，心里真有一番说不出来的滋味。他既有一种窥破了别人隐私的内心窃喜，又有一种酸溜溜的嫉妒。

他决定将这张信笺交给杨宛的丈夫茅元仪。像茅元仪这样有威望的前翰林院待诏，正是他要极力交好的人。茅元仪在复社同人面前无疑是极负人望的。

郑元勋正站在芭蕉丛边盘算着这封信所能产生的后果，那机灵的书童气喘吁吁地跑来说：“波臣先生到库司坊阮大铖老爷那儿去了。”

郑元勋本想再去库司坊石巢园去找曾鲸，但想到那阮胡子名声不好，自己去了岂不惹一身狐臊臭。于是便在鹫峰寺里找到了住持和尚谈禅论佛，得了一个宁静的半日之闲。郑元勋走出禅房时，见门上贴着一副楹联，曰：

耳际波涛成避世，腹中冰雪自为天。

郑元勋笑着乘上轿子，想着杨宛的风流韵事与佛门清规，不觉有一种亦庄亦谐、啼笑皆非的感觉。他回到门西万竹园之后，决定将杨宛的信笺悄悄地派人送到赅博堂去，既报复了杨宛又讨好了茅元仪。

赅博堂的一间正厅里，书案上呈莲花形的几支蜡烛刚刚点燃，窗外的最后一抹夕阳的光霞已在茅元仪眼中消逝，这赅博堂显得愈加庄严，还带着几分神秘感。远处，长干里报恩寺塔的风铃声和寺里的钟声随风隐隐传来，这已是过申时了。

茅元仪伏在书案上奋笔挥洒他擅长的草书，还不时豪饮。茅元仪在宁静的时候习惯于写楷书，在心情郁闷或者是愤怒的时候便在宣纸上挥洒狂草，那纵横恣肆的笔墨发泄他那有经世之志而报国无门的愤懑情绪。但此刻的茅元仪倒不是在发泄他忧国忧民的悲愤之情，而是正在决定一件有关他声誉的大事。茅元仪的衣袋里放着上午郑元勋送来的那封信笺。他怎么也想不到，以前挚爱着他的杨宛竟然私下和张可仕幽会于鹫峰寺。

尽管茅元仪是一位心怀社稷黎民的英雄人物，尽管他本人从年轻时代起便颇好声伎，退居金陵后又耽于醇酒美人之中，但他却容不得自己的妻妾对自己存有二心，更容不得曾经和他琴瑟相好的才女杨宛另有欢爱。扬州名士郑元勋虽说会为这件事信守秘密，但谁能指望他永远不传播这件风流事儿呢？他茅元仪可以在外面寻找新的欢爱的女子，但绝不允许杨宛私下与其他人欢会。想到这儿，茅元仪掷下那支长锋狼毫笔，淋漓的墨汁溅在宣纸空白处，星星点点，狼藉一片。他急趋卧室，抽出他那柄心爱的七星青锋剑来又返回正厅，脱下绸袍舞了几套剑路，犹未感到快意，嚓的一剑劈在书案的角上，刹那间那坚硬的紫檀书案竟被削掉一只角，着实把站在一旁伺候的书童吓了一跳。“阿青，”茅元仪收下七星青锋剑，对书童说，“你快去跟管家说，明天设宴招待贵客，多准备些好酒好菜，最好把眉楼的厨师也请来。”

“老爷要请哪些客人？”书童问。

“首先请住在鹫峰寺的张可仕，如果他不在家就去洪武门兵部衙门去请，还有住凤凰台万竹园的郑超宗老爷。”茅元仪稍稍想了一会儿，又说，“再去把侯方域、李香君、顾横波都请来。”

翌日巳时，赅博堂上已经备好丰盛的酒宴，杨宛站在轿厅里正等着宾客的来临。茅元仪的结发妻子早在老家湖州过世，宠妾陶楚生也在前几年仙逝。杨宛来时虽为小妾，但目前实际上就是他的正妻。杨宛为丈夫的生日酒宴并没有操什么心，一切都由管家在操办，只是心中有些狐疑，也有几分惊慌，往年过生日都要遍请南都的各部官吏，可是这次只仅请一些与张可仕相识的人物来，而且都是复社的人，难道她和张可仕的事情暴露了？正在这时，一阵清脆悦耳的声音将杨宛从忧思中唤醒了过来。

“宛叔姐——”娇小玲珑的李香君满面春风，娉娉婷婷地从轿厅里走过来，身后跟着举止潇洒又有几分矜持的贵公子侯方域。

杨宛久闻侯方域的大名，但从来未见到过。这位才华横溢、任性高傲的侯公子个子清瘦，白净的脸庞常常表露出狂放不羁、气雄一世的神情，他那双眼睛深邃显示着一个世家贵公子的文化教养。

“香君也真是的……把个侯公子藏在媚香楼，到现在才带过来。”杨宛瞥了侯方域一眼，“也不介绍介绍。”

侯方域是怀着一种敬畏的心情踏进赅博堂的，他对茅元仪素来是十分仰慕的，而对早已名噪南都的杨宛也很熟悉，但他总觉得茅元仪不该娶杨宛这样多情又多变的女人。他大大方方地对杨宛作了一揖道：“师娘工书善画，朝宗早已敬慕久矣，吾乃商丘一白衣书生而已，何劳师娘动问。”

李香君红着脸儿说：“今天不是来了吗？”说着跟在侯方域后面，

随杨宛经甬道、假山、回廊，一面看着那珠帘画栋、碧瓦耸翠的赅博堂，一面想象着商丘侯家的府第该是一番什么景观。

侯方域刚走过曲曲弯弯的回廊，就看见气宇轩昂的茅元仪站在堂前。侯方域其父侯恂在崇祯初年任兵部侍郎，与茅元仪同朝为官，茅元仪可说是他的父辈了。侯方域少年气盛、雄姿英发，从不轻许于人，但见了茅元仪却十分恭敬。

“茅公在上，请受小侄侯方域一拜！”侯方域纳头便行跪拜之礼。

“世侄何必如此多礼，快起，快起。”茅元仪走下堂来扶起侯方域，搀着他的手一起进了赅博堂。书童向侯方域、李香君敬茶之后，茅元仪便说：“久慕世侄大名，久稔君之华章文采，无缘相见，今日大驾光临令蓬荜生辉，亦慰吾生平梦寐之思。吾在京都便常听太常少卿范景文说朝宗贤侄风流慷慨，文章之中自有一段不可磨灭之正气，其诗如水鸣峡，如钟振山。君啜茶品香、论诗顾曲，胜似江左名士，纵谈天下事则丰采凛然，将来的前程不可限量。听宛叔说君与香君将结伉俪，今日略备薄酒以表敬贺之意。”

一番话把侯方域和李香君说得笑逐颜开。侯方域自幼是个神童，祖父侯执蒲官至太常卿，父亲侯恂曾在户部兵部任职，年方十四岁随父在京都，眼光极高，也听惯了别人的奉迎之词，但对茅元仪的赞赏则是引以为荣的，他谦逊地作了一揖道：“方域的文章虽能写得驰骋纵横，但未能刻意读书，学力不够、根底不深，犹如春花烂漫，柔脆飘扬，转目便萧索枯萎，再说小侄虽有雄心壮志，但至今仍为一纸上谈兵的书生而已。”

这时，正在厨房指导烹饪的顾横波和婢女荔儿兴冲冲地到了正厅，对杨宛说闻名南都的眉楼佳肴珍馔已经准备就绪。也正在这时，忧心忡忡的张可仕也来到了赅博堂。虽然杨宛是他的旧日恋人，但毕竟她已嫁给茅元仪，当幽会的激情过去，冷静地想想，一种负罪感便油然而生。张可仕不是一个善于矫情作伪的人，因此当他得知茅元仪要他赴宴的时候，预感到这是一次十分难堪的会见，如果他不去赴宴又恐怕增加茅元仪的怀疑，于是只好硬着头皮前往茅府赅博堂。

张可仕踏上赅博堂的大门台阶，心里七上八下的，他知道茅元仪自己尽管在私生活方面放浪形骸，但要求夫人妻妾守身如玉，对他忠贞不移，茅元仪难道已经知道他的秘密了吗？茅元仪之为人，从年轻时代开始就风流蕴藉、豪爽任侠，但又胸有丘壑、阅历甚深，今天赴宴是凶是吉很难预料了！以至这堂前那块崇祯皇帝亲笔御书的“赅博”两字的泥金横匾也发出一种威严而神圣，甚至有几分狰狞之光。

“文寺兄，你怎么姗姗来迟？”茅元仪见张可仕踏上堂来，匆遽下阶迎接。

张可仕见茅元仪满面春风，一副笑容可掬的样子，便心定了几分，恭敬地作礼道：“学生给一点琐事耽误，还乞望鉴谅。”

张可仕在堂上坐定，趁书童端茶送水的时候打量了这被称为赅博堂的正厅，只见三面墙壁都是一排排朱漆的大书橱，橱上陈列着花瓶玉器。东首一只书橱里放的是六朝以及唐宋人的诗集、文集，紧挨着一只书橱里则放着茅元仪与他的恩师孙承宗尚书等人往来的信笺和诗稿。西边一排书橱里则是他一生的心血呕成的军事巨著《武备志》。看着这些博大精深、前无古人的军事经典，心里又生出些惭愧来，张可仕知道，堂堂的南都尽管是个藏龙卧虎之地，可以说是才人荟萃、冠盖如云，但真正有经世济民，能以武略安天下者便是茅元仪了。想到这里，张可仕抬起头来，正好与杨宛的目光相遇。那杨宛振袖倾鬟、莲步轻盈地端了一杯茶水过来，说声：“请用茶！”转脸之间，秋波流盼，眸子生情，张可仕心忖：“杨宛啊，杨宛，你好大胆哟！”

张可仕和侯方域一样，都是心怀大志、喜欢纵谈天下大事的读书人。侯方域到金陵后，两人便一见如故，或骑骏马驰骋于龙盘虎踞之间，或抚剑高歌在秦淮酒楼之上，皆称雄快，定为至交。只是今日处境有些尴尬，他心里十分羡慕侯方域能与李香君堂堂正正携手同来赅博堂，向所有的人公开他们的恋情。

一桌十分丰盛的酒宴已经摆好。主客依序安坐，酒过数巡之后，素能豪饮的茅元仪便在众人的敬酒声中，擎杯举箸吃到将醉不醉的程度。他突然放下手中酒杯，从怀里摸出一张粉红色的薛涛笺来。张可仕看见这张他所熟悉的信笺后，脸一下子由白转红，由红转白，心脏激烈地跳动起来，紧张地看着这张信笺。杨宛心里扑通一声，突然好像被人拉到一座悬崖峭壁上去了，下临万丈深渊，只要稍不留神，便要跌得粉身碎骨。

“在座的诸君，我茅元仪生平以豪举自负，曾为社稷黎民计，铁马金戈，拼头颅于辽东；谈兵说剑，呈武备于庙堂之上。但时运不济，群小得志，屡遭贬谪辜负了一片忧国之心，侠义肝肠，虽有凌云之志、雄健之文，也只落得散发披襟归隐南都，以酒浇愁而已。”茅元仪说到这儿，他那深邃而锐利的目光往杨宛和张可仕脸上看了一眼，带着一丝苦涩的微笑，“宛叔，这些年来承蒙你看得起我，伴着我这个高阳酒徒度过了无数个寂寞冷清的夜晚。现在我茅元仪且老且醉，百无一用，所谓强弩之末，鲁缟难穿，骐骥之衰，后于驽马也。宛叔你要想离我而去了吗——”

这“吗”字之音拖得很长，正厅上一片寂静，凝聚着紧张又难堪的空气。

“不，不，不！”杨宛突然爆发出几声短促而剧烈的声音，她知道她和张可仕幽会的事已经败露，那封该死的信怎么会落到茅元仪的手中，她根本都来不及思考，来不及采取应急措施，一切都暴露无遗，她自己也说不清这“不”字的含义是什么。

茅元仪又面向张可仕，用一种听来十分平静的声音说：“文寺兄，我们是多年的朋友了，记得崇祯初年，我们入金陵赋得《午日题诗吊汨罗》诗，尽写两岸之楼台亭榭，及河中之巨舰扁舟。我邀请了南都词人墨客，曲中名妓前来秦淮雅集，端午节那天，你也来赴诗会，我明明知道你早已喜欢宛叔，最后我还是娶了她，十年过去了，宛叔不忘旧情，写了这封情意缠绵的信给你，这能怪你吗？童儿——”茅元仪转身向书童喊道，“到书房里去把宝剑取来。”一听“宝剑”两字，在场的顾横波、李香君、侯方域都捏了一把汗。杨宛和张可仕知道今天酒宴的情势比当年刘邦赴鸿门宴还要紧张，还要令人难堪，把柄正捏在茅元仪的手上，他俩无疑是茅元仪的瓮中之鳖、网中之鱼了，茅元仪是个性格刚烈而又复杂的人，谁知道他的和颜悦色，他的平静从容中蕴藏着些什么呢？

书童很快将茅元仪的那把心爱的七星青锋剑取来了。茅元仪接过宝剑后抚摸再三，说道：“文寺兄，请过来——”

张可仕镇静地走到茅元仪席前作揖道：“茅公，我张可仕今日死在你的剑下，绝无悔恨。”

茅元仪爽朗地大笑道：“文寺兄说到哪儿去了，这把宝剑，我今天要送给你。诸君，如今四海分崩，南北扰攘，内外交困，不出数年，天下必乱，书生们纵有韩欧之文，李杜之诗，又何益于斯世？不若有此一剑，达即平贼落寇、斩关夺隘，穷则可护一己之身，安能如白面书生在强敌之前束手待毙？文寺兄，以为如何？”

张可仕听了茅元仪这一席动人肺腑的话，感到一股热血在胸间荡漾，眼泪夺眶而出，他接过茅元仪所赠七星剑，深深一揖道：“听君一席话，胜读十年书，茅公肺腑之言，令张可仕汗颜无地自容。”

茅元仪又对杨宛说：“宛叔，你也不必认为我在让你当众出丑，其实我也知道这几年以来，你过得并不顺心。我于醉乡之中挥觞而饮，忘掉天下之忧，忘掉天下之愁，我只有在酒醉之后方能感到人世间的极乐，也只有在酒醉之后，可以飘飘然如羽化登仙。我承认我爱酒胜过一切，也是酒使你感到我茅元仪的可悲可厌，是吗？唐代的白居易曾有两个宠妾，樊素和小蛮，所谓‘樱桃樊素口，杨柳小蛮腰’。白居易就和她俩住在永丰园里。后来白居易老了，便把这两个绮年少女送走。”说到这儿，茅元仪环视酒席上的宾客们，问道：“哪位能记得白居易那首诗吗？”

聪颖的顾横波为了不让这里的气氛更紧张，便应声：“茅公，‘一树春风千万枝，嫩于金色软于丝。永丰西角荒园里，尽日无人属阿谁？’是这首诗吗？”

“不错不错，眉生果然好记性。”茅元仪赞扬道，“人人都说你聪明绝顶，真是名不虚传。”

杨宛和张可仕对茅元仪的看法与评价是不尽相同的，杨宛和茅元仪是多年朝夕相处的夫妻，因而此间必然含挑剔、任性的因素。同时对茅元仪这种在众人面前揭出她的隐私的做法，十分恼火，便冷冷地说：“止生公说白居易让两个年轻的侍妾离开永丰园的故事，这是什么意思？”

茅元仪风度洒脱地说：“宛叔，我准备像白居易一样，也让你离我而去，你看如何？”

杨宛惨笑道：“好，好，好，我跟随茅公近十年之久，原来只是一个侍妾的地位，那我只好走啦，否则将来茅公要将我去换一匹马，不是还有将爱妾换马的故事吗，似乎人人津津乐道呢！”茅元仪爽快地说道：“今天请张文寺，还有他们来赴宴就是让你自由自在地离我而去。”

“要是我不愿意走呢？”杨宛问道。

“要是不想走也行，你好好想想吧！”茅元仪沉吟了一会儿说道。

在一旁看得十分真切的侯方域，从内心深处敬佩茅元仪的男子汉大丈夫的气概。他站起身来向茅元仪拱手作礼道：

“茅公，方域早就敬仰你的文才武略。公于戎马倥偬之中，上马杀贼虏，下马草檄文，激昂慷慨，有击碎唾壶之气魄。今天又如此宽厚待人，赠宝剑给文寺兄，对嫂夫人又是磊落光明，胸襟似冰雪般晶莹，胸怀之博大仁爱远胜当年的白居易。”

茅元仪笑了笑，拱手还礼道：“朝宗兄，我茅元仪当年虽有横刀跃马的气概，但数十年宦海沉浮，历荆棘，览丘墟，一腔热血，万般豪气消耗殆尽，什么功名，什么情爱，都换成了引觞满樽，沉醉梦乡耳。”说罢又端起巨杯，满斟烈酒，一饮而尽。

在座的宾客还没有完全从刚才突发的纠葛中理清头绪，也不知安慰谁为妥，茅元仪已经玉山倾倒，颓然醉也。

当夜，宾客散去后，杨宛搀扶茅元仪到卧室安寝。像以往一样，茅元仪沉酣睡去。不知过了几更，他竟然在蒙眬中醒来，闻到一阵兰麝之香，见床头还燃着蜡烛，那杨宛还坐在妆台边流着泪，垂肩亸袖，犹如海棠树上带着雨珠的花一般。茅元仪叹了一口气，唤道：“宛叔，宛叔，你如此丰姿玉容，是我辜负了你，是我误了你的绮年青春……”说罢，将杨宛拉到床边，让她躺下，自己也与她并排睡下，将手臂搭在杨宛的肩边，而后又拥她入怀。杨宛这时心儿狂跳，气息急喘……可是当她轻轻喊着“止生，止生”的时候，发觉茅元仪鼻息匀静、有节奏地轻鼾着，他又睡着了。杨宛顿时感到心里一阵阵发凉，好像浸满了冰雪一样。她躺在床上仰天睡着，到天快亮时才迷迷糊糊睡着。

第二天傍晚，杨宛乘轿舆去鹫峰寺，她决意跟张可仕商量离开赅博堂。然而，鹫峰寺那间他们幽会欢好的客房已经人去室空了。杨宛问寺里的知客僧，那和尚说，张可仕结算了住宿费用之后就不知去向了。

杨宛带着一颗迷惘的、近乎破碎的心回到赅博堂，刚踏进轿厅就听到大厅里一片凄惨的哭声。她预感到家里出事了，匆遽地到了堂上，只见茅元仪被众人抬到一张长榻上，脸色苍白，已瞋目裂唇而死。书案上一瓶烈酒开着，地上洒着一汪余酒，还散发着浓香。

茅元仪死了，他是悲愤交加后狂饮而死的。他没能等到皇帝的九重诏下，登车揽辔，实现拯救社稷苍生的抱负，但他却留下了一部传之后世的一百八十万字的《武备志》和美艳多情的杨宛。茅元仪死后的第四年，崇祯十七年，大明江山就被崛起于白山黑水的满洲军队颠覆。他有幸见不到那山河异色、万民涂炭的社会大动乱了。

第十一章 黄道周醉卧赛虹桥

秋去冬来，纷纷扬扬的鹅毛大雪，将秦淮河两岸装点成银色世界。顾横波双手托腮撑在桌上。她双眉微蹙，想着茅元仪猝然逝世和杨宛在爱情生活中进退两难的窘境。随后自然而然地想到她和龚鼎孳在桃叶渡闵汶水家里邂逅的情景。他俩在湘帘棐几、清果香茶中，浅斟慢酌着爱的甘露。可惜第二天龚鼎孳便在燕子矶登舟解缆，渡江北上了。

龚鼎孳曾在京都带信来说，他将以兵科给事中的身份，奉命察理广平府（河北任县南和等地），行前准备来金陵小留，借此与顾横波相会，但并未说明具体日期。她又将目光留在楼厅面河那面墙上挂着的那副黄道周书写的楹联上：

诗墨淋漓不负酒，江山雄丽洵宜人。

真是“俗子推不去，可人费招呼”。风流俊逸如龚鼎孳这样的人物，至今尚无机会和她在这眉楼上，远眺钟山暮云，近观秦淮碧波，一度诗酒文会的佳晨良宵。那龚郎在朝廷会不会像黄道周那样上疏直谏，得罪权贵，甚至冒犯圣上呢？她敬佩黄道周那样正气凛然、刚直不阿的品格，但又不希望龚鼎孳像黄道周那样因上疏直谏而获祸遭贬。

当顾横波正在沉思默想的时候，住城西南赛虹桥的前御史中丞余集生和贵阳名士杨文骢两人乘着轿子来到武定桥畔的眉楼。这两位为什么要冒着大雪到城南找顾横波呢？

崇祯十一年，在京都担任管事府少詹事兼翰林院侍读学士的黄道周，在崇祯皇帝面前弹劾为皇帝重用的权臣杨嗣昌、方一藻和陈新甲，被逐出朝廷，贬为江西按察使司照磨。黄道周并未到任，便在闽南隐居，时隔两年之后，又被崇祯帝诬指为“党邪乱政”，逮送京都，廷杖八十，囚入死牢。后因罪证不足遣戍湖广。几个月后，反复无常的崇祯皇帝又想起黄道周，说他“清操力学，尚堪策励”，让他赴京任职。

黄道周多次路过金陵都没有下船游览，这次北上京都，动了探访六朝胜地的游兴。这位博学多才，直言敢谏的黄道周一到南都就轰动了士林内外。余中丞和杨文骢两人都是秉性洒脱、不大拘于礼数的名士，尤其是杨文骢，他觉得自己满腹经纶，而功名蹭蹬，所以最近辞去了华亭教谕这种坐冷板凳的闲官，隐居于金陵城东北的栖霞山，或与住持和尚论佛谈禅，或登峰顶西望长江吟诗作画。数月之后又感到寂寞，于是迁居城里赛虹桥与余集生为邻。听说黄道周这次道出潇湘，途经金陵，小住于长干里的报恩寺，于是约了余中丞等人去报恩寺邀请黄道周在余家花园为他设宴洗尘。

这余家花园里虽无春日鸟语宛转，池边浅草也早已由绿转黄，但几树梅花正开得黄灿灿的，沁人心脾，令人神志清澄。酒过三巡之后，坐在首席的黄道周站起身来，端起酒杯，用他那浓重的闽南口音说道：“此间梅花冷艳幽香，虽瘦影清疏，却在那百花凋零之后悄然开放，我黄道周在宦海沉浮数载，徒有虚名而已……”

杨文骢对黄道周细细端详一番：身材瘦高，高颧骨、高鼻梁、高棱眉骨，一双眼睛特别明亮，时而顾盼自雄，时而露出孤傲脱俗的锋芒，一袭寻常棉质布衣，干干净净，棱角分明，给人一种平易近人又不失威严的感觉。

“幼玄公——”杨文骢不像其他人喜欢称黄道周为石斋先生，而称其字，以示尊敬，“古之君子，无故不废乐，谢安东山丝竹，文天祥声伎满席，皆能乐人之乐，忧人之忧。今日文骢与中丞大人请了南都歌女舞姬来筵前助兴，公不以为过吧？”黄道周看了杨文骢一眼，笑了笑说：“龙友兄，风流倜傥，工书善画又精于音律，顾曲周郎再世也会自惭弗如，君有此雅兴，弟当然作陪。”谢太傅、文信公都是古之贤相，国之忠臣，也是黄道周所心仪的楷模，杨文骢用这二位古代先贤作为歌舞侑酒的理由，使得黄道周也不好再说什么了。

刹那间，大厅里走出一队明眸皓齿的乐伎，她们在笙箫檀板的伴奏下，舞姿婆娑，轻盈俏丽，身如惊鸿，曼妙无比。一会儿，舞姿由快转慢，一阵悠扬缠绵的昆曲声也由强到弱，逐渐在大厅里萦绕起来。此刻，金樽醇酒，珍馐佳肴兼以脂香鬓影、艳腻绝伦的乐声，使得在座的宾客们差不多都沉湎在这个纸醉金迷、醇酒妇人的气氛中去。

黄道周久历宦途，几次在京都担任朝廷命官，什么大场面、大酒宴都见过。但他以为在这天下扰攘、苍生鼎沸的时候，沉溺于舞榭歌台、灯红酒绿之中，总不是君子所为。所以遇到这种场合，他总是正襟危坐、目不斜视，仪表态度中显出矜持而庄严的神色来。

一曲终了，杨文骢喝了一杯酒，轻声说道：“快呈上点曲的歌扇，让幼玄公点曲！”

这时一个歌伎娉娉婷婷地走到黄道周的酒案前，递上一把展开的折扇，其中写满了最时兴的曲名。这歌伎年方十七，看来已久操此业了。但见她眉间情溢，眼角波生，莺声宛转地说道：“请老爷点曲。”

黄道周强压心中的愤懑，不冷不热地：“姑娘，请收起歌扇，道周自幼与山野老农为伍，虽枉读诗书，但不识音律歌舞为何物，还是请他们点吧。”

余中丞见黄道周虽坐酒宴之中，始终神志冷峻，对一般男子所热衷的欢歌艳舞并不感兴趣，于是和杨文骢交换了一下眼色，便站立起来挥了挥手，那管弦之声骤然而止，这一队歌伎便悄悄地退了下去。余中丞早已看出黄道周的不悦，便解嘲道：“黄公才学倾动海内，博通经史，谙熟诗书，于天文、历象、礼乐、农田、兵制等等无所不窥、无所不精。只是黄公高雅，视南都歌舞为舆隶贾竖之娱，市井伧夫之所爱，不听不视也好。不过，今日黄公光临实在是难得的机会，在座诸君一定要开怀痛饮，尽欢而归……”

余中丞与杨文骢所邀请赴宴的宾客多半是流寓金陵的世家子弟和风流名士，或者是勋臣的“金枝玉叶”，这些人一见歌女舞姬翩然屏退，心里便不高兴，既然请我们来赴宴，又何必邀请像黄道周这样的道德君子来扫大家的兴，有的甚至当场不发一言，怫然退去，不辞而别。一次为黄道周洗尘的宴会就这样不欢而散。

黄道周被送回城外大报恩寺僧舍之后，余中丞老大不高兴地对杨文骢说：“龙友兄，难怪当今圣上不喜欢这个黄道周，一个迂夫子、倔老头，竟把一场欢宴搞得冷冷清清，举座不欢。我倒不相信黄道周是个不食人间烟火的人，圣人云‘食色，性也’，他就没有七情六欲?”

杨文骢正色道：“幼玄公一生正气凛然，为社稷苍生计，冒死直谏，屡遭贬谪，其气节其道德为天下共知，绝非吾等放浪形骸，寄情声色……”杨文骢是一个毫不矫情作伪的人，他绝不隐讳自己风流名士的秉性，但后来在国破家亡、天崩地裂的时刻却能带兵抗清，全家囿于福建浦城，大节孤忠，凛然于世。这在当时也是出人意料的。

余中丞笑着说：“世间哪有不吃腥的猫儿，我看黄道周也许是个道貌岸然的伪君子呢!”余中丞忽然想起他的挚友谭友夏所遇到的一件事来。一次，他和谭友夏持诗卷请教黄道周，这个迂夫子竟说他俩唱和之诗，是什么风雅不遵，失之于鄙，学问不厚，失之于陋等等，搞得他下不了台。

杨文骢听了余中丞的话，耳朵便软了，竟出了一个颇为荒唐的主意——请金陵旧院最负艳名的眉楼顾横波来作为一块试金之石，看这位名重一时的石斋先生是金灿灿的黄金，还是一块黄铜。但杨文骢又深知顾横波其人也绝非一般青楼庸脂俗粉，不可以随便以钱财雇用的，必须动之以情、晓之以理方能请得动她。杨文骢提出这个主意，也有几分报复的心理。顾横波自从心仪合肥人龚鼎孳之后，变得更加难以接近。前几天他为了宴请其连襟姻亲马士英，亲自去眉楼邀请顾横波侑酒作陪，被婉言谢绝，丢了面子。

杨文骢和余集生中丞走进眉楼。顾横波并不讨厌杨文骢和余中丞，上次谢绝赴宴是因为有马士英在座，而马士英与声名狼藉的阮大铖沆瀣一气，顾横波当然不想去惹一身臊的。杨文骢怕顾横波误会，在厅堂上坐下后，稍稍寒暄，便开门见山地问道："眉生姑娘，你想一瞻当代大儒黄道周先生的风采吗？他正在金陵城住着呢！"

顾横波早就听说黄道周是一个刚直不阿、正气凛然、学问渊博的人。知道他在天启年间就几次上书弹劾魏忠贤，后来又责问崇祯皇帝刚愎自用，滥杀无辜忠良。他冒死犯颜，多次险遭诛杀，黄道周在杭州大涤书院、漳州紫阳书院讲席时弘扬诸葛亮、李泌、寇准等治世良臣的精神，远近前来听讲的人，数以千计。她听说这位黄道周正在金陵，当然希望能够一睹神采的。

"龙友先生，"顾横波一双眼睛明似秋水，闪耀着圣洁的光波，"古人云，'生不愿封万户侯，但愿一识韩荆州'，我顾横波虽系秦淮女子也能读一些圣贤之书，是明是非、晓大义的。幼玄先生的高风亮节、道德文章，我慕名已久了，请两位代我引见引见。"

杨文骢见顾横波穿一身水红长裙，充满妩媚和诱人的风采。他感到一阵微微的晕眩，顾横波太美了，又是那样聪颖。此刻他想，即便是黄道周也难以抗拒顾横波这样国色天香般的绝代佳人的。要是自己不在先前娶了马婉容和郭圣仆的遗妾朱玉耶的话，一定会去追求顾横波的。他笑道：“我知道有黄公在座，眉生是会来的。”

“幼玄先生他肯定会来吗?”顾横波心里有些狐疑，黄道周能看得起青楼女子吗?

“你放心，黄公会欣然赴会的。”杨文骢答道。

余中丞见顾横波的眼神里还有几分困惑，便很有把握地说：“我家藏有宋朝元丰年间珍贵无比的金粟纸，黄公工书善画，邀请他来点染挥毫，先生定有雅兴的。”

顾横波心里一高兴，便要设便宴招待杨文骢和余中丞。这两位钦慕眉楼的佳肴珍馐之美久矣，也就喜滋滋地留了下来。在青楼绮阁之中、华烛鬟云之间，这两个江南名士度过了一个悠闲而欢快的夜晚。直至临近午夜时，才兴尽而归。

赛虹桥余家花园。大雪初霁，万籁俱寂，园林皎然，一阵风吹过，那松树、柏树上的雪球和冰柱儿窸窸窣窣地抖落下来。西方一抹霞光洒进了园子，此间更显得玉润珠辉，清光袭人。

果然不出杨文骢等人意料，黄道周为了一睹元丰年间宋纸的华采，午后便冒雪从长干里报恩寺赶到城西南一隅的赛虹桥来。此刻，作为主人的余集生，正在督促管事指挥仆人、厨役准备晚宴，一切安排停当后，他才悠然踱回暖阁。这暖阁里，留都艳粉、风韵才子、名儒硕学，极一时之盛。想到这里他便有春风得意、踌躇满志之感。

暖阁四面有窗，在雪光映照下，阁内光线甚好，画案一侧的高几上焚着一炉伽南香。顾横波正坐在琴桌边弹着七弦琴。她虽不是古琴高手，但凭着她的聪颖和悟性，将一曲《渔歌晚唱》弹得高低抑扬、缠绵宛转。时而低吟慢唱，如幽女夜哭，时而韵如戛玉，犹似箔响剑鸣。

性情洒脱不羁的杨文骢就“渔歌”为由，操着他那浓重的贵阳口音，吟起了柳宗元的诗来——

　　渔翁夜傍西岩宿，晓汲清湘燃楚竹。
　　烟销日出不见人，欸乃一声山水绿。

黄道周一手搁在书案上，一手抚摸着颔下一绺稀疏的黑须。顾横波的琴曲和杨文骢吟的柳诗引起他深深的共鸣。柳宗元被德宗皇帝贬在荒野山泽的柳州，但并不悲观失望，在青山绿水中闻橹桨欸乃之声，悦耳怡情。琴曲中所表达的那种超然物外的清高孤傲之情，正是他的心灵写照。

“黄公在此，小女子在这胡乱弹琴，有污先生雅听，还是让主人将金粟纸拿出来吧。”顾横波害怕要她再弹，赶忙转移在场人的注意力。

黄道周是为了欣赏余中丞珍藏的金粟纸而来的，对顾横波，虽听说过她的艳名，平时也不甚留意，刚才一面细细听着她的琴声，一面凝视着她——顾横波穿着绣有隐纹梅花的蛋青色缎子薄丝绵袄，头上梳着双鬟婀娜的灵蛇髻，在雪光的映照下，明如秋水的眸子、挺直的秀鼻、红红的樱口，显得丰神绝世，仪态万方。他想这聪明绝顶、秀丽天成的顾横波，果真是得到金陵山川灵淑之气的孕育，非一般装束艳冶的北国脂粉可比。想到这儿，黄道周打一个寒噤——想到哪儿去了，难道自己也成了如蚁附膻、如蝇逐膻的游狎之士了吗？他镇定了一下，说：“南唐的澄心堂纸，在宋朝已是稀罕之物，现在能看一看与苏东坡同代的元丰金粟纸，也是人生一乐哟！”

余中丞在一个红木藏书橱中，小心翼翼地取出一卷用锦缎包裹得严严实实的宋代金粟纸。这种纸光如白玉，坚韧如帛，纤维细密，古雅可爱，用来写字作画，发墨好，挥洒自如，为历来书画大家珍爱。黄道周急趋前细细观看，只见那金粟纸首端贴着一小条黄纸。纸上有宋代大书法家米元章所书一行楷书：

此金粟纸世不经见，留以待善书者。

黄道周素来知道米元章为人狂放不羁，首创米家山水，其书其画都是卓然成家的，但面对这珍贵的好纸却不敢轻易下笔。谁知再一看，以下还有一行小字云：

米老所谓善书者，非我而谁？　　华亭董其昌

黄道周看着这价值连城的金粟纸连连赞道："好纸，好纸，所谓笔墨精良，尚且人生一乐。更何况这金粟纸一卷……"

"请黄公挥毫，则是米元章在冥冥之中的祈望也，所谓后世善书者，非黄先生莫属。"

黄道周自幼学画，后来在屡遭贬谪中得以闲暇，每以画山水、松石来寄托他郁勃磊落的骨气。他无心做书画家，但他的画气厚力沉，笔力雄健，受到世人的赞扬。他接过余中丞早已准备好的画笔，凝神定志，将精神完全集中在纸面上。他想起前几天到钟山脚下所看见的一棵棵刚强傲岸、枝叶茂盛的松树。那一刻，一阵雪风吹来，呼啸于松林之间，给他留下了极深的印象。于是他决定在这张珍贵的金粟纸上画几棵松树。

黄道周在凝神之间，顾横波手捏徽墨已将一砚清水磨得乌黑漆亮。黄道周以笔蘸满了墨汁，在纸上挥动起来。他作画有快有缓，有轻有重，用枯笔时，如秋色萧疏惨淡，用润笔时，如雨发春泽。在忽竖忽横、左右驰骋之中，几棵松树便渐成雏形。约莫两炷香的时间，一张松树长卷便已画好。这些松树或画得盘曲似铁，或参天独立，一股浩然之气流于笔墨之间。

一张画画完了，黄道周满身热血奔涌，那额头上沁出了细密的汗

珠。顾横波好奇地问道："幼玄公，作画本是雅事，何必花这么多的力气?"这句话刚出口，自己便感到不妥，赶忙停住，递上一块汗巾给黄道周。

黄道周听到顾横波的话并不生气，反而笑了笑说："文章是道德之余，诗词歌赋乃文章之余，而琴棋书画则是末技也，可是书画之中必然有学问道德的气息。心不清，心不细，不下苦功夫也很难成大气候，作书画尚且如此，何况读圣贤之书了，粗心浮气，外勤中惰也画不好画的。"

顾横波觉得黄道周这一番话虽然说得振振有词，但不免有些道学气，他是个连皇帝也敢顶撞的人，今天目睹了他的言谈举止、风度神采，真是有意思极了。这时，大家趁着黄道周的兴致，便留他晚宴，黄道周也就答应下来。

暖阁里炉火烧得旺旺的，将阁外的严寒隔开，使阁内充满春意。端着酒壶的顾横波为黄道周、杨文骢、余中丞逐个斟酒。她一头浓黑油亮的头发如春云舒卷，肌肤白而细腻，衬出她那张艳丽的脸千娇百媚，使得众人嘴里的酒味更加香醇芬芳。大家尽情地开怀畅饮。

黄道周从来没有这样面对面地接触过名扬南都的名妓。以往他认为，女人都应该是非礼不行，非礼不听，非礼不视的。现在这位年轻女子既通文史，又懂音律，喝起酒来爽快而不忸怩作态。她的风度像一个大家闺秀，却不拘小节，是一个青楼女子，却不轻佻浅薄。

"幼玄公，让我杨文骢来敬一杯酒！我看这上下数千年，兴废百千事，大概光风霁月之时少，阴雨晦暝之时多；衣冠文物之时少，干戈征战之时多。所谓对酒当歌，人生几何。"

在频频劝酒之后酒入了热肠，黄道周朗声道："今日羊羔美酒，白雪红炉，留都丹青，吴下风华，尽被老夫领略了。"

此时已近三更，顾横波和黄道周在杨文骢和余中丞轮番劝酒之下，逐渐醉意醺然，不胜酒力了。但席上仍旧觥筹交错、劝酒声不断……黄道周的酒量并不大，经不住众人劝酒，颓然玉山倾倒，跌入半醉半睡状态。不一会儿，平时颇具酒量的顾横波也渐渐醉了，软瘫在桌边，原来余中丞在这次夜宴中暗暗使用了一种烈性酒，这种酒吃起来香甜醇和但酒劲极大，因而黄道周与顾横波都先后醉倒在余家花园的暖阁里了。

这是一间香气袭人、芙蓉帐暖的睡房。一只绿纱罩罩着的蜡烛发出微弱的光，那光最后跳了一下也熄灭了。顾横波头倚绣花枕头，身裹丝锦被，醉意沉沉地睡在雕花紫檀木的大床上，她隐隐感到有人睡在她身边，是谁？是那位痴情腼腆的常熟公子刘芳吗？他不是早已魂归黄泉了吗？也许是和她一见倾心的龚鼎孳？他不是在京都任职吗？

不知是梦是幻，她在帷幕低垂的房间里忽然感到一种情欲的召唤，为什么不能和自己所爱过的刘芳或者龚鼎孳有肌肤之亲、倾心之恋呢？当她将她那只纤纤玉手拥过去的时候，她又陷入更深的睡乡里去了……

黄道周睡在顾横波的身边，他的肩膀被一只温软柔腻的手抚摸了一下，这是他的发妻蔡氏在帮他披衣盖被吗？他在睡梦中醒来……不知是房间点着的龙涎香香味，还是女人身上的一种特殊的香气，但这绝不是他所熟悉的结发妻子蔡氏的体香。他终于摸黑下了床，靠着一点极微弱的光走到了窗边。他拉开了窗帷的一角，一片银白色的月光洒了进来，正好照在顾横波的娇躯上，黄道周吓了一跳！这顾横波难道是受邀而来的吗？是风流不羁的杨文骢和余中丞花了银子请来伺候他的吗？

黄道周是一个道德君子，但也是一个有血肉之躯的男子。在这种雪夜幽房之中，看见这样美丽的顾横波的冰肌玉骨之体，他也不禁心猿意马，惴惴不安起来。身上仿佛有一股股热浪朝胸间涌来，心儿在激烈地跳动，脸上也阵阵燥热起来，他慢慢走近顾横波的身旁，只见她衣裙不整，钗横鬓乱，樱桃小嘴轻轻地嚅动着，似乎在诉说着什么……

但黄道周毕竟是一位有道德修养的人。他想到自己虽不是一个一身维系天下安危的丞相，但如果放纵自己的情欲，必将破坏自己作为道德君子的忠臣形象。他不禁暗暗地痛骂自己。有一年夏天，他在京都詹事府署中读书，忽而大雨骤至，雷声隆隆，一道霹雳击中了他所坐的靠椅，把他的官袍也烧焦了半尺之长，但是，他神色不变，仍然朗声读书；多少次他在崇祯帝的龙颜震怒下，毫不惧怕鼎沸刀钺之祸，所谓“泰山崩于前而色不变，麋鹿兴于左而目不瞬”。为什么在这个特殊的氛围之中，面对顾横波就心神恍惚，有一团说不清的欲望在心里焚烧呢？他不知道这欲火是刚刚烧起来的，还是多年以来用圣洁的道德规范压抑之后的迸发……

嘭的一声，北风将一扇未关牢的窗吹开，刺骨的寒风吹到黄道周的身上，这寒冷的风犹如一阵惊雷，一声岩崩，将他震醒。他仿佛看到窗外有千万只眼睛在盯着他。

好险哟！

黄道周将窗户关上，他出了一身冷汗。

“西子如蒙不洁，人皆掩鼻而过。”黄道周想，“我难道是那种浮华文士，裙屐少年，可以逢场作戏，贪图美色？难道可以凭一时的冲动任意采撷这艳丽的花朵？”黄道周出身贫穷而低微，是依靠修身勤读，依靠他的文化修养和高风亮节立足于世的，他生于乱世之间，一无权势可依托，二无巨额财富能够傲人，纯粹是以道德学问闻名海内，如果今夜放纵自己，无异是一种意志的衰弱，是一种道德的沦丧。想到这儿，黄道周长长地舒了一口气，种种的欲念都像大雪中的篝火一样，被寒风厚雪熄灭了。

这时，他见顾横波在梦呓中，一双白嫩如雪藕般玉臂伸出锦被。他怜悯地将她的手臂放回被子里去。他突然感到自己浑身冰凉，不能再这样站着了，于是就点亮了蜡烛，穿上丝绵袍子和靴子，端坐在一张梳妆台边的矮凳上打盹，后来人越来越困倦，就索性蜷曲在一张长不容体的坐榻上。

一道曙光斜射进来，远处的雄鸡已叫了几遍。顾横波终于在沉酣的梦中醒来，她用手揉着惺忪的睡眼，竟一时想不起这是什么地方，也不知道怎么会睡到这里来的。顾横波坐起身来，第一眼便看到蜷身在坐榻上的黄道周。一切都明白了，一定是昨夜酒醉之后被余中丞和杨文骢作弄了，像这样的戏谑，见多识广的顾横波也是第一次经历。

凭着少女的敏感，她知道黄道周这一夜几乎就是这样在长榻上蜷睡而过的。像顾横波这样的绝代佳人，曾有多少个贵胄公子、风流名士，用火一般的热情，用多少殷勤奉迎追求她，企图亲近她、占有她。而他——黄道周在神志沉醉的良宵里却能端方正派，真是一个志气刚毅、堂堂正正的男子汉。

顾横波赶忙下床，穿好衣裙，将暖和的锦被轻轻地盖在黄道周的身上。然后，打开房门，大大方方地走到客厅那边去。

客厅里，早晨刺骨的寒风和白日的理智使得杨文骢和余中丞都感到昨夜将黄道周和顾横波灌醉的事有些荒唐。这一夜之间，黄道周和顾横波同居一室、同眠一床，是旖旎的销魂时刻呢，还是半推半就、先拒后投地成其好事呢？不管怎么样，今天早上的局面总归是颇为尴尬的，黄道周或许会满面羞愧又装作正经，或许他会发雷霆之怒，痛斥杨文骢和余集生的荒谬无知、大胆妄为……

然而，杨文骢和余中丞在客厅里先见到的不是黄道周，而是泰然自若的顾横波。

如果是别人，顾横波会狠狠地闹一场出气，但对杨文骢和余中丞却不能，因为这两位都是南都极有名声的人，无论在官场或者是文坛都是要得开兜得转的人物。尽管她与黄道周一夜相安无事，如果此事传了出去，好事之徒一定会加油添醋，将此事搞得满城风雨，沸沸扬扬，这对于她来说也不会有什么好处，至于黄道周的名声更为重要，如果传到京都去，万一传到崇祯皇帝的耳朵里去，那么黄道周不仅会失去信任，甚至会再次被贬谪到蛮荒之地去。

“龙友公，余大人，”顾横波停下轻盈的步履，向杨文骢和余中丞作礼，“可要听听我顾横波对幼玄先生的评价？”

杨文骢见顾横波神色从容而平静，心里先放下一块沉重的石头，便笑道：“眉生姑娘定有高见，文骢在此洗耳恭听。”说罢和余中丞交换了一下眼色。

顾横波一改平时娇嗔柔和的语气，正气凛然地说道：“龙友公和中丞大人既然以酒宴为笑谑，以居室床笫为逢场作戏，小女子倒从中悟出一些道理来，切莫怪我在公等面前说三道四的。我看这南都的名士们，设酒宴、罗声色，前堂置宾客，后帐列歌舞。或吟遍二水三山，于画舫朱楼、绮琴锦瑟之间；或抵掌谈兵睥睨天地、旁若无人；或酌酒破愁、赋诗作画，极生平之乐，似乎可与诸葛伯仲，与李杜颉颃。然而，有几个是血性的真儒，又有几个是铁铮铮的汉子呢？环顾东南，为圣为佛成忠成孝的真正大名士要数黄石斋先生了。这就是我和黄先生在昨夜同居一室之后所领悟到的东西，也就是我要向龙友公、余大人要禀报的。”

听完了顾横波这番话，杨文骢一方面深感顾横波确实是一个通文史、明事理的青楼名妓；另一方面又有一种不被世人理解的苦衷。他杨文骢有放浪形骸、风流洒脱的外表，但内心却有阮籍那种不可言传的悲愁，那种日暮途穷时恸哭流涕的情怀。当然对于昨夜所设的恶作剧，他此刻是有些内疚的，正想说一些抱歉的话，那顾横波挥了挥手，径直走出厅堂。

第十二章　题画

就在顾横波被杨文骢、余集生中丞邀请到赛虹桥去赴宴的那天下午，新任兵科给事中的龚鼎孳从老家合肥来到了南都。他没有去拜会官场同僚和一些老资格的贵胄勋臣，便径直乘轿到了武定桥一侧的眉楼。

龚鼎孳少年得志，早岁巍科，二十岁便中了进士。在湖北蕲水任上，七载日与流寇相持抵御，发号施令，威严整肃。邻近州县多遭骚扰蹂躏，而蕲水县安然无恙。作为兵科给事中的龚鼎孳更是年轻气盛，在朝廷上指点弊政，弹劾权臣，成为一个尚不曾深谙宦海浮沉的京官。也正因为如此，龚鼎孳既以蕴藉儒雅、丰神清俊的名士风流自赏，又以文德武略、有经世才略而自感前程无量，因而从内心怜悯那些看起来学问渊博、胸罗万象的书生，他们吹箫谈剑、抵掌纵横天下事，可多半是悠悠到而立之年，终究一事无成。他，龚鼎孳以达官而兼名士，无论在仕途上，还是绮丽的恋情上都是顺畅的。尤其是这几个月的京官颇得圣上恩眷，并不像他原先想象的那样可怕。因而，当他走进残雪尚未融化的眉楼庭院时，心情是欢畅而激动的。

顾横波的贴心婢女荔儿并未去赛虹桥余家花园，她在楼上看到龚鼎孳正沿着回廊的曲径踏雪而来，便轻声喊道：

“龚相公，快上楼来——”

荔儿以为顾横波很快就会回来，便招呼龚鼎孳在眉楼的楼厅上坐定。在沏茶之后，又绞了一把热气腾腾的毛巾给龚鼎孳暖脸；随后从闺房里端出一只制作精致的刻花精铜手炉来，递给龚鼎孳。还没等龚鼎孳开口，荔儿便说顾横波被杨文骢等人邀请到赛虹桥去了，要他稍候。龚鼎孳是第一次登上眉楼，上次来这儿，被顾三娘挡在楼下。他想既然来了就一定要等她回来，不能像上次那样扫兴而归。根据龚鼎孳的估计，顾横波最迟不会超过晚宴之后就会回眉楼的。可是等到那浓浓的茶叶逐渐泡淡，天色也逐渐幽暗下来之后，他有些焦躁起来，乖巧的荔儿知道龚鼎孳和顾横波之间的关系，便破例地让他进顾横波的闺房中去，要给他看看前两年王朴为顾横波画的肖像。

“龚相公，你想看看眉生姐姐画的画儿吗?”荔儿问道。

龚鼎孳听了这句话，自然喜出望外，便问道：“是兰花，还是墨竹?”他以为像顾横波这样的美人最多画几笔兰竹便算不错了。

荔儿到书橱中取画的时候，龚鼎孳留心环顾了一下这铺设雅致而又华丽的居室，一张花梨木雕花床上蒙着粉红帐子，如同一朵朝云，妆台上是凤纽宝镜，玉梳银篦，晶光照人。茶几在圆形坐榻边，上边放有玲珑可爱的水晶茶盘和紫砂茶壶。一张冰纹石的小圆桌则放着几卷唐宋人的诗词。

“龚相公请看——”荔儿恭恭敬敬将顾横波的画卷递给了龚鼎孳。

龚鼎孳先展开第一张画，那画画的是冯小青。风鬟雾鬓的小青，蛾眉微蹙，似有幽怨万种郁结于心头。右上角又有顾横波用瘦金体写的“小青小影”四个字。

此时，龚鼎孳眼前仿佛出现了顾横波调朱研青，细心作画的情景，闺房犹如书房一般，琴书分列，香茗郁然，那一股聪颖的文采风流浮动于丹青笔翰之间，这是何等的光景，何等蕴藉隽永啊！龚鼎孳又慢慢地翻开另一张肖像画，眼睛遽然发亮——这是顾横波的肖像画，画中的顾横波眉间情溢，眼角波生，那海棠花般娇艳的两颊上，露出两个甜甜的笑靥，但这笑容不只是一般柔姿媚态，而透着一股高贵的傲气。龚鼎孳想到他和顾横波在桃叶渡七茶居邂逅的幸运时刻，她的兰姿蕙质的高雅气质，她出自天然的柔婉温馨，她那娇于燕语、美似春莺的声音，使他幻生出一种要将画中的顾横波请出来一亲芳泽的愿望……

龚鼎孳忽然又产生忧虑，像顾横波这样才貌超群的名妓一定是南都的风流名士、贵胄勋臣们追逐的对象，自己在其中正在扮演什么角色呢？于是他探问道："荔儿，你是眉生的知心人，该知道她终身大事吧，她总该有个归宿吧？"

荔儿确实知道顾横波的心事，她也知道眼前这位龚鼎孳相公正是眉生姐姐心目中眷恋的人，她曾经听顾横波稍稍对她吐露过心事，那位远离南都政治旋涡和感情纠葛旋涡的龚鼎孳将是她最理想的伴侣。尽管南都金陵是个隽秀人物辈出的地方，但这些风流才子多朝三暮四地任情欲放纵，并不能像龚鼎孳这样专注于爱情。

"龚相公你哪知道，我们这些青楼女子，看起来天天鲜衣美食，被人温存地哄着、捧着。其实有身份有地位的男人有几个真心对待我们呢？我看相公是个有情人，眉生姐姐就有归宿了。"荔儿粗识文墨，说话倒是很实在的。

龚鼎孳听了荔儿的话，心里一阵狂喜。

荔儿看着顾横波的肖像画，说："相公，别人都说你的文章诗词写得好，何不在这张画儿上题首诗，让眉生姐姐看了也高兴？"

龚鼎孳放下手上暖暖的手炉，搓着手兴奋地说："题诗好是好，可是珠玉在上，我自惭形秽，何敢冒失……"

荔儿瞄了龚鼎孳一眼笑道："相公不要在这儿文绉绉了，心里喜欢就题几句，别客气了。"

龚鼎孳此刻有如醍醐灌顶、夏饮冰水般地陶醉和畅快，将顾横波的肖像画看了又看，细细琢磨如何下笔题诗。这是一张半身肖像画，画家王朴用他的一支刻画入微的细狼毫，将顾横波一头乌黑油光的青丝画得如云彩一般，既蓬松潇洒又形状优雅。由这如云的头发，龚鼎孳又想到顾横波在桃叶渡分别时，那娉婷婀娜的身姿和她那如莺燕似的吴侬软语。他略略定神，拿起荔儿为他准备好的羊毫在砚台里蘸了蘸墨，在这张肖像画的空白处，用李白《清平调》起句咏杨贵妃的手法，写了第一句，写顾横波的如黄鹂宛转的声音，结尾一句是庆幸她尚未嫁人。

龚鼎孳将题画诗写好，颇有几分得意地递给荔儿看。荔儿平时常常听顾横波读诗、看她写诗，也时不时看点唐人绝句，因而这首诗她是看得懂的：

腰妒杨枝发妒云，断魂莺语夜深闻。
秦楼应被东风误，未遣罗敷嫁使君。

顾横波的这张肖像画和龚鼎孳的题画诗经数百年历史烽烟和时光的封尘，至今尚在收藏家手中，使人发思古之幽情，这是当初龚顾两人所料想不到的吧。

龚鼎孳和荔儿正在琢磨这肖像和题画诗的时候，一个小婢掀门帘说：“楼下厅堂里有位冒公子要找龚老爷。”说罢便怯生生地等着回音。龚鼎孳一听“冒公子”便知是冒襄来找他了，冒襄怎会知道自己在眉楼呢？一定是他到市隐园去寻过了。龚鼎孳的祖父龚承先曾在南都购买过一些产业，大油坊巷的市隐园便是龚家的地产之一。只要龚鼎孳来南都就会住在市隐园的。龚鼎孳依依不舍地放下顾横波的肖像画，对荔儿说了声“小心放好”，便下楼了。

冒襄依然是儒生打扮，穿一身淡青儒袍，那英俊的脸上显出几分谦恭几分焦急的神情，不像平时那样一副高傲、冷漠的派头。不少人都说冒襄是给秦淮河上的美女们宠坏了的。由于他出身官宦之家，饱读诗书，人又长得风流潇洒，无论娴静温柔的董小宛、美丽端庄的卞氏姐妹，还是才艺双佳的陈圆圆等，都先后对他报以青眼，尤其董小宛更是从金陵追随到苏州，又从苏州跟随到镇江……然而，今天冒襄要找的自是他一向敬佩的龚鼎孳。因为尽管冒襄表面上风流倜傥，视富贵如浮云，视官场如草芥，但在内里却有一块心病，他不能像他的父辈那样名正言顺地考取进士。因此他对龚鼎孳这样的才子是十分敬慕的。

在一番寒暄之后，冒襄搓了搓手急切地对龚鼎孳说："孝升兄，你知道这几天阮胡子又在蠢蠢欲动了吗？"冒襄不待龚鼎孳回答，又继续说道，"岂止是蠢蠢欲动，他已从祖堂山的狗洞里钻出来，'腰缠十万贯，骑鹤下扬州'了。"

龚鼎孳自从在崇祯六年中了进士之后，远在荆楚之地为县令，很少参与复社社事，但他毕竟是复社中隽秀人物，也深知复社力量时常或隐或显地影响京都中枢的政局，他知道冒襄愤愤然谈到阮大铖，肯定有大事与他商量，便问道："辟疆兄，阮大铖到扬州去干什么？"

冒襄喝了口荔儿奉上的阳羡贡茶后，徐徐道："孝升兄，朝中情形你是熟知的，周延儒在崇祯六年便罢了相位，如今皇上又要起用他为内阁首辅。那阮大铖已携万金抵达扬州，准备重贿周延儒，听说光是人参就有数十斤之多。如果周延儒收下阮胡子的东西，阮胡子就要东山再起，以阮胡子老辣的手段，诡谲的智谋，一旦得意，就要将复社志士斩尽杀绝。"

"依兄之见，如何对付这个阮胡子呢？"龚鼎孳想先听听冒襄的见解。

"孝升兄，这阮大铖早年叛卖东林前辈，投靠魏忠贤，认贼为父，残害忠良，是个老鼠过街人人喊打的人物。但周延儒要是贪财的话，也许会真的起用阮胡子。孝升兄是监察兵部的言官，又得皇上的恩宠，只要你到扬州去一趟，找周延儒说一下，堵住阮胡子的路，如何？”

龚鼎孳是一个少年气盛、有正义感的人，他想到当年阮大铖依附魏忠贤杀戮贤臣，制造冤狱乃至剥皮割舌的种种倒行逆施之为，顿感冒襄的忧虑绝非书生门户之见。于是很爽快地说：“如果我龚鼎孳能为社稷铲除丑类，别说是近在咫尺的扬州，再远也在所不辞。”刚说完这句话，突然想起他要在这儿等待顾横波的事来，但话已出口不好意思收回了。

“此事宜速不宜迟，如果孝升兄不能和弟在今晚动身起程的话，明日一早就走。”冒襄一改平日温文儒雅的脾气，着急地说道。

“那么，这样也好……”龚鼎孳想到了顾横波，说话便迟疑起来。

冒襄对龚鼎孳与顾横波在桃叶渡七杀居的相会也早有所闻。这几年他与陈圆圆和董小宛的缠绵爱情搞得满城风雨，人人皆知，尽管他对顾横波也素有好感，但从龚鼎孳进入顾横波的感情生活后，他也就退避三舍，不再问津了。单凭龚鼎孳到眉楼可以径直到顾横波的闺房里去，冒襄就感到两人的关系之密切。他想刚才龚鼎孳犹犹豫豫的模样，多半是为了顾横波，于是就说：“孝升兄，扬州不过半日路程，两三天之内就可以回来。我看，今晚我们一起到媚香楼去把侯方域也请去。”

龚鼎孳知道，即使顾横波现在回来，由于冒襄在场，也失去了相会的种种乐趣，于是索性就说：“那也好，朝宗兄是我早已倾慕之人，如能同去广陵，真是求之不得的事。朝宗兄令尊司徒公是朝廷老臣，那周延儒也是熟悉的。余生也晚，不曾与前辈共事，但身为言官，也要劝劝周相公的，要是起用阮大铖必将是惹火烧身，甚至会身败名裂的。”说完此话，转身对荔儿说：“我和辟疆兄等去扬州，两三天后即重返金陵，你跟眉生姑娘说，我来过了。”

“我看相公还是再等一会儿，说不定姐姐很快就回家了。”荔儿说。

龚鼎孳巴不得荔儿挽留他，便要冒襄也留下来等候顾横波。冒襄看出龚鼎孳的心事，只好陪龚鼎孳坐在厅堂里等待顾横波的归来。然而，吃过晚餐之后，仍不见顾横波的影踪，荔儿也急了，便说：“大概是杨老爷他们请眉生姐姐吃饭了……”

在冒襄的催促之下，龚鼎孳才无可奈何地离开了眉楼。翌日，冒襄和龚鼎孳一行人渡江去扬州，见到了外表温文儒雅、实则阴鸷贪婪的将赴京任内阁首辅的周延儒。

他们这一趟也算是白来了。原来周延儒确实收了阮大铖送来的几千两银子和几箱人参，但并不起用阮大铖，而是准备起用阮大铖所荐的密友马士英。几个月后马士英果然被任命为凤阳总督。到了崇祯十七年崇祯帝吊死煤山，马士英立朱由崧为帝，马士英又力荐阮大铖为兵部尚书，大肆捕杀复社志士，为逆案翻案，等等。周延儒倨傲贪财，揽权纳贿，到了崇祯十六年被罢相赐死。执刑者怕他不死，又在他脑门上钉进两根铁钉，可称极惨极悲了。

再说顾横波昨夜在赛虹桥余家花园醉酒之后，被杨龙友他们恶谑一番，顾横波更加敬佩黄道周了。要是和其他男人同居一室，那真是凭你有一千张嘴也说不清楚了，当今世界有几个像柳下惠这样的铮铮铁汉呢！

顾横波乘着轿子回到了眉楼。荔儿将昨天龚鼎孳到眉楼来等她，并在她的肖像上题诗的事，一五一十地告诉她。顾横波取过肖像画，端详着龚鼎孳所题的诗，着实懊恼了好半天，恨不得插翅飞到扬州去和龚鼎孳相会。好在他两三天后还要回来，只好耐着性子等了。

谁叫顾横波是个南都的名妓呢，她正想清净地休息两天，杨宛的突然到来，又要让顾横波受繁弦急管之扰，清歌侑酒、飞觞拇战之苦了。原来这杨宛自从其夫茅元仪在忧愤交迫、纵酒呼叫而死后，虽没有重入乐籍，但由于她的美貌和能诗善书，她所居住的赅博堂里，官绅名流接踵而至，品茶觞酒、谈诗论文，殆无虚日。

杨宛随着顾横波上了眉楼，荔儿端出一小碗人参汤恭敬地放在茶几上，杨宛称谢后，嘬了一小口，开门见山地说道："眉生，自从止生仙逝后，赅博堂前车水马龙，张三李四王二麻子都来骚扰，得不到一天清净，我想搬到京都去住，你看如何？"

顾横波心想，自己也许不久会嫁给龚鼎孳，最后也将去京城，如果杨宛去了，不就有个伴儿了吗，于是欣喜而又疑惑地说："那太好了……不过，你怎么会突然有此念头呢？"

杨宛说道："这次当今皇上的国舅田弘遇奉诏到普陀进香，顺便要在南都为她的小女儿物色一名女教师，教她琴棋书画。前天田皇亲邀我到他寓所去说妥了这件事儿，但我心里又有些不踏实。"杨宛实际上已经拿定了主意准备随田弘遇去京都了，只是在顾横波面前摆出一个姿态罢了。

田弘遇原籍陕西，后迁居扬州，因为他的女儿田贵妃深得崇祯皇帝的宠爱而成为炙手可热的人物。他这次以到普陀进香为名，在江南一带采买绝色美女，既为皇帝选美，永远保持帝宠，又可以为自己的北京铁狮子胡同府内增添姬妾，除了陈圆圆之外，杨宛便是田弘遇志在必得的美人。

杨宛久在情场周旋也早有厌倦之情，也把这位长得丰颐广额、精力充沛的皇亲当作最后的归宿和依靠了。聪明的顾横波一眼看出杨宛的心事，便说道："宛叔姐，我们这些青楼女子出身的人，谁不想及早找一个有才有貌的靠山呢？我看这田弘遇就不错，否则皇帝怎么会特别喜欢他的女儿田妃呢！跟他走不会吃亏的。到了北京之后，也不会有人去纠缠你啦!”

杨宛听了顾横波的话，心里乐滋滋的，她笑着说：“眉生，请你跟我到田弘遇那儿去一趟，帮我看看田弘遇这个人能否靠得住。”

顾横波想不到田弘遇是一个十分贪婪阴鸷的老色鬼，他不但想把陈圆圆、杨宛这样的江南名妓搞到手，还想把金陵旧院最享有艳名的名妓都囊括在怀抱之中，而杨宛无意中竟充当了田弘遇的猎艳钓饵。顾横波当然不会想到田弘遇的鬼蜮伎俩的，便爽快地答应了杨宛的要求。

顾横波跟随杨宛坐着马车到了离武定桥不远的东园。这东园便是明代开国大功臣徐达后裔、锦衣卫指挥徐青君的府邸。东园一名太傅园，是明太祖朱元璋赐给功臣徐达的府宅。顾横波和杨宛进了园子，方知其大，门口附近杂植榆树、柳树，甚至有几亩麦田，再过三百步向右去，见华堂三楹，为“心远堂”，堂后有池塘和峰峦洞壑亭榭，出左门又见一大湖，直通长干里的横塘。湖边有亭翼然有致，亭边有红桥迤逦通至“一鉴堂”。顾横波无心看景，匆匆跟着杨宛踅进“一鉴堂”。

国丈田弘遇每次南下金陵总是寄寓徐府东园的，二公子徐青君自然是他的陪客了。顾横波认得坐在左侧的那个就是徐青君，她十分讨厌这个身份高贵的小白脸。此刻，徐青君睁大着因酒色过度而混浊的眼睛道：“宛叔好大的面子哟，把我们的横波小姐请来了。”说罢，向右侧国丈田弘遇眨眨眼睛，走下座，拱手作礼。

年过五十的田弘遇是一个相貌堂堂的人，一双精光闪烁的眼睛虽不甚大，却十分有神，他长着威风凛凛的黑胡子，穿着一身紫色缎袍，外披一件价值连城的紫貂披风。他听到女性特有的环佩金钗之声，精神为之一振，表情专注地盯着杨宛和穿着一身淡青色薄丝绵绸衣裳、外披轻裘披肩的顾横波从门外袅袅而来。顾横波那冰雪般莹白的肤色和那一双清如秋水的眼睛，勾起他的邪思。他不顾平时皇亲大人的威严和矜持，说道："眉生姑娘，田弘遇在此恭候已久了。"

顾横波知道田国丈的身份和地位，只好应酬地答道："奴家顾横波见过田大人。"说罢看了田弘遇一眼，觉得此人长得虽不俗，说话也还和气，但神情中自有一股暴戾的傲气，便感到杨宛聪明一世，糊涂一时，不该选择田国丈这样的贵胄皇戚来作为归宿的。

"我在京城就听说南都有顾横波，唱得一口好昆曲，画得一手好兰花，胜过当年的马湘兰，但比马湘兰漂亮，今儿一睹芳容果然名不虚传，尔等久沦青楼也总不是个方法，还不如跟随我到京都去，且不说有承蒙皇恩的机会，就是在我的府上，也可以让你们享尽人间荣华富贵。"田弘遇原先也是一个说话小心的谦谦君子，但近几年来有着女儿田妃的特殊地位，他的权力越来越大，说话也显得骄横、粗鲁起来。

顾横波想不到这个田皇亲说话如此唐突，简直到了无礼的程度，便不卑不亢地说道："启禀田大人，我顾横波自幼失去双亲慈爱，不幸早入乐籍，沦落青楼，但久居金陵，生性慵懒，恐怕过不惯北方繁华生活……"

田弘遇泰然地笑了笑道："你去不去京都可以再斟酌一下，不过你既然到这儿来了，就住两天吧！"

顾横波还没有想出适合的话来谢绝，杨宛用手拉了下她的衣袖轻声道："眉生，有我陪着你，又有何妨，再说这东园景物殊佳，天色转灰，怕是要有一场大雪。梅林赏雪，暖阁围炉，或吟诗作画，或饮酒品茶，别有一番情趣呢！"

顾横波看出杨宛已有依傍田弘遇离开金陵的意思，她想到曾经叱咤风云的茅元仪，想到曾经深深爱过杨宛的张可仕，难道杨宛已经把他们都给忘了吗？便有些生气地说："宛叔姐，我们还是走吧。"

田弘遇向顾横波瞄了一眼道："眉生姑娘，你看宛叔都在留你了嘛，还不给点面子。"

顾横波恼怒地说："田大人，请不要强留，容奴家告辞吧。"说罢转身就走，刚出堂外就被门外几个体魄健壮的大脚妇人拦住。田弘遇在堂上发出放肆的浪笑声……

顾横波被皇戚田弘遇困于徐青君东园的消息，不胫而走，很快在十里秦淮传开了。三天后，龚鼎孳回到了金陵。当他知道他所钟爱的顾横波被田弘遇羁留的消息后，在他的寓所市隐园急得直跺脚。

龚鼎孳知道皇戚田弘遇倚仗女儿得宠于崇祯帝，是个蛮横得软硬不吃的人，如何将顾横波从东园救出来呢？他手扶栏杆，站在海月楼上设想着一个个营救的方案。

"老爷，"一个长得眉清目秀的书童轻捷地走上楼来唤道，"桐城方以智公子来了，他在楼下等着哩。"

听说方以智的突然来访，龚鼎孳心里一阵惊喜。龚鼎孳在湖北蕲水当县令任上，方以智的父亲方孔炤正在当湖广巡抚，他曾专程到武昌巡抚府请教军旅兵阵之法，方孔炤出示其著作《金边略记》共十二卷，也就在武昌结识了方以智，也弥补了多年的倾慕之情。

原来龚鼎孳在合肥早就听说"复社四公子"之一方以智的大名，也听说方以智在桐城和"飞将军"孙临、方文、周岐等结泽园社，啸歌林下，俯仰兴怀，指点江山，心存社稷黎民的壮举。后来方以智驾一叶扁舟，负笈离家出游，与江南诸名士切磋学问，相过从的有茅元仪、陈子龙、杨文骢、黄宗羲等。他们泛舟秦淮、登燕子矶、攀栖霞山，于酒酣耳热之际，慷慨国事，悲愤呜咽、发誓以身许国。可惜当时龚鼎孳已在蕲水县令任上，未能在南都参与其事，至今引为憾事。

"快请方公子登楼。"龚鼎孳一面说道，一面撩起丝锦软缎袍子，兴冲冲地下楼迎客。

站在楼下客厅里的方以智，一双眼睛细长而有神，从他那微黑的皮肤中，可以看出他经常在户外奔波的风尘痕迹。在方以智看来，龚鼎孳早岁功名，以弱冠之年为贼氛之下的蕲水县令七年之久，绝不是那种浮虚艳词、清谈终日的读书人，但龚鼎孳又和自己一样，也不是一个迂夫子，龚鼎孳擅长词曲诗赋、爱好声伎，意气激扬而倜傥多才。当举止潇洒的龚鼎孳从楼梯上下来的时候，方以智抢上楼梯，站在楼梯上紧紧握住龚鼎孳的手道："孝升兄，江汉一别匆匆又是数载，听说兄在朝廷兵科给事中任上，也是得意得很哟！"

龚鼎孳苦笑道："唉，密之兄哪里知道，一入京都，如鸟在笼。匍匐其中，羽翼胶状。以七尺之躯疲于奔命，身为言官朝夕趋承上峰，检点不已，终日忙忙碌碌，对景不乐，若有所失，哪里比得上你这个'复社公子'啊！"

方以智诡谲地笑了笑说："听说孝升兄上次南下金陵很有一番艳遇，是吗？"明代中叶之后，封建社会防范两性之间关系的藩篱开始被市民阶层纵情享乐之风冲破，一般的士大夫，包括堪称忠毅之臣的史可法、张肯堂、陈子龙等人也都娶有姬妾，在人们看来能与知书达理，吟诗作画的名妓们往来是不足为奇的。在复社名士们的眼里，既为大丈夫是可以文酒风流、出入烟花柳巷的。所以方以智这样气魄凛然的深思博学之士，问出这样的话来是不奇怪的。

"唉！"龚鼎孳叹了一口气，道，"不瞒你说，顾横波被田弘遇这个老色鬼堵在徐青君的东园里，你看如何是好？"

"顾横波？孝升兄果然好眼光，祝贺你啦。"方以智赞叹之后说，"不过，对田弘遇那样的人只能智取，不能力敌！你呀，在蕲水以弹丸孤城，坚守城池七年之久，可谓勇冠三军、足智多谋，怎么去救自己的心爱之人就一筹莫展了？"

龚鼎孳听了方以智调侃之言，忽然想到方以智前年在秦淮水阁大集旧院和珠市名妓，一时水阁外环列舟航，观者如云，在众姬中品藻花案，最后以王月为女状元的事情来。又想到方以智和孙临与莱阳名士姜如须开玩笑的事情来。

有一年，姜如须游于李十娘家，溺其欢爱匿不出户，方以智和孙临在星河皎然的半夜，两人一跃登屋，直至李十娘卧房，气势汹汹，形如贼盗，姜如须急忙下床，跪称“大王饶命，不要伤害十娘”。后来才搞清楚这“贼盗”便是复社名士方以智和孙临，当夜以酒宴招待。

龚鼎孳想，像方以智这样的人一定会有办法救出顾横波的。“密之兄一定有锦囊妙计喽?”龚鼎孳急切地问道。

方以智胸有成竹地说：“田弘遇其人原为陕西人，后来随父迁居扬州，先为无赖后为盐商，人极为精明，但又十分贪财好色，只要投其所好，便能使横波姑娘安然无恙。明天上午，我们分头去东园，只需略施小计便可。”

翌日上午，方以智身穿一身华贵的软缎儒袍，并携带几斤名贵的人参和两幅裱好的名人字画，前往东园。他先递上名帖，待田弘遇允请后，便步入东园。穿过一些亭台楼榭之后，便看见身材魁梧、神气十足的田弘遇站在一鉴堂的汉白玉台阶上。

“都督大人，”方以智早就听他父亲方孔炤说过田弘遇平时最喜欢别人称他的官职，“晚生桐城方以智叩见。”说着就要行跪拜礼。

田弘遇见方以智的书童手里拎着一只精致的礼盒和两幅字画，心里便有几分高兴，急忙将方以智扶起道：“密之贤弟，免了免了，密之少年英俊，天下人可以不知道我姓田的，可是天下人没有不知道你方公子的。”

在一番寒暄之后，田弘遇接过方以智奉上的字画，他田弘遇虽是个轻躁傲慢的皇亲，但也深知名人字画的价值。他的女儿田妃就是因为琴棋书画样样精通，有几分书卷气，才取得崇祯帝宠爱的。如果真是名贵的字画送给女儿也是不错的。他先展开画轴，定睛细看，原来是唐伯虎的《五十自寿图》，画中秋梧下一人唐巾深衣，长得清而癯，坐在磐石上，两童一抚琴一执茶具，四周皆是菊花，篱外万竹插天，全以淡墨微染，一看便知是唐伯虎的真迹。第二幅是今人王铎所书的唐人七律长卷，也是弥足珍贵的。

“都督大人，晚生久慕大名，家父屡次嘱咐到京都后一定要晋谒请安，不料在南都得以一瞻大人神采，区区薄礼，还请笑纳。”方以智说罢又命书童将礼盒中的人参放到茶几上，并随口说道：“这是一点高丽人参，是家父特地从武昌带来的。”

田弘遇知道方以智的父亲方孔炤正在湖广巡抚任上，那一带张献忠的起义军闹得凶，兵戎杀戮之中，虽为高官亦有生命危险之虞，这方以智是否想来说情，让他到京都通通关节，将他父亲调离？想到这儿，田弘遇清了清喉咙，道：“密之贤弟有何吩咐，尽管说来，不必疑虑……”

方以智是个慷慨激昂的志士，他不像冒襄那样为了其父身处楚襄险地而四处奔波——从农民起义军烽火前线中调离出来。他笑了笑道：“都督大人从普陀进香归来，一路风尘仆仆，南都乃金粉六朝之地，秦淮旧院明天有盒子会，如果大人能屈尊前去，定可为南都生辉，为秦淮增彩。”

田弘遇在京都就听说南都金陵旧院有色艺俱佳的名妓或二十或三十姓结为手帕姊妹，每月举行一次盒子会。届时名妓们各携盒子一具，其中盛着精美可口的各式名点、蜜饯等等。后来一些狎客每逢盒子会时，便聚在楼下，名妓们高兴起来也会往楼下扔掷瓜果、茶食之类，一班轻狂的纨绔子弟便欣喜若狂。尽管田弘遇妻妾成群，生活在粉白黛绿之中，但在这种秦淮花丛艳薮中厮混，千金买笑、十万缠头，恐怕也是别有一番滋味的。于是，兴奋地说："密之贤弟不愧是'复社四公子'中的佼佼者呀，这秦淮河上的旖旎风光、风流韵事都被他们占尽了！好，好，我老田也去领教领教。"

"田大人可以降贵纡尊，但晚生却不可让都督大人掉了身份，明天大人还是微服出访吧，这样可以玩得痛快一些。"

"密之贤弟想得真周到，那就劳驾贤弟陪我一游。"田弘遇眉开眼笑道。他想，这个方以智倒是一个十分知趣的人。

第二天上午，田弘遇果然穿了一件一般富商穿的衣帽，欣欣然随方以智去秦淮水阁参加盒子会去了。龚鼎孳带着随从，到了东园向徐青君递上名帖。徐青君一看是兵科给事中龚鼎孳来访，也不敢怠慢，很快就在客厅里接待了他。这徐青君是魏国公徐弘基的二弟，家资雄厚，性情豪侈，广蓄姬妾，并以平日依势欺压百姓所得银两在东园内大兴土木、树石亭台之美冠于南都。他以为龚鼎孳为此事前来兴师问罪，伺机敲诈一番的。谁知，龚鼎孳在寒暄了一会儿之后，说田弘遇和方以智要他带口信来，请杨宛和顾横波立即去秦淮水阁参加盒子会。徐青君知道田弘遇赴盒子会的事没有什么人晓得，这个口信是真实可信的。就这样，龚鼎孳备好轿子将杨宛和顾横波抬走了。

龚鼎孳和方以智知道田弘遇是个骄横异常的皇亲，他俩带着顾横波到城外栖霞山躲了起来，待田弘遇一行回京都后才回到金陵。

再说田弘遇参加盒子会之后，闹到半夜才回到东园，见杨宛和顾横波已经离开了，知道是方以智和龚鼎孳搞的鬼，心里一阵恼怒。第二天杨宛回到了东园，他的气就平了一半，因为杨宛一嫁给他，赅博堂里茅元仪的遗产就全部属于他田弘遇了，何况方以智还算是知情识趣的人，前天送来了字画和几斤名贵的人参。在盒子会上，他又物色到一个绝色女子顾寿，虽才艺不如顾横波，却是一个娇艳美丽的清倌人。

杨宛终于嫁给田弘遇到京城去了。这位风流名妓杨宛离开了莺啼草长的南都之后，再也没有回来过。她先是遭到田弘遇遗弃，后又在甲申之变中仓皇出逃，惨死于乱军之中。所幸的是，她留下了不少书法翰墨以及诗卷供人们发思古之幽情。

第十三章　魂销海月楼

黄昏时分，顾横波轻盈的莲步登上了市隐园海月楼，开始了她生活史上新的一页。那相距很近的眉楼好像一下子变得陌生和遥远了。

海月楼是市隐园的主楼，其雕栏玉砌、画栋朱帘，楼后修竹万竿，在风中摇曳，楼前虬松森然，经雪尤遒。顾横波的目光从楼外环顾到室内。这里的一几一案甚至一琴一拂，都安置得和谐而妥帖。当她看到绣榻锦衾和紫檀雕花大床的时候，她有几分羞涩和不安，但更多的是安逸与放松，她可以在这儿歌哭哀乐，无所拘束。

室外晶莹的雪花在纷纷扬扬地飘洒，呼啸的西北风使人感到南都的严寒。暖暖的室内，粉青色瓷瓶中的一丛梅花，发出令人心荡神醉的香味，空气之中洋溢着甜腻腻的氤氲。龚鼎孳等待今夜与顾横波的秘密婚事，已经很久了。巨大的喜悦使他感到眩晕，更有些陶醉。

"眉生，"龚鼎孳抚着顾横波微削的肩膀说，"从今以后，你用不着风雨晨夕，应酬于笙歌筵舞之间、觥觯交飞之中，既无繁弦急管聒耳，也无庸夫俗子扰神了。"

一个时辰之前，龚鼎孳和顾横波在市隐园里摆了几桌酒。龚鼎孳邀请了一些复社的中坚人物如侯方域、冒襄、方以智、孙临等人，名闻东南的张岱、余怀等名士，还有王朴、龚贤这样有才华的画家，以及张魁官那样的音乐高手，前来赴宴。因为是秘密进行的婚典，不惊动南都的贵胄勋臣、士绅豪门，倒也省去许多繁文缛节。尽管顾横波并不要求龚鼎孳过于拘于礼仪，但他执意要顾横波换上凤冠霞帔、玉带蟒裙，他自己也穿上朝衣朝冠和她在红毡上拜天地。这一切使在场的李香君、李十娘、董小宛等人羡慕不已。

此刻，知趣的客人们都已散去。龚鼎孳知道“春宵一刻值千金”，但他绝不是那种只图情欲的庸夫俗子，他要和顾横波在红烛下好好畅谈以酬相思之情，于是从暖罩中取出一壶泡得酽酽的红茶来，斟在紫砂茶碗中，端在手上说：“眉生，喝点茶既可醒酒又可提神。”

顾横波在酒宴上多喝了些酒，口渴神倦，便连连喝了几口，果然口颊生香，感到清醒多了。她忽然想到和龚鼎孳在桃叶渡七茶居邂逅的情景来，笑道：“我们和茶有缘，这茶一定要多品上几杯的!”说着，她的目光停留在一幅挂在琴几上端的立轴上，书写者是龚鼎孳的挚友方以智。这是用章草所写的杜牧的七绝：

兰溪春尽碧泱泱，映水兰花雨发香。
楚国大夫憔悴日，应寻此路去潇湘。

“兰溪在什么地方?”顾横波问道。

“兰溪是蕲水的一条河，我在那儿当县令时常去散步。杜牧诗中的兰溪是蕲水龙泉山下的兰溪泉，又称陆羽茶泉，泉水甘洌可口，澄清纯净。你不要以为蕲水是荆楚蛮荒之地，我在那儿当官时，吴伟业、方以智他们都来过哩。”龚鼎孳觉得冥冥之中一定有神在保佑自己，以茶为媒安排他在桃叶渡和顾横波相会。这茶是他和顾横波的吉祥之物了，他又替顾横波倒了一杯：“再喝一杯。”

顾横波嗔道：“你要我喝这么多浓茶，今夜不想睡啦?”说了这句话，顾横波脸儿一红，不好意思地低下头。

“最好这一夜就别睡了。”龚鼎孳说道。他瞥见顾横波翘起兰花指，优雅地端起茶杯，便抢前一步俯身去吻她的樱唇，仓促之间将茶泼了一地，顾横波用手勾住龚鼎孳的颈脖，沉浸于甜蜜中。此刻，那娓娓的情话也成多余的了。她推开龚鼎孳喃喃地说：“我倦了，让我睡吧……”龚鼎孳感到此刻顾横波的一句话、一个眼波都充溢着无限缱绻情意，他顾不得宽衣解带便和她紧紧地拥抱在一起。龚鼎孳原先想与顾横波品茗夜谈的雅兴，顷刻被那骀荡的春情冲走了。

一夜缠绵。凌晨，龚鼎孳倒先醒了。他在黎明的幽幽的光照下，看到顾横波熟睡的脸海棠般娇艳，嗅到锦被里她发出似兰似麝的香味。他轻轻地坐了起来，顾横波也醒了，慢慢睁开眼睛，柔柔地唤了一声“孝升”，便起来梳妆了。

顾横波坐在镜台边，用象牙梳子慢慢地梳着乌云般的浓发，然后用左手伸向发顶去绾发髻，衣袖褪落，显露出圆润白腻的手臂，低着头似乎有些害羞，但那双眼睛往上看着龚鼎孳，问道：“孝升，我那张画呢？”

龚鼎孳将顾横波的肖像画从一只锦盒中取了出来，那画中的顾横波和坐在妆台边的顾横波都美丽，只是此刻的顾横波更多了几分娇媚。他见那肖像画上自己的题诗，说：“眉生，你写得一手好诗，何不也在画上题一首？”

顾横波本想欣赏和追忆成画过程中种种情味，经龚鼎孳这样提醒，想起这么多年来在华筵绮席中周旋，在强颜欢笑中弦歌笙箫，虽居眉楼这样锦衣玉食之处，总感到是羁旅中人，归宿无所。一个青楼女子，尽管像她这样明艳绝世，爽朗洒脱，但身世凄凉，内心深处深藏着苦楚。而眼前这位龚鼎孳确实给她一种安谧的归宿之感。至于要在画上题诗，她却有些胆怯的，她说：“谁不知你和吴伟业、钱谦益三位被称为江左三大家，我怎么敢在关公面前舞大刀？”

“夫人——”龚鼎孳想起刚才那称呼不甚妥当便改口了，“鼎孳何敢在夫人面前称什么家不家的，你题上一首诗，这幅画像就成了我俩定情之俊物，姻缘之见证了。写一首吧！”

顾横波梳好头，取出文房四宝，龚鼎孳赶紧磨墨抻纸，殷勤得像个小书童一般。顾横波毕竟有些胆怯，说道：“孝升，那我就写首五绝吧，字越少越能藏拙的。”

顾横波写得一笔娟秀妩媚的行楷，她想在龚鼎孳面前显示一下自己在书法诗歌方面的才能，反而更拘谨放不开，诗云：

识尽飘零苦，而今始得家。
灯煤知妾喜，特著两头花。

顾横波想把诗写得更雅致一些，可是已写到画的空隙之处了，面呈懊恼之色。不料龚鼎孳看了却拍手叫好道：“夫人这首五绝可谓‘清水出芙蓉，天然去雕饰’，到了不着一字，尽得风流的境界。远胜于那些堆砌典故、雕琢繁饰的诗篇。”

“你呀，真会给人戴高帽子。”顾横波嗔笑道。

龚鼎孳见顾横波如云的半尺高髻，炫目的金钗横簪，他的思绪又回到昨夜的销魂时分。温柔缠绵的巫山云雨之梦，宓妃枕头的旖旎风光，使他到现在还回味不已哩。龚鼎孳小心翼翼地拿起顾横波的肖像画说：“世间不会有任何一张画比得上它的珍贵了。后天，我回京都就带着它。”

顾横波听到“回京都”三个字，心里颤动了一下，便问：“孝升不能多留几天吗？”

“圣上恩许时限已到，不能再滞留了。”龚鼎孳无可奈何地说，“好在不久我就可以把你接到京都去，只是这些日子不能见到你啦。”

顾横波想到无法享受新婚朝夕相处之乐，心中有些凄然，于是，临别前的两天两夜，他们缠绵厮守，寸步不离。分别的时刻终于到了。

燕子矶，三面临江，矶岩峻立，如燕子张开两翼，顾横波在龚鼎孳的搀扶下登上矶头，她远望四周见山色如黛，江天云际，远帆轻灵，仿佛置身梦中，想到分袂在即，不由得愁思万斛，神色黯然。龚鼎孳见顾横波伤感欲泪，便想找些话题分散她的离情别绪，免得她过分难过，便携顾横波走进矶上的关帝祠，他指着祠里的一块诗碑道："眉生，你看这是杨继盛的诗呢！"说着便念了起来：

> 巙巙青光上下通，风雷只在半天中。
> 太虚云外依然静，谁道阴晴便不同。

顾横波自幼熟读史书，知道杨继盛因弹劾奸臣严嵩有十大罪，反被严嵩害死的故事，便忧虑地说："孝升也是个言官，到了京都在朝廷之上难免得罪人，你要留心啊！"

矶上开船的锣声已经敲响，龚鼎孳对顾横波说："要开船了，我们下去吧！"

顾横波晓得解缆起锚的时刻到了，只得和龚鼎孳慢慢下矶，望着这浑无际涯的长江，顾横波心中怦然一动，想起多年前也曾在这儿与她的昆曲教师肖云从匆匆告别，肖云从当时溯流而上，羁旅荆楚，正是去投奔当时的蕲水县令龚鼎孳的。

"孝升，"顾横波轻声问道，"记得有位肖尺木先生到蕲水去过？"

龚鼎孳正沉浸在离情别绪之中，根本不想也不会问顾横波与肖云从往昔的情缘，只说："肖云从是个人物，他仅仅待了半年就走了，他不是个甘居人下的池中之物，蕲水城的防务有他一份功劳哩。"

开船的锣声一阵紧似一阵，顾横波便不再说话，直到江边，那泪珠儿忍不住洒满衣襟。龚鼎孳一步一回头地走上航船。他从二十岁那年北上京都之后，也记不清多少次在这儿乘船，往来于齐鲁、京华与南都之间，但都没有留下什么印象，这次离别真可谓刻骨铭心了。

烟波迷蒙，暮霭沉沉。龚鼎孳登舟远去，此刻无数的水鸟在江上低回，徒增几分愁绪与怅然若失之感。待到帆影消失在江天会合处，顾横波才乘轿离江岸回城。城外万象冥茫，城内已是万家灯火了。

崇祯十六年的早春。

惊蛰已过，春分未到。江南的原野上春寒料峭，钟山上的残雪犹存，而城南之郭驿道两旁的杨柳已萌发出鹅黄色的新芽。曾和顾横波定情于青溪的刘芳，此刻正马不停蹄地向金粉六朝的南都金陵奔来。刘芳到了人烟渐密的长干里，才将马缰绳松开，缓辔而行。

刘芳在几年前去淮南筹款，本来得款后可以和顾横波在一起到虞山之下、尚湖之滨筑一爱巢，成百年之欢好。谁知这几年张献忠率农民军队纵横两淮，攻城略地，昔日风光旖旎的淮南市舍早已沦为瓦砾之场。他非但没有筹到款项，反而被“流寇”裹挟而去，被迫在张献忠的老营里当了几年书记。好不容易在乱中遁逃，又被官府通缉，在乡间偃蹇困居半年之久辗转回到金陵。想到这几年飘零的身世，坎坷的生涯，骑在马上的刘芳不禁感慨万端，清泪潸然了。顾横波会像他一样恪守情约吗？顾横波还会跟他到常熟去吗？

依旧是歌台酒肆、画舫笙箫的秦淮河。

刘芳推开虚掩着的眉楼的大门。

“你找谁？”眉楼女主人顾三娘，这个外秀内黠的女人，不待刘芳答话便认出他来。

“哦！原来是刘公子，多年不见了，听说你在皖南……大难不死必有后福。公子驾到，令我眉楼蓬荜生辉，快进来坐坐！”

刘芳进了眉楼的轿厅后，随着顾三娘又趄到客厅北侧的一间陈设简陋的耳房里。原来这顾三娘原先就不甚满意他和顾横波的那段情事，如今他衣衫陈旧，风尘仆仆，又是一副潦倒的模样，便存心冷淡他。她不冷不热地说："刘公子稍等片刻，我一会儿就来。"说罢令婢女端上一盏茶便匆匆离开。刘芳连寒暄的机会都没有，更不用说求见顾横波了。刘芳知道要找顾横波不通过顾三娘这一关是不可能的，他只好耐心等待。可是过了半个时辰，还不见顾三娘的影踪，再环顾这耳房里破旧的摆设和结着蛛网的墙角，才意识到自己被嘲弄了。

刘芳正欲站起身子，耳房的门吱呀一声被推开，探进半个身子来的是善于吹箫度曲、打马投壶的张魁官。他常到眉楼来插瓶花、拂拭琴儿，眉楼上上下下的人都喜欢他的勤快劲儿。尤其是眉楼女主人顾三娘与他暗地里关系暧昧。

"我道是谁，原来是刘公子，多年不见了！"张魁官惊喜地嚷道。

"修我兄，"刘芳尊重地喊了声，"你能帮我请一下顾眉生吗？"张魁官知道刘芳与顾横波有过一段情意缠绵的往事，一旦晓得顾横波已经正式嫁给龚鼎孳的话会受不了，但事到如今也无法相瞒，便如实地说："刘公子，眉生姑娘已经嫁给合肥才子兵科给事中龚鼎孳了。"

刘芳听到他日夜思念的顾横波已经嫁给龚鼎孳的消息，脑海里一片空白，继而仿佛有千百条锐牙利爪的小虫在咬噬着他的心，身子好像往一个看不见底的深渊里沉。他想不到顾横波将他们当年在青溪小姑庙的海誓山盟忘得干干净净！刘芳几年来漂泊无依、生计艰难，书生襟怀除了对顾横波的爱之外，尚有何物可以寄托？如今这一线光明也瞬息熄灭，在他看来这世界真有如天崩地裂、万物俱毁了。他气愤得说不出话来，许久才嗫嚅道："修我兄，眉生还住这儿吗？"

"眉生姑娘不住眉楼了，她离开这秦楼楚馆之地，住在离这儿不远的大油坊巷的市隐园。跟你讲，龚鼎孳已到京城去了，你可以到市隐园去找她。"张魁官是一个心地善良的人，他十分同情刘芳的处境，他又说：“刘公子，不过……你也怨不得眉生姑娘，都说你早已死在合肥张献忠乱军之中了，听说你罹难兵燹之中，眉生姑娘哭了好多天呢！”

“你知道是谁传出这个消息来的吗？”刘芳问道。

“是一个安徽客人说的，他亲手将当年眉生送给你的六合玛瑙石交还给姑娘了。”张魁官答道。

刘芳想起几年前他在屯溪与一位徽州人查昂邂逅的往事来。后来顾横波所赠的玛瑙石不翼而飞，看来他是中了那个查昂的奸计了。于是他将他的遭遇如实地向张魁官叙述了一番。

“这个千刀万剐的查昂，他先前几次三番追逐眉生姑娘，如今竟然用此鬼蜮之计，这家伙一定不得好死！”张魁官气愤地大骂查昂。他见刘芳神色惨然，便安慰道：“刘公子，你可以向眉生姑娘解释嘛。”

刘芳神情恍惚地说：“我明天去找她……”

沉沉欲下的红日，慢慢向雨花台一侧坠落。夕阳的余晖，淡淡地映着聚宝门巍峨的城墙，映着鹫峰寺杏黄色的门。刘芳僦居在鹫峰寺的僧舍里已经两天，由于顾横波业已嫁人，叛弃了他的一片痴情，因而他心绪恶劣，万念俱灰。以往他来金陵也暂寓鹫峰寺，那时他住僧舍犹如进了寂静的山谷一般，现在看来也极不顺眼；那花木翳然、屋宇幽雅，颇擅园林盛事的僧院也变得狰狞丑恶起来，他站在僧房里举棋不定，是去市隐园找顾横波，还是径直返回故乡常熟？找顾横波又有什么用呢？她已是属于龚鼎孳的人了。何况，那龚鼎孳是一个玉润金声、兰薰桂馥的浊世佳公子。早在十年之前，刘芳就在京都见过龚鼎孳，那丰神清朗、气宇轩昂的仪表和深邃精当的学养都使他有几分自惭形秽。既然顾横波嫁给这样的夫君算是幸运了，自己又何必再去让顾横波添更多的烦恼呢？

刘芳决意当夜离开鹫峰寺，离开这曾经留下他的欢乐和无穷悲伤的秦淮河。他收拾了行囊，付足了银两，便骑马缓辔而行。

刘芳立马武定桥。他翘首西望，见暮色里市隐园的白墙青瓦、粉壁明窗在烟柳中隐约可见，或许那顾横波正站在海月楼上思念她的丈夫龚鼎孳吧。往东眺望只见华灯星灿，耳闻笙歌鼎沸。那珠楼绮户相连缀，琼阁飞甍千户，锦绣街衢万家。从桥上眺去，依稀可辨出李香君的媚香楼、李小大的寒秀斋、卞赛的翠暖阁以及复社名士经常聚会的桃叶河房……

这十里秦淮曾给他带来过无限的温情，如春风细雨吹拂滋润了他干涸的心，然而这个秦淮河又如一把利刃，将他的心横剜竖割，留下无法弥补的累累伤痕，他走了，永远也不再归来。

两个月之后，顾横波在市隐园的海月楼上，得到刘芳在常熟琴川河为她殉情的噩耗。

清溪水碧绿万顷，虽是暮春，远远望去如笼寒烟。这儿古木参天，那苍老的枝干上蔓缠藤绕，给人一种幽深的神秘感，那两岸的青草如绒如茵，碧绿一片向天际延伸。

顾横波的婢女荔儿年近二十，随顾横波嫁到市隐园来，这次是最后一次作为婢女侍奉顾横波，不久她也准备择婿完婚了。顾横波在荔儿的搀扶之下，下了一艘灵巧而华丽的画舫，沿着古木翳然、芳草萋萋的林间小道，踅进了当年和刘芳求签的青溪小姑庙。远处几只黄鹂又在嘤嘤鸣叫，这宛转温柔的鸣叫声，使顾横波骤然间回到几年前她和刘芳在青溪相互赠物定情的情景。她仿佛又看见穿着一身淡蓝色儒袍的刘芳坐在三节舱的面舫上，他唇红齿白，一双丹凤眼总是带着几分淡淡的忧郁，犹如湖上的雾气一般。

“夫人，”荔儿唤了一声，将顾横波从遐思中惊醒过来，“香烛已备好，我上香烛了。”荔儿从佛袋里取出几支香烛，将蜡烛点燃插在香案上。那一扎佛香便插在香案上的一只长方形的石制香槽里。顿时香烛的烟火燃起，氤氤氲氲向四处飘散，为这儿近圮废的寺庙增添了几分活气。

顾横波从怀里取出两颗鲜红浑圆的嵌金红豆来，捧在手心，泪珠涟涟。她面对青溪小姑神像哽咽道："刘公子，你曾在这儿对我说，要我永离青楼，将来在虞山之下、琴河之畔，我们永筑爱巢，成百年之欢好。然而，你音容犹在，却纵身琴河，为我殉情而死，身归黄泉，一瞑不视了。我虽不杀伯仁，伯仁因我而死。刘公子，你是为我而死的。我给予你的爱是那么短暂，你报答我的是千船万船也载负不了的情；我给予你的爱是短暂的，你报答我的却是你那壮志未酬的宝贵生命。如今，我在这南都金陵的市隐园已有一个温馨的家，你呐，在虞山一隅的荒草野藤的黄土垄中，有谁陪伴你的凄楚孤魂？现在，我只能在这里捧着一瓣心香来忏悔我的罪过，忏悔我的轻信。刘公子，想不到当年我们在这儿抽到的那根签上的诗句'梦魂不到关山难，风去台空江自流'，不幸竟成了诗谶了。"

在青溪小姑庙烧香祈志之后，满脸泪痕的顾横波和面容戚戚的荔儿又回到青溪之畔。顾横波吩咐艄公将画舫撑到青溪水流最深处。她取出那颗红亮晶莹的六合玛瑙石来，捧在掌心，仰望南天，说道："这颗玛瑙石原是我赠给你的爱情信物，现在我要将它重新赠送给你。你在世上没有细饮慢酌人间欢爱的醇酒，这颗玛瑙石或许在那冥冥的黄泉之中，可以慰藉你孤寂的英魂。刘公子，以你的才学和满腹经纶，本可以精六韬三略之学，上马杀贼，下马草檄文，立功边城，龙跃虎踞于疆场的，可是你误入秦淮而又一往情深，终为情字所累，你为什么不学一学那些玩世不恭、佯狂于文酒绮筵中的狎客名士呢？何苦一定要以死殉情？

"如今，即便是我有去瀛洲的灵槎，取回那不死的回生之药，即使我找到去聚窟洲的返魂树，又有什么用处呢？我已经嫁给和你一样才华横溢又多情的龚孝升了。但愿在那碧落黄泉之间，有素娥待之月宫，宓妃邀至洛水，以紫云之歌、霓裳之舞将你迎入仙境。”

顾横波含着眼泪，说完了这一番哀怨而又内疚的诔文后，便将放在掌心的那块玛瑙石投掷在青溪水中，水面上溅起一片浪花。六合玛瑙石就很快沉到长满水草的青溪河底去了。顾横波对刘芳的爱也深深地埋藏在心底了。

市隐园海月楼的倒影映在清澈见底的池塘上，绿云般的丛竹和杨柳，使得海月楼上绿意照人，由于园内林木茂盛，池塘静谧，许多鸟儿和水禽栖息于此，不时发出宛转悦耳的鸣声。只有从远处传来隐隐约约繁弦急管声，顾横波才想起，不久前她还在那武定桥一侧的眉楼承欢侍宴。为此，顾横波特别珍视目前这种摒却奢华、脱离情天恨海的平静安适的日子。

又是夕阳照窗时分。这一刻正是顾横波最喜欢独自一人临窗凝神遐思的时候。然而有两位风尘仆仆儒生打扮的人，却在这时来拜访。

当楼梯发出笃笃笃陌生的脚步声，顾横波感到奇怪，她早与门役讲清概不会客的。隔着珠帘，顾横波看清楚走在前面的是她所熟悉的柳敬亭，秦淮中人皆昵称为“柳麻子”。他身材高大而肥硕，黑里透红的皮肤，圆圆的脸上长着许多黄豆大小的天花痘疤，两条又短又粗的眉毛下长着一双肉里眼。他头戴方巾，身穿一件藕色直裰，手执折扇。柳敬亭隔着珠帘笑道：“眉生姑娘，你嫁了龚孝升又不请我喝碗酒，今儿还要请我吃闭门羹，要不是你那看门的听过我的书，我们真的进不了市隐园喽!”

顾横波自幼爱听柳麻子说书，记得在桃叶渡的长吟阁里每每为他的书艺而倾倒。柳麻子每发一声，使人闻之，或如刀剑铁骑，飒飘浮空；或如风号雨泣，鸟悲兽骇。说到国家兴亡之事，更令人惆怅伤怀、潸然泪下。再说这柳麻子又是一个往来诸姬旧院，出入公卿座间、豪情侠气卓绝一时的人物。顾横波当然欢迎他不请自来的，但她心里又有些不高兴，嘴里又不好说出来，柳麻子作为前辈要来喝酒聊天是可以的，但怎么可以擅自带着一个陌生男子径直到市隐园来呢？因而面带几分愠色地说：“柳先生你要来喝酒，也不先打招呼，我好预先准备，这儿不比眉楼什么都准备得好好的。”

柳敬亭毫不在乎地说：“其实喝酒倒是无所谓的，你看看这位是谁？”柳敬亭让开身子，顾横波定睛一看，站在柳敬亭身后的人，比柳敬亭精瘦些，但肤色很白，细而黑的眉毛下，嵌着一双精光四射的眼睛。最令人注目的是他的耳朵长得很大，其色又甚于脸白，按民间传说这便是“帝王之相”。这是谁呢？顾横波竭力在脑海里搜索她曾经见过的人，但怎么也想不起来。

柳敬亭见顾横波认不得，便说：“我单说一个字，你再想想，这位先生姓阎。”

顾横波一听姓阎，立即想起以才华和气节闻名于世的沛县阎尔梅，因生来耳大且面白，人谑称“白耷”，他便自号“白耷山人”。她时常听龚鼎孳说阎尔梅其人“旷逸跌宕，有吐唾四海之气”，读书“不慕荣利，以求至道”。此刻尊敬之情便油然而生。顾横波撩起绸裙下摆，双膝下跪，向阎尔梅行跪拜之礼。跪拜之间，她头上的金钗玉簪发出一阵琤玐清脆悦耳的声音。

“用卿先生，请受我顾横波一拜！”顾横波激动地称呼道。

“起来，起来，我阎尔梅何能何德，顾夫人岂可屈尊行此大礼。”阎尔梅急忙扶起顾横波道，“我阎尔梅不过是沛县一村夫野老、草莽书生而已，夫人如何知道我的姓名？”

顾横波让阎尔梅和柳敬亭在两张红木嵌文石如意椅上坐下来之后，缓了口气说：“阎公，我听孝升说复社诸公子往往沉湎于文酒清谈之中，诗酒唱和里面是找不到救世之道的。孝升最激赏阎公的那几句诗——‘世乱兵火稠，文章行消索。不知经世务，科名如委萚。’先生心怀社稷黎民，光明磊落，气挟风霆，心昭日月，所以游踪所至，倒屣以迎。这叫天下何人不知君？”

“难怪人家都说顾夫人通文史、工诗画，果然名不虚传。”

“谁像你柳麻子那样，口齿伶俐，巧舌如簧。”顾横波一下子仿佛又回到了几年前，说话随便起来。那时柳敬亭和吹笛的张卯官，吹箫的张魁官，串戏的丁继之、沈元甫、张燕筑常常在眉楼聚会的。

“顾夫人，这次阎公刚从京都南归，有好消息告诉你，夫人拿什么招待我们？”

顾横波一听是京都来的好消息，心里一阵狂喜，便说：“先说吧，待会儿我自有好酒伺候！”

这时阎尔梅不急不忙地取出一函密封的书信来，说道：“这是孝升兄托我带给夫人的。”

顾横波心儿狂跳不已，她那双微微颤动的纤手捧着信函，而后细心地开启，抽出信笺，默默读着：

燕子矶骊歌一唱，遽分南北，百尺之台遂成千古销魂之地，而伉俪情深，但觉桃花潭水浅矣！斯时解缆匆匆，执手相看泪眼，情结万缕，哽咽不复一语，酒醒之时，已在苍茫齐鲁之地。

京都为官不知有昏朝寒暑，以七尺之躯疲于奔波，鸡鸣而起，三更而息，故园松菊若复隔世。在朝为官，依理而行则棱角突兀，不免得罪权贵；任情而动，放浪不羁则又招人物议，宦海沉浮乃天壤间第一险处也。京都官邸，巍峨森然，如鸟之在笼，羽翼皆胶，转动不得，奈何，奈何。

南窗岑寂，犹记南都金粉六朝之地，市隐园中与君或浅斟低唱或月下联吟，簪花斗草两情缠绵，令百炼钢竟化作绕指柔也。如今云山渺渺，云树数重，隔断梦中之路，思之为之黯然，而玉壶一片冰心，唯君心悟。日前合肥老屋童夫人来简，愿驻留故园，祈眉生北上，此乃天从人愿也。君可作别金陵与鼎孳重剪西窗之烛，慰我梦寐之思。指顾莺迁，曷胜翘首。

鼎孳于京华羁居

顾横波读此信时不觉万感丛生，龚鼎孳在信中表达的旅思乡愁、情怀万缕，使她激动万分，这浓重的情意足够她慢慢品味和消受，此刻最让顾横波兴奋的是她很快便可以乘舟北上与龚鼎孳欢聚了。她从内心也很感谢龚鼎孳的原配童夫人，使自己摆脱一种尴尬的局面。

欣喜欲狂的顾横波不待柳敬亭再说什么，便命管家备酒设晚宴款待阎尔梅和柳敬亭。

第十四章　京华风雨

顾横波坐在龚鼎孳精心为她设计的马车里。这车厢宽敞雅洁，厢内有卧榻和坐榻。左右两边车帮上设放着箱箧、食品、茶具等物。车的右边车篷上正开着一扇小窗。顾横波一点倦意也没有，她纵目望去，那京都宽阔的街道，那蓝、绿、深紫色的琉璃屋顶，那雕栏玉砌的宫殿与华屋，那黄绿、翠绿的山形墙，使她感到这个北方大都会的庄严和巍峨，就连这儿的天空也显得特别高爽，蓝天白云高邈得有些神秘，这一切都与她从小看惯了的江南水乡迷蒙温柔的景物有所不同。

马车在宽十余丈、平坦如砥的路上缓缓地行着。大栅栏、珠宝市、西河沿、琉璃厂的市廛铺户，富甲天下。银楼缎号、米行茶铺、梨园青楼，无不描红刻翠，锦窗绣户，雕梁画栋，令人眼花缭乱。顾横波对于京都金碧辉煌的市容并无很大兴趣，她所喜欢的是西直门外高梁桥一带风光。那儿杨柳夹道，流水澄澈，蕴藻萦蔓，远处绿荫浓郁，沿路秋花十里如锦，开得痛快淋漓。昨天上午，顾横波约比她早来京都几年的寇白门共游西山，便在青龙桥小憩，后来俩人又到了玉泉山麓的功德寺用了蔬食餐，午后共穿柳林花丛，田畴畦畛，见峰峦回曲萦抱，万树浓黛，飞阁危楼点缀于一片枫林之中。寇白门告诉她，这就是香山，真令顾横波欣喜若狂，这一夜她们就宿在碧云寺里。

刚才寇白门在大栅栏下了车，保国公朱国弼的府邸就在大栅栏西南的虎坊桥大街，临下车时，寇白门对顾横波说："还是我们女人好，连游山玩水都是专心致志，忘情于山水天籁之间，不像那些臭男人，整天周旋在功名利禄中间，或者跟女人厮混，就是登山临水还要争强斗富，看山色不忘粉黛，听流水不忘丝竹。你想那谢安石游山要载声伎，谢康乐更是伐木开山，好像在那美妙的景色中，他们都感到寂寞似的。"

顾横波是绝不会把"臭男人"三个字和她倾心相爱的龚鼎孳联系在一起的。相反，她正在为他的仕途和安全感到忧虑。顾横波来京都的前一年（崇祯十五年），龚鼎孳以兵科给事中的身份奉皇上的圣旨察理畿南广平等地，他遍历州县，详览形势，规划治理，以防流寇建虏的入侵。回京后，更是春风得意、锋芒毕露，作为辅助皇帝处理政务、监察六部的言官，他疾恶如仇，标榜风骨，今天弹劾兵部尚书，明天弹劾内阁学士。顾横波心里十分害怕，如果龚鼎孳树敌太多是很危险的。

顾横波是崇祯十六年中秋节的前几天，从金陵沿古运河北上京都的。开始顾横波跟龚鼎孳住在离皇城较近的兵马司羊尾巴胡同，因为龚鼎孳怕一些政敌对顾横波的出身有些异议，索性就让她住在较远的西便门大街的一茎庵别墅。

顾横波下了马车的时候，夕阳的光彩格外鲜艳，在一层薄薄的茜纱笼罩之下，一茎庵蒙上一层梦的颜色，那白色的影壁上映着园内浓郁的林木，闪烁着金黄和青翠的色泽。到了自己的家，顾横波既感到一种温馨的柔情，但又有几分凄凉。因为她不知道，今夜龚鼎孳是否能回来。门役将两匹青骢马拴在大门内的上马石上，便将顾横波迎了进去，然后和马夫到耳房里喝酒去了。

顾横波刚走进轿厅，便听到她从金陵带来的婢女雪枝的声音：

“夫人回来啦，夫人回来啦！”

原来龚鼎孳已经回到这一茎庵别墅了。他已卸了朝服，穿上潇洒飘逸的宽大儒袍，科头披发，白皙的肤色依旧，但眼下却有一圈淡淡的青黑色晕影，两道英武而秀气的眉毛下的眸子里显得有些疲惫，不过是两天未见，顾横波已感到如隔三秋了。

“夫人，可把你等到了！”龚鼎孳的声音因快乐和激动有些颤抖。他搀着顾横波穿过栽着桂花树的宽敞而幽雅的天井，穿过正厅“被九堂”，到了后花园的妙光阁才停下脚步。机灵的婢女雪枝已在妙光阁上备了灯烛和便宴的名酒佳肴。

夜幕降临，妙光阁灯火通明，顾横波不断地给龚鼎孳夹菜斟酒，几杯之后，顾横波说道：

“孝升，我未来京都之前，你总是催我快些到京城来团聚，可是我到了这儿却不能天天见到你。这京都人生地疏，除了寇白门、杨宛叔她们几个，我几乎都不认识，叫人好不寂寞。”

龚鼎孳何尝不想和爱妻朝夕相伴，但兵科给事中这个职务使他已经陷入大明王朝的生死存亡的旋涡里去了。长江之南尚称升平，但这北方一出京畿则饿殍遍地，民不聊生，家国危亡在眼前，那流寇、东虏蹂躏长城内外，国家危在旦夕。而大臣们只知自己搜刮民脂民膏，将社稷君国之事置如罔闻，或者是唯尚空谈，不务实事。他来自州县，深知国运民运之艰难，所以多次披肝沥胆地向崇祯帝慷慨陈词，上疏忠谏，反而遭到权臣们的讪笑和攻击。如今大明王朝已如将圮倒的大厦，随时都可能轰然倒塌。想到这儿，龚鼎孳十分后悔，不该让自己的爱妻在这个时期到京都来。心里这样想，嘴却不能明说，便说起一首调侃朝官的诗来：“夫人，我天天上早朝也是无可奈何的事，你听到过一首嘲笑京官早朝的打油诗吗?”不待顾横波回答什么，他就念道，“老去应官有底忙?未明先起揽衣裳。人从鸦鹊声中出，路入轮蹄影里长。闸下已添秋水势，城阴初散晓烟光。隔河楼上花枝好，尚护重衾半篆香。”

顾横波笑道：“难怪古人说，‘忽见陌头杨柳色，悔教夫婿觅封侯’了。我看你还是找一个机会调离京都，到江南去当一个太平官算了。”

龚鼎孳沉思了一会儿，说出了他的矛盾心理：“夫人的话很有道理，这几年我已领略过北国秋风铁马、冰雪苦寒的滋味，哪有杏花春雨的江南好，兵科给事中的官职虽重要，但官品仅仅是正七品而已，不过再干一阵子或许还有升迁的希望，我想再等等。”

说到这儿，两人便默默地喝着酒，消受这温馨甜蜜的秋夜的恩赐。

“孝升，你累了好几天了，今夜早点休息吧。”顾横波早已张罗好晚间要用的东西，诸如使香茶保温的暖罩、红罗帐边的檀香。她向婢女雪枝使了个眼色，雪枝知趣地收拾卧室去了。

卧室里一张宽大而雅致的精铜床在幽幽的烛光下闪着光。那绛帐玉钩，锦被绣褥早已铺得妥帖。顾横波为龚鼎孳宽衣时，一张白色的宣纸从他的夹袍里落出来，顾横波拾起一看，不禁脊背发凉，抽了一口寒气，原来是农民军李自成在击毙湖广巡抚宋一鹤之后，在崇祯十六年正月十三日所发布的檄文，名为《剿兵安民》。

“孝升，我可以看一下吗？”顾横波轻声问道。

“你我之间哪有什么可相瞒的事情，看吧！”龚鼎孳本来不打算让顾横波知道这件事的，脸色有几分尴尬。

顾横波拿起这张檄文在灯下细细读了一遍。

为剿兵安民事：明朝昏主不仁，宠宦官，重科第，贪税敛，重刑罚，不能救民水火，日罄师旅，掳掠民财，奸人妻女，吸髓剥肤。本营十世务农良善，急兴仁义之师，拯民涂炭。令定承天、德安，亲临黄州。遣牌知会：士民勿得惊惶，各安生理。各营有擅杀良民者，全队皆斩。尔民有抱胜长鸣迎我王师，立加重用。其余勿得戎服，玉石难分。此檄。

顾横波看了这张“流寇”的檄文吓出一身冷汗，刚才那暖融融的春情也被风吹凉了十之八九。她小心地问道：“孝升，这檄文从何而来？给人知道了可是掉脑袋的事！”

龚鼎孳本来并没有拿这张李自成的檄文当回事，经顾横波一问，感到此事确实可大可小，作为兵科给事中，从兵部同僚那儿得到一纸檄文也并不是什么了不起的事。原来这件事要从兵部尚书兼陕西巡抚孙传庭说起，孙传庭虽有英武之气、报国之心，但其人好大喜功，所部皆明军精锐，又据潼关之险。李自成和他的部队作战时常常将精悍部队藏匿起来，驱难民当阵，明军每多斩戮，于是孙传庭以为农民军不堪一击，最后明军全军覆没。这张檄文就是从孙传庭所部一个侥幸逃生的官吏处搜来的。龚鼎孳并不想将他心灵深处的东西完全剖露在顾横波面前。他不相信李自成的农民军能够一统天下，成其霸业，但成者为王，败者为寇，万一李自成得了天下，这张“檄文”岂不是他心仪李自成的明证？

“夫人，我在兵部看到这张檄文，便知道是李自成手下那些陕西山沟沟里不第秀才写的，毫无文采，文气也不甚通畅，感到十分可笑，便带回来给你看看。”龚鼎孳轻描淡写地说道。

顾横波虽然相信龚鼎孳的话，但这一幕小小的插曲使她深感惶惑不安，她感到京都目前虽然还看不出什么天崩地裂、大难将临的局面，但风起于青蘋之末，难道自己要经历这种国破家亡的遭遇吗？不管怎么样，只要有龚鼎孳在身旁，她也就放心了，不管怎样，生生死死都要在一起。因为两天西山之游，身体也确实疲惫了，加上酒力所致，人有些软，眼皮也有些涩重了，顾横波便说：“孝升，你明天一早又要上早朝，早些睡吧。”

翌日，天还没亮，龚鼎孳就坐着轿子上朝去了。因为走得匆忙，他只得在轿子里慢慢整理冠带衣袍，他正在考虑如何向皇帝上疏，如何对喜怒无常、刚愎自用的崇祯随时可能的责难作机敏的应变。当他想到目前有资格上朝与皇帝共议事的各种京官有一千多个，京官是文官中的佼佼者，而自己已经在京官中崭露头角了，龚鼎孳觉得自己以燃犀烛照的锐利眼光看透了一些内阁大臣的痼弊，为此，他前几天又上疏弹劾内阁首辅——宜兴人周延儒的贪财误国、御敌无能等罪过。今天，崇祯帝一定会赞许他，说不定还要对他加官封侯呢？想到这儿，龚鼎孳禁不住笑出声来了。

但龚鼎孳高兴得太早了，大明帝国有大大小小的监察御史一百多名和五十多名给事中，难道只有龚鼎孳深知天下的弊端和朝政的腐败吗？不，只是那些言官个个深藏锋芒，韬光养晦，老于世故而已。

正如顾横波所忧虑的那样，龚鼎孳当夜就没有回到一茎庵别墅去。第二天，顾横波派人去打听，方知这位平时对爱妻温文尔雅的丈夫，因为上疏揭发大学士周延儒贪污误国、兵部陈新甲引用私人，触犯权臣和圣上，已被捕下狱，被囚于刑部的大狱。顾横波慌忙赶到了六部衙门，正好遇到在翰林院任职的方以智，她求方以智带她去牢狱看望龚鼎孳，方以智告诉顾横波不能探望，倒是龚鼎孳在入狱的第一天便写了一首诗，这首诗已传遍了京都。顾横波从方以智那儿抄到了这首诗。

顾横波回到一茎庵别墅，流着泪在妙光阁展灯读龚鼎孳所写的狱中诗《癸未十月初七日言事下狱》：

社稷关元老，忧天语信狂。
九重容折槛，万死待浮湘。
鹿马人犹眩，龙蛇道已荒。

贾生年少哭，终是岁岩廊。

在诗中龚鼎孳把自己比作忧国爱民的屈原和贾生，而朝政黑暗，以致权臣指鹿为马，颠倒黑白。看到这儿，顾横波对自己的夫君愈加敬佩了，她一定要将丈夫从狱中救出来，找谁呢？她忽然想到了杨宛，她早两年就嫁给权势显赫的田皇亲。这田弘遇的女儿田贵妃正是崇祯帝的宠妃。

是否要去找杨宛，顾横波是颇有几分踌躇的。在南都时，这个田弘遇就曾觊觎过她，如今又要去求他在田贵妃那儿为龚鼎孳说话，解之于囹圄。不过好在可以先和杨宛商量一下。于是，顾横波决定先去找杨宛。

在晨光中，顾横波乘轿离开西便门大街一茎庵别墅，往铁狮子胡同田弘遇府邸而去。顾横波心事重重已无心再去欣赏沿途的风土人情，只是在车厢里隐隐地听见街上商贾小贩们，在吆喝卖酱肘子、兔肉和西口大肥羊的京腔京调。坐在顾横波身旁的婢女雪枝姑娘好奇地问车夫："大爷，到什么地方啦？"

"快到菜市口啦！"马车夫漫不经心地答道。

顾横波听到"菜市口"三个字心里咯噔一下。原来这菜市口自元末明初以来，便是刑人于市的杀人之场，当年魏忠贤专政时就在这菜市口杀过许多仁人志士和无辜的百姓。辚辚的马车在菜市口碾过，顾横波忽然想到正在狱中的丈夫龚鼎孳，他上疏弹劾皇帝的宠臣周延儒，得罪了圣上和权势熏天的周延儒，会落得什么下场呢？顾横波从来没亲见过刑场是什么样子的，但她想象刑官冷酷地坐在高椅上，死囚瞑目伏地，顿时血肉纷飞，腥风四起，不一会儿，头颅挂于长竿之上，其下鲜血淋漓……她真后悔，不该让车夫过什么菜市口的。这是什么征兆呢？真有点不吉利。

"前面那座桥叫什么名字？"雪枝又问道。

“虎坊桥。”马车夫淡淡地说。

顾横波心里霍地一亮。她想起吴伟业的寓所就在桥北的魏染胡同，可惜他在崇祯十二年被权臣排挤出京了，否则也是一个可以信赖的朋友呀！顾横波由吴伟业又联想到远在千里的卞玉京以及其他秦淮姐妹，凄凉之感愈加。

“铁狮子胡同到了！”车夫将车子停稳，雪枝将顾横波搀扶下来。

“好怕人的铁狮子！”雪枝的惊呼，使顾横波注意到那高峻的门墙两旁各矗立着一尊面目狰狞的铁狮子。它们像两个张牙舞爪的巨灵神一般拱卫在门前，不像江南一带的石狮子那样或妩媚可爱或摇尾乞宠的模样，这铁狮子仿佛有一种飞扬跋扈、颐指气使的蛮横劲。难怪这铁狮子胡同这么有名气，原来它和它的主人都有如此拔犀擢象的气势。再看那巍峨的墙壁、檐牙栉比，墙内的飞阁崇楼，直上云霄。

顾横波与雪枝在求晋谒的官绅中间穿行，通报之后，门公知道是找杨宛的，就由一个衣着华丽的中年妇人引到后花园去。路过玲珑的假山和碧波漪纹的池塘，顾横波听到一阵琵琶之声，她很熟悉，正是杨宛所弹的《浔阳夜月》。乐音中，顾横波所感觉的似乎并不是浔阳江上的夕阳西下、渔舟晚归的景象，而是秦淮河上的画舟灯船，有烟笼寒水月笼沙的朦胧情调。

当顾横波登后楼的石阶的时候，杨宛早等候在门口了。“眉生，刚才正在教琵琶谱，未能远迎，你可把我想死了！”杨宛依然有迷人的浅笑和流星一般闪动的双眸，那苗条的身材和带有脂香的乌黑的云鬓还是那样富有魅力，只是在眼神中可以看出她精神的惶惑和空虚。杨宛见顾横波有些生气，又说：“本来我早就该去看你了，可是天天要教人弹琵琶！”

“教谁呢？”顾横波问。

“还不是田贵妃的妹妹淑英嘛。”杨宛一面答一面将顾横波迎上楼去，并把雪枝安置在耳房里。原来这田弘遇其人极有心计，他原为陕西人，后来在扬州经商，素好游乐，购蓄歌伎、恣情声色，见女儿生得美艳动人，秀外慧中，于是请了艺师乐工，教授琴棋书画、刺绣烹饪以及骑射挽弓，无一不各臻其妙，后来嫁给当时为信王的崇祯帝，果然最得宠信。自从他在南都娶了杨宛之后，便要她再教他的小女儿淑英各种艺技，以备进宫邀宠。

顾横波进的内室便是淑英的闺房，此刻淑英已经回避，顾横波见室内绣帘锦幔、陈设奢华，一张亮晶晶、光晔晔的楠木琴桌放在窗边，一把琵琶就搁在琴桌上。在一番寒暄之后，顾横波说出了龚鼎孳因弹劾内阁首辅周延儒而下狱的事。杨宛听了，吃了一惊，她说：

"孝升真是在老虎头上拍苍蝇，怎么能干这样的傻事，周玉绳目前正是炙手可热的人物，他的复出在外靠南复社张天如、吴昌时、吴伟业的支持，在京都靠的谁？就是走的田贵妃的这条捷径。凭着他发发议论，有何用处，奈何不得周玉绳。不过，我可以跟那老家伙说说看。"

顾横波听了杨宛这一番话，不由得重新将杨宛看了几眼，好像刚刚认识她一样。难怪说京都是个磨炼人的地方，两年不见当刮目相看了。尽管龚鼎孳有华丽的文辞，有口若悬河的辩才以及圆通无碍的机智，实际上并没有弄通这种种复杂关系，凭着士大夫的清高和东林党人的那种余风，尚气任侠，怎能不碰壁呢？顾横波知道田弘遇是个贪财又好色的人，对于前者，她早已拿定主意，她说："要请田都督做这种大事情，难免要花些银子，我明天叫仆人龚进送银子过来。"

"眉生，银子就不要送来了，这老家伙拿了我不少钱，茅止生的遗产我带来了一半。他平时聚敛搜刮来的钱也够多的了。"杨宛坦率地说，她看了看顾横波，怕顾横波不放心，又说："只要老家伙一松口，田妃跟圣上一说，保管你家龚郎回到一茎庵去。"

顾横波还是有些担忧，她说："我再去见见田都督吧！"

“还是不去为好，早两年，他就动你的脑筋，后来龚孝升和方密之还把你救走了，这事他是不会忘记的。”杨宛说道。

“那也好，这件事就拜托你啦！”顾横波说到这儿，望了望四周，轻轻地问道，“这两年你和田弘遇过得怎么样？”

“唉！怎么说呢，尽管这田弘遇歌姬如云，妾媵接踵，他对我还是不错的，可是自从他得了陈圆圆、顾寿之后，他就顾不上来喽。他整天跟她们那些绮年貌美的嫩蕊儿在一起浅斟低唱，陷在温柔乡里，哪还管得上我。好在我也是年华老去的蒲柳陋质了，我真羡慕那桃叶渡的卞赛，出家当了玉京道人，倒也干干净净。”杨宛答道。

顾横波神秘地一笑说：“听说你的那个张文寺后来到南都来找过你，听说你嫁了田弘遇，还掉了几行英雄泪呢！”

杨宛一听到张文寺这个名字，犹如暗夜里望见烛光，雪地上发现一盆炭火一般，眼睛霍然一亮，连声说：“真的吗，真的吗？”

“说你凡心不死，春心犹动吧，还说要当什么卞玉京一样的女道姑呢！其实你这个女道士比谁都风流哩。”顾横波一高兴把龚鼎孳在狱中的苦事都暂置一边了。

“看你这张嘴，好啦，你那龚郎的事我不管了。”杨宛笑着说。

“好啦，好啦，我都快愁死了，你能不管妹妹的事吗！”顾横波说完了，就连声告辞，准备回家了。

杨宛将顾横波送出后花园的时候，顾横波闻到一股异香扑鼻而来，便问道：“好香啊，什么香？”杨宛指了指一条玉石砌的小沟道：“香水就从这儿流出来的，是老家伙在洗澡。周延儒送给都督大人的西域茵墀香，用沸水煮后沐浴，他自己洗不算还要他的大大小小的妻妾都要洗，洗过之后春情勃发、浑身幽香，终日不散，该水一出此沟，香闻数里。谁都知道铁狮子胡同田国丈家连阴沟水都是香的！”

顾横波终于乘车回去了。等田弘遇知道顾横波已到他家来过之后就埋怨杨宛怎么不留住她，杨宛便说，只要龚鼎孳能释放，顾横波一定来酬谢他。

在西便门大街一茎庵别墅的顾横波，度日似年地等着杨宛给她带来龚鼎孳的好消息。谁知杨宛却传来了田贵妃失宠的音讯。这样一来，田弘遇意识到自己的地位岌岌可危，更谈不上为一个得罪了皇帝的兵科给事中说什么情了。田贵妃怎么会失宠呢？

前几天，崇祯帝到承乾宫看望田贵妃，并和她饮酒作欢，平日里崇祯最喜欢的妃子就是田贵妃，尽管她不尚女饰，但她鬓发如云，身体纤柔。田贵妃或为帝弹琴或为之吹箫，或挥洒丹青，就连下棋也让崇祯帝赞赏不已。这位励精图治的皇帝突然对田贵妃的一双三寸金莲产生兴趣。崇祯帝是一个心细如发的人，他发现那绣花鞋上除了绣得非常精细艳丽的花鸟之外，还另有一行楷书。他好奇地令田贵妃举起脚给他看，仔细一瞧，乃是当朝内阁首辅周延儒书写的五个字——“周延儒恭进”，金线绣成。崇祯帝顿时勃然大怒，当面斥责田贵妃道：“你居深宫之中，为何和外臣关系密切？”吓得田贵妃连忙叩头谢罪。崇祯帝拂袖而去，次日即下旨，令田贵妃从承乾宫里搬出，移居启祥宫，以示谴谪田贵妃。后来虽然和好如初，但从此之后，田贵妃一直郁郁不乐，加上她所生的皇五子慈焕，及皇六、七子均先后殇逝，更是悲痛异常，最后形销骨立，一病不起直至病殁。田弘遇又将田贵妃的妹妹淑英送进宫去，因为在田贵妃病重时，淑英被召进宫，崇祯见她活泼可爱，长得清丽俊逸，就赠送一朵鲜花，令她插在发髻上。崇祯虽曾想册封淑英，因天下骚动、乱势愈烈，无心及此，自此对田弘遇的恩宠也逐渐淡了，再之后才有田弘遇献陈圆圆给吴三桂，巴结手握实权的武将的后话。

几天前从铁狮子胡同杨宛那儿得到的一线希望破灭了。杨宛走后，顾横波这一夜便在恍恍惚惚的梦境和断续的失眠中度过。原本温馨精致的妙光阁，现在已变得暗淡萧瑟。

为了躲避孤独，顾横波通宵点着灯，她望着那制作考究精细的烛檠上的火苗，心情就像火光一样摇晃不安。窗下那座梳妆台前，她和龚鼎孳还没来得及消磨过几次花朝月夕，那满壁图书、缃帙缥函、什袭珍皮也不曾来得及在一起翻阅共读，那湘帘棐几之中的低吟浅唱后的伉俪深情也未曾尽情地体验，难道龚鼎孳真的就要离她而去？她想到菜市口血腥刑场……顾横波在迷迷糊糊的梦境中，几次惊呼着醒来，唯见残月在天，树影拂窗，一阵西风过后，檐前铁马叮叮当当作响，更显得孤寂难忍。

一夜无眠之后的清晨，顾横波想装饰一下憔悴的面容，再梳理那蓬松凌乱的云鬓，然后乘车去东长安街玉河桥的翰林院找龚鼎孳的社友方以智。方以智在翰林院的槐厅当庶吉士。庶吉士虽无实权，但接触的却都是经常能与崇祯皇帝说话的翰林等官员。事有凑巧，顾横波还没有起程，一大早穿着七品青袍官服的方以智急匆匆地到了一茎庵。

顾横波一听方以智来访，心里一阵紧张也不知是凶是吉，赶忙对着镜子略整发髻钗环，又理了理衣裙，来到大门口，正好方以智站在那儿。他看见顾横波便操着一口桐城官话喊了声："徐夫人!"

顾横波到京都后为了让人忘记她那段青楼生涯，改姓为徐，名善持，但人们在私下里仍然称她为横波夫人或顾横波。顾横波听到这一声先是愣了一下，随即应声道：

"密之兄，我正想找你哩!"说罢便和方以智进了客厅。

婢女雪枝见方以智面色严峻，一副急匆匆的样子，献上茶水和热毛巾之后便悄然退出。

"眉生，"方以智见婢女已退，便以在南都时候那种亲昵的称呼唤之，"孝升因弹劾周延儒下狱，现在周延儒的奸贪诈伪已暴露无遗，锦衣卫掌事骆养性又揭发周延儒在通州伪报凯旋，满洲军被击退的谎言。皇上大怒，立即命周延儒驰驿归田待罪。"

顾横波兴奋地插话道："皇天有眼，这下子孝升有救了！"

"你听我说，"方以智紧接着说，"不久皇上派缇骑逮捕周延儒。这时周延儒自知性命危险，便将所居之楼，全部焚毁，其中有紫豹皮、人参、珍珠等宝物无数，听说此楼燃烧时，火焰是五彩之色，最后这个状元首辅被勒令自尽！你说痛快不痛快？"

周延儒的下场，使顾横波顿时兴奋起来，那揶揄谐谑之词脱口而出："周延儒字玉绳，他的下场是一根草绳悬梁自尽；南都有个凤阳总督马士英，字瑶草，贪婪不法，说不定将来死后剥皮楦草哩。一根绳一棵草，说不定冥冥之中真有宿命。"

"看来孝升兄出狱有望矣！"方以智激动地说，"当今皇上神明睿智，奸佞之臣都在皇上圣察中。十几年前皇上以藩邸之信王入继大统，当时魏忠贤毒雾弥天、荆棘满地，皇上置身于刀锋剑芒之中，不动声色，巨奸立扫。周延儒蒙蔽圣上一时，终于和逆贼遗孽一般，落个身败名裂的下场。"

方以智是著名的复社四公子之中的佼佼者，他容貌俊美，倜傥多才，虽也爱好声伎，但每言及忠义则气魄凛如，在南都秦淮河时期，每于酒酣耳热之际，慷慨国事，拔剑起舞。崇祯十三年春天，方以智中进士，这时他的父亲方孔炤巡抚湖北得罪权臣熊文灿、杨嗣昌，被捕至京都候审。方以智悲痛不已，以踟蹰泽畔的屈原为自喻挥笔书写《激楚》长歌。他跪在沙地上匍匐而行，刺血上疏，为父申冤，并准备以身代父受死罪。终于感动了崇祯帝。崇祯帝说"求忠臣必于孝子之门"，免去其父方孔炤的死罪，为此事，方以智对崇祯皇帝是有很深的感恩之情的。

顾横波和方以智正在客厅中慷慨陈词，互通情况的时候，婢女雪枝急步到了客厅，她喜滋滋地说道："老爷回家啦，老爷回家啦！"

顾横波和方以智还没来得及走出客厅，就瞧见形容憔悴但双目炯炯有神的龚鼎孳在仆人龚进的搀扶下，登上了客厅的白玉石阶。

龚鼎孳看见顾横波便泪光闪闪地喊了声："夫人。"随即又唤了声，"密之兄。"

为龚鼎孳入狱而心力交瘁的顾横波此刻再也顾不上方以智在一旁，抢前几步扑到龚鼎孳怀里，眼泪夺眶而出，涔涔地湿透了龚鼎孳的胸襟。两人相看泪眼，感到似梦非梦，如梦如幻。方以智见这一对爱侣重逢，对龚鼎孳慰问再三之后，便告辞而去。顾横波和龚鼎孳在送走了方以智之后，便到妙光阁重新备上香茗，点燃兽香，相拥西窗之下，时而依依倾谈，时而唏嘘万端，时而低声啜泣，时而粲然欢笑。到了晚上，两人更是一灯相对共诉离情别绪，感慨人生的无常，一直到半夜才宛转缠绵，坠入沉沉的黑甜乡中去。

第十五章　刀光血影

昨夜，龚鼎孳在六部衙门和方以智他们起草上崇祯帝的《请缨疏》，又是一夜未归。顾横波在洗漱梳妆之后，眉头紧蹙地登上了妙光阁。紧跟其后的雪枝手捧着一只福建漆盒，待顾横波坐定之后，便掀开盒盖，取出一碗糯米粥来，放在几案上，随后又端上放在几只小碟里的茯苓夹饼、核桃雪片、杏仁酥等细点。顾横波喝了几口糯米粥，吃了两片茯苓夹饼后，一缕忧思宛如蜿蜒的游丝缠绕在心，渐渐地浸润了整个胸襟，压抑的郁闷感使她几乎透不过气来。

昨天下午，顾横波和杨宛、寇白门做伴乘马车去游李皇亲新园。这花园以水池擅名京华，需乘船入园，进园则见一片水蒙蒙的，远远望去，梅花亭如海鸥，水榭如凫鸟，楼阁如船儿，拱桥似鱼龙，犹如水晶宫一般。这些在北方很难见到的景色，使这三位从江南水乡来的少妇感到格外眷恋，以至流连忘返，依依不舍。可在回家路上，遇到一群沿街乞食的难民，这些鹑衣百结、褴褛缀结的老幼妇女，绕路啼号，不可胜数，将顾横波游玩的闲情逸致冲得一干二净。原来这些难民都是来自真定与保定，李自成的大顺军刘芳亮部已攻陷城池。顾横波心里紧缩了一下，忐忑乱跳。她知道真定、保定离京都不远。难道大明朝的气数尽了吗？

快到菜市口的时候，顾横波忍不住掀开马车的门幔，又看见那些店铺的门口或卧或躺着几十个鸠形鹄面、裸体无衣的饥民，他们伏地垂毙，奄奄一息。她便问马车夫道：

“老伯，这些饥民从哪儿来的？”

老车夫望了望四周，说：“听说是山西大同逃出来的，大同总兵姜瓖开城门投降了李自成。”

顾横波回过头来对杨宛和寇白门说：“我们也算是逍遥过了头，如今兵乱迫近，一旦流寇进城杀戮焚烧，恐怕我们就要死无葬身之地了。”

“不出来看看，我们还蒙在鼓里，朱国弼这个酒色之徒！”寇白门心恨朱国弼所以直呼其名，“还说什么京都守备固若金汤，勤王兵马正从各地云集京畿，他每天还是花天酒地，在歌楼舞榭里偎红倚翠，跟着这样的男人，才真的要死无葬身之地了！”

杨宛心里正想着他往日的情人张可仕，听说他已到京都来投奔新被任命的东阁大学士范景文，但始终没有机会见到张可仕本人。刚才听顾横波说到“死无葬身之地”时，立即想到已经在病中的田弘遇来，这个骄横贪婪的皇亲平时妻妾众多，终日声色欢宴，穷奢极欲，也是死到临头了，到了树倒猢狲散的时候，她杨宛往哪儿去呢？她首先想到的是找到张可仕，一块儿逃回江南去。于是她说：

“想不到，好端端一个清平世界，已变成难民四集、兵荒马乱的地方，我看这京都和南都相差无几，眼看豺虎纵横、兵临城下，赶快早做打算吧。”

这三位羁居京华的秦淮姊妹，乘兴而来，仓皇而归。顾横波回到一茎庵已是黄昏时分，龚鼎孳还没回来，等到夜色朦胧，半月冷冷清清地悬在虬松枝上的时候，一缕幽光洒落在卧房的窗棂，顾横波独自孤眠，到了下半夜才入睡，做了许多噩梦。

“夫人，”雪枝进了妙光阁，见顾横波颦眉沉思便喊了一声，“昨晚吃得少，早晨就应该多吃点，我去端碗燕窝银耳汤来吧，我多熬了些，待会儿说不定老爷也回家了。”

龚鼎孳和方以智在晨光熹微中，走在平时百货云集、商贾活跃的棋盘街上，不一会儿便到了群臣聚立的午门前的场地上。龚鼎孳看见那四只硕大无比的宝象依然身披绣着青龙图案的云锦鞍座，站在午门之前，这四匹训练有素的御象很衰老了，看来好些日子没到洗象河去沐浴了，身躯显得黄苍苍的。那设在午门两侧的日晷和嘉量上也沾满了灰尘。五凤楼上的钟鼓齐鸣，龚鼎孳见午门下，一个白面微须、身长玉立的大臣和一个身材矮小但双目炯炯的文臣说着话。方以智小声说：“孝升兄，你看那矮个儿的，便是襄城伯李国桢，听说他准备上书自请任总督京营戎政。目下寇氛日炽，京都危在旦夕，此公甚可敬也。”

身长玉立的范景文曾当过南都兵部尚书，他和复社俊彦龚鼎孳、方以智都早已熟悉。前天他刚被崇祯帝任命为东阁大学士。范景文为诸生时便以天下为己任，成进士后任东昌府推官，自署其门“不受嘱，不受馈”，人称“不二公”。范景文为人刚毅中存儒雅，平和中觅见忠义，他看到龚鼎孳和方以智便拱手招呼道：“孝升兄，密之兄——”

龚鼎孳长揖道：“梦章公已任内阁首辅，此乃社稷之大幸，天下之大幸！”

方以智看了看日见清瘦的范景文，想到了几年前，同是大学士的杨嗣昌也在这午门前候朝，记得那天崇祯帝给杨嗣昌赐宴赐座，并称他为“先生”，当时还写了一首御诗，其中有两句：“一扫寇氛从此靖，还期教养遂民生。”但不久杨嗣昌兵败赐死，接着内阁大学士薛国观又被东厂的锦衣卫奉旨逮捕令其自尽。方以智还记得名噪一时的状元首辅周延儒也是经常在晨曦中在这儿候朝的，他曾经风流自赏踌躇满志的模样，方以智永远也忘不了，但这个宜兴丞相死得更惨。眼下这位品格高尚的范景文的命运又如何呢？

“当丞相的没有好下场！”方以智刚想到这句话便暗自谴责自己，这不是在腹诽圣上吗？尽管皇上是严厉了一些，但这些中枢大臣也太贪婪专权了。崇祯帝曾经恩免过他父亲方孔炤的死罪，这一直是方以智感恩不尽的。

钟鼓之声又响了，文武百官从左掖门鱼贯而入，皇亲宗室从右掖门缓缓而进。龚鼎孳和方以智走到内金水桥之后，便各自归位而行。进了皇门之后，龚鼎孳便和众百官一起跪倒在丹墀之上。当复杂隆重的朝礼结束之后，崇祯帝便在皇极殿内召见内阁、六部以及九卿大臣。因为寇氛日炽形势紧急，六科给事中也恩准在召见之列。

三十多岁的崇祯皇帝阴沉着脸，正襟危坐在龙椅上。他在当政之初是聪明睿智的，他不动声色地剪除了魏忠贤的羽翼，也想消除宦官的结党营私的弊病，但又不信任朝臣。于是他宵衣旰食，以为事必躬亲便是励精图治，结果，国势日蹙。从崇祯元年开始到十七年换了五十多个内阁大学士。先是辽东松山、锦州失陷于“东虏”，接着“流寇”又横行天下，紧急的羽书塘报几乎每天都有，不是这个城被陷便是那个总兵“降贼”。几年来大江南北灾害频繁，往往赤地千里，飞蝗蔽空，哀鸿遍地，人相残食。加上军饷匮缺，兵源不继，“东虏”几次逼近京畿，“流寇”目前已攻陷太原、大同、真定、保定等地，已将京都团团包围。

“朕自登基以来——”崇祯帝威严地扫了大臣们一眼，用有些沙哑的声音说道，“励精图治，不曾丝毫懈怠，而大臣如熊文灿之贪鄙、杨嗣昌之误国、洪承畴之降敌、周延儒之奸佞，致使寇氛日炽，索虏虎视关内。尔等深受国恩，当于此危急之时为朕分忧。”

新任内阁大学士范景文见大臣们一个个谨畏地低着头，大殿上静得可怕，便跪奏道：“臣以为今四海骚乱，万姓涂炭，索虏其外，流寇已兵压城下，京畿之内鼙篥声频传，目前兵源枯竭，民穷财尽。近几日宣府失陷，居庸关又失，京都之危势如累卵。陛下身系社稷之安危，以圣主之神明，可固守社稷，命皇子南迁，以壮东南之势，则勤王之兵马可济也。”

崇祯皇帝知道京都的失陷已在旦夕之间，他很希望此刻范景文能揣摩到他的意旨，上疏劝皇帝南狩金陵，以避“流寇”毒焰，这个书呆子竟要他固守京都，于是恨恨地道：“皇子与朕固守京都，国君死社稷，朕意已定。”由于崇祯帝这几年事事不如人意，性格变得反复无常，暴戾多变。他突然又向另外三个在去年十二月刚任的内阁辅臣之一的方岳贡问道：“方卿，你怎么看南迁之事？”

方岳贡原为松江知府，为人清廉耿直，在松江任上曾发过一个“驱流妓令”，使当时的名妓柳如是十分尴尬，亦成为一时传闻。后来以左副都御史升入内阁为相。他操着一口谷城腔奏道：“圣上御宇十有七年，而今流贼焰逼神京，九庙不获安宁，以陛下英名振古的威仪兼之宵旰以政，如能与太子共守京都，力扫腥膻，平寇直捣巢穴，自有扶神鼎，廓清华夏之望。”

方岳贡说了一番忠心耿耿，但并无实际内容的空话，使崇祯帝感到厌烦，更可恼的是他和范景文唱的是一个调子，要他死守京城。于是又转向另外二位辅臣问道：“邱卿、李卿有何高见，为朕解忧？”

邱瑜生怕得罪皇帝，诚惶诚恐地跪在地上一言不发，另一位内阁辅臣李建泰是一个好大喜功轻躁虚妄的人，说起话来又很慷慨激昂，他整了整衣冠，奏道：“陛下励精谋治，英明天纵，而当今索虏猖狂，疆事日警，李张两寇纵横天下，妄窥神器。陛下可令太子先行南迁，陛下固守京都以候天下勤王之师……”

还没等崇祯帝说话，刑科给事中桐城人光时亨大声喊道：“陛下可忘唐天宝十四载安史之乱，唐玄宗迁四川，太子李亨借机称帝灵武之事？陛下如南迁，必有明皇之虞，李建泰之语不是书生见识，便是心怀叵测，望陛下三思！”

“陛下——”李建泰也提高了声调，“光时亨危言耸听，以古非今，以陛下之聪明天纵，必能洞察其奸！”

崇祯帝曾经以迅雷不及掩耳的手段，铲除了魏忠贤阉党，不能说他没有聪明睿断的精神，但他没有兼容并包的风度，性好猜疑，臣下谁是忠贞骨鲠的，谁是表面恭敬背后奸险的，他很难分清。他见李建泰一副慷慨激昂的样子，颇为感动，便说道：

“李卿，寇势猖狂，流氛日炽，朕为民父母不得而卵翼之，坐令秦豫废为丘墟，江汉陷为腥秽，所以使民罹锋镝，血流成河，骸积成山，皆朕之过也。现朝廷之中言官首鼠而议论不清，武将骄懦而无守土之力。李卿有何妙计为朕解忧？”

李建泰听了皇帝这一番话，热血沸腾起来，鼻子一酸，两行眼泪直流而下，哽咽道：“陛下忧国忧民，臣敢不竭驽力。臣愿毁家讨贼，以家产为兵饷，与流寇决一死战。”

崇祯帝听了李建泰一番话，不禁露出了难得一见的笑容，说道：“李卿真忠臣也！卿若出征朕必亲饯卿于郊外，先生披甲征战，如朕亲征！”

李建泰是崇祯十六年以礼部右侍郎入内阁为辅臣的，他是一个不识兵戎的文人，然经崇祯帝的赞许，头脑一热，跪奏道：“陛下，臣为陕西人颇知流贼中种种军机阵战之法，臣愿于本地募饷百万、治兵剿贼，收复太原三晋以庇神京。”

这时站在一旁的龚鼎孳和方以智，再也按捺不住激动的心情，两人交换了一下眼色，双双跪在地上。

崇祯帝对龚鼎孳是颇为熟悉的，他对这个文辞华丽的当过蕲水县令的龚鼎孳印象很好。当年这个区区七品县令曾经守城七载，日与流寇相持，城得无恙。另一个方以智，崇祯帝记得他是一个孝子，为救其父一命，甘愿以身代刑。因为刚才李建泰自请征饷募兵，愿督师剿贼，他心情顿时愉快起来，便带着笑意命太监赐茶两杯。

“两位先生，”崇祯一高兴也恢复了他刚刚即位不久后对宠臣的称呼，“有何高见为朕分忧解愁?”

龚鼎孳抬起头来，奏道：“陛下英明勤敏，实为中兴圣主。臣无范阁老之博大威重之声望，也无李阁老之坚毅决断的魄力。不敢谬称国之梁柱之才，臣鼎孳与密之皆江淮人，请陛下恩准小臣与密之速返淮上，臣当招募两淮忠义豪杰之士以保京畿，肃清寇氛，廓清天下，以报君恩。”说罢，取出昨天与方以智书写的《请缨疏》恭恭敬敬地呈上。

崇祯帝刚才听说龚鼎孳要和方以智一起离开京都去两淮募兵，心里不禁狐疑，目前京畿危急，流寇兵临城下，他多次下旨勤王，可是这些骄横而又怯懦的总兵根本不听圣旨。现在难道就连京官们都想借机遁逃了吗？如果让龚鼎孳、方以智离开京城的话，其他文武京官都可能以募兵勤王为由祈求离京的。想到这儿，他将龚鼎孳、方以智的《请缨疏》重重地掷在一旁，怫然道：

“朕看了近日奏本，右都御史徐标说，他自江淮来数千里，见城陷处荡然一空，即有完城，仅余四壁，蓬蒿满路，鸡犬无声，曾不见一耕者。土地、人民如今有几？如此城郭有多少兵可募？尔等平时说什么忠君报国，到了这个时候，有几个像李先生那样为朕分忧解难?”

龚鼎孳和方以智都深知崇祯帝的脾气，他的主意已定是不允许臣下辩说的，以前黄道周在平台仗义陈词，说崇祯帝不该重用杨嗣昌、陈新甲，结果除廷杖八十之外，还连降六级下狱。两人不敢分辩，跪在地上连连叩头谢罪。

几天之后，崇祯帝命阁臣李建泰出师，行遣将礼，先在太庙设牲，又在中左门授予尚方宝剑。崇祯帝挽着李建泰的手，眼里含着泪水说：

“朕仰承天命，继祖弘图，自戊辰至今甲申，十有七年。深念上帝陟降之威，祖宗付托之重，宵旦兢惕，罔敢怠荒。而今灾害频仍，流氛日炽，赦之益骄，抚而辄叛，使民陷于水火，血流成河，骸积如山。今卿代朕亲征，宜鼓励忠勇，选拔雄杰，其骄怯逗玩之将，贪酷倡逃之吏，当以尚方宝剑从事。卿临事不惧，好谋而成，真剿真抚，早荡妖氛，旋师奏凯，封侯晋爵。”

皮肤黝黑的李建泰是个身材魁梧而伟岸的文官，他在文武百官疑惑的目光下，在旌旗金鼓极盛的气氛中显得意气英武，他在正阳门接过崇祯帝递给他的大宝石台爵，一饮而尽。嗣后，这位自诩“愿以家财佐军，可资万人数月之粮，臣请提兵西行”的李阁老，亲自率领五千营兵，刚出城不久就逃跑了三千名，剩下的两千名一天行军最多三十里。到李自成的起义军攻打京都的时候，李建泰遁匿田野，不知去向。

崇祯十七年三月的一个黄昏，落日西沉，暮色四合。一轮圆月从一茎庵别墅墙后升上来了，发出惨白的光束，月光朦胧就像顾横波在宣纸上晕染的写意白梅一般。远处，好像是西便门街那边，又传来了一阵阵敲打铜锣、铜盆或铁器的声音，这铿铿锵锵的声音杂乱无章，高低起伏的声浪似海潮一般。顾横波放下羊毫画笔，将这幅未完成的白梅图搁在一边，问雪枝：“怎么一到天黑就乱糟糟的，干吗要敲？”

雪枝有些惊慌地说道：“夫人，我听说这几天京城里闹鬼，有人亲眼看到许多没有头颅的厉鬼，一到天黑便四处奔跑，颈腔里的污血直喷。所以家家户户，天一黑就敲击铜盆铁器，这样厉鬼就不敢来了！”

顾横波听说百姓敲击铜铁器具，是为了以声势驱逐厉鬼，也就不去多问，还是将宣纸拿过来，在枝遒花嫩的梅花上晕染一层淡淡的青绿来，看起来披烟带雾，萧然可爱，如以前在嫩寒二月的清晨在金陵钟山所见的一般。顾横波并不像那些没有见识的贵妇人那样，在平时唠唠叨叨，将男人支派得团团转，但面对危急大事则慌乱无主张，她知道，京都已经危在旦夕了。她看起来好像挺有闲情逸致，实际上是借画梅来使自己镇定，她已经派了龚进到京都几个城门打听消息，并说服龚鼎孳早做归计。这山雨欲来风满楼的京都迟早就要落入李闯之手。

这时，精明能干的仆人龚进踉踉跄跄地进了妙光阁。人还没站定便气喘喘地说道："夫人，我骑着马围城内四十里都跑遍了，正阳门、崇文门、宣武门、安定门、德胜门、东直门都跑了，六座城门都关得死死的，总督京营戎政的襄城伯李国桢，他说任何人没有皇上的圣旨都不准出城。"

"还有朝阳门、西直门、阜成门去看过没有?"顾横波问道。

"夫人，那三个门还没去看过，听说那一带有一种疙瘩病，和老爷同在兵科的曹良直老爷，昨天上午与客对坐，刚刚举茶打恭，猝然倒地而死。兵部朱希莱老爷拜客急回，才到家就扑地而亡。宜兴吴彦昇老爷，有一个仆人暴死，吴老爷令另外一仆去买棺材，这一仆人刚到棺材店就死了。刚才有一个外地客人骑马问我路名，我还没回答，就垂下马鞭而死，我只好先回家来了。"龚进的这一番话，顾横波听了不禁大吃一惊，她知道这一切都是天下大乱的先兆，最糟的是她要想回到南方去已经没有可能了。

去年，顾横波在金陵听说常州有一个道士到秦淮河房来设坛作法时，说了一句常州的谶语："龟若出头龙脱壳。"意思是如果常州人中状元的话，国家就要遇难，皇帝的龙庭坐不稳，龙要脱壳，帝位难保。常州城如龟形，出了状元就是龟出头。去年常州人杨廷鉴中了状元。上个月凤阳地震，京都大风霾，震屋扬沙，咫尺不见人影，崇祯帝沐浴焚香，拜天默祷。仙即降乩道："八方七处乱，十爨九无烟。黎民苦中苦，乾坤颠倒颠。"看来，这大明朝的气数已尽了。

远处又传来了急促的奔跑声，惊骇的呼喊声："鬼来啰——快敲呀——"

"李闯王攻城啦!"这是带陕西口音的呼喊声，顾横波知道这呼喊声可能是农民军潜入京城的探子喊的。

一群孩童唱着逮住就要杀头的歌谣："吃他娘，穿他娘，闯王来了不纳粮……"

槐市斜街有几处贵胄勋臣的宅第，在夜深人静的时候隐隐地传出檀板清歌、笙箫管弦之声，顾横波叹了口气喃喃道："这真所谓清歌漏舟之中，饮醇酒于焚屋之下。看来大明的天下已到了山穷水尽、大厦将倾的时候了，文武大臣堂燕恬嬉，颟顸昏庸。孝升整天还在方以智那儿琢磨什么挽狂澜于既倒的办法，还来得及吗？"

当龚鼎孳、方以智聚在皇城外的兵部衙门里商议守城应急措施的时候，已是三月十七日的凌晨了。在这前两天李自成的起义军已攻抵居庸关，明守将唐通与杜之秩出城三十里，焚香跪降农民军。十六日，刘宗敏与刘芳亮率领的剽悍的农民军已将刀剑的锋芒直指京郊。

崇祯帝在中极殿里召见了刚刚当内阁首辅的状元丞相魏德藻、襄城伯李国桢、督理京营吴襄。命李国桢总督京营，朱纯臣督守德胜门，吴襄督守平则门。这时提督内外京城的司礼监太监王承恩慌忙向崇祯帝禀奏了居庸关失守，总兵唐通和监军杜勋投降李闯的消息。崇祯帝知道居庸关是京都最后一道屏障，于是在次日又召群臣，但这时是大势已去，诸大臣唯叩头哭泣而已。

到了三月十七日的中午，李闯王的起义军东从高碑店西至西直门，已将京城围得水泄不通。官兵的大炮巨车、蒺藜鹿角均被起义军缴获，于是城上城下相互发炮，轰声震天动地，李闯王的士兵都穿黄色戎衣战袍，一时间，从城下四面八方蜂拥而来如黄云蔽野。

一匹战马飞驰而来。到了午门，马上下来的是汗浃沾衣的襄城伯李国桢。他见到崇祯帝伏地说："守城的士兵疲惫不堪，鞭打一人起一人，复卧如故。"这时，崇祯帝流着泪说："你们误了朕的大事……"此时文武大臣与太监们相持恸哭，声彻宫殿。

入夜，城外火光烛天，起义军砍伐松柏焚烧十三陵。义军从西山连营达沙河，漫山遍野都是身着黄衣的农民军。到了三月十八日，天色阴惨，日色无光，顷刻之间狂风暴雨冰雹迅雷并发，整个京城内外昏天黑地，人心愁惨。到了午后风雨方霁，守彰义门的监军太监曹化淳突然洞开大门迎接起义军，这时内城始破。

这时，整个京城都在狂呼乱喊："城门开啦——贼兵入侵了！"

崇祯帝在中极殿里接过司礼监太监王承恩递来的一杯酒后似乎振奋了点精神，他听着那一阵紧似一阵的炮声和喧哗声，问道："李国桢呢？还有那李建泰呢？"

"李建泰已经投降李闯，李国桢大人……"王承恩望着脸色苍白的崇祯帝嗫嚅着，不敢往下讲。

"事到如此，说也无妨！"崇祯帝怆然泪下。

"李大人的六千营兵全部散失，李大人也不知去向！"王承恩答道。

李国桢所率的六千"精兵"的溃逃，使崇祯帝失去了最后出城的希望。十九日清晨，崇祯帝手携王承恩登上万岁山寿皇亭，与王承恩在一起面对面自缢于寿皇亭边的一棵歪脖子树上。崇祯帝死时披发覆面，身上一袭玄色镶边白绫暗龙短袄已被撕破，赤露着一只脚，皇袍内留着一块衣巾，这衣巾上写着几行字：

> 朕自登极十七年，虽薄德匪躬，上干天咎，然皆诸臣误朕，致逆贼直逼京师。朕死，无面目见祖宗于地下，自去冠冕，以发覆面。任贼分裂朕尸，勿伤百姓一人。

崇祯十七年甲申三月十九日，"龙驭上宾"，至此，一统天下的朱明王朝，从朱元璋称帝开始到崇祯帝自缢身亡，共二百七十六年，业已灭亡。

三月十九日上午，京都内外阴云四合，微雨不绝，城外烟焰障天，炮声隆隆。到了午后，天下起小雪来。崇祯帝缢死煤山（即万岁山），皇后缢于坤宁宫，袁贵妃和长公主躺在乾清宫的大理石地上，浑身是血，呻吟不止，宫女们掩面大哭，而后与太监们纷纷奔出东华门。一时皇宫内沸哭如雷，狂奔无复礼仪。闯王李自成毡笠缥衣，乘乌驳马，拥精骑百余，由德胜门进，转大明门，直驱紫禁城。当李自成过御河时，猛然看到这不宽的小河里，前前后后浮着一二百具穿着绫罗的宫女尸体，李自成沉思了一会儿，估计这些宫女是听了流言，以为农民军入大内便要杀烧奸淫，于是向牛金星、刘宗敏等传布了一条命令："如有淫掠民间者，立行凌迟。"

此外又在京师遍贴安民告示：

> 大师临城，秋毫无犯，敢有擅掠民财者，凌迟处死，民间照常生理，罢市者斩……

然而，起义军进入京城的有四十万之众，其中难免良莠相杂，鱼龙混淆。初入城时犹听将令，到后来则有偷偷掳掠居民的情况。一些凶悍而油滑的士兵见了李自成的安民告示，或大声喧哗，或冷笑道："让你当了皇帝，金银妇女不让我们享用吗？"

这时从棋盘街到东长安街，从东直门到西直门，那临街的住家和各种店铺都用黄纸书写着"顺民"和"大顺永昌皇帝万岁万万岁"的字句。闯王李自成在文华殿宣布，将刑部和锦衣卫所囚禁的犯人以及被崇祯帝关押的官员释放，并设立"盘仓库"，取粮向贫苦的百姓和饥民赈济。到了三月二十日晚上，虽然大街小巷还弥漫着硝烟的气息，虽然那棋盘街上的木杆上，吊着几个抢掠缎铺的明军降兵的血淋淋的头颅，但整个京都总算是暂时安静下来了。

顾横波从三月十八日开始便劝阻龚鼎孳不要去上朝了。那几天城内外炮声不断，风声鹤唳一日数惊。龚鼎孳见大势已去，便与顾横波将一茎庵别墅托付于龚进，仅携带一些贵重细软和随身行李，换了寻常百姓的衣衫，一副蓬头垢面的模样，急匆匆地骑着马沿着打磨厂、西河沿、东河沿到了东便门。那东便门城门紧闭，他们只好在城门附近的普陀寺住了下来，等到东便门的守城监军太监在半夜弃城而逃，他俩才乘着夜幕逃出东便门。当龚鼎孳和顾横波出了东便门，两人并肩站在大通桥上的时候，东便门的城门已经大开，刘宗敏的剽悍的骑兵，分成两路进入东便门城楼，那些染着风尘的铠甲和刀戟枪剑在夜色中闪着白森森的光芒，这使久历征战的龚鼎孳也不禁打了一个寒战。在六年前，他曾率军在蕲水和“流寇”激战，作为文官，他虽然不曾挥戈弯弓亲临战场，但他确确实实指挥过蕲水县城的守城之役。值得庆幸的是，亏了果断出城，再迟一会儿，“流寇”便入城了。

往何处而去？真是到了生死关头！

龚鼎孳与顾横波商定是暂避难于城外，听说崇祯帝已在襄城伯李国桢的拥卫之下离开了京城，又有人说襄城伯在守西直门时已殉国了，皇上不知去向。只要皇帝还健在，大明帝国总能扫荡“流寇”重振国威的，但是皇上在哪儿呢？往东走吧，那边再往东便是通州，只见通州方向的驿道两旁，起义军连营数十里，人声喧哗火光烛天，烧红了天际；回城吧，起义军先头部队业已进城。于是，龚鼎孳想到大通桥东一里有一座园林名曰鹿园，此外还有一座祠庙可以栖身，但记不清名字了，反正那儿可以暂且躲避一下的。

顾横波在龚鼎孳的搀扶之下，走近了庙宇的杏黄色围墙，见墙门上一块蓝底泥金匾额上镌着三个大字——三忠祠。大门紧闭，但墙内鳞次栉比的斗拱飞檐，殿堂佛楼巍然耸立视线之内，令人有一种敬畏之感。龚鼎孳放胆敲门，但无人应声开门，他用力一推，发现这沉重的大门竟是虚掩着的。进门的甬道两旁是禅房僧寮和一些花木，正殿堂上幡帷叠垂，金璎宝珞在随风扬动。那莲台上供奉的三尊袍甲相间的金箔全身塑像，正中的全像是汉诸葛武侯，右边是宋岳武穆王，左边是宋代的文丞相天祥。莲台右侧还有一块汉白玉刻成的诗碑。龚鼎孳走近一看，原来是弘治年间的中书舍人何景明所题。即在危急之时也丢不掉评诗习惯的龚鼎孳，不假思索地读着何景明的这首七律：

三忠祠在帝城东，桧柏阴阴沙院风。
朝暮衣冠频下马，春秋香火一开宫。
中原涕泪江山远，异代精灵庙宇同。
汉业崩摧如宋业，古今南北恨无穷。

龚鼎孳将这首七律读完，一阵羞愧之情混合着狂烈的恼恨紧紧地攫住了他的灵魂。他作为一个深受国恩的朝廷命官，一个自幼读圣贤之书的正直君子，不和守城的将士们死守城楼，也未能像历史上许多忠贞之士那样临危受命、杀身成仁，却丧魂失魄地跑到这东便门之外来苟且偷生。记得崇祯十三年秋，他在蕲水七年抗寇有功，擢升为兵科给事中的时候，是何等激昂慷慨，大有击碎唾壶之气概，在那蕲水七年中，上马挥旗，下马草军书的倥偬戎马生涯又是何等自豪！是久溺秦淮风月、江南莺花杏雨的原因，还是骨子里就有羸弱之气？如今久为京官，髀肉复生，在这国破家危之时，徒叹日暮途穷而已。

吱呀一声，正殿的耳房里一扇门忽然洞开，飘来一阵奇异的佛香。一位神情超然的慈眉善目的僧人缓缓地走了出来、他披着一袭米黄色的袈裟，手里拈着一串牟尼数珠，合掌颔首道："施主一清早光临寒寺，不知是想做佛事，还是……"

龚鼎孳和顾横波交换了一下眼色，心里想，这真是个不食人间烟火的和尚。"大师——"顾横波施礼道，"畿辅之地兵荒马乱，我夫妻两人想借佛门静净之区，聊避兵燹之灾。"

这个须眉皆白的老和尚，慨然道："施主有所不知，这三忠祠里除了还有一个聋哑伙夫之外，青壮僧人都到山里避难去了。李闯王是颗魔星，似赤眉、黄巢一般。此乃天厌大小官员贪风炽盛，特生此魔星以荡涤啊！施主想在寒寺小住，与贫僧朝夕谈禅论佛，真是求之不得之事。"

龚鼎孳给了老和尚一些银子，便和顾横波在三忠祠里安顿下来，为了避人耳目，他俩住在一间几近坍塌的柴房里，只待机会准备南下金陵或回到老家合肥去。

到了三月二十一日，崇祯帝自缢煤山的消息传遍了京城内外。蛰居三忠祠的龚鼎孳内心十分痛苦，他决心冒死也要潜回城去，也许可以在素车白马之侧，黄阁乌台之上，一洒臣下之泪。这样他的负疚的灵魂和羞愧之情便可以得到些平衡。

龚鼎孳穿着一件用三十两银子买来的满是油垢和补丁的淡紫色直裰，头戴一顶皱巴巴的瓦楞帽，这一副穷酸模样的破旧衣衫是京都黑市中最俏的货色。农民军在大街小巷手持麻绳，见衣着光鲜华丽者便绳索系颈，送到军营中拷打。走了足足两个时辰，龚鼎孳终于打听到崇祯帝的遗体用一块白木门扉抬着，已由魏国公坊下，送到东华门外的施茶庵，当龚鼎孳赶到施茶庵的时候，那曾经至贵至圣的崇祯皇帝的青灰色的脸已被头发遮住，他身穿玄色镶边白绫暗龙短袄，下穿白绸裤，左足裸露着，右脚穿着绫袜和红色缎面鞋，静静地躺在门板上。在崇祯帝遗体边，坐着两个面无表情的和尚念着谁也听不懂的经文，五个老太监在一队大顺士兵的押送下，从棋盘街弄来了两口极薄的柳木棺材，将已僵硬了几天的崇祯帝的遗体放到棺材中去。龚鼎孳是一个极富感情的人。尽管他这些年来目睹了大明帝国朝廷奸佞弄权、忠良塞闭，以及旱灾、蝗灾遍地的种种弊端和天灾人祸；尽管崇祯帝刚愎自用，猜忌无常，骨鲠老臣都获罪而去，狡猾小人反而取媚得宠，以致让温体仁、薛国观、周延儒、魏藻德、陈演这班阴险庸碌的权臣，将国家搞得一塌糊涂，然而，崇祯帝也是个聪明睿断的君王，为忧国政，他宵衣旰食，从不曾一舒其怀，从不敢稍有怠懈，一旦城陷遂自缢于皇城，以帝王之尊，此乃千古未有之惨烈。龚鼎孳还想到他龚氏家族世代簪缨，以风流文采闻名于江南，是靠了圣上的恩宠，他本人也是在崇祯帝的眷顾之下得以成进士，并升为兵科给事中，否则不过局促于皖南一隅中，为一寻常儒生。

想到这儿，龚鼎孳再也按捺不住自己的满腔悲愤之情。他不顾危险，在大顺士兵的刀光剑影之中，在一群表情漠然的百姓围成的圈子外，踉踉跄跄地踅到前面，拨开人群，抢上几步，跪在崇祯帝遗体躺着的柳木棺材边，双手抚着棺材上端，放声恸哭起来！

龚鼎孳号啕大哭于崇祯帝的遗体前的举动是很危险的。这一举动如果惹怒了棺材边的大顺军士兵，他们可以立即处死他的。当一个人为一种信念，将生死置之度外的时候，往往会感动人的。内阁辅臣大学士范景文，在京都陷落时，先自缢，家人救活，后又潜赴龙泉巷投古井自杀。户部尚书倪元璐，知崇祯帝自缢后，决意自杀殉国，并告家人说，死后暂不行殓，待“大行（即崇祯）殓，方收吾尸”。龚鼎孳途经倪元璐住宅时，见墙门外有一块大顺颁示，上书八个大字：“忠义之门，勿行骚扰。”

龚鼎孳泪流满面，叩头不息，额头在粗糙的石板上碰撞，鲜血点点滴滴和泪水交融，跌落在干燥的石板上。这时一群大顺军的陕北汉子竟然大声叫好：

“好样的！”

“难得见到大忠臣！”

龚鼎孳想不到，在这里遇到了顾横波原来的崇拜者吕兆龙。龚鼎孳和顾横波结缡之后，听说在丙子年，冒襄、陈梁、张明弼、刘履丁和吕兆龙五位复社名士在中秋的时候，于南都眉楼结盟，当时顾横波在场，并为他们准备了丰盛的酒筵。美人名士一时传为美谈。后来吕兆龙中庚辰进士，授内阁中书科为中书舍人。他虽然和龚鼎孳也有一些官场上的应酬，但内心总有些嫉妒，龚鼎孳竟然在金粉六朝的南都娶走了他心目中的偶像。京都失陷的第二天，吕兆龙被召至内阁大学士范景文家。吕兆龙在范景文任南京兵部尚书的时期，就是这位南都大司马的座上客，也深得范景文的赏识。范景文当着吕兆龙的面向北方拜阙道："身为大臣，不能保国，臣之罪也！"临死前又对吕兆龙说："南都尚可为，霖生可去金陵以图恢复。"吕兆龙受范景文的凛然正气所感动在第二天凌晨投御河自杀，却被几个大顺士兵救起，看他穿的是大明朝服又长得身长玉立、眉清目秀，便将他送到皇城内的天佑阁大学士牛金星处。失意举人出身的大顺丞相牛金星以前读过吕兆龙的诗篇，甚至还会背诵几句吕兆龙在崇祯九年在秦淮河畔的眉楼所写的《结交行·同盟眉楼即席作》。

长着疏疏朗朗的三绺胡须的牛金星这时已经不是过去那种牢骚满腹、神情悒郁的仪态了，他作为大顺新朝的丞相，正筹备李自成登基大典和招揽门生亲信，见到从水中救起、水淋淋的吕兆龙便大大地赞扬了一番，称他为"霖生兄"。吕兆龙见"天佑阁大学士"牛金星这样赏识他，便有一种知遇之感，所谓"士为知己者死"，感情一冲动便称牛金星为"牛老师"。牛金星很快授吕兆龙为四川成都府同知。这个职务目前只是一个虚衔，但也算个五品官。

吕兆龙穿着大顺官员所特制的绣白鹅黄袍，骑着一匹黑马路过东华门外的施茶庵，被兵政府一个侍郎拦住，问他为何骑马？吕兆龙说是"牛老师"所特许。原来大顺官员只有来京官员才能骑马，在京的降官只准骑驴。吕兆龙在这儿恰巧看到崇祯帝的柳木灵柩，并认出正在抚棺恸哭的蓬头垢面的人就是声名卓著的合肥才子——前兵科给事中龚鼎孳。他由龚鼎孳想到了当年在眉楼结盟时的绝色美人顾横波，由想到顾横波而萌生一种嫉妒和报复心理——你龚鼎孳既然想当大忠臣，就让你吃一点皮肉之苦，决不能白白地让你沽名钓誉。

吕兆龙骑着马，赶到六部衙门，在吏部署去见大顺一品权将军刘宗敏。进了大门，便遇见几个大顺士兵用斧头斫掉一棵成化年间由吴宽手植的百年古藤树。一群穿着锦绣衣的孩儿兵正在花园里架起一堆木器烤灼羊肉，另一个脸色红亮的大顺老兵坐在假山石旁，用一只价值千两银子的双龙金杯捣蒜，十几只宋瓷花缸被骑兵当马槽使用，有两只已经被摔破，废弃在一旁。吕兆龙看见此情此景不觉一惊，他想禀告权将军刘宗敏下令禁止这样煞风景的粗野行为。但是，吕兆龙并没有见到这位权倾一时的刘宗敏，这位权将军正在他的权将军府——铁狮子胡同前皇亲田弘遇的府第里严刑拷打百官。吕兆龙又去铁狮子胡同，终于见到了这位铁匠出身的悍将刘宗敏。

半个时辰之后，龚鼎孳被权将军刘宗敏派去的几名亲兵捕捉，径直押往铁狮子胡同。

第十六章　龚鼎孳降清

昔日铁狮子胡同的田皇亲府第，早已见不到灯红酒绿的欢筵绮舞，听不到清歌檀板的如莺之声了。代替这些官僚贵胄声色犬马生活的是银铛的铁索声，是鞭笞中的血花和夹棍上白森森的脑浆。这儿是权将军刘宗敏的将军府，是他拷打百官的刑堂。

在大顺农民军看起来，拷讯那些平时专事搜刮民脂民膏的贪官污吏是天经地义的好事。起义军的将领们在誓师攻打京城之前曾多次向士兵们允诺过，一旦打下京都，便要封赏官兵，当老百姓讨不起老婆的也可恩赐妻室。如今进城的大顺军将士便有三四十万之多，这要准备多少银两呢？此外天下未定，还需要多少军饷和军需！因此要让这些平时骑在百姓头上横征暴敛、穷奢极欲的达官贵人将银两吐出来！

龚鼎孳被铁链锁着，他拖着一截铁索在石板地上发出铿然的声响。他举目环视，这昔日繁华的田皇亲府已变成阴森可怖、鬼哭狼嚎的刑场。轿厅的青石板地上新竖着几十根捆人的木柱，几十个鸠形鹄面、满身血迹的前大明官员被锁在木柱上，有的呻吟不已、泪流满面，有的垂着头颅、气息奄奄。过了轿厅，便是楠木大厅，名曰“梅影厅”。厅上的紫檀木座子的殷商大鼎、鎏金螭虎瓶、古铜狮炉瓶、水晶屏风等贵重摆设都被掀倒在地。厅正中摆了数十副杂木夹棍和刘宗敏亲自督制的刑具——铁头箍。刘宗敏铁匠出身，熟谙铁器制作。龚鼎孳被带到梅影厅上，他举目瞥见刘宗敏坐在一张红木镶玉长靠椅上。这位叱咤风云的草莽英雄，穿着一身赭黄色缎袍，黑黝黝的脸上有威风凛凛的连鬓胡须，一双大眼精光四射，凌厉逼人。他听说龚鼎孳只是一个兵科给事中——言官，不会有多少俸禄可以助饷，便命龚鼎孳在一旁观看拷审。

首先被押上来的是中极殿大学士首辅魏藻德，他穿的一品仙鹤红袍上沾着几块血迹和污泥铁锈痕迹，早已无复先前那种白嫩红润的肤色和矜持的神态了。他一见刘宗敏便跪下叩头不已。

“魏藻德，你是个当丞相的，怎么把个天下搞得乱糟糟的，贪官污吏一大帮，你说你该不该死？”刘宗敏问道。

魏藻德慌忙答辩道：“将军阁下，我魏藻德只是一个江南书生，并不懂得多少经国济世之道。去年二月，北京城日色无光，众星昼见，今年正月又是天色阴惨，连日风霾，太白星昼现，此乃天亡朱明也，何况崇祯平庸无能，所以朝政腐败到极点！”

“魏藻德！”刘宗敏大喝一声，把魏藻德吓得浑身发抖，“你凭着会读几本书，做几篇文章，就当了状元，又不过三年工夫就当了宰相。你住大厦、玩古董、捧戏子、得厚禄，吃山珍海味，你享尽了荣华富贵，崇祯有什么对不起你的。现在崇祯归天了，你怎么不去当忠臣？拿下去！”

几个壮实的士兵将魏藻德捆在一根木柱上，以铁头箍套头，然后纳紧铁箍，魏藻德自出娘胎也没吃过这种苦头，痛得杀猪般喊叫起来，不一会儿便晕死过去，他被冷水喷醒后，连声喊道：“刘帅爷，刘帅爷，我愿捐饷一万两银子，将功补罪！”

刘宗敏大步上前狠狠地踢了魏藻德一脚，骂道：“你这狗娘养的东西，你贪污的银两何止一万两，还有多少？”

“还有还有，还有两万两千两，都在后花园的假山下，刘帅爷可以派人挖出来以供军饷。”魏藻德此刻唯一的愿望便是留住一条命。

刘宗敏转身向跪在梅影厅里的犯官们训斥道：“你们这些狗官听着，若是要活，乖乖地把银子都交出来，不然这儿的夹刑、拶刑、箍刑一样样都要你们尝尝滋味。”

这时跪在阶下的前大学士陈演、国丈嘉定伯周奎之子周鉴、都指挥使骆养性、吏部尚书李遇知等先后招出饷银数万两。刘宗敏一面派士兵去降官住宅收缴金银财宝，一面继续严刑拷打这班皇亲国戚达官贵人，毫不心慈手软。昔日富丽堂皇的田皇亲府第变得好似屠宰场一般，只要走近这铁狮子胡同，就能听到一阵阵哀哭惨叫之声。这儿从清晨到黄昏，从半夜到凌晨，皮鞭声、镣铐锁链声、咒骂声不绝于耳。这批降官犯官有的报足银两被释，有的在受刑中当场死去，有的吃不住苦刑，趁机自杀，有的在供出藏银之后又被刘宗敏处死。

龚鼎孳是幸运的。他被押到铁狮子胡同时，所有的木柱和刑具都用在成群的降官犯官身上。刘宗敏便下令将龚鼎孳暂时关押起来。

就在龚鼎孳被关押的第二天，制将军李岩和军师宋献策路过铁狮子胡同，正逢天昏地暗的风霾天，象房桥的一群御象声如哭泣，田宅内一片鬼哭狼嚎之声，灾异频生。两人联名上疏，向李自成谏道：“追赃之事暂宜终止，停刑则可养天地祥和之气，今主上欲登大宝、愿以尧舜之仁自爱其身，即以尧舜之德爱及天下。”于是李自成下令除一品二品三品以上的显宦之外，一般四品以下的官员如已助饷便可免刑释放。

龚鼎孳在挨了几棍，吃了几鞭之后，得到了一张吏政府大堂的谕旨，便被释放了。

龚鼎孳终于回到东便门外的三忠祠。他在门前的大影壁边驻步，摸出那张《大顺吏政府大堂谕》来又看了一遍：

为奉旨选授官职事。照得大顺鼎新，恭承天眷，凡属臣庶，应各倾心。尔前朝在京文武官员，限次早一概报名汇察，不愿仕者听其自便，愿仕者照前擢用，如抗违不出者大辟处治，藏匿之家一并连坐。仰各遵新旨，共扩皇图。赴谒宜先，趋选毋后，须至榜者。

永昌元年某月某日

龚鼎孳看到“如抗违不出者大辟处治”几个字时不觉打了一个寒战，臀部的棍伤虽然不重，此刻又骤然疼痛起来。他想起铁狮子胡同在夹棍里的官吏们气息奄奄的惨景：那鞭笞呻吟之声，那身首异处、血肉狂飞的地狱之象，使他具体而深刻地体验到历代那些保持气节的坚贞之臣，要在肉体上精神上经历多少磨难！他自己究竟能不能在生死存亡之间，刀斧锋镝之间，像文天祥、左光斗那些先辈一般临危受命、视死如归呢？他感到十分羞愧，十分内疚。

龚鼎孳的归来，使顾横波在惊惶与震骇的情绪中缓解下来，顾横波也一时顾不上龚鼎孳衣襟上的血迹和污泥，扑在他怀里，失声恸哭起来。待激动的情绪逐渐冷静后，龚鼎孳向顾横波细细地叙述了在铁狮子胡同里九死一生的情景。

“孝升，刚才看到门口那张谕告了吗？”

“看到了。”龚鼎孳向顾横波看了一眼，想从她的眼神和语气中琢磨出她问这句话的意图，但顾横波的神态平静而自然，看不出什么意向来，也就没有多说什么，他想让顾横波先说出些主意来。

“我们现在困在这儿，怎么办？我听说李自成趁陕西河南民穷税重、连年饥荒之机，揭竿起义，此人有大志，非一般啸聚山林的草莽英雄。”顾横波将话锋一转，说到闯王李自成，言辞之中还颇有好感哩。

龚鼎孳叹了一口气，说：“这几年饥疫频仍，同类相食，赋重而民穷，民穷而盗起。庸奸列于朝廷，贪吏遍及郡邑，将懦兵悍耗饷于营幕，看来是大明朝气数已尽了。或许李自成真的能成帝王之业呢！”

“我以前在南都读太史公的《史记》，自古将相本无种，帝王难道也是天定的吗？那陈胜吴广筚路蓝缕起于草莽，项羽乘势发自陇亩之中，都是天下分裂时的英雄豪杰，如果他们能一统天下，谁敢说他们不是帝王？我看那李自成说不定也是个汉高祖那样的人物呢！”顾横波不愧是个通文史、爱读书的女子，这一番话说得龚鼎孳不禁频频点头，从内心感到敬服。

龚鼎孳本来就认为李自成与张献忠尽管都是“流寇”，但各不相同：张献忠性格暴烈，好杀戮，李自成不贪女色且有雄才大略，也许是个能成大气候的人。然而，一想到铁狮子胡同田府中刘宗敏拷打百官的惨象，那些令人背脊发凉、毛骨悚然的铁头箍、木夹棍、牛耳尖像幻影在他眼前旋转起来，那铁索声、鞭笞声、惨叫声、哭泣声又在耳边震荡不已，使得刚才那种对李自成的好感和敬意消失殆尽。他抚摸着顾横波的手背，轻声地说：“夫人，我看我们还是设法逃出城吧！”

“孝升，现在跑已经迟了。我已经找到龚进，让他到吏政府去报名以待汇察了，你是兵科给事中，我怕不去报名，万一被人告发便可能招杀身之祸。”顾横波终于说出了龚鼎孳所担忧也正是他所犹豫不定的结果来。

龚鼎孳叹了一口气，说：“夫人，这几天我心烦意乱至极，在这天愁地惨的京都里，家无完壁，户有横尸，也不知道这大顺朝究竟是灭秦的大汉帝国，还是草莽巨寇黄巾赤眉一类的青史过客。如果李自成真能成其霸业，一统天下，我或许可以成为开国之臣，万一将来这大顺朝廷像当年的黄巾赤眉一般溃败作鸟兽散，落得一个败者为寇的地步，那么我岂不成了个身败名裂，万人唾骂的人？”

顾横波胸有成竹地说：“孝升，你不必想那么多，如果将来李自成败了，你以后可以说归顺李自成是我背着你干的事，责任由我来担。再说，这事也是生米成了熟饭了，如果要想回到南方去，也要先过这一关。”

龚鼎孳又重重地叹了口气，说：“事至如此，也只能这样了。”

几天之后，大顺吏政府发表了一批四品以下的明廷所留官吏的名单，其中有史可法的胞弟史可程，死于魏忠贤之手的魏大中之子魏学濂，崇祯朝最后一个状元杨廷鉴，“四公子”之一的方以智。龚鼎孳当然也在名单之内，他的职务是都察院的直指使。其实龚鼎孳和魏学濂、方以智等人一样并没有实际参与大顺朝的政事。四月初十，吴三桂率军向山海关逼近。清大学士范文程上《侵中原策》，清帅多尔衮趁势进关，李自成于四月十二日亲率六万军队出山海关，二十二日在一片石与吴三桂军、清兵激战，当时大风骤起，尘沙弥天，咫尺难辨，大顺主将刘宗敏中箭坠马，农民军在清、吴军队的夹攻下很快溃败下来。四月二十七日，李自成登基称帝。二十九日大顺军撤离京都西行。至此，李自成从进入京都到仓皇撤退，不过四十天，但给漫长的历史，也给龚鼎孳和顾横波的历史刻上了一道深深的痕迹。

暮春的京都，天空澄碧，春云舒卷。那桃花、李花、木香、牡丹、棣棠、绣球、蔷薇在春风中顺序开放在皇城杂草丛生的花园里，开放在达官贵人荒芜的庭园边。一场大战乱之后，狼奔豕突的大明败兵们，掠夺骚扰百姓之后，早已作鸟兽散，疲惫不堪的李自成军队也在炮声火光中撤离京都。

龚鼎孳和顾横波回到了城池残破、乱草遍地、颓垣残壁的西便门。顾横波坐在梳妆台前面，泪盈盈地枯坐着。她想到这两个月来的流离颠沛和胆战心惊的生活，想到吉凶未卜的未来和即将入城的清军，对正在忙着打水、熏衣、调弄脂粉的婢女雪枝说：“快请老爷出来，我有话跟他说。”

雪枝放下手上的活儿，到书房里去喊龚鼎孳了。顾横波想起从南都金陵到京都这段京官夫人的日子。以前，她作为秦淮名妓一向过着安适的锦衣玉食的生活，尽管她多年来在贵胄公子、风流名士的包围和奉承中过日子，尽管她十分幸运地嫁给这位才华出众、仪表堂堂的龚鼎孳，但她依然常常在日复一日的生活中期待着动人心魄的事件的出现。然而，这动人心魄又令人毛骨悚然的甲申三月真正到来的时候，她才意识到昔日在秦淮河房里，一壶香茗、鼓瑟鸣筝，和名士们抵掌剧谈国事痛快酣畅，真的在矢石锋刃之下、国破家亡的时候，书生淑女便显得软弱无力，甚至成了涸辙之鲋了。经历了这场血与火、生与死的磨难之后，顾横波希望赶快回到南方，就是死，也要死在江南。

“夫人。”龚鼎孳进了妙光阁，见顾横波端坐镜台，喊了一声。

“孝升，我们什么时候出城？龚进到通州雇到船没有？”顾横波急切地问道。

“通州的船是能雇到的，但张家湾一带败兵似虎、土贼如狼，从那儿到运河十分危险。听说杨宛就被败兵害死在通州了……”龚鼎孳说到这儿停住了。

顾横波听到昔日姐妹已死在通州，不禁悲从中来，眼泪扑簌簌地掉下来。原来，那田弘遇在李自成起义军攻占京都之前，就因酒色过度而病故。杨宛趁兵荒马乱之际，携带一名婢女和金器珍玩逃出了铁狮子胡同，不料到了通州张家湾运河船上被一群盗贼杀害。

杨宛的噩耗使顾横波想到人生的困厄险阻。在金粉六朝南都时代的杨宛，那酒酣耳热之际诗词酬唱的豪气，那酒阑灯残之后的惆怅，还有那风流放诞的情事，转瞬间香消玉殒，令人感慨万千。

龚鼎孳见顾横波愣愣地坐着不说话，问道：“夫人，你看走还是不走？”

逃出城去，一路栉风沐雨，沿途盗贼蜂起，荆棘丛生；留在城里，也是兵燹遍地，群魔乱舞，清兵快要入城。想到这儿，顾横波嘤嘤啜泣，泪痕纵横，不知如何是好。龚鼎孳背着手，在妙光阁里踝躞徘徊，时而蹙眉沉思，时而翕动着嘴唇，似乎要说什么，但又没有说出来。龚鼎孳的脑海在激烈翻腾，他正在做极为重要的抉择：如果继续留在京都，一俟清军进城要么以身殉国，要么降清为官；如果逃出城去，可以回到金陵去，听说南都已经在议论拥立新君，杨文骢等人已在淮安见到了福王。然而，南都的朝廷能容得了自己吗？

正在这时，雪枝送来了几份从江南传来的“檄文”，其中最令龚鼎孳心惊肉跳、羞愧万分的一份是《庐州府绅衿公讨伪都察院直指使龚鼎孳檄》。龚鼎孳展开檄文，其文道：

> 反逆伪官龚鼎孳者，儒林狂犊，食母逆枭。言称忠孝，行同毳，借辞章之雕虫小技，系籍名流；挟复社之要盟，广纳丑类。当寇焰旋腾、先帝殉国之时，万民啼号，惨深天地。呜呼，迁金人，亦下铜盘之泪，随班舞马，犹嘶玉阶之魂。阁部如范景文、户部如倪元璐、左都御史李邦华等皆衣冠望阙号恸或自缢或投井，以极国恩。而鼎孳见六官之溅血，逞快云霓；听百官之哀号，权当鼓乐，逐趋之贼官宋企郊之闼，鸣吠于伪相牛金星之阶。通谒狐群，效忠孽幕，得直指使之伪官。今乱臣贼子合为一人，即异虎投豺，难舒众怒，所应牛五裂尸，岂消同根。李陵降日，须知迁腐无避，秦桧卖国，难逃秽冢之称。今江南义士先鸣战鼓，揭其丑行，通晓天下也。

龚鼎孳看完了这份来自他家乡庐州府的声讨檄文，仿佛眼前刮过一股狂风，感到一阵眩晕，继而头脑里虚空空的。龚鼎孳是一个在赞誉声中长大的人，还从来没有被人这样严厉地谴责过。此刻，龚鼎孳分不清交织在脑海中是一种什么样的情绪——难堪、耻辱、愤慨、空虚、委屈……他的脸色变得冷峻如一块冰岩。他凝立在椅边，一动也不动。

“怎么啦?”顾横波见龚鼎孳神志恍惚，木然不动，知道雪枝送来的这份文稿一定非同寻常。她接过一看，是所谓庐州府绅衿声讨龚鼎孳的。然而她却说：“孝升，你被这些酸秀才一骂就发怵了，当年陈琳骂曹操，治了曹操的头疼病，骆宾王的檄文骂武则天，被武则天称为妙文哩。”其实顾横波说这番话也是强作镇定的。这一纸檄文正好可以让她在去与留的难题上做出抉择。既然江南的官绅父老们不能容忍龚鼎孳在短命的大顺朝挂名直指使头衔，那么，江南是归不得了。

龚鼎孳不是一个拘泥于君臣之道的人，尽管他也曾为崇祯帝的殉国而抚棺痛哭过，甚至还动过以身殉君的念头，但冷静时也常常想到朱家天子们的暴戾残酷。他当了几年的谏官，每见君臣的猜疑，互不信任，皇帝以严刑峻法对待臣子，大臣以敷衍欺瞒皇帝。崇祯在位不过十七年竟换了五十多位内阁大学士，朝廷之内，无人敢说真话。奸佞之徒深得宠信，他本人就曾经说了几句真话而被捕入狱，如今真是到了国破家亡的时候了，江南虽好，自己却落得个有家归不得的局面。

“夫人，那所谓的檄文也不过是几个不知天高地厚的酸秀才诌出来的，算不了什么，但这也是一个信号，南都那帮阉党余孽也不会放过我的。看来，我们只能静候京都，再观局势了。”龚鼎孳生怕顾横波仍要坚持回南都去，望了望顾横波又说，“这些年兵燹连年，搞得京畿周围民穷财尽，有些地方田野荒芜，民不得食，草根树皮都罗掘至尽。少壮的便铤而走险，盗抢为生，运河至齐鲁一带更是蓬蒿满目，荆棘遍途，饿殍成万，恶臭数百里……”

“孝升，”顾横波打断龚鼎孳的话，“我不想做第二个杨宛叔，死于盗贼之手。我们就留在京都吧。听人说清军也快要入城了，到时候再审时度势吧!”

果然如顾横波所料，五月初二，清摄政王多尔衮乘着华贵的马车，在刀剑森然的大清军的簇拥之下，由朝阳门进入北京城。龚鼎孳随着一千余名原明文武大臣出城五里之遥，齐跪在黄土飞扬的路边，恭迎清摄政王多尔衮的到来。龚鼎孳神情颓唐地凝视着设在路口的香案和香案上的束香和蜡烛。他心里好生后悔。早知如此，还不如在蕲水县令的任上退隐下来，留得个抗寇七年的好名声，或者在江南一隅当个小官，夏月坐茂树，临清流，科头箕踞，散发披襟；冬日围炉而坐，醇酒盈樽，又是何等逍遥啊！

鼓乐声从远而近，打断了龚鼎孳的遐想。身穿黄袍加红色箭衣的摄政王多尔衮是一个长得精瘦颀长的壮年人。他那轮廓分明的脸上长着威武的虬须。两眼闪着精悍之光，最令人注目的是他脑后一条浓黑油光的辫子，这条辫子使龚鼎孳不禁打了个寒战——这猪尾巴式的辫子难道就要变成自己日后的发式打扮了吗？难道他自己也要割下这受之于祖先的乌黑光润的毛发吗？

“大清国皇帝万岁万岁万万岁！”明降官们齐声高呼。龚鼎孳先是愣了一下，随后也忙跟着高呼：“万岁万万岁！”

说来凑巧，在这群原明文武大臣之中，龚鼎孳不过是个七品言官兵科给事中，然而，多尔衮的马车正好在他身边停了下来。这位三十几岁的权势熏天的摄政王在汉儒的熏陶下，能勉强说得一口汉话。身手矫健的多尔衮从马车上一跃而下，将跪在他四周的降官一一扶起，带着胜利者的骄矜的笑容，拍着龚鼎孳的肩膀问道：“尔是何人，长得一副儒雅清秀的模样？”

身穿七品朝服的龚鼎孳想不到摄政王会顾盼到他，便又跪下作礼道：“微臣龚鼎孳在此恭迎王爷！”

思维敏捷的多尔衮笑道：“原来你就是江南才子龚鼎孳，吾早就听范文程说过合肥龚鼎孳乃真才子。今日尔等归顺大清，定有官可当，有俸禄可取。”多尔衮这几句话使龚鼎孳大为感动，这位在金戈铁马中运筹帷幄的风云人物，在戎马倥偬中居然还知道他龚鼎孳的名字。

多尔衮不等龚鼎孳再说什么便重新登上马车，他腰板笔直地站着，大声说道："闯贼李自成领兵犯阙，崇祯辱死，天下莫不切齿。平西王吴三桂效包胥之哭，吾大清雄师入京灭闯。尔等勋戚文武诸臣既来归顺，吾朝定恩礼有加，官照原例。吾大清平定燕都，乃得之闯贼，而非取之明朝也，并代为雪耻，尔等大臣当感恩图报！"

"大清国万岁！万岁！万万岁！"明归降文武百官高声疾呼，一声高于一声，在京畿原野上回荡。

第十七章　祸起歌台

甲申年噩梦一般过去了。清八旗铁骑的主力风驰电掣地南下而去，那兵燹遍野、满目疮痍的京畿地区慢慢地得以恢复。大明帝国虽然已经不复存在了，但转瞬之间，那官阙大街、新贵的府宅和百货云集的商肆又构成了一幅花团锦簇般的京师繁华图。

真是福星高照，吉人自有天相。连龚鼎孳自己也没有想到他能够很快得到清廷顺治皇帝福临的赏识。顺治三年，龚鼎孳由吏科右给事中，又被调任为太常寺少卿。这样他便可以借掌宗庙礼仪、祭祀礼乐的机会接近新帝。在龚鼎孳的倡议下，少年英俊的顺治帝上自先秦两汉、唐宋八家，下至元明戏曲无不涉猎，至于历代兴亡盛衰之历史，更是他们议论的话题。为此，顺治帝特地赠送内府所藏的名画五轴给龚鼎孳，其中有宋徽宗《题鹰并牡丹》和《东坡墨竹》等稀世珍品，使龚鼎孳受宠若惊，感恩不已。其实这正是清廷的高明之处，新朝初定，义军遍地，笼络天下人心，须从文人名士做起，而龚鼎孳正是清廷想要笼络的人。

此刻，龚鼎孳在棋盘街上坐着四人抬的大轿行进。这儿街衢如画，景象奢华，清朝廷的新贵们已在各处或占旧宅为主或新筑宅院，使得饱受战乱之苦的京都骤然又繁华起来，灯市口、查楼、王府大街一带茶楼酒肆，歌馆妓寮，处处人声喧哗，笙歌不断。龚鼎孳坐在轿子里，那颤悠悠的轿子有节奏地起伏着，使他感觉舒适。他想，幸亏没有贸贸然南归。如果当时他携顾横波回到南都去，不但像史可法、黄道周、姜曰广等骨鲠之士不会原谅他，就连马士英、阮大铖、田仰这帮人也会拿他开刀。那贪横无耻的马士英就向弘光帝上疏，题为《为请申大逆之诛以泄神人之愤事》。疏中说：

> 闯贼入都之日死忠者寥寥，降贼者强半。素号正人君子之流，皆稽首贼廷。如科臣光时亨，力阻南迁之议，而身先迎贼，龚鼎孳降贼后，每见人则曰，我本要死，小妾不肯……

果然，乙酉四月初九，在大顺吏部榜上有名的降官，光时亨、周钟、武愫、雷缜祚都被马士英杀于金陵大中桥畔。想到这里，龚鼎孳一方面庆幸自己识时务，另一方面，他感到清入主北都也是大势所趋。南都的马士英、阮大铖之流所拥之弘光帝，清歌漏舟之中，痛饮焚屋之下，贿赂公行，贪婪自喜，不过一年金瓯尽缺，小朝廷君臣皆作鸟兽散，根本成不了什么气候的。要是死在他们的刀下，岂不冤哉！

轿子停在妙光阁的轿厅里。额头以上头发剃得精光、脑后梳一根浓黑辫子的龚鼎孳，穿着圆领马蹄袖的清装下了轿。婢女雪枝早就洞开院门，让龚鼎孳穿过参差的假山亭台和曲折的循廊，进了珠箔数重、麝兰喷吐的内室，一进顾横波的闺房，龚鼎孳就连呼："我真健忘，我真健忘……"

原来，去冬以来，顾横波忽然对养猫产生强烈的兴趣，在妙光阁里豢养了许多美猫。龚鼎孳本人并不喜欢养猫，但想到他俩结婚几年了，至今尚无后嗣，顾横波难免会有寂寞感，只好借养猫来增添闺中之乐趣。龚鼎孳曾经答应顾横波今天到宣武门天主堂的西洋人汤若望那儿，把一只波斯猫带回来，但事情一多竟忘了。正在玩猫的顾横波并没有注意龚鼎孳说了什么，她正在逗一只名叫“踏雪寻梅”的猫玩。这只猫全身皆黑，只有四个蹄是纯白色的。另一只猫全身皆白，唯独尾巴纯黑，顾横波又为它取名为“雪里拖枪”。“雪里拖枪”蹲在一只锦榻上，一双碧绿的眼睛看着顾横波和“踏雪寻梅”玩耍着，似乎还几分嫉妒的模样。这只黑猫时行、时坐、时卧、时蹿、时跃，做出种种姿态以讨得顾横波的喜欢。

“你刚才说什么?”顾横波又问道。

“我说我忘了把波斯猫带回来了。”龚鼎孳带着歉意道。

顾横波这时才想起几天前，她和龚鼎孳到宣武门内东城墙的天主堂去拜访过那个高鼻子的意大利人汤若望。汤若望在崇祯二年就到京都帮大学士徐光启编历书，他的起居室里有许多仪器和算学、物理书籍，如徐光启和利玛窦合译的《几何原本》《泰西水法》《远西奇器图说》等。顾横波最感兴趣的并不是这些东西，而是汤若望手里抱着的一只白色的波斯猫。这只波斯猫全身披着雪白的长毛，一只眼睛是碧绿色的，另一只眼睛是金黄色的。这只波斯猫的神态安详，雍容华贵。那漂亮的长毛和美丽而奇异的眼睛使得顾横波真有些魂不守舍了。事后，龚鼎孳为了满足顾横波爱猫的癖好，专门派人到天主堂去，送给汤若望半斤人参和一幅仇英的仕女图，汤若望才肯忍痛割爱，只是龚鼎孳今天忘了去取猫。这件以波斯猫换画的趣事，使得汤若望与龚鼎孳的关系日趋亲密起来。到了顺治帝福临亲政之后，汤若望连连晋爵，宠荣有加，被封为太仆寺卿，后来又封为太常寺卿。这和当初龚鼎孳的推荐是分不开的。到了顺治帝临终前议立皇嗣时，汤若望力举康熙，因为康熙出过天花可免疫，顺治乃一言而定。这就是后来龚鼎孳写的《汤道未七十寿序》中所说的“最后则直陈万世之大计，更为举朝所难言”。

“你呀,”顾横波嗔笑道，“别说是一只波斯猫了，说不定把我也要忘了，难怪你近来胖了些，果然是‘食言而肥’了，你们合肥人就应该肥嘛！”

“夫人真会拿我开玩笑，明天我什么事也不干，专程到天主堂捉猫去。”龚鼎孳心情愉快而轻松，他索性也蹲下身来逗猫玩。

“老爷，夫人，”婢女雪枝急步进了妙光阁的内室，轻声地喊道，“寇白门姐姐带着斗儿在门厅里等着我通报哩。”

顾横波听雪枝说寇白门已在门厅里等候，心里想，原来都是秦淮河盒子会的小姐妹，怎么生分了，难道不能直接进来吗？顾横波早就听说在甲申年三月初，李自成围京都，保国公朱国弼贪生怕死早早离开了京都这座危城。至于后来寇白门跟朱国弼从淮安又回到金陵去的那段经历便不甚清楚了。顾横波刚想到这儿，已经快走到门厅，她远远地看见寇白门显得有几分消瘦，那娇美莹白的脸庞上也增添了凝重和忧虑的神态，秦淮少女时代的娇美天真的气息已经所剩无几了。

寇白门对顾横波和龚鼎孳在李自成入京的遭际和归顺清廷后享受的种种恩遇也是颇有些微词的，她总感到龚鼎孳很像那位东林前辈、常熟人钱谦益，而顾横波却不如柳如是那样刚烈，那样正气凛然，柳如是在南都沦陷之后劝夫殉国并跳湖自杀。然而她明天就要再一次离开京都，而且以后永远也不会再来了，寇白门想到从前的情谊，还是带着斗儿来辞行了。

顾横波将寇白门和斗儿迎进了妙光阁，在一番寒暄之后，寇白门还是像以前在南都秦淮河做小姐妹一般，将自己的遭遇和心事向顾横波倾心相吐。

自从崇祯帝自缢煤山后，消息传至南都金陵，人心浮动，合城惊恐不安。南都虽然拥立了福王朱由崧为弘光帝，然而这班功臣贵族依旧耽乐于轻歌曼舞、声色犬马之中。那朱由崧五月登基，八月便大选淑女。太监们肆扰百姓，四出搜卷。清兵压境，国事如沸，君臣们却无卧薪尝胆的志气。几位正直的大臣痛哭欲绝，而马阮之流忙于争权夺利，给弘光帝送歌伎、送《燕子笺》、送春药。那朱国弼更是与马阮之流沆瀣一气，在小朝廷干尽了坏事。朱国弼今天弹劾守淮有功的路振飞，明天上疏控告正直之臣姜曰广、陈子龙；不是与阮大铖这班人觥筹交错，笑声聒耳中醉生梦死，便是和那些骄蹇桀骜却又畏仇如虎的总兵刘泽清、高杰等人混在一起欺压残害百姓。至于堪称秦淮名妓的寇白门，朱国弼早已撇在一边。

有一天黄昏时分，朱国弼正想乘轿到桃叶渡与他的新宠——绰号叫“肉屏风”的顾小喜幽会。朱国弼是一个追求肉欲刺激的人，他听那个侨寓金陵的闽南才女余淡心说“肉屏风”非篱壁间物，有凌霄拔俗之姿，和顾小喜做爱的男子往往如将军带兵深入沙漠、峡谷，没有不败北投降的。于是逞强好胜的朱国弼就与顾小喜好上了。不料刚上轿，他就被寇白门喊住。

寇白门对朱国弼说：“我寇白门虽然出身教坊，幼年即坠入风尘之中，实出无奈，君系天潢贵胄，深受国恩，先帝惨死煤山，大明江山废坠一旦，你也很受皇帝信任，应该为国为民分忧，整天出入舞榭歌台总不大好吧！”

朱国弼本来对寇白门已经感到厌倦，近来她又总拿一些复社书生们的议论来烦他，现在又不准他到“肉屏风”那儿去作乐，心里一恨便直呼其名：“寇白门，你听着，你是我朱国弼用一万两银子买来的。我的事你休想管，你一个妇道人家懂什么君国大事！实话告诉你，以前我和王节、王满两姐妹一床睡，你管不着，现在跟顾小喜相好，你也少管闲事！”说罢便在随从的簇拥下，径直前往桃叶渡。寇白门回到闺房后大哭一场，她感到一种极大的耻辱。寇白门并不是一个毫无积蓄的人，只是平素豪爽任侠，手头大方，每遇秦淮姊妹们有什么困顿尴尬之处，她便把自己历年积银送给姊妹们，加上她性好结友，见故友行装萧然，便要赠送银两，以致自己囊中积蓄甚少。

乙酉年五月初九，清帅豫王多铎从扬州渡江，弘光小朝廷驻镇江将帅士卒溃败。金陵城风声鹤唳。弘光帝、马士英、阮大铖各自逃遁。保国公朱国弼慌忙骑马去忻城伯赵之龙府宅。沿途见北门桥鸡鹅巷马士英宅已被焚毁一空，那阮大铖的库司坊石巢园也被愤怒的百姓放火焚烧，浓烟弥漫，火光烛天。到了赵府，这位所谓守城提督赵之龙对聚集在议事厅里的王公贵族们说：

“史可法死守扬州，为社稷尽忠，用心良苦，可谓忠矣，而招来了清兵在满城中杀戮生灵，扬州八十万百姓几乎屠杀殆尽。金陵城若是守不住，清兵入城徒杀百姓而已，不如竖了降旗，方可保全百姓生命。”

朱国弼抢先迎合道：“忻城伯所言极是，干脆降了豫王，可保吾等荣华富贵。”

五月十四日，豫王率清兵入城。朱国弼和赵之龙、王铎、钱谦益等文武大臣于大雨滂沱中，设香案迎清兵在城外，并在泥泞中匍匐行拜。朱国弼的媚态奴相，并没有得到清廷的特别眷顾。到了第二年秋天，清朝廷命令南都金陵的前明公卿贵族一律北迁，其家产也查抄殆尽。就这样，寇白门又随朱国弼到了京都北京。

在北京过了几个月清寒孤寂生活的寇白门，十分怀念南方，多次恳求朱国弼能准她回金陵居住。朱国弼实际上是被清廷软禁在京都的，他当然不愿让寇白门离京半步的。寇白门后来打听到如果能向豫王多铎贿赂一万两银子的话，多铎便可说服他的胞兄多尔衮释放朱国弼重返金陵。于是她对朱国弼说：“国公眼下不能亲自下江南筹款，妾在江南尚有曲中姊妹和亲朋故旧可以周旋，不如让我去江南筹款，不消一个月便可筹此款。”

朱国弼实际上早已成为清廷的阶下之囚，往日那种飞扬跋扈的狂傲脾气也消磨殆尽，他认为寇白门去金陵筹银的可能性是成败各半，当然怕她借此逃离自己，但想到能够离开这苦寒的北方，这或许也是一种生路。何况即使失去了寇白门，只要重归金陵何愁找不到“眉目艳星月”的江南佳丽。于是他同意寇白门回南方筹银。

寇白门生怕朱国弼反悔，当夜便与婢女斗儿在闺房里收拾行装。一灯低暗，四壁阴冷，她望着那梳妆台不禁感慨万分，因为这只镜台是以前在南都时顾横波赠送给她的，面对这只消磨了许多花朝月夕的镜台，寇白门想起了顾横波和她的丈夫龚鼎孳，于是就在她离开京都前的最后一天特别到妙光阁来辞行。

这两年来过着春风得意生活的顾横波，听完寇白门坎坷曲折的经历之后，感慨唏嘘，洒下了同情的眼泪。接着令雪枝取出五百两银子给寇白门作盘缠，以壮行色。

当夜，寇白门和斗儿就离开了京都，这是一个风雪交加的夜晚，寇白门乘坐一匹青骢马，身着紧身的红丝绵袄、外披猩红色披风，在冰天雪地的北国原野上匆匆而行。一天之后，她们弃马登舟顺冀北、齐鲁，返回金陵。寇白门在江南果然筹到一万两银子，将被软禁在京都的朱国弼赎了出来。朱国弼回到金陵后，找到了寇白门表示想重归于好，但被寇白门严词谢绝。寇白门冷笑着说：“你以前不是说我是你花了一万两银子买来的吗？好，现在你也是我用一万两银子赎出来的。”

到了清代中叶有位画家为寇白门画了一张名为《风雪初归寇白门》的水墨画，另一位诗人为此画题诗道：

> 短衣风雪返金陵，红豆飘零弱不胜。
> 偿得聘钱过十万，那堪重问绛纱灯。

送走了寇白门和斗儿之后，一场春雪临空而降，不多会儿天地间就成了一派粉玉世界。龚鼎孳和顾横波戴了风帽披了斗篷到园子里去看雪。那霏霏的雪花仿佛在为顾横波表演似的，凌空曼舞。龚鼎孳得意地笑道："连雪花也晓得讨美人的好!"

"别胡说八道的。"顾横波啐了龚鼎孳一口道。

"六朝胜地，留都金粉的金陵有杏花春雨江南的风情，但在此观赏北国雪景，这琼楼玉宇的粉妆世界也是极有兴味的，夫人以为如何?"龚鼎孳入清之后，在新朝之中仕途颇为得意，因此在他眼里，这雪意溟蒙、冰清苦寒的世界也变得十分可爱。

顾横波正想回答龚鼎孳的话，忽然闻到煨熟羊肉的香味，回眸一看，见那妙光阁里一间朝南暖厅的窗棂上映着一团红红的炉火晕圈。她连声说道："好香的肉味，好香的肉味。"

"我昨天就叫龚进准备好了，这是真正的塞外羊肉呢!"龚鼎孳颇为得意地说。

"好极了，羊羔美酒，白雪红炉，只少了个绮年玉貌的党家姬来斟酒清谈哩。"顾横波凑趣地调侃道。

"夫人在此，小人何敢放肆。"龚鼎孳笑道。

晚餐之后，婢女雪枝送来一张戏帖。龚鼎孳取过一看，原来是新任吏部左侍郎兼翰林院侍读学士陈名夏送来的。这位陈名夏是龚鼎孳复社故友，曾与复社领袖人物吴应箕一起起草过《留都防乱公揭》。他才思敏捷，在江南文坛很有威望，崇祯十六年中殿试一甲第三名进士。明亡后他被迫投降李自成，后逃回江南，又被马士英、阮大铖定入"从逆"案，他辗转流亡于浙、闽、赣、楚等地。后在保定降清得到清廷的重用。龚鼎孳对陈名夏的才华一向很倾慕，身在北方同为江南人，两人更产生了一种同气相求的情感。于是，龚鼎孳对顾横波说："夫人，百史兄要请我们到他家去听曲，他已派马车来接了。"

"孝升，你去吧，我有点累了。"顾横波回答道。

"你知道陈名夏还请了谁?"龚鼎孳为了引起顾横波的兴趣，问道。

"你呀，真会故弄玄虚。"顾横波若无其事地说道，但终究好奇地问道，"你说他还请了谁?"

“告诉你吧，陈名夏请到了赫赫有名的袁晋，袁于令先生，你去吧？”

顾横波一听是撰写《西楼记》的苏州才子袁凫公，真是大喜过望，精神顿时一振。她回忆起十余年前在金陵御河坊清吟阁唱《西楼记》的情景。当时她唱的是《楚江情》，一曲终了掌声欢声雷动，风靡了南都多少年。多年不唱的“朝来翠袖凉，薰笼拥床，昏沉睡醒眉倦扬……”的曲调又在心中回旋起来。记得那天在红氍毹上一试莺喉的还有李香君、郑妥娘、李宛君等曲中姊妹。

“到底去不去？”龚鼎孳又问道。

顾横波从沉思中转过思路，忙说：“我一定要见见袁先生的。”

一辆装饰华贵的马车将龚鼎孳和顾横波送到了西长安门的陈府。马车停在赭黄色的大照壁下，对墙的门楣上刻着万历年间进士太仆少卿米万钟书写的两个大字“湛园”。米万钟就是湛园的主人，几经沧桑之后，清廷的宠臣陈名夏已是湛园的新主人了。龚鼎孳和顾横波还没有跨进门厅，目若朗星、风度翩翩的陈名夏迈着轻捷的步子迎了出来。他忙不迭地说：“孝升兄、嫂夫人，里面有客人，恕我不能远迎。”说着将龚、顾两位引进了大门，他们穿过了玲珑剔透、形状奇异的假山，沿石丈斋路过饮光楼、茶寮等楼台亭阁，只听得一阵阵昆曲声从仙籁馆中传出。三人上了仙籁馆的白玉石阶，一个模样俊秀的书童候在门口，他利索地掀开厚厚的暖帘，未等龚鼎孳和顾横波坐定，那房里拿着歌扇点戏的客人们齐刷刷地站立起，这些客人有戴三眼花翎的贝勒、贝子，有戴双眼花翎的镇国公等贵胄，更多的是降清的原明旧官。他们都久闻原金陵名妓顾横波的艳名，听陈名夏说龚鼎孳来看戏听曲要携顾横波同行，因而这时无不想先睹为快。

顾横波对这些王公大人并没有热情招呼，只是一心想见到她自幼便十分崇拜的传奇名家袁晋。陈名夏将这些身居要津、权势熏天的达官贵人逐一介绍给她的时候，她只是不卑不亢地敷衍着。可是最后引见到站在稍远的袁晋时，顾横波一双秀丽的眼睛突然一亮，露出兴奋的光芒，犹如一泓清泉蓦然沸腾，热得溢了出来一般。顾横波的兴奋不只是因为见到了她多年崇拜的袁公，更多的则是对她业已逝去的岁月的一种追思和怀念。

“凫公先生的神采，顾横波仰慕久矣，然而悭一面之缘。”顾横波躬身作礼道，全然不顾四周那或灼热或嫉妒或惶惑的目光，“我于昆曲可谓操千曲而并不晓声，然而自从十年前唱了先生的《西楼记》后，吴下阿蒙得以观名剑而识器——先生之传奇犹如周公瑾醇醪，至今津津于齿颊！”

陈名夏虽然久闻袁晋文名，但在冠盖如云俊彦咸集的京都，袁晋也不算烜赫的人物。想不到顾横波竟对他报以青眼，随即将袁晋细细睨视一番。袁晋的身躯短小，酒糟鼻，幸好他的一双眼睛长得很神气，闪烁着智慧的光芒。陈名夏真有点搞不明白，这个其貌不扬近乎丑陋的袁晋为何会赢得顾横波的热情相待。

袁晋的嗓音甜美，他又操一口吴侬软语，那仪态、那风度，使人忘却他身短鼻赤的缺陷。他说：“顾夫人，你与孝升兄屈尊来听拙作《西楼记》，我深感荣幸，不佞方从荆州归来，了却官务，此后当潜心此雕虫末技。看来我也不是当官的料子，是哦？”

龚鼎孳已感到顾横波撇开在仙籁馆这么多的天潢贵胄、达官绅士，却对业已卸职的前荆州知府袁晋的才华大加赞赏很失礼，便说：“列位大人请点戏、请点戏，鼎孳迟来了一步，叨扰了诸位。”关于袁晋的行踪，其实顾横波是时有所闻。顺治乙酉后袁晋为荆州知府，但他纵情诗酒，并以拍曲为乐。一日督察府州的布政使责备袁晋道：“闻公署中有三声，弈棋声、唱曲声、骰子声。”袁晋答道：“闻公署中亦有三声，天平声、算盘声、板子声。”布政使大怒道：“君有晋人风度，绝无汉官威仪。”就这样，袁晋丢了官职。热衷功名利禄的人对罢官成布衣的袁晋是不放在眼里的。顾横波却对袁晋的洒脱与多才多艺十分赏识，此刻，她干脆拉了龚鼎孳在一起，坐在袁晋的身旁，一面还向袁晋讨教《西楼记》中《楚江情》的唱腔。

这时，满座的官宦们都已换了软锦的便服，各人都在随意吃着桌上的越冬瓜果。陈名夏府中私人蓄养着的戏班里，一个模样俊俏的小旦踏着轻盈的步履上了场，伴奏仅一箫一琴而已。只听那小旦唱的是万历年间进士沈璟写的《红渠记》中曾丽玉与韦楚云同舟那一段《高阳台》：

……见晚妆初懒，细眉方迭。敛态凝情，娇波时溜清睫。

玉炉斗帐慵熏被，渐隔船麝霭消歇。问芳卿新来何事，妒花羞月？

这小旦虽不是曲中高手却也唱得抑扬亢坠，百转娇喉，盼顾之间颇含情意，惹得几个内院降清的汉官要过鼓板、笛子，甚至弹起琵琶凑趣，一时繁音促节，热闹非凡，一个个眉飞色舞起来，根本忘却他们自己降志忍辱，觍颜偷安的身份。这些汉官中有一个名叫孙珀龄的工科给事中，一向钦慕顾横波的艳名，也知道这位被称为善持夫人的顾横波在嫁给龚鼎孳之前在秦淮河的风流韵事，因而借着酒兴走到顾横波面前，涎着脸说：

“十几年前，我到眉楼去找过你，我还在桃叶渡对岸的清吟阁听过你唱《楚江情》，珠喉呖呖胜如雏凤之声，娇声婉转，响遏行云，缠绵多情，真是勾人魂魄哩！今夜大家兴致都高，夫人为在座再来一曲《楚江情》如何?”

此话刚毕，赢得那些粗通汉语的清朝贵胄的拍手称赞。顾横波对往昔那段青楼生涯，尤其是和当年南都复社名士们的诗酒过从，歌舞相酬，抵掌纵谈天下事的豪举是十分怀念，但极不喜欢别人用亵慢口气去议论眉楼，用轻佻的目光去回顾她以往的艺事。顾横波眼里显出一种鄙夷的目光，嘴角微微一牵，吐出几句话来：

“孙大人，你已年过花甲，怎么说出这样失身份的话来。依我看你要吃点醒酒药才是。”

在一边应付一位满族贝子的龚鼎孳见孙珀龄出言轻狂，十分恼火，急步走过来说：“孙大人，今晚是百史兄的戏班子献艺，大人何必说出这样的话来。”

孙珀龄漫不经心地说：“我看尊夫人正在和凫公先生大谈昆曲嘛！”

顾横波此时不再理睬孙珀龄，他轻声地对袁晋说：“凫公先生，请你到寒舍去，我们三人秉烛夜谈如何？”说罢携起龚鼎孳的手，又对陈名夏说：“我们乘兴而来，兴尽而归，在此与百史兄告辞了，兄不会以为失礼吧？”

陈名夏见刚才那剑拔弩张的紧张局面，甚为难堪，不如让顾横波他们先走，以免让这帮满族王公贵族扫兴，便拱手道：“龚大人、嫂夫人，这日招待不周，未能让你俩尽兴。”

龚鼎孳、顾横波和袁晋刚转身走了几步，就听到孙珀龄在和几个满族大臣们大声地说道：“拿什么臭架子，不过是个秦淮河上搔首弄姿的歪货，秦楼楚馆里的婊子……”

龚鼎孳听到这几句话，怒不可遏，转身急步走到孙珀龄面前，二话不说，猛扇了他两记响亮的耳光。孙珀龄想不到平时儒雅有礼、文质彬彬的龚鼎孳会如此狂怒，还没有做出反应，龚鼎孳已经反身走出仙籁馆。他们三人走到花园里的时候，还能听到仙籁馆传出来的哄笑声。三人到了门厅时，陈名夏急匆匆地赶到，他拱手作礼道：“孝升兄，那孙珀龄是酒后失言，还乞孝升兄与嫂夫人见谅，明天我请他到府上赔礼道歉。”

龚鼎孳和陈名夏素来私交甚密，又同出于江南的复社，都是属于清廷中的所谓“南党”。龚鼎孳上了马车对陈名夏说：“这个孙珀龄是阉党冯铨的人，他之所以今天如此狂傲无礼是仗着大学士冯铨的势力。今天我就要压一压他的熏天气焰。”

龚鼎孳的性格陈名夏是很了解的，他表面上看起来很儒雅，有时甚至有几分文弱，但在内心深处却有一种睥睨天地、心雄万夫的抱负。崇祯初年他作为蕲水县令时就做出过一番抵御“流寇”、力挽狂澜的事业。他也有软弱的时候，那就是被感情左右的时候。甲申三月，他太爱他的顾横波以至不能下定以身殉国的决心，这就是一个明证。然而，他不甘平庸和屈居人下，在崇祯时代，他敢于弹劾周延儒这样的大人物；在清廷，他又敢和顺治帝、摄政王多尔衮的宠臣冯铨大闹。今晚，龚鼎孳不能容忍他人对顾横波的无礼，于是狠狠地扇了孙珀龄两个耳光。

回到了一茎庵龚府，为了冲淡在湛园的紧张气氛，弥补被败坏了的兴致，龚鼎孳和顾横波就留袁晋在妙光阁住下。这时大雪满园，其间琼花玉树，玉润珠辉之清影袭入房间。书房生起火炉，燃松子煮清茗，三人谈今论古，感慨今昔，唏嘘不已。其后顾横波取来玉笛一支请袁晋吹笛，她欣然唱起了《西楼记》中《楚江情》唱段，这时园林雪霁，四望皎然，优美而缠绵的旋律传得很远很远。许多年后，顾横波都还记得在雪夜的京都，《西楼记》的作者为她吹笛的韵事哩。

第二天，袁晋接到吏部调任书。他已被任命为临清关监督。当晚他邀请了京都名伶，借陈名夏的湛园仙籁馆演出他的成名作《西楼记》，龚鼎孳和顾横波当然是袁晋邀请的主要客人。看完《西楼记》之后，龚鼎孳意犹未尽，当夜写了一首诗，题名为《观袁凫公水部演西楼传奇》。

龚鼎孳想不到这首诗很快成了他被人攻击的话柄，以致被谪贬江南五六年之久。

就在湛园观《西楼记》的翌日，龚鼎孳接到家乡合肥庐州知府飞骑送来的讣告——龚鼎孳的父亲龚孚肃不幸去世。按规定，凡官员的父母去世，必须回原籍守制，离职丁忧，除非该官员是皇帝不可或缺的元辅襄助，可以由皇帝指令“夺情”而不丁忧守制。龚鼎孳属“南党”，“北党”官员是不会让他“夺情”的。龚鼎孳自幼即由他的祖父亲自教课，对他极为严格。而父亲孚肃性慈爱，给龚鼎孳的童年带来许多温馨的回忆。有一年庭院里长出一棵灵芝，其父就替他取了一个号为芝麓，认为他长大一定会光宗耀祖的，庭中的灵芝就是一个吉兆。

接到噩耗后，龚鼎孳十分悲痛，在禀报吏部和皇上之后，便和顾横波收拾行装沿运河南下。世间真有凑巧的事情，龚鼎孳的官船刚到达临清，新任临清关监督的袁晋早就恭候在运河码头。由于袁晋执意要尽地主之谊，在临清城盛情款待了龚鼎孳伉俪。顾横波唤来婢女雪枝，到舍利宝塔下的文庙市场，买了“临清三桩宝”——瓜干、枣脯和千张袄。顾横波喜欢在沿途买些各地的土特产，让秦淮姊妹们尝尝。

龚鼎孳泊舟两日，辞别了袁晋准备登舟起程，继续南下。临清驿站送来了吏部转顺治帝的朱批——“龚鼎孳当降二级调用”的上谕。其中还附着一张工科给事中孙珀龄弹劾太常寺少卿龚鼎孳的疏文：

> 鼎孳明朝罪人，流贼御史。蒙朝拔置谏垣。优转清卿，曾不闻夙夜在公以答高厚，惟饮酒醉歌，俳优角逐。前在江南用千金置妓名顾眉生，恋恋难割，多为奇宝异珍以悦其心，淫纵之状，哄笑长安，已置其父母妻孥于度外。及闻父讣，而歌饮留连，依然如故，亏行灭伦，独冀邀非分之典，夸耀乡里，欲大肆其武断把持之焰。请敕部察核停格。

龚鼎孳看完这份弹劾书之后，感到头脑一阵昏眩，犹如万箭穿心。他也曾预料到那个工科给事中孙珀龄日后会借机报复他的，但想不到这报复来得这样快，这样阴险，这样恶毒。他有丧父之悲，被弹劾为“闻父讣，而歌饮留连”；他爱顾横波，被诬为“淫纵之状，哄笑长安”。这个孙珀龄无疑是一个阴骘猖獗的小人，他丧心病狂睚眦必报的背后，一定还酝酿着“北党”冯铨他们的更大阴谋。

已坐在船舱里的顾横波见站在船首的龚鼎孳手里拿着份驿站送来的吏部公文，神色严峻中带几分惶恐，知道事情不妙，便拢了拢头发，让自己先镇定下来。轻移莲步，上了船头接过吏部公文，看完公文和皇帝的“朱批”后，心里凉了半截，她首先想到的是“降二级调用”，意味着龚鼎孳已经失去了皇帝的宠信，如果再有闪失，会被贬为庶民或获罪入狱……但转念一想，历朝历代多少能臣贤相都有过被贬被谪的厄运，柳宗元、欧阳修、苏东坡，不都是屡贬屡起的吗？想到这里心又宽舒多了。她用女性的温柔与沉静，让龚鼎孳那心中的疾风怒雨，倏而转为朗月晴空，让他那胸中凝滞的愁云，化作霁口青天。

顾横波紧紧握住龚鼎孳颤抖着的手，轻柔地说：“孝升，别愁也别发怒，皇帝不过一时听信了孙珀龄的谤言污语而已，以后一定有机会昭然于世的。何况我们本来就打算回江南，一慰思乡之情的。他贬也好，不贬也好，我们本来就要在家乡丁忧三年，趁此机会将那东南胜地的风光都去领略一番。春日缓步后湖，寻芳万柳嫩绿中，听黄鹂声声，夏夜则入西湖荷亭，谈爱莲之说，秋则看菊绽篱边，访山僧于黄山白云之中。冬天呢，我们哪儿也不去，可在钟山一隅或曝背读书，或围炉小饮，这难道不是神仙过的日子？”

龚鼎孳听了顾横波的这番话，心里宽慰多了。他本来就担心顾横波会负载不了这么大的精神重荷，谁知她反过来安慰自己，心里一热，便说道：“听夫人一席话，顿觉扫开面上数重愁云，涤去我胸中俗尘数斗。往日常说大丈夫宠辱不惊，闲看庭前花开花落，去留无意，漫随天外云卷云舒，其实要做到这点是很不容易的。”说罢，两人手拉手，旁若无人地踅进了船舱，命婢女摆开酒肴，一面相互斟酒一面等待开船。不一会儿鸣锣解缆，官船沿运河南下，这年早春甚寒，或春雪霏霏，或冷雨兼旬，雨雪载途，白日惨淡。船过齐鲁，二人望故国丘墟，铜驼没草，不禁痛洒眼泪。数日，船经淮安，不久就到了绿杨城郭的扬州了。过了江，便是镇江，离金陵只一日之遥。那南都金粉、吴下风华，又使这一对多情而善感的伉俪的心怦然作响哩！

顾横波又回到了一别四年的金陵。

第十八章　黄钟与瓦砾

千古繁华的秦淮河自乙酉之乱，板桥草没，青楼榛荒，不过两年工夫，青溪笛步之间，那轻烟淡粉的灯火楼台，几乎化成瓦砾之场，往昔的重楼垒阁则栋折垣颓。满眼是金粉凋落，沼荒林败，竹柏倾欹，至聚宝门外的雨花台，更是败冢枯骸，不堪一睹。那内桥三山街一带，到处都是长得剽悍横蛮的清骑兵，他们满嘴黄牙，举止粗鲁伧俗，但知妇人金帛，不知诗词文章为何物。

龚鼎孳将父丧的后事办完之后，很快回到金陵。这几天他请了东南一带享有盛名的造园名师计成来市隐园。扬州郑元勋的影园和苏州文震亨的香草宅都是计成的杰作。计成在金陵最得意的杰作就要算石巢园了。从崇祯初年开始，龚鼎孳少年科第得意，很早就在官场沉浮，如今皇帝的一纸朱批将他贬谪江南，他愿意用造园叠山、重修故园的辛劳，忘却那云谲波诡的宦海风涛给他带来的烦恼和不快。再说，两年前，弘光小朝廷的马士英、阮大铖之流将他龚鼎孳列为从逆案中之人，成了缺席审判中的斩犯，因而在南都士庶之中对他褒贬不一。有的以为龚鼎孳大节无亏，其志可谅，有的认为他从逆降清，行为狗彘不如，再说他不是什么“衣锦还乡”回到江南，因而一般闭门谢客，深居简出。

暮色已浓，夕阳将河水染上一抹凄凉的胭脂红。少顷，一弯银月冷冷地照着秦淮——灯月交辉，笙歌彻夜的繁华景象似乎已经沉潜到深深的河底，唯有那千重万叠的微波浅浪还在拍打岸边水桥的石阶和凄绿的小草，追抚那业已逝去的檀板金樽、玉钗银灯的往昔。

顾横波和寇白门好不容易雇到一只金漆剥落的画舫，她俩在婢女的侍候下，携着暖壶、绿茶以及杂用小篋，对坐在前舱里，从武定桥下船，准备沿钞库街、石坝街、东牌楼、贡院街、文德桥，一直到大中桥，尽青溪而返。她们已经有好几年没有泛舟秦淮做春夜之游了。

画舫划动了，两盏明角灯挂在篷角上，在夜幕下晕出朦胧的烟雾般的光来，这灯光映在河上，使黯淡的水波闪出如梦如幻的色调。船过钞库街，顾横波忙叫划船老翁停船，她对寇白门说："白门姐，媚香楼到了，下船去看看，或许香扇坠从栖霞山回来了呢！"

说起绰号为"香扇坠"的李香君，寇白门神色凄然。她想起七八年前秦淮姊妹聚在卞玉京的暖翠楼开盒子会的情景。那一天，她和顾横波在一起携着精巧的茶食和鲜瓜甜果，上了暖翠楼。一边尝着细点，一边各献其艺。卞玉京鼓琴，其妹卞敏画兰，沙才吹箫，李香君唱汤显祖的《牡丹亭》，董小宛表演茶道，顾横波画了一幅观音像，那侯方域耐心地等在楼下。不久李香君与侯方域欢会媚香楼结成伉俪。乙酉之乱，侯方域被迫离开南都，李香君拒嫁淮扬漕抚田仰，血溅团扇，后来和卞玉京上了栖霞山。

"眉生，就上去看看吧。"寇白门站起身来，挽着顾横波的手，在船靠在媚香楼的水桥边之后，便踏上石阶拾级登岸。石坝街已无往日的绮靡繁华的景象，路上行人寥寥，满街都是污秽的垃圾，废纸败絮被风吹得如秋树落叶一般，看着真令人心酸。敲开了门，顾横波问一个满头银发的看楼老妪："香君呢？"

"香君已经走了两年多了，听说她在栖霞山被侯公子接到河南去了。"老妪答道。

"可以进去看看吗？"寇白门问道。

老妪很快将大门拽上，留了一点缝隙，说道："这媚楼已经卖给昂邦章京巴山提督了！"说罢便把大门关上了。顾横波和寇白门叹了一口气，缓缓地走下石阶，重新登舟往桃叶渡方向泛去。过了文德桥便是石坝街。顾横波想起了那个眉如远山、瞳如点漆、长发委地的葛嫩娘就住在石坝街河房里，便问寇白门道："那葛蕊芳自从跟了'飞将军'孙克咸到镇江去后，就一直没有消息，你知道他们的下落吗?"

说起葛嫩娘，寇白门眼睛便湿润起来。看见寇白门流泪，顾横波便知道葛嫩娘的命运凶多吉少。她以前曾看过豪气纵横的孙克咸舞剑，也称赞过葛嫩娘那一头如黑绸般光亮的长发。寇白门流着泪说："清兵在扬州屠城时，孙克咸和葛嫩娘投在镇江杨龙友军中，镇江失陷，孙克咸和杨龙友在苏州袭杀了降臣黄家鼒。后来转战浙闽，与杨龙友在浦城被清兵所捕。清将贝勒见葛嫩娘貌美便来劝降。她将自己舌头咬碎，含一口血向贝勒喷去。清将恼羞成怒，拔剑刺死了葛嫩娘，那孙克咸见状，大笑道'孙三今日登仙矣！'就这样，孙克咸和杨龙友同时慷慨就义。"

顾横波听完寇白门这一番话，深深地陷入内疚中：古往今来，秦淮儿女中有几位能像葛嫩娘和孙克咸这样，生时爱得痛快深沉，死得又如此悲壮慷慨，惨烈撼人。在国破家亡、山河变色之时，有多少世代高官厚禄的达官贵人，为了保全地位与俸禄，一个个觍颜迎降，含辱偷生。而处于底层的青楼女子、布衣庶民却能在强敌面前鼎镬如饴，视死如归。这是她自丈夫龚鼎孳被贬江南以来感触最深的事。从葛嫩娘的殉国，她又想到自己这些年来，衣必锦绣、住必华屋、行必车马、食必珍馐——过着养尊处优的生活。虽然也懂得许多圣贤之道，当遇到与自己丈夫宦途有碍的狂风暴雨的时候，却往往过分爱惜自己的名位和羽毛。

不知不觉这画舫已划到了桃叶渡。这一带的河房有的久不住人，庭院杂草满地，松竹荒芜，一些临河的墙上长着紫苔苍藓，葛蔓藤花从石阶的旁边爬过来，藤蔓上缀着凄然的小白花，顾横波默默地注视着桃叶河房，她清晰地回忆起，带着婢女荔儿向那位秉性清高、才艺出众的肖云从讨教昆曲的声腔精髓的情景。那对岸的御河坊是她第一次登台唱《西楼记》的地方，如今也是悄无人声，那个神童夏完淳又到哪儿去了呢？他现在也该十五六岁了吧！

突然一阵人声喧哗，从远处传来。那声音虽轻微然低沉而宏大，犹如远处的海浪声——似呜咽似呼喊似恸哭……近了，近了，先听到大队的骑兵引路的杂沓的蹄声，随后是两匹马拉着的木笼车。木笼里站着一位脸上布满了刀刻般皱纹的老人，秦淮月色照在他那苍白的额头上，花白的头发里还有不断渗出的血，然而他的神情肃穆安详。这位被清兵在婺源俘获的老人，便是被称为披甲儒臣的黄道周。他在崇祯时代饱受官场倾轧痛苦，作为正直的大臣，屡屡遭到拷打刑讯。明亡之后，他又被福州的隆武帝任命为吏部尚书、武英殿大学士，后又兼兵部尚书。但隆武小朝廷悍将跋扈，大权旁落，郑芝龙、郑鸿逵兵权在握，黄道周一腔热血，无从喷洒，他决意孤注一掷，拼死疆场，其情十分悲壮。

顾横波和寇白门在婢女的搀扶之下，登上了离桃叶渡不远的大中桥。那时金陵的一些大桥的桥两边往往设立一些商肆与摊点。桥中间可通车辆和行人。顾横波花了几两银子借一家茶食店二楼的窗口作眺望之用。顾横波一眼就看出那站在囚笼里的老人是她最为景仰的黄道周。他身穿一身青麻宽袍大袖的儒生服，头戴方巾，仍旧一副明代读书人的打扮。她嘴唇微抖，轻轻地自言自语："黄阁老，黄阁老……想不到今晚竟然在这儿见到你！"这几年来顾横波先是看不惯猪尾巴式的辫子和马蹄形的窄袖，后来也就习惯成自然了，如今重新看黄道周所穿的宽衣博袖的故国衣冠，不由得心上涌起一阵辛酸，眼泪洒落襟上。这时，从通济门一带拥来的百姓都纷纷聚集到大中桥上，不少儿童妇人都争相踮起脚尖，尽力想看清黄道周的形象。人群中不知谁喊了一声："黄阁老，你是一条好汉！"

在一片令人难堪的沉默中，这一声犹如平地响雷，一个白发苍苍的老太太哭喊道："这是什么世道，好人总是遭殃受罪哟！"紧接着的是一群中年汉子大声嚷道："囚车慢点走，让我们看看这个大忠臣！"这时，押送黄道周的清兵急忙勒住马缰绳，几匹蒙古骏马骤然停蹄，发出几声长嘶，在空中传得很远很远。清兵个个怒目圆睁，有一个身材高大的清兵悍然挥刀向一个跑在前面的白衣少年狠狠砍去，半截手臂从肘以下断了下来，顿时鲜血喷涌，溅到后面一个妇人脸上，那妇人尖叫一声昏厥过去。与此同时，站在大中桥上的江宁府衙的衙役们挥动着木棍、皮鞭，向不断从四面八方拥来的老百姓们的头上抽打。

顾横波站在桥侧的茶食店里，看到刚才那血淋淋的一幕，她的脸煞白，气愤又恐惧的情绪紧紧地攫住了她，她浑身颤抖着。从京都回到金陵之后，顾横波虽然在一些乙酉年从扬州九死一生中逃出来的妇人嘴里，听到清兵在扬州屠城的惨绝人寰的情景，但毕竟没有亲眼见到这种残暴的场面，那眼泪禁不住又扑簌簌地掉了下来。

这时，站在囚笼中的黄道周，睁大了他一双开合有神的细长的锐眼，英气逼人。他大声喊道："父老兄弟们，道周无能无德，为先帝之微臣，不能拱卫京都，寇贼旋腾以致血流宫寝，先帝不得正其终；道周为隆武帝之廷臣，率师出闽又粮尽援绝，今为南冠之囚。我上不能复君父之大仇，下不能雪同胞之大耻，道周上负天恩，下误黎庶，自觉罪孽深重，愧对金陵父老。眼下虽是山河破碎，满目凄凉之时，我黄道周又身陷缧绁，做了阶下之囚，但大明三百年江山岂久容满虏猖獗；昔日赤眉铜马之乱，适开光武帝之中兴，安禄山之类的胡逆又岂能成大事……"黄道周刚说到这儿，就被一个粗壮清兵用一条汗巾塞住了嘴，另一个赶马的清兵猛抽马车，那囚车发出轧轧的声音，车轮快速转动，顷刻间便消失在南都驿道上。

黄道周的身影虽已消失在无边的秦淮夜色之中，但他那沙哑而苍劲的声音犹在顾横波的耳畔回响。奇怪的是此刻她想到的不是黄道周以老儒臣的羸弱之身率军与清兵苦斗的悲壮情景，也不是在崇祯年间冒死直谏，得罪皇帝、得罪权贵的凛然正气，而是十年前金陵赛虹桥余家花园的场景。那一天，大雪初霁，园林皎然。在觥筹交错、玉树倾倒、沉沉睡去之后，她黎明醒来，见黄道周蜷身睡在坐榻之上，才知黄道周和她自己在酒醉后被关在一间香巢之中。记得当时人人都认为黄道周不为肌肤香艳所动，是个铁骨铮铮的男子汉，是个为圣为佛成忠成孝的真正大名士。顾横波又想起古人说的所谓“泰山崩于前而色不变，麋鹿兴于左而目不瞬”的话来，真正能称得上正气凛然，高风亮节的人，非黄公莫属了。

“眉生，”寇白门的一声呼唤将顾横波从沉思中拉回到刚才那惊心动魄的现实中来，“石斋公这次被捕肯定是必死无疑了，他是一个耿直的大忠臣，不会去当清廷官的。”

寇白门说到“不会去当清廷官的”时候，顾横波的脸一下红到耳根。她想到她和丈夫龚鼎孳在京都国难君亡之时都没有以身殉国，以致名列从逆之案，而后又迎降于清廷，在京都过着锦衣玉食的生活。

“夫人，”雪枝小声喊道，“这里太乱了，天又很晚了，我们还是回去吧！”

顾横波点了点头，对寇白门说：“今夜白门姐就住市隐园吧，我们姐妹俩来一个对床夜谈如何？”

留都金陵在乙酉年之后，降清的前明兵部尚书洪承畴被清廷任为秘书院大学士，总督军务招抚江南。洪承畴向清廷上疏“江南改京为省”，于是江宁府变成了江南省的治所。被俘的黄道周便囚禁于江宁府大狱之中。

几缕惨淡的月光，从铁窗外照进了御道街右侧的江宁府大狱的一间宽敞的囚室。黄道周身体虚弱至极，又受了风寒，正发着高烧。他嘴里燥渴异常，而精神却悠然无羁，那魂魄飘飘浮浮在如梦似幻的世界中——

崇祯十一年燠热郁闷的夏日，紫禁城中极殿上崇祯帝正襟危坐，苍白的脸上露出暴躁的神态，他大声说道："黄道周，你这几年以忠谏为名，专事攻讦，你的学问是什么，就是一个'佞'字，朕重用的人，你就要狂悖地诋毁——带下去！"圣旨一下，黄道周被推出午门之外。几名锦衣卫将黄道周推倒在地，廷杖六十，将黄道周的臀部打得皮开肉绽，继而是血肉狼藉。黄道周感到太阳穴发胀，腹中臀下如烧着一盆火，熊熊的火在烧在烤在炙在熏，要将他的血肉之躯和灵魂烤焦，直至化为几缕青烟……

婺源城外明堂里的荒野的山上，晨雾弥漫、阴冷森人，清兵乘大雾袭击黄道周的义军。流箭似雨，杀声震天。黄道周想大声呼喊，但却喊不出声，他的嘴干枯难受，嘴唇如火燎烤，他连中几箭，正想转身奔跑，但觉一阵眩晕，便失去知觉。忽然一阵山风吹来，将黄道周托举到虚无缥缈的仙境之中，他回到了老家漳浦铜山。黄道周在一棵荔枝树下遇到了江阴读书君子徐霞客。记得崇祯初年，他自己在丹阳羁旅之中，徐霞客携子乘快船追他。在一夜长谈之后，徐霞客竟称赞道："石斋字画为馆阁第一，文章为国朝第一，人品为海内第一，其学问直追周、孔，为古今第一。"

"石斋兄，你呀，当年当皇帝的筵讲官不肯下跪以膝行走，以后又弹劾权臣杨嗣昌，落得个贬官江南的下场，还不如跟我去漫游江海，历尽名山，将一片激烈肝胆寄于醉后悲歌之中，将一肚子学问留于翰墨之上，传之后人，岂不妙哉。"徐霞客抚摸着黄道周的一双长满青筋的手说道。黄道周正要答话，突然狂风大作阴霾四起，身材伟硕、面色苍黑的江阴典史阎应元满身是血，腿上的枪伤使他跛着脚蹒跚而行，阎应元高声喊道："江阴人有骨气，快上城楼杀敌……"

当黄道周醒来时，他发现自己已经置身于总督军务招抚江南的清内院大学士洪承畴的总督府里。

洪承畴是万历四十四年登进士的所谓“儒将”。他在崇祯七年进兵部尚书，总督豫、晋、陕、湖、广的军务，后来又当了蓟辽总督，主持对清作战。他久历宦海，老谋深算，每临大事有静气，温文尔雅，不露声色，身上流溢着一股南方名士兼北方将帅运筹帷幄的沉毅气派，尽管在军旅倥偬之中洪承畴书斋里仍旧图籍满壁，那长几放着一架套着锦衣的古琴，博古橱里摆着斑斓古艳的青铜鼎器和古玩字画。

头戴一品红宝石帽顶、脑后拖着辫子的洪承畴，习惯地用左手拂绣着仙鹤祥云的石青色朝服。那挺括的马蹄袖中的白胖的右手捋着颏下的几绺清疏的胡子。洪承畴有几分得意，又有几分怜悯地看着眼下作为自己阶下之囚的福建同乡。

这个才气横溢、博通今古的黄道周，论学问、论才气都胜过他洪承畴，然而这位福建老乡却是聪颖有余而变通不足，在为人处世方面有时天真得如同一个孩童，憨直得像一个三家村老学究。他不是今天在皇帝面前据理力争，不惜下狱贬谪，就是明天弹劾圣上的心腹之臣，大闹紫禁城，把崇祯帝搞得下不了台，其结果便可想而知了。

黄道周微闭着眼，向洪承畴迅速一瞥，便重新闭上眼睛。记得在七八年前，洪承畴刚刚接任总督三边剿寇军务的时候，他在京都公生门直街的兵部署设宴告别。那时的洪承畴显得清瘦而憔悴，忧国忧民且愁容可掬，现在早已判若两人，他的脸白皙而肥胖，只是长年的熬夜又加上颇好女色，眼圈有些呈淡淡的青晕色。

“黄阁老，”洪承畴亲热地唤了一声，“你我不但曾同朝共过事，还是同乡故旧哩。我洪承畴对石斋兄的道德文章一向敬仰如瞻北斗，今天邀请吾兄到俗舍来就是要谈谈旧谊，叙叙乡情。还记得崇祯三年我刚就任延绥巡抚吗，你还在黑窑厂设宴为我饯行呢！”

说了一会儿，洪承畴见黄道周依旧紧闭双目丝毫没有理睬他的模样，便想用话来激他，让他开口。他继续说："黄阁老为了复兴前朝江山，毅然率师出征，这一番含辛茹苦、九死一生的伟绩，弟深为感佩，然而大明的气数已尽，希望阁老顺天应命，为天下众生多想想，黎民百姓早已厌恶征战，我们还是化干戈为玉帛吧！"

这时双目紧闭的黄道周果然勃然生怒，睁开他那双炯炯有神的眼睛，说道："谁要动干戈，是平民百姓吗？你洪承畴为虎作伥，和清兵在一起，扬州十日，嘉定三屠，江阴喋血，动辄屠城。何处不是尸积如山，血流成河呢？你还说什么化干戈为玉帛？"

洪承畴心里想，俗话说，"只要不开口，神仙难下手"，现在既然开了口，总可以谈出个子丑寅卯来的，于是便说道："幼平兄，事实上鼎革换代古自有之，如今国运已变，江山也非畴昔。崇祯帝刚愎自用，视臣民如寇仇，致使哀鸿遍野，民不聊生。流寇乘机起事，先帝缢于煤山，正是我朝大军起仁义之师，直捣京都为先帝复了仇。大清朝承天顺时，重整江山。而幼平兄为前朝尽忠可谓呕心沥血，也算是鞠躬尽瘁，问心无愧了，何不顺天应命，为天下黎民百姓着想，出山共襄朝政，幼平兄，不知尊意如何？"

黄道周嘴角抽搐着，两道剑眉耸簇起来，他突然从长榻上端立起身问道："你到底是人还是鬼？"

洪承畴的脸色一瞬间变得苍白了，他嗫嚅道："幼平兄，此话从何说起？"

黄道周大声斥责道："大胆的恶鬼，你竟敢冒充大明太子太保兼兵部尚书洪承畴前来作祟。洪亨九先生早已在松山慷慨赴难，以身殉国了。先帝为他在京都亲设祭坛，亲撰诔文，真是光宗耀祖，青史永留的大忠臣。尔乃何物，敢在此鱼目混珠，蛊惑人心。快快滚开！滚开！"

洪承畴于崇祯十五年二月在松山失陷后被清军俘获。当时他拒不剃头，只求速死，甚至在清将官怒极举刀欲杀时，洪承畴“延颈承刀，终始不屈”，之后又决心绝食，“米浆不入口七日”，但仍然求死不得。然而他终于经受不起清人的威逼利诱，尤其是美色的诱惑，终于对皇太极投降。崇祯帝听误传，以为洪承畴宁死不屈、为社稷捐躯，曾在京都朝阳门、东岳庙一带用苍松翠柏和素纸扎起一道牌坊，另在牌坊前搭起约五里长的祭棚，其间挂满了白绸白布等长幡以及六部九卿、文武百官送来的挽联。附近所有寺庙的僧侣都聚集到这里，他们挥剑作法，诵经超度，一时香烛之烟缠绕，木鱼鼓钹之声盈耳。有些往昔与洪承畴比较稔熟的同僚同年更是咽泣恸哭。凛然之气，浩浩乎充塞于天地之间。因此，当洪承畴降清的消息传来时，举国上下为之震惊，将受骗后的懊恼化作百倍的鄙夷和愤怒，正因为这个原因，洪承畴在降清这件事上特别敏感。他想，自己也不是一般偷生怕死的寻常之辈，只不过对于人生领悟得更透彻更机敏一些罢了。你黄道周也太迂了。于是，干咳了几声，说道：

“幼平兄，你骂我鬼也好，人也好，我都不去计较，只要你听我说几句知心话，也算是吾等的同朝之谊、故人之情。古人云，‘登山耐险路，踏雪耐危桥’。一个‘耐’字极为重要，切不可逞一时之意气于危桥落水，登山而坠于深谷，白白送了性命。你看大明朝经流寇之乱，元气丧失殆尽，人心涣散、士气疲滞，改朝换代势在必行……”说到这儿，洪承畴瞥了黄道周一眼，只见他双目紧闭，嘴角却露出一丝鄙夷的冷笑来。但洪承畴并不介意，当年他自己也曾在沈阳绝过食、骂过敌哩。他继续说道：“大明江山早已易姓，大厦已圮，何必同归于尽，大智大勇者当独辟蹊径。幼平兄才华出众，胸有韬略，有经国济世之才。所谓不昧己心，不拂人情，二者可以为天地立心，为生民立命，为子孙造福。当今世道正是风云际会之时，造就英雄的时世。承畴不敏，当以樗散之材，为黄公敬随鞭镫，在有生之年轰轰烈烈干一番事业！又何必学那扬州的史可法，以万人之血，赢得个忠臣之名……”

洪承畴说到得意之处，微微摇着脑袋，那头上戴的顶缨帽也颤颤地晃着。这时，黄道周睁开眼睛，他早就听说史道邻在乙酉年城破时拔刀自刎，血溅衣袂，后见豫王多铎说：“吾为朝廷大臣，岂肯偷生为万世罪人，吾头可断，身不可辱，愿速死，从先帝于地下。”多铎劝道：“君不见洪承畴乎，降则富贵。”史可法回答道：“承畴受先帝厚恩而不死，不忠甚矣。我岂肯效之。”多铎拔刀欲斫，史可法挺立迎其刃，多铎连声说：“好男子，好男子！”后史可法终被多铎所杀，临死前厉声道：“城亡与亡，我意已决，即碎尸万段，甘之如饴，但扬城百万生民，不可杀戮！”现在，这个厚颜无耻的洪承畴却说什么“扬州的史可法，以万人之血，赢得个忠臣之名”。同为大明命官孰是孰非，真有天壤之别。黄道周忽然产生一种想法，于是嘴角漾笑，似嘲似讽地说道：

“亨九公，真是听君一席话，胜读十年书呀！我黄道周一生愚钝，今日方为茅塞顿开。道周无以为报，我见贵书房中有现成笔墨纸砚，就在此书写一纸楹联相赠，以答亨九公拳拳情谊如何？”

洪承畴本以为黄道周此刻会始终闭目不言了，他不但答了话，还要提笔为自己挥毫作一楹联。他一时还弄不清黄道周的情绪从冷到热的缘由，但知道劝降已有转机，心中不由得得意起来。洪承畴知道自己之所以受到清廷顺治帝和摄政王多尔衮的宠信，就是因他原为崇祯重臣，门生同僚遍于天下，因而封他为招抚江南的大学士并总督军务。如果德高望重的黄道周能够归顺清廷，那么东南西南各省便能很快得以平定。于是洪承畴唤来书童将笔墨纸砚逐一安排妥帖。

黄道周稳步走到书案边，略一凝神，提笔蘸墨在宣纸上挥洒起来。黄道周画松奇气郁勃，写字深得二王神髓。只见他写着吟着，诵哦有声，运笔如李广引弓、公孙大娘舞剑。悬腕书写，举重若轻，气韵万端。

洪承畴见黄道周欣然挥毫为自己写楹联自然十分高兴，便凑到书案前观看，只见雪白的宣纸上墨汁淋漓，几行行草写得龙飞凤舞，灵动潇洒，细细一看，他先是眉头紧蹙，后是手足冰冷而热血上冲，气得全身颤抖不已。黄道周在宣纸上写了两行对联：

史笔传芳，未能平虏终可法；

皇恩浩荡，不思报国反成仇。

洪承畴是进士出身的大臣，他看出上联的第一个字和最后两个字为“史可法”，下联为“皇成仇”，谐音即“洪承畴”。这分明是在赞扬史可法可以流芳百世，骂他是逆君叛国的孽臣。他一改温文尔雅的仪态，嘴角抽搐，额上青筋暴绽，用手指着黄道周厉声斥道：

“黄道周！你不要如此狂悖，我若今天想要杀你，你就休想活到明天！”

黄道周听了洪承畴的话，仰天大笑道：“道周既为南冠之囚，死意已决，无须你洪大人再费口舌，今为大明孤臣，只求速死，一则可报国恩，二则早日登仙，在九重天上与道邻兄痛饮数斗，以酬久慕之情。”

洪承畴到这时候才真正领教了，这个不怕皇帝不怕死的倔老头的铮铮铁骨是何等凛然不可侵犯，早知劝降无效，又何必请他到总督府来自招其辱呢！想起来十分恼怒，但又很快忍住了火气，仍然不失儒者之风，明知故问道：

“幼平兄，这副对联可是赠送给我的？”

“是啊，来来来，让我为亨九公题款如何？”黄道周笑道。

“不必啦！”洪承畴说罢，取过黄道周所书写的楹联，将它扯碎成丝丝缕缕，掷到窗外。一阵风吹来，那碎片飘飘扬扬，撒到池塘上去如同雪花一样。“幼平兄也不必生气，这副对联既然已经送给我了，我当然可以处置属于我的东西，是吗？”洪承畴发出一阵狞笑。在这一片笑声交集中，洪承畴知道诱降无效，便决然动了杀机。

早已将生死置之度外的黄道周，在江宁府大狱里已经被囚禁了近两个月。清廷为了继续劝降，对黄道周的起居饮食等生活方面颇为优待，囚室内准许放置文房四宝以及一些书籍等物。黄道周脸上额骨上一块青斑的伤痕已经褪去，在婺源战场上留下的创伤也逐渐平复。原来枯槁憔悴的面容也逐渐显出一些健康的血色来。金陵城里，无论是文人墨客、士绅官僚，还是一般的平民黎庶，都倾慕黄道周的大名。他们通过种种渠道和关节，到大狱里来“拜访”当代大儒黄道周。有些官员送上文徵明的手卷，有的士绅捧上先秦的鼎器和宋人书画，有的是向黄道周索字求画。对于前者，他一概不收；对于后者他改变了以往的态度，是来者不拒，或书或画，内容多半是一些高风亮节的松竹和文天祥的《正气歌》、岳飞的《满江红》之类激励忠贞之志的作品。他知道自己必死无疑，也想多留些笔墨在人间。

一天，黄道周正在几案上读《易经》，一个戴白石顶官帽、身穿鹌鹑褂子外套的清廷官吏，走进高高的墙门，和狱吏说了几句话，又塞了几十两银子，在狱吏的监视下进了囚室，那狱吏锁上铁门后便离室而去。

“石斋公，还认识我余集生吗？有一年我和杨龙友兄邀请你在金粟纸上挥毫，你当时画的是几棵风雪中的劲松。”余集生重提往事，想唤起黄道周的回忆。

“余中丞先生？”黄道周眼里满是狐疑，“你怎么也穿上这一套官服了？”

“石斋公，这套鹌鹑褂子外套是花了银子，向一个小官吏那儿借来的，否则这江宁府大狱是不让人进来的。”余集生解释道。

黄道周哦了一声，思维却回到了几年前在赛虹桥余家花园那一香艳之夜，他想到了那个国色天香的绝代名妓顾横波，甚至当时顾横波那钗横鬓乱、樱口嚅动的情景都历历在目。但他很快又想到了另一个以书画闻名南都的名士来，便问道："你知道杨龙友的消息吗?"

黄道周和杨龙友在弘光帝蒙尘之后，先后被隆武帝封臣。杨龙友被任为右佥都御史驻浙江处州，为福京屏障，却没有到福京福州去过。黄道周一直认为杨龙友是个正邪两赋的人，他以文采风流自命，又是奸佞马士英的妹夫。后来黄道周率师出闽，更无杨龙友的音讯了。

余集生一听是问杨龙友，一行眼泪洒了下来，他从怀里取出一卷诗稿，说："这是桐城方尔止先生写的七言律诗，杨文骢抗清兵已于浦城殉难，请石斋公一阅。"

黄道周展开诗卷，题目赫然为《闻杨龙友孙克咸同日死难诗以哭之》：

姑苏城外转旌麾，士马萧萧我独随。
自愧江东行不果，只因堂北养无儿。
周邦再造威重震，汉鼎难扶死自期。
况有参军同志节，临刑慷慨复何悲。
桐乡虽小盛簪缨，风俗年来颇好名。
却怪两京齐改步，曾无一士肯捐生。
孙郎好武怀忠略，闽海勤王苦战争。
埋骨天涯魂不返，故山千古有馀荣。

这时，手持诗卷的道周对在南都为寓公时，吐纳风流、放浪形骸之的杨龙友有了新的评价，对那个雄怀顾盼、好狎名妓的孙克咸也产生了深深的敬意。那身为朝廷重臣的洪承畴与杨龙友、孙克咸比起来，彼为赘痈粪溷，此为旭日朗月。他想起杨龙友以前在筵席所说的话："古之君子，无故不废乐，谢安东山丝竹，文天祥声伎满席，皆能乐人之乐，忧人之忧。”黄道周握住余集生的手感慨道：

“余中丞，杨龙友、孙克咸君乃真名士，他们外似洒脱，内则砥节砺行，气谊相孚，故能拔剑慷慨以身殉国。不像那些假名士，平时以诗词交名公巨卿，谬托忠孝，佯慕义烈，妄自炫耀，互相标榜，到了国破家亡的时候则纷纷改换门庭，摇尾迎降。”

“石斋公，弟尚有一事相告，还记得金陵的秦淮名妓顾横波吗？”余集生问道。

“你说的是眉楼的顾横波吧，记得啊，她不是嫁给合肥龚鼎孳了吗？”黄道周答道。

“是的，顾横波正在门外等候，我送给狱吏之银子就是她的，她想求公一见。”余集生说出了探狱的主要目的。

黄道周沉吟了一会儿，说：“听说京都陷于李闯时，顾眉生曾劝龚孝升自缢殉国，而后准备殉国殉情，那龚孝升说生死在一瞬之间，求死易而驱敌难，结果他名列顺案又迎降于清廷。不管怎么说，一个女子能有殉国之志也是难能可贵的，就请她来吧。”

顾横波穿着紫色丝织对衫，缎质黄裙，外加蓝纱披风，稳步跨进囚室，她的神情凝重而肃穆。然而一笑一颦，举手投足之间，丰姿妩媚。黄道周甚至还回想起，当年顾横波同他一床而眠时那温暖的体温和撩人的芳香。

“黄阁老，请受顾横波一拜。”顾横波说罢便跪下叩头再三。

“顾夫人，不必多礼，请起，请起！”黄道周搀起顾横波，说道。

“黄阁老，两个月前我和寇白门在大中桥看见先生在囚车之中，知道必然会关押在这儿。今天才有机会见到先生。”顾横波恭谦地凝视着黄道周，说道，“我来求先生一件事。”

“顾夫人，你有何事尽管说就是了。”黄道周道。

“记得早几年石斋公在余家花园曾为集生龙友先生他们画过一幅劲松图，我无比奢望，仅想求一幅字作为留念。”顾横波虔诚地说道。

“好，好。”黄道周毫不犹豫地答应道，“这儿有现成的笔墨纸砚。我昨夜写了两首自悼诗，今天就写一首送给你，如何？”

顾横波一听是自悼诗，明白黄道周已经知道自己在世的时间不多了，感伤得流下泪来，她以前读陶渊明的《自祭文》时便产生一种人生如幻如梦的感觉。这自悼诗又是一种何等的诗文呢？便安慰道：“听说摄政王十分敬重先生的才学和高风亮节，说不定会释放先生的。”

黄道周微微地一笑，并不答话，径直走到一张简陋的书案前，拂砚抻纸，沉思一会儿，为顾横波写一帖横披。那几行龙跃虎跳的行草是一首内容悲壮的自悼诗：

诸子收吾骨，青天知我心。
为谁分板荡，不忍共浮沉。
鹤怨空山曲，冤啼中夜阴。
南阳归路远，恨作卧龙吟。

黄道周写完之后，题上边款，取出一方周亮工以前亲自为他篆刻的螭纽田黄印章，满蘸印泥，在书件的左下角压了下去。而后才轻轻地舒了一口气，将这帖书法横披递到顾横波的手中。顾横波接过书件之后，取出她带来的一只福建漆篮，小心翼翼地掀开篮盖，先拈出一只矮矮扁扁的锡茶瓶来，端在手上对黄道周说：“黄阁老，你老人家是福建人，我知道你对什么龙井、云雾、猴魁都不太感兴趣，北方人爱吃的香片你更是不想问津，我特地托人到福建安溪，为先生带来了铁观音，其味醇厚绵长，香气清新自然。请先生笑纳。”

黄道周确实喜欢饮用安溪铁观音茶，这几年戎马倥偬，来去匆匆，无暇品赏。如今在即将告别尘世的时候，品尝一下家乡的茶叶，一下子搅动了深埋在心底的乡愁乡情，不禁潸然泪下，说了声：“多谢，多谢。”便接下这瓶铁观音。

接着，顾横波又从漆篮中取出一瓶酒和两只酒杯，说道：“这是当年诗仙李太白诗中所说的金陵春酒，今日在此敬献先生，也请一并笑纳。”

黄道周怀着感激之情凝视着顾横波，说道：“你送的东西，我都很喜欢，我都要一一品尝。除了一纸横披之外，我在此身无长物，无以为赠。仅以数言以告，我黄道周生为大明人，死为大明鬼，大厦已倒，独木难支，唯有杀身成仁，以报国恩而已。别无他愿。”

黄道周刚说完话，几个长得强壮而猥琐的狱卒大声嚷道：“快走啦，待会儿要查房啦!”

顾横波和余集生只得挥泪和黄道周辞别。他们快走到狱口的时候，听到长长的黑黑的甬道里传来一阵阵带着闽南腔的读书声。

第十九章　静静的市隐园

顺治三年三月初五，天刚放明，江宁府江南招抚总督衙署的大门口，响起了几声沉闷而怵人心魄的炮声。两队满面杀气的清兵手持刀枪，排在大门的两侧。

鞫事厅里坐着的监斩官是招抚南方总督军务大学士洪承畴，和驻防江宁侍郎、提督江宁满兵的巴山——江宁地方的最高满人官员。表面上看起来，巴山是个从二品的官员，实际是有暗中监视洪承畴总督的特殊使命。这天凌晨，黄道周就被江宁大狱的狱卒喊醒。黄道周知道自己慷慨就义的时刻到了。他先脱下那袭褴褛不堪的皂色布袍，换上前几天托顾横波带来的崭新的儒袍和一顶旧的方巾和一束网巾，对狱卒说："且慢，我还有一幅字没有写好，已经答应赠送人家，不可失信。"原来昨夜他在一长卷上作小楷，因酒酣欲眠，未能写完，谁料不及书讫，猝催行刑。黄道周正襟危坐，神色自若地蘸墨作书。这是应余集生所求书写的《孝经》片段。狱卒紧催，黄道周即改写行书，狱卒又紧催，黄道周便再改为大字，将这长卷写完并从容地加盖印章。

黄道周神态自然地站在鞫事厅上。

"黄阁老，请坐。"洪承畴和颜悦色地说道。一个衙吏动作敏捷地搬过一张花梨木靠椅，放在黄道周的身旁。黄道周顺势略整儒袍，端坐下来。

“黄某待死之身，何劳洪先生如此款待。”黄道周语气十分洒脱。

洪承畴向巴山瞟了一眼，道：“哪里，哪里，黄阁老是前朝大臣，社稷股肱，天下闻名的大儒，吾等岂可失礼。”

头戴二品珊瑚顶帽、身穿绣狮子褂子箭衣的江宁提督巴山操着结结巴巴的汉话道：“黄……黄阁老，今天……实话跟你说了，摄政王的手令已下。是死还是活，都在你自己手上。”

黄道周笑了笑说：“我要说的话早已说过，让我上路吧。”

洪承畴又瞥了巴山一眼，见巴山目露凶光，便说：“好！黄阁老，今天就让你为前朝尽忠吧！”

“且慢！”巴山挥了挥手，说，“洪大人，我……要请……黄阁……老长长见识，请他到内桥去。”原来清初金陵的主要刑场往往设在闹市的中心，如内桥、三山街等，目的是以凌迟、绞刑、斩决等极刑威慑百姓。

黄道周被押送到内桥。那刑场四周已由清将弁兵围定。五花大绑的死囚们，背插刑旗，口塞栗木，被弁兵和衙役挟着飞奔到刑场，三十几个刽子手个个赤着膊，露出强壮的肌肉，有的身上还有文身花纹，一律下着大红缎裤。这次内桥处极刑的一共三十余人，都是顺治三年正月十二日被巴山、洪承畴在城内捕来金陵的反清义士。年初前明总兵朱君召等，以拥立瑞昌王朱谊泐为号召，密谋在正月十九日，内外呼应，袭取江宁。但此义举被巴山与洪承畴发觉，他们先发制人，提前于十二日在全城大搜捕，后定这三十几人有的被凌迟，有的被绞死，有的被斩首。

巴山让黄道周立于寸磔囚犯的木柱旁。一声炮响后，那边二十几个被处斩的义士已经身首异处。唯闻哭声一片，触鼻的血腥气，顺风而至。这时一个刽子手提一只竹筐到，另外两名行刑之差役将一名死囚绑在一根木桩上。四名刽子手从竹筐里掏出四把铁钩和四柄利刃，以砂石磨砺。这时围观者如潮如云而来。少顷，一个监刑官高声喊道："照律应剐三千六百刀。"四名刽子手也呼应地喊道："应剐三千六百刀。"这时，黄道周突然想起崇祯八年八月，他的同僚常州人郑鄤在京都西市四牌楼处以凌迟的惨况。想不到这一生又在金陵内桥刑场再见此惨不忍睹的地狱之景。

手持铁钩与利刃的刽子手开始又割又钩，一寸一寸地行刑，每挖割一块肉，便挑向后掷去，血溅肉飞。割到胸口以下，伤口的血已流完，其筋肉呈白色，唯流黄水而已。磔到脚踵时，死囚的叫声渐低，那颗血肉模糊的头颅终于垂了下来。

这时，黄道周被押回到江宁府的总督衙署。在鞫事厅上，巴山操着蹩脚的汉话说："黄阁老，刚才……杀头的……千刀剐的你都看……到了。你要归顺……照原……官授职，你看……如何？"黄道周淡淡一笑说："我黄道周早已抱定以一死报答国恩之心，所求唯有速死，不必再说什么了。"

巴山和洪承畴对黄道周的劝降完全失败，于是下令将黄道周绑赴刑场，斩首示众。黄道周素为人敬重拥戴，巴山与洪承畴生怕引起百姓骚动，决定将黄道周押到东郊行刑。

这是暮春三月的下午，霏霏春雨，绵绵而下，丝丝缕缕，使驿道两旁的柳树染上一层凄苦的青碧之色。

黄道周迈着艰难的步履，踏在满地杨花柳絮的青石板路上。远处一阵阵深怨幽郁的杜鹃啼鸣之声，传到黄道周的耳畔，"不如归去，不如归去"。是的，他黄道周也要归去了。然而，这清孤冷峻的啼声在他听起来却是十分悲壮的，他禁不住想起三百多年前的文天祥。那一年他被元兵俘获押往燕京，途经金陵驿站写了闻名遐迩的《金陵驿》。黄道周从少年时代就很熟悉这首诗，想不到自己竟和文天祥一样在金陵听到这令人销魂的杜鹃。想到这儿心里平添几分欣慰，他一辈子不知朗读过多少诗，也记不清自己写了多少诗，此刻他要咏诵的诗应该是最后一首了。他高诵道：

草合离宫转夕晖，孤云漂泊复何依。
山河风景元无异，城郭人民半已非。
满地芦花和我老，旧家燕子傍谁飞。
从今别却江南路，化作啼鹃带血归。

半日苦雨凄风，驿道两旁行人稀少，大多数行人也认不出这个形容憔悴的老囚徒便是黄道周。他那苍老沙哑的闽南腔的朗诵，在那帮粗鲁的弁勇和刽子手听起来，更是如秋风过牛耳而已。

一出西华门，那松柏掩盖、柳色凄迷的远处便是明太祖的陵寝。这明孝陵是黄道周在崇祯初年晋谒过的地方。要死就死在这儿吧，于是大声喊道："停车，停车！"

监斩官问道："黄阁老，有何吩咐？"

"这里离太祖皇帝寝陵最近，就在这儿行刑吧！"黄道周断然道。

监斩官对黄道周的高风亮节也颇敬佩，便飞马请示巴山与洪承畴。答复是："成全这个老头，速斩讫报来！"

黄道周下了囚车，转身向刽子手拱手道："老夫临死唯有一求，让我直立而死！"

刽子手感其忠义慷慨，说道："老先生，站着不好用刀，刀慢则死不快，还请老先生坐在石凳上如何？"

黄道周从容坐下。他面对孝陵慷慨就义。

清顺治五年初夏，金陵城南的驿上，缓缓地行着一辆朱漆铜镶边的高篷马车。这辆由两匹骏马拉着的马车在武定桥畔转了个弯，便到了大油坊巷。马车在一座巍峨的照墙边停下。这里便是自明代中叶以来就很出名的市隐园了。

迎在市隐园轿厅门口的龚鼎孳，穿着便服，留着潇洒的胡须，这一年他不过三十三岁，虽然在宦海沉浮中久经风霜，但他仍然神态倜傥潇洒、风度翩翩。一方面他有颇为殷实的家产，除了他祖上的积蓄之外，在顺治二年任吏科给事中时，得到地方官员馈赠的大量礼金。吏部是具体任命官员的府署，而吏科又是监督吏部的官吏。另一方面，龚鼎孳的诗文更趋成熟，与吴伟业、钱谦益合称“江左三大家”。

在几个婢女的簇拥之下，顾横波身穿月色轻罗薄绸，外披淡青披肩，踏着轻盈的莲步走上台阶。“孝升，”顾横波气喘喘地唤道，“我回迟了，你猜我刚才碰到谁了？”

“谁啊？”龚鼎孳搀着顾横波踏进了中林堂后，屏退了随从和婢女。顾横波神秘地说：“我刚才在文德桥上遇到了阎尔梅。”

“阎尔梅！”龚鼎孳一听是阎尔梅心中暗暗吃了一惊。他知道早在顺治元年秋，弘光福王称帝金陵时，派了南巡按史王燮到徐州视察军务，阎尔梅遍身缟素，为崇祯帝之死披挂重孝来见王燮，痛陈复国大计。后来又投奔坚决抗清的史可法。顺治二年四月二十五日，扬州城陷，史可法被掳，不屈而死。这时刘泽清、田仰率军驻防淮北一带，阎尔梅又急走淮安与他们谋划抗清之策。不料在舟中，刘泽清与诸将却议降清之事，阎尔梅听到后，当即闯入舟中厉声怒斥并苦苦相劝，刘泽清恼羞成怒，拔剑欲杀阎尔梅，后被众人拦住。几经辗转，阎尔梅又参加了抗清的山东榆园军，并在其中担任联络各处抗清义师的重任。从此，阎尔梅以河南嵩山少林寺为联络点，削发化装成游方僧人，自称蹈东和尚，秘密往来于山西、河南、江浙一带，觇察清廷动静，奔走南北鼓吹反清复明。听说去年以来朝廷一直想要逮捕他。

“夫人，阎古古这个人近几年来性格变得乖戾粗暴，还是不要来往为妙。”龚鼎孳深知顾横波的性格，不能说因为阎尔梅抗清则不与他交往，就以个性不合为由。

“早几年，我还在海月楼上见过阎尔梅先生，尽管他疾恶如仇，但对士林中人还是温文尔雅的嘛，你以前不也夸奖过他的吗?”

“你难道忘了前几年发生在妙光阁上的不愉快的事情了吗?”龚鼎孳一想起这件事就十分恼火。

京都夏夜，繁星闪烁。一茎庵妙光阁上，龚鼎孳紫袍纨裤，执扇吟诗。顾横波则素衣似雪，望着北方的如洗碧空，倚栏轻声哼着南曲，此情此景是江南所不可能领悟的，龚鼎孳在这夏夜中乘兴为一位官场朋友写了一首《烛影摇红・方密之索赋催妆即用其韵》，词既纤浓，序尤绮丽。序中有句云：

何来才子，自负多情。选艳花蕞，既眼苛于冀北，效颦桃叶，空梦绕乎江南。无处寻愁，歌燕市酒人之曲。……今且穷搜粉谱，恰过丽姝。绾髻相思，能诵义山之句。投珠未嫁，欣挑客座之琴。眉黛若远山，脸际若芙蕖。风流放诞，惊绝世之佳人。

不料这首催妆词很快就传遍了京都，甚至传到了宫廷，也成了被工部给事中孙珀龄弹劾的话柄之一。当然那时也有更多的文友和同僚出来捧场称誉的。就在这时，刚从烽火连天、兵燹遍地的徐淮地区来的阎尔梅突然来访。

早在崇祯初年，龚鼎孳就认识来自沛县的举人阎尔梅，并成为复社社友，也曾多次诗词唱和过。所以阎尔梅一到妙光阁，龚鼎孳便盛情款待，在席间龚鼎孳还写了一首题名《老友阎古古重逢都下感赋》诗，其中有这样的诗句：

十载逢人问生死，相看此地喜还惊。

然而，在酒酣耳热之后，当着顾横波的面，阎尔梅问龚鼎孳：

“闯王陷京都，先帝自缢煤山之后，君在何处?”接着又问，“目下山河变色之时，为何代人写那种催妆艳诗?”

龚鼎孳被阎尔梅问得十分尴尬难堪，无以为答只好反问道：“用卿兄，当年你和你的挚友万寿祺同游秦淮河，访桃叶渡名妓卞赛，也写过一首《眼儿媚》，什么‘侍儿敛态，闭门作意，不上金钩’又做何解释?”

阎尔梅又用更加尖刻严厉的话斥责龚鼎孳，这次见面使得龚鼎孳十分狼狈。从此，龚鼎孳很怕阎尔梅也很讨厌阎尔梅。所以一听顾横波在文德桥上遇到阎尔梅，心里当然很恼火的，但他对顾横波素来是既宠又爱的，也不好对她发脾气。“横波，”龚鼎孳亲热地喊了声，“你看那阎尔梅如今是什么打扮?”任你阎尔梅再硬，现在已到顺治五年，总不可能不剃发梳辫子吧。

顾横波竟满怀敬意地说：“阎先生真有骨气，现在干脆将头发全部剃掉，一身和尚打扮。”

“莫非他现在就叫蹈东和尚?”龚鼎孳又吃了一惊。阎尔梅好大胆，这“蹈东”两字不就是不忘明室，反抗起于东北方的“东虏”嘛!“横波，我看以后还是少和他往来为好。听说阎尔梅和厦门的郑成功，山东的榆园军都有瓜葛，朝廷正在搜捕他。他是个很危险的人物。再说我在朝廷里也有不少政敌，不要给他们再拿到话柄，是不是?”

“孝升，甲申之年你我都活下来了，如今天下鼎革，山河变色，又曾有多少英雄豪杰、仁人志士或洒颈血于疆场，或在城破后自缢于室中。我们既不能学黄道周拜孝陵死于西华门，又不能如杨龙友、孙克咸、葛嫩娘就义于浦城，难道连一个出家当了和尚的故人还畏之如虎、避之如瘟疫吗?”顾横波神色严峻地说道，那一向妩媚美丽的双眼刹那间发出正气凛然的锐利之光来，令龚鼎孳不敢正视。

龚鼎孳正想答话时，一阵急遽的脚步声从厅外传来。一个和尚未等门役禀报，便急匆匆地闯进门来，他登上楼阁后，迎面就对龚鼎孳顾横波合掌颔首，深施一礼道："孝升兄，嫂夫人，请受贫僧一礼！"

龚鼎孳一看果然就是当了"蹈东和尚"的阎尔梅，只不过他那原先出了名的白皮肤、白耳朵已染上一层黧黑的风尘之色，满脸疲惫，人也清瘦多了。龚鼎孳不禁生了几分怜悯之情，便说："用卿兄今日枉驾寒舍，定有见教，快请书房叙叙。"说罢，向顾横波瞥去一个询问的目光。意思是这个朝廷缉拿重犯，现在闯了进来，如何是好？

顾横波根本不理会龚鼎孳询问的目光，说："孝升，阎先生到此，理应堂堂正正地款待，设宴为他洗尘。待会儿叫龚进到大报恩寺去办一桌素食宴席来，我们要好好聚谈一番才是。"

"不瞒两位说，我刚才在桃叶渡遇到一点麻烦事儿。"阎尔梅操一口浓重的沛县乡音，用手搔着他那剃得发青的头皮，"国姓爷从厦门带来一封信，托我带给榆园军的人，这封信丢在桃叶渡的河房里了，现在信落到巴山手上，现在全城都在逮我。"

龚鼎孳为难地说："用卿兄，那你看如何是好？"

顾横波面带怒容地望着龚鼎孳，沉默不言。她不想先说，且看龚鼎孳如何打算。这时，龚鼎孳内心十分矛盾。如将阎尔梅留下来那是十分危险的；不留，顾横波会生气，自己在人情上也说不过去。

"老爷，"一个门役气喘喘地跑进来，纳头便拜道，"巴山将军亲自带着一队骑兵，等在门口求见。"

龚鼎孳心里一阵狂跳，暗忖道：自乙酉年归顺之后，蒙新主赏识，委以重任，自己也在顾横波的劝说下多次回护前明的遗臣和遗民义士免遭清廷的杀害，为此也遭到满族大臣的忌恨，这次遭孙珀龄弹劾实际上这个也是最重要的原因。如果让巴山搜到阎尔梅的话，其后果真不堪设想了，何况这个阎尔梅先前不顾多年交情登门羞辱过自己。于是对阎尔梅说：

"用卿兄，驻防江宁提督巴山已在大门，说是求见，实际是要抓你。这市隐园后花园有一条幽径直通小巷纵横的小西湖，沿小西湖便可直达武定门外，这儿有一百两银子，你快拿着走吧！”

门外的叫喊声愈来愈急……

阎尔梅是了解顾横波的性格的，她和李香君、葛嫩娘等秦淮名妓一样，虽然曾是风尘中人，但却是侠骨铮铮的女子，她们特别讲义气，豪爽任侠胜似须眉。他便向龚鼎孳拱拱手，说：“孝升兄，尔梅在此告辞！”

不出阎尔梅所料，此刻顾横波杏眼圆睁，激动地说：“用卿先生，你走不得。巴山从顺治三年初开始在金陵城多次搜捕抗清复明志士，他心狠手辣，杀人如麻。现在他已将市隐园团团围困。从后院走，是要阎公送命！”

龚鼎孳怕顾横波会说出更为刺心的话来，便说：“依夫人之见吧……”

“事不宜迟，阎公，快随我来。”顾横波知事态紧急，果断地说。

阎尔梅和龚鼎孳交换了一下目光，急随顾横波到了卧室“兰心阁”，顾横波轻声对阎尔梅耳语一番后，旋即退出卧室，将门关好，重新回到楼厅。这时，头戴拖花翎珊瑚顶大帽，身穿绣狮子褂子箭衣的巴山，神色严峻地迈着大步进了楼厅，他身后簇拥着一群手执刀枪弓箭的兵勇。巴山是清驻江宁的最高武官，他的官职品位虽比洪承畴低一级，实际上他的权势超过洪承畴。尽管如此，巴山对龚鼎孳的底细是十分了解的，他一方面很瞧不起这些汉族降官出身的新贵，更瞧不起那些文绉绉的文官，他以为大清江山是像他这样的八旗将军们在马背上得到的。另一方面他又不敢过于轻视像龚鼎孳这样的前朝降官，因为龚鼎孳官职虽不太高，但经常直接晋见皇上，据说顺治帝对龚鼎孳的文才韬略还是十分赏识的，目下虽被谪退居金陵，说不定将来还要重新召用的。

“太常大人，”巴山知道龚鼎孳在京都是太常少卿，故以原职尊称，“到金……陵已数年，多次想……和洪大人前……来请安，只是公务……缠身，未能如愿。”一面说着，一面拱手作礼。

龚鼎孳打量着这位阔面高颧骨剑眉深目的满族武将，一面恭敬地说道：“不敢当，不敢当，鼎孳也早想去拜望提督大人，唯恐大人军务繁重，日理万机，不敢轻易打扰。”

顾横波紧接着龚鼎孳的话，先发制人道：“提督大人，既然到寒舍来做客，为何带了这么多的刀枪，总不会是刚从牛首山狩猎路过这儿吧？”

巴山早已听说龚鼎孳有一位艳丽聪明的夫人叫顾横波，说话辛辣犀利。刚才这种半是调侃半是讽刺的话，让巴山发出几声笑来，他说：“夫人，我巴山……确实……喜欢打猎的，早几年……我还有幸跟摄政王多尔衮……在盛京……郊野打过猎呢！不过今天嘛……”面对顾横波这样美艳又玲珑的少妇，巴山原先脸上那一层冰冷的严霜早已融化了。

“那么今天呢？”顾横波满不在乎地说道。

“实不相瞒，今天有人看见通山贼海盗的阎尔梅逃到贵府里来了。”巴山终于说出来意。

“真有此事？”龚鼎孳装出惊愕的表情来，“阎尔梅乃一狂夫，常常借酒骂座，恃才傲物，飞扬跋扈，很惹人讨厌。”

“既然提督大人说有人看见阎尔梅到这儿来了，就请大人里里外外，前前后后都搜一遍。”

巴山见顾横波一身轻罗薄衫映着的玉骨冰肌，一双眸子明如秋水，真似建兰初放透着香气，那话音又像黄鹂鸣似的宛转，进门时的那种倨傲与乖戾之气，早已变成对绝色女子的觊觎之情。他连连说：“哪里，哪里，我们也是……顺道而来，确实……想拜访夫人……”巴山自觉失言，又补充道，“拜访龚大人。”

这时，江宁副都统梅勒额真悄悄地走到巴山身旁耳语道：“提督大人，妖人阎尔梅是皇帝要抓的钦犯，切莫放过，卑职以为还是搜一下为妙。”

巴山听了这几句话顿时敛容静气起来，定了定神，对龚鼎孳拱了拱手说：“龚大人，既然已经到了贵府，那例行公事，让手下人看一看吧。”

龚鼎孳镇定地说：“提督大人，请便。”

江宁副都统对兵勇们使了个眼色，动作敏捷的兵勇一时间便在厅里厅外，池塘幽径、花圃假山细细搜索起来。其中几个兵勇跑到了顾横波的卧室前张望着，那狡黠奸诈的副都统对站在一旁的顾横波神情阴鸷地笑道：“顾夫人，妖人阎尔梅如果已经遁入夫人内室，恐怕要惊吓夫人的，还不如让卑职进去搜索一下，夫人今夜便可高枕无忧了，是不是？”

顾横波笑道：“将军，你且看看这‘兰心阁’是谁所题？”

这副都统抬头一看，心里不由一惊，这“兰心阁”三字为权势熏天的摄政王多尔衮所题。

顾横波是个秀外而慧中的女子。在京都时，一次顺治帝称赞龚鼎孳的文才出众，下笔千言只在顷刻之间，当时多尔衮也一旁夸奖龚鼎孳的书法流丽秀挺，十分漂亮，龚鼎孳便乘机盛赞多尔衮的一笔好字，多尔衮一时高兴便写下“兰心”两字，多尔衮人极聪颖，早听说龚鼎孳的内眷顾横波会画兰花故而写此二字。以后龚鼎孳被孙珀龄弹劾，被贬谪江南，顾横波便请金陵十竹斋老刻工镌刻了“兰心阁”三字，想借助摄政王多尔衮在清廷的威势，给贬谪的丈夫壮壮门面。想不到在这至关紧要的时候，真的有了用处。

副都统深知多尔衮的气势烜赫，万一将来龚鼎孳官复原职，到摄政王那儿去说自己的坏话，那后果将不堪设想。但这个副都统生性奸诈，极有心计，他自己站在门边裹脚不前，大声命令兵勇悍然闯入兰心阁卧室搜查。这些兵勇的搜查是徒劳的，阎尔梅的确在卧室躲藏，但他匿藏在顾横波早先设计的秘密复壁之中，自然是安然无恙的。

副都统退出楼阁，重新回到中林堂。当巴山得知这位副都统已经在顾横波的“兰心阁”大为搜索然而又一无所获时，心里十分恼火，如能抓获阎尔梅也罢，如今人没抓到又得罪了龚鼎孳和顾横波，岂不是羊肉吃不到反惹一身羊臊臭，于是狠狠地扇了这个平时飞扬跋扈的副都统两个耳光。

“龚大人，刚才多多得罪，多多得罪。”巴山说着又向顾横波瞟了一眼，“明天在寒舍设便宴，还请两位屈驾光临。”

“不敢当，不敢当，提督大人军务繁忙，鼎孳何敢叨扰。”龚鼎孳作礼道。

不料顾横波十分畅快地说：“恭敬不如从命，既然提督大人赏脸，我们就去吧。”

巴山率一群兵勇离开了市隐园后。阎尔梅便从兰心阁中走了出来，对龚鼎孳和顾横波长揖道：“路遥知马力，疾风知劲草。我阎尔梅今天这条命是您二位所救。常听京都来人说龚先生宽厚潇洒，礼贤下士；顾夫人多才多艺而侠骨峻嶒，此言果然不虚。巴山其人桀骜狡猾，非一般颟顸之徒，望龚先生提防才是。”

龚鼎孳带着歉意地笑道：“用卿兄，今天多亏了夫人的应变之计，否则连我龚某也可能锒铛入狱。”

“阎公为复兴明室或曝于烈日或雨雪载途，往来于南北。我顾横波不能在国破君亡之时以身殉国，又不能如黄道周杨龙友他们慷慨赴死，更不能执鞭坠镫于东南义军。只在今日让阎公得一庇护之地，这又谈得上什么。”

“我阎尔梅今生今世，绝不会忘记两位的大恩大德。我就在此告辞吧，我还是早点离开金陵到江北去为好，巴山不会轻易放过我的。”阎尔梅说罢便收拾起他的食钵和古琴来。

“用卿兄，近来搜索甚紧，此去江南羁旅劳顿，望兄多多保重。”

龚鼎孳关切地说道。

阎尔梅笑着说："尔梅此离江南，一琴一钵，檀板芒鞋，行歌乞食处处皆堪一饱，夜则颓然一枕。请兄不必为弟担忧。"

"阎兄，人生如白驹过隙，沧海一蜉蝣而已。俯仰之间，匆匆便是百年，何必弃家园之乐，浪迹天涯，萍踪尘海呢?"龚鼎孳劝道。

"其实孝升兄又何尝愿意蛰居江南一隅，龙剑神物，非匣中所能久藏也。"阎尔梅捋着那几茎稀疏的胡须，达观地说，"弟这次渡江北游，浪迹关山，遨游四方，驰驱边塞，览山河而赋诗，指营垒而凭吊，不亦快哉!"

顾横波知道阎尔梅是留不住的，何况这几天金陵缇骑四出，满目兵勇，只有早点离开金陵才安全，否则大祸仍将接踵而至，为此也不再多留他了。然而，这时金陵各个城门紧闭，严查"妖人"阎尔梅。次日，顾横波和龚鼎孳亲自拜访江宁提督巴山，意欲往栖霞山烧香，要巴山发给护身印牌，好出城烧香拜佛。巴山前一天在市隐园得罪了他们夫妇俩，这时也就同意发给他们护身印牌两块。当天下午，阎尔梅乘着顾横波的马车，由龚鼎孳护送出了城。

龚鼎孳捏了把汗，胆战心惊地回到了市隐园。尽管他对阎尔梅的一片忠贞之心也深表敬畏，但总觉得他说话太尖刻，有时让人十分难堪，到狂诞悖戾的程度。此外也感到阎尔梅为人过于矜高，其性褊急，急于求成不能理解他自己的苦衷。当他踏进中林堂的时候，他终于下定了离开金陵的决心。从去年顺治四年年初开始，死于嘉定三屠的侯峒曾的儿子侯元静，派遣密使与舟山南明监国鲁王联络，事败露后，引起一场大搜捕，到了十月份广东和尚函可身藏"反诗"与《再变记》一书，又被江宁守门清兵抓获，又惹起一场更大的动乱。看来，这几年金陵不会太平了。如果清廷一旦发现他和顾横波在市隐园庇护私藏阎尔梅的话，那是异常危险的。金陵又是一个藏龙卧虎之地，万一又逃来个反清义士，顾横波仍旧会去救护的。于是，龚鼎孳想到了他的胞弟龚孝绪在杭州当官，还不如到杭州去，过一下湖上寓公的逍遥日子。

拿定了主意，龚鼎孳的步履不再轻飘，他心里踏实了，沉稳了。他踏进了中林堂，顾横波正在坐立不安地等着他哩。

第二十章 西湖月夜

在朦胧的晨雾之中，龚鼎孳所乘客船已经停泊在杭州的拱宸桥畔。顾横波在十几年前便常常听张岱说：“西湖无日不入吾梦中，而梦中之西湖，实未尝一日别余也。”当时那个浙东俊才张岱说起西湖来髭须眉目皆动的模样，至今历历在目。除此之外，她对于杭州西湖的印象都来自前人的诗词文章之中。此刻，顾横波心里自然地联想出一行行诵咏西湖的名句来：

“欲把西湖比西子，淡妆浓抹总相宜。”

“东南形胜，三吴都会，钱塘自古繁华。烟柳画桥，风帘翠幕，参差十万人家。”

“涛声夜入伍员庙，柳色春藏苏小家。”

“夫人，”龚鼎孳一声呼唤，将顾横波从遐思中引回头来，“快上轿吧，孝绪没能赶来接我们，我先雇好轿子了。”

顾横波笑着说：“我听人说西湖水光染翠之工，山岚设色之妙，都在太阳刚出，或者是夕阳西下之时，那时花态柳情，山容水意，别有一种风姿。不如将行李放在这儿，我们先去看看西湖风景。”

龚鼎孳哪里拗得过顾横波，便随身带一些起居用品，将行李暂留客船，乘轿入城先看看西湖景色，谁知位于杭州东北角的拱宸桥离城还有二三十里路，等轿子到了城里，只见屋宇鳞次，楼殿相望，阳光灼眼，早无想象之中的缥缈空灵、烟柳低迷、湖雾蒙蒙的景象了。

“夫人，我们要在这儿住好久，总能看到美景的。”龚鼎孳此刻惦念的不是西湖景致，而是他的胞弟龚孝绪——他为何不来迎接呢？难道出了什么事吗？

提起龚孝绪，顾横波想起一年前她曾画过一幅梅花送给他，孝升还在梅花图上题了一首诗：

> 雒妃乘露水云乡，疏影横斜月未央。
>
> 林下美人回玉趾，倚阑亲写十三行。

这位在杭州漕运总督衙门当主簿的九品小官龚孝绪，对兄嫂的画艺诗才是十分钦佩的。她说：“我们马上到他家去，我记得是叫湖雨斋吧？”

龚鼎孳和顾横波乘着蓝呢轿子，沿着湖边向涌金门方向而去。为了日后尽情欣赏湖景，顾横波不再掀轿帘望景，只是稳坐闭目养神了。

过了约莫两炷香的时间，龚孝绪所居住的涌金门已到。龚鼎孳站在他所熟悉的湖雨斋大门口的时候，不禁大大地吃了一惊。原先打扫得光洁整齐的石阶和门墙显得凌乱、肮脏。黑漆门上贴着一张令人触目惊心的文告：

> 为闽海寇孽告警，戍八旗禁兵事。
>
> 照得杭城为江海重地，特于此戍守大兵以威镇之。目下山贼海寇鹰眼未化，兽性犹存，团聚一隅，逞臂一呼，党羽云集，肆鸱张于海上，嗥狐鼠于草莽。赖皇上威福，敕令镇浙大将军，组练马兵数万，以防海寇，卫民以安。此处民房，悉划为八旗禁兵屯戍之地。此处住家当于旬日之内播迁

他处，毋得滞留。

固山额真

看完这张八旗固山额真的文告后，龚鼎孳环视四周，凡建筑精巧的住宅的大门都贴有这样的文告。他心里很明白，文告上所说的所谓“海寇”就是厦门的郑成功，舟山的张煌言、张名振等。

龚鼎孳叩门数下，一应门老翁答道：“龚相公已经搬到孩儿巷去了！”说罢便将门紧紧关上。顾横波心里很不高兴，她知道这里临湖面山，景物绝佳，而孩儿巷离湖稍远，还不知道是个什么地方呐。万般无奈之余，两人只得乘轿去孩儿巷了。

龚鼎孳与顾横波终于在龚孝绪的新居安顿下来了。顾横波想不到这孩儿巷的深处还有这样幽静雅致的住宅。此刻，一弯新月升起，月色溶溶，透过两棵高大的四季桂的茂密树冠，将斑驳迷离的光影投进顾横波的居室兼书斋。龚鼎孳正在客厅里和其弟倾诉离情别绪，他们兄弟俩有说不完的话。顾横波枕着鸳鸯枕，盖着一条薄薄的锦衾，想着龚孝绪在晚餐时跟她说的话。原来这孩儿巷又名砖街巷，在南宋时这儿有工匠专售泥塑孩儿，故为孩儿巷。大诗人陆游在杭州便住在孩儿巷，在此写过“小楼一夜听春雨，深巷明朝卖杏花”这样的脍炙人口的诗句。这时，顾横波很希望有一个卖花女在明天早晨到当年的陆游的故居来唤一声“卖杏花——”

然而，顾横波并没有在清早听到杭州少女的卖花声。在晨雾尚未化开的时候，她和龚鼎孳便到了苏堤上。这时蒙蒙的晓雾与湖上的水汽弥漫水天之际，西湖碧水似乎还沉浸在梦中，湖水一平如镜，了无漪纹。一艘小舟从雾中穿过，桨板拍碎湖波，远远望去只有一条细痕。

“啊，太美了。”顾横波记得许多古人名句，但此刻只能发出这样的感叹了。

龚鼎孳笑道："袁石公说这西湖，'山色如娥，花光似颊，温风如酒，波纹若绫'，我看他就是将西湖比成眼前的你呢!"

顾横波脸一红，啐了他一声，说："你呀，别太得意了，说不定哪天我跑掉了，看你怎么办!"

"记得十年前我第一次来西湖，正遇上夏天，和张岱他们几个在船上喝醉了酒，到晚上都没醒，任小舟荡漾，酣睡于十里荷花之中，香气袭人，清梦甚惬，只是旁边缺一个你，不堪惆怅之至。"龚鼎孳回忆往事，又把顾横波扯到其中。

"那今晚我们来一个秉烛游湖如何?"顾横波为自己的好主意兴奋起来。

"还用夫人吩咐，其实我已经准备好了，你看——"龚鼎孳指了指远处停泊的一艘画舫，"早替夫人想到了。"

"可人，可人!"顾横波高兴得忘掉往日的矜持，拉住龚鼎孳的手唤道。这时，雾已散去，太湖石边的杜鹃盛开，白的似雪，红的似火，将绿树修竹点缀得绚丽多彩。那湖边芳草如茵，就连碧玉般的苔藓，都令顾横波不忍离去。

"怎么站着不走，这么大个西湖，你才玩了一点地方。"龚鼎孳催着顾横波走。

"那我们干脆现在就上船吧。"顾横波说道，"如果能够长住在西湖游船上就好了，不必和船夫船娘应酬客套，只需带着琴棋书画，酒樽菜肴就行了。在船上住着，可以看到夕阳下薄暮姗姗而至的西湖，又可以看到晨曦中柔和恬静的西湖，访客登山，尽我们做主，不爱见客，可时时移棹，你看如何?"

"看你说得真有趣，恰似一篇魏晋人的小品，竹林中的第八贤。"龚鼎孳一面说，一面向画舫招手。

拨水而来的画舫上站着的是婢女雪枝和临时雇用的书童，顾横波和龚鼎孳乘兴上船。雪枝和书童早就准备了羹汤，醇酒时果，龙井茶和养在桶里的活鱼。至于顾横波常用的物品也一一周备。在谈笑之中，画舫载着他们驰过名为“跨虹”“东浦”“压堤”“望山”“镇澜”“映波”的六座石拱桥，那岸上五步一楼，十步一阁，辉煌的金粉楼台和寻常的竹篱茅舍相间。时近中午，湖里的船多起来了，原来是一船船的乡下女人到杭州来烧香拜佛的，惹得那卖酒卖茶的店，家家青帘高扬，户户红炭满炉。

不一会儿，天色变了。顿时云气水汽氤氲，湖面上浩浩渺渺起来，北高峰、南高峰上雨色空溟，雨点雨丝如墨逐渐染至湖上，继而如亿万珍珠入玉盘，龚鼎孳随口念了句“波漂菰米沉云黑”，其情甚为得意。一会儿雨点渐小，太阳在乌云开处又射下几道金光。顾横波自然想起苏东坡的名句，兴致所至竟用昆曲的腔调唱了出来：

湖光潋滟晴方好，山色空蒙雨亦奇。

不料这两句即兴而发的昆腔却惊动了邻船的一个美少年。他竟大胆地用同样的昆山水磨腔唱出两句缠绵宛转的旋律来：

欲把西湖比西子，淡妆浓抹总相宜。

顾横波听着第一句时，心里十分恼怒，何方狂徒竟敢贸然接唱，很是无礼，当她听到第二句时，已被那绝尘拔俗、音调圆美的声音所吸引，那恼怒之火已化为沁入胸襟的夏之冰雪。

出于好奇心，顾横波想看一下是谁在这雨意蒙蒙的西湖上和她一样有此雅兴，顾横波倚着雕栏船窗，轻轻揭开布帘的一角。对船一双皎皎似月的眼睛，恰好与她的视线相碰，不知怎的这双眼睛蓦然间牵动了她瞬间的情思一缕。这双眼睛太像为她殉情而死的刘芳的眼睛了。就在这一瞥一顾之间她的脸红到耳根，一瞬间她感到一种奇异的期望，又有一种莫名的负罪感。

这邻船的唱曲少年，其实年龄早过弱冠，只是他长得漂亮，那明眸红唇，那白皙的肤色和匀称颀长的身材，使人难以猜测他的真实年龄。他听到顾横波那似雏莺似珠玉落盘般的声音，不禁技痒和了两句，刚才那秋波一转的盼顾，又使他魂牵魄动："那是谁？杭城从未见过有如此魅力的女人！"

画舫中的龚鼎孳当然是个十分聪颖敏感的人，虽然刚才顾横波揭窗帘转眸一瞥的神态变化是那么细微，又都在倏忽之间发生的，但都没有逃脱他的眼睛。他俩结缡以来，这是他第一次感到怅然若失。其实龚鼎孳认识这个美少年，在京都时候，他也曾多次在京都贵胄豪绅家看过他的戏。他就是王稼，字紫稼，以昆曲歌舞闻名于世，人称王郎。只是见顾横波的失态便装作不认识王稼而已。他是一个性情洒脱的人，觉得无论男女，爱美之心总是有的，不可能永远目不斜视。

这都是瞬间的事。当骤雨初晴，宝石山和南屏山之间的天空出现了一道彩虹。两只擦身而过的船也各自驶去了。

"夫人，肚子饿了吧，我杀鱼了。"婢女雪枝从桶中捞出一条鲜鱼来，将它放在砧板上，任其呷呷作声，很快被削成薄薄的鱼片，只是在小炭炉上的水锅里烫一烫，就熟了。

龚鼎孳和顾横波吃过透鲜滑嫩的西湖酸熘鱼片，又用些鱼羹之后，略作休憩，便相携登岸，去攀登北高峰。既上峰巅，又是一番景象，顾横波一生还从未登过这样高的山。西湖如镜，钱江如带，远处万亩平畴与民房相错，四周林峦千叠，郁郁葱葱。那山下市廛人物如米粒，骏马牛羊如豆，极目四望可达数十里之遥，为顾横波生平所见第一壮观。

等到两人下山回到画舫的时候，已是暮色四合、渔舟唱晚的时候，顾横波是一个极爱自然景色的人，在游览上她又是一个不愿步人后尘的人。她想龚鼎孳有过夏夜游西湖，酣睡十里荷花之中的经历；

张岱更有湖心亭看雪的独特体会，所谓“雾凇沆砀，天与云与山与水，上下一白，湖上影子，惟长堤一痕，湖心亭一点，与余舟一芥，舟中人两三粒而已”。谁在这春意极浓的夜里，挑灯畅游西湖呢，似乎很少，只有苏东坡曾月夜泛舟赤壁。如今，她顾横波要痛快淋漓地在此尽情领略湖上景色。

西湖的暮春是最美的，它的黄昏则是一天中最富有色彩的。顾横波和龚鼎孳此刻正对坐在画舫的船头上，中间放着一张小巧精致的福建漆桌。佳肴醇酒错杂其间，他俩一边酌着酒一边观赏景色——西方有一层层绚丽的云霞飞出最后的光彩来，它似乎将一天中最光辉灿烂的颜色全部收进自己的怀里。正因为是最后的晚霞，因而显得格外庄重、含蓄。此时的西湖静谧取代了纷繁，幽深取代了浮华。天壤之间显出了一天中从未有过的深沉和凝重的氛围。

暮色越来越重，它似乎在收拢、合围，天边最后一抹晚霞悄悄地退走了，似乎是依恋是无奈，终至隐没。夜黑的密网毫不犹豫地撒下来了。画船边的水汽弥漫，更增添了几分朦胧的气氛。

远处谁家吹箫，将那如怨如慕，如泣如诉的声音，一丝丝、一缕缕地送过来。顾横波感到此情此景过于幽冷而伤感，便叫雪枝在画桥的前后再添上几盏明角灯，让那灯的光华将四围照得更明亮一些。不一会儿箫声归寂，悄然无声，远处楼台的灯火也逐渐熄灭。幸好，此时一轮圆月在云中透出，顿时照得西湖如银色的世界。一阵阵湖风吹来，酣畅宜人，令顾横波和龚鼎孳身心澄澈。夫妇两人在西湖中或荡于绿柳深处，或泊于石桥之侧，在酒旨肴甘之中论诗谈画领悟人生，在沉醉中直至黎明。后来龚鼎孳为纪念这次与顾横波的月夜泛舟西湖作《罗敷媚》四阕。其中的自序如下：

五月十四夜，湖风酣畅，月明如洗，繁星尽敛，天水一碧。偕内人系艇子于寓楼下，剥菱煮芡，小饮达曙。人声既绝，楼台灯灭，周视悄然。惟四山苍翠，时时滴入杯底。千百年西湖，今夕始独为吾有，徘徊顾恋，不谓人世也。

其中二阕：

情痴每与银蟾约，见了销魂。尔许温存。领受嫦娥一笑恩。　　戏拈梅子横波打，越样心疼。和月须吞。省得浓香不闭门。

清辉依约云鬟绿，水作菱花。苏小夭斜。不见留人驻晚车。　　湖山符牒谁能管，让与天涯。如此豪华。除去芳樽一味赊。

顾横波和龚鼎孳在桨声缓缓之中，一夜沉醉，或歌或诵，直到天明才兴尽而归。到了孩儿巷寓所之后便沉沉睡去，直到午窗梦破，犹半醺半睡。昨夜毕竟是累，顾横波除了临了几行唐人的行书之外，便在小楼上躺着读书。

次日，龚鼎孳被漕运总督衙门邀去喝酒未归，到了下午顾横波听说漕运总督衙门还有寿事，特邀了名伶唱戏。顾横波心想正巧龚鼎孳也在那里，便带了雪枝乘马车前往。不料到了张灯结彩的漕运总督衙门，龚鼎孳已提前离去，顾横波索性就留在场子里看戏了。她和雪枝挑一个好座位安顿下来，一边吃着瓜子，一面评着红氍毹上优伶们演的一出出戏文。

顾横波听了会儿，便与雪枝说："这些曲儿多市井鄙俗之剧，加上其音急促繁乱，有音无情让人心烦意乱，不如回家。"

雪枝侧过头来说："夫人，听说今天有个唱昆曲的扮什么角都漂亮得很，唱得也好！"

雪枝刚说完这句话，只听一阵急管繁弦之后，陡然又寂静下去，戏台下一阵叫好之声。戏场锦帘一掀，戏中人是夜奔的林冲，只见他头戴范阳卷檐白缘毡笠子，身穿一袭玄色镶珠软袍，一根红缨长枪上拴着个酒葫芦。他脸一仰一个极勾人魂魄的亮相，又获得一阵满堂彩。顾横波见这个“林冲”似在何处见过，他又俊又美的脸上带几分英武之气，精光四溢的吊梢眼，红唇白齿，好一个玉媚珠温的男子。

顾横波知道这一出戏是《宝剑记》中的《夜奔》。一声声穿云裂石，凄入心脾的曲儿在厅里回荡：

一朝谏诤触权豪，百战勋名做草茅，半生勤苦无功效。名不将青史标，为家国总是徒劳。再不得倒金樽杯盘欢笑，再不得歌金缕筝琶络索，再不得谒金门环佩逍遥。

这扮相英武俊美，唱腔动人的“林冲”是谁呢？顾横波很快想到前天在西湖上接腔唱苏诗的那个美少年。她也听说苏州名伶王紫稼正在杭州献艺，这扮林冲的莫非就是他？顾横波记得早几年她曾在苏州看过《独占花魁女》，王紫稼扮的是卖油郎秦小官，他将那服侍花魁女的一派温柔，做得细腻唱得情致缠绵。

在一旁的雪枝眼睛不离“林冲”，看一会儿叹息一会儿，看到凄婉之处，不禁流下泪来，点首顿足，如着了魔似的。“夫人，待会儿，老爷们都要赏银，我们要不要给点？”雪枝忽然问道。

顾横波正在犹豫之时，那“林冲”已下场。果然不少看客都吩咐仆人丫鬟将红纸包好的赏银送到后台去，顾横波想，也不妨叫雪枝送点去。于是那雪枝就跑到了戏台后将几贯银给了“林冲”，并说：“这是我家夫人的一点意思，别嫌少。”这“林冲”是个机灵聪明的人，刚才他在戏场上唱着做着的时候，早已窥见顾横波妍丽无双、丰姿绝世的模样了，并很快想到西湖上的邂逅一见之缘，便问道："请问小姐姐，夫人贵姓？日后好来道谢。"

"这个嘛……"雪枝支吾着，她不想说出顾横波的姓名来，但拗不过这个美男子询问的眼神，便说，"我家老爷姓龚。你贵姓？"

"莫非就是赫赫有名的龚鼎孳先生？"那人又答道，"在下是王紫稼。"

雪枝很快回到顾横波座位边，告诉她那位扮林冲又扮过秦小官的就是王紫稼，顾横波恍然大悟，不禁说了句："原来是王郎呀！"这个名满东吴的伶人王紫稼，才艺双佳，妖艳绝世，人人都亲昵地称他为"王郎"。顾横波虽然以前久闻其名，也看过戏台上的王紫稼，但以前并没有引起她的真正注意。现在也不便见他，便与雪枝乘车回家。

顾横波回到了孩儿巷，刚进院门，便见一个郎中提着药篮往外走，龚鼎孳站在榻边不断地叹气，丫鬟和书童替半躺在榻上的龚孝绪抹胸口、捶背，忙个不歇。少顷，龚孝绪哇的一声，从胃里吐出一大堆奇臭无比的污秽——牛粪、马粪掺和着的肮脏之物。

原来这龚孝绪在涌金门的临湖楼房被镇浙大将军强占后，曾多次找八旗都统说理，去了多次之后，那都统恼火起来，唆使几个人用麻绳将龚孝绪团团缚住，暴打一顿之后，又提来马粪牛粪强行塞到龚孝绪嘴里去，硬要他吃下去，一直将龚孝绪折腾到半死，才放他归家。

顾横波见到这个狼狈的场面，心情坏到极点。作为大明遗民，在专横暴戾的八旗军的眼里看起来是个什么地位！像他们世代簪缨的龚家，尚且不能保持住作为人的最起码的尊严，那么一般平民百姓，恐怕连寻常粟米布帛、竹篱茅屋都很难保住了。

龚孝绪呕吐之后，心里舒坦了些，但依然昏昏沉沉，他见顾横波回来了，便愤愤地说："嫂夫人，这几天不要出门，听说从涌金门一直到断桥沿湖一带都要圈入满城，驻防八旗兵，一切民房、宅地、草地悉为抚院、总镇、标兵的营垒或牧场。外边乱糟糟的，那些八旗兵蛮不讲理，说是卫民，实是害民！”

龚鼎孳站在榻边，一言不发，他的脸因愤慨而涨得通红，他在京都任上，尽管也得到过顺治皇帝和摄政王多尔衮的宠信，但有时也难免被满族同僚所鄙夷、歧视，何况他目前又是被贬谪到南方来的一介迁臣而已。他又不能为胞弟出口气，报这耻辱并马粪的仇。想到这儿，他不禁又感到孤寂无援。他由这件事想到了自己半生的遭遇，胸中似有万顷波涛翻滚。他想用杭州的春风秋水，洗掉他身上的千斛俗尘，但这里的空气更加混浊，这里的时局更加令人窒息。

“孝绪，你就别记挂我了，你这两天定定心在家里休息。”顾横波说了一些让龚孝绪宽心的话，并到卧室里取出藿香正气丸，倒了些温水让他吞下。

正在这时，离大门稍远的巷口响起了一阵阵杂沓纷乱的脚步声，在离孩儿巷更远的地方，传来了嗡嗡嘤嘤的声音，犹如千万只失去了蜂后的蜂群一样，乱轰乱飞乱嚷。龚鼎孳命仆人紧闭墙门，和顾横波登上楼厅，放眼向窗外望去：成群结队的百姓哭嚷着从湖滨方向走过来，他们或推着平板车，或肩担行李，或背着五颜六色的包袱，在驿道上汗流浃背地艰难地走着，一些怀抱婴儿的妇人和颤颤巍巍的白发老人拖拖曳曳地跟在其后。顾横波想不到圈地筑城，驻八旗禁兵的事来得这样快，军令如山，这湖滨一大片土地房屋乃杭州父老姊妹世代居住繁衍之地，现在只好担囊负箧，扶老携幼，或搬迁城外，或转徙他乡，真是苦不堪言，看到这儿，顾横波鼻头一酸，眼泪簌簌滚落下来。龚鼎孳轻轻地抚着顾横波的肩膀，说：

“眉生，圈地筑城，驻八旗兵的事看来是多尔衮的主意，皇帝圈地敕令一下，谁也改变不了。倒是孝绪在湖滨湖雨斋的房子和场地是可以想办法叫他们折价换一处的。”龚鼎孳见顾横波还不太相信，又补充说，“我和浙江提督马进宝很熟悉，我想明天去找他。”

顾横波心里突然一亮，她想起龚鼎孳说过，他以前曾在摄政王多尔衮面前说过马进宝的好话。马进宝随博洛攻陷金华后，就被任命为金华总兵。在龚鼎孳被贬谪江南后，他又升任浙江提督。

这一招果然很灵。不久，经龚鼎孳的奔走交涉，龚孝绪便得到葛岭山麓下一处前明官宦的别墅。尽管如此，清廷在杭州圈地筑城、欺压百姓这件事，给龚鼎孳和顾横波留下了难以忘却的印象，几天后，属于龚鼎孳在清廷中的“南党”领袖陈名夏得势，朝廷马上要重新起用龚鼎孳。顾横波甚爱浙江山水风物，便暂留杭城，先让龚鼎孳赴京都以原官上任。在离别的前一天，龚鼎孳独自到杭州南宋离宫旧址去凭吊了一番，那离宫早已成为种瓜之地了。他回到孩儿巷写了一首诗寄托了自己的兴亡之感：

杜鹃声到碧云头，短剑长歌一夕休。
南渡公卿今北去，西兴笳鼓又东流。
离宫露冷芙蓉漏，别雁风吹杜若洲。
莫为青门伤冷落，种瓜人是旧王侯。

在去京都的运河船上，龚鼎孳免不了思念顾横波，也就必然会想起在西湖画舫里擦船而过的王紫稼，以及他对顾横波那种灼灼的目光，那王紫稼当时并没有注意到龚鼎孳正坐在顾横波身旁。这难道是上苍的报应吗？记得在十几年前，龚鼎孳还是崇祯朝廷兵科给事中的时候，京华羁旅，客舍孤寂，公余不免流连舞榭歌台。那时的王紫稼不过是一个十五岁的俊童，但已经娇喉妙态，冠出一时。当时京都官宦碍于官声不敢去青楼寻花问柳，于是兴起一股好男色之风，在冠盖满京华的官场上已是公开的秘密了。有些达官贵人尤好男色，终年不回家与妻妾相处，视温柔乡不在金钗丛中。龚鼎孳虽然还没有像兵部尚书洪承畴那样宠爱俊男，但已开始对王紫稼这样的伶人产生了浓浓的兴趣，如果不是后来在金陵认识并爱上了秦淮名妓顾横波，他恐怕也很难把握住自己的。记得有一次，他和吴伟业同去铁狮子胡同田府赴宴，恰逢王紫稼欢宴之后又歌又舞，几令在场的文人雅士、达官贵胄如痴如醉，欲仙欲死。时间已经过去十几年，人间沧桑，山河已殊。但他那首在京都为王郎所写的诗，依然好像昨天刚写似的：

蓟苑霜高舞柘枝，当年杨柳尚如丝。
酒阑却唱梅村曲，肠断王郎十五时。

在十几年前，他龚鼎孳曾经觊觎过王紫稼的美色，甚至也曾想染指这断袖之癖、龙阳之好，现在他暂离顾横波北去，这位“肠断王郎”会去找顾横波吗?

第二十一章　魂断垂虹桥

自从龚鼎孳北上赴京重新任职之后，顾横波游兴未尽，又带着雪枝将杭州的风景绝佳之处一一品赏。今天访林道隐居处的孤山，明天到雷峰塔听夕照中的南屏晚钟，后天呢，又泛舟三潭印月……近日来才留心杭州寻常巷陌里的市井百态。她细细地观察杭城的店铺、作坊、酒楼、茶馆和别处有什么不同。再看看孩儿巷口那熙攘的人流——箍桶匠、磨刀匠、掌鞋匠以及那些文质彬彬的读书相公从那里走过来，骑马坐轿的官绅、行脚和尚、江湖郎中们又从这边走过去。这些很快也看腻了，她甚至有些后悔，觉得自己应该跟龚鼎孳同去京都。

此刻，顾横波午睡刚醒，睁开一双艳如星月般的眼睛，先是一副惺忪娇慵的神情，忽而想起梦中的情景，顿时睡意全消。她掀开罗帐，趿上绣鞋后又对自己的春梦感到内疚和惊疑。她在午梦中遇到了早已死去的刘芳，又像是王紫稼，又像是几年前的龚鼎孳。那柔情那缠绵使她脸红，使她心跳。

很久没有这样激动了，她感到脸上发烫，喉咙发干，听得到自己的心在怦怦作响。她在期待谁呢？难道是王紫稼吗？想到这儿，顾横波便产生一种负罪感。顾横波每到心情激动或烦躁之时，往往拿起画笔来镇定自己。她走到案前磨墨抻纸，不像往常那样画兰花或者是观音菩萨，她此刻嫌工笔太费精神，便想起以前在金陵眉楼时，看到王朴、龚半千他们作画的情景，她决定画一张仿米芾的写意山水。她远涂近抹，只想以画笔浇胸中的块垒，不计较画技如何。挥洒之间，或染或点，或皴或钩，疾如风雨，势若云烟。不一会儿一幅京口烟雨图便画好了。顾横波正想在画上题几句诗，才念了一句“弥川急雨暗秋空”，雪枝上了楼厅，打断了她的诗句：“夫人，那个唱戏的王紫稼来了，见不见？”顾横波一听说是王紫稼，心里扑通跳了几下，但很快镇定下来，说了声：“有请。”

颀长玉立、周身散发着青春气息的王紫稼，在雪枝的引导下，举止潇洒地进了楼厅。他见了顾横波便深深一揖，用苏州方言说道：“不知顾夫人已来杭城，否则早就来拜谒夫人了。”

顾横波用温柔的目光看着王紫稼，听着王紫稼那一口悦耳的吴侬软语，心里就感到特别舒坦。顾横波自幼从苏州被卖到金陵并不知道亲生父母的身世，更从未见过。她隐约知道自己祖籍在苏州，因而听到苏州话分外亲切。她说：“紫稼君的大名，我听闻已久，看了你的戏方知名不虚传。应该我去拜访你的，何劳先生枉驾寒舍。”

王紫稼在雪枝献茶之后，坐在一张锦榻上迟迟未说明来意。顾横波心里明白，他可能有些不能让第三者知道的事要说，便叫雪枝退出。顾横波心里七上八下的，不知道王紫稼真正的意愿。她以为王紫稼就要张口，不料他又站起身来，向顾横波施礼。顾横波细细打量了一下，这王紫稼穿一件淡蜜色湘绣薄长袍，外罩浅蓝短褂，手里拿着一柄泥金折扇。那眉目间既有男子的英武之气，又有几分清秀妩媚的动人风韵。

“顾夫人，”王紫稼捏着泥金折扇上的玛瑙坠说，“紫稼有两件事有求于夫人。我想请夫人在这扇面上画一幅兰花图。”说罢将手中的折扇恭恭敬敬地递上去。

顾横波笑道：“我好久不画兰花了，既然要给你画就不能马虎，容我练练笔再动手如何？”

王紫稼指了指画案上宣纸湖笔和狼藉的墨汁说：“顾夫人刚才还在挥毫哩，好一幅米家山水，此刻就不能即兴画几笔，好让我先睹为快？”

“那张画不成规矩，算不了什么东西，你别见笑。”顾横波仍然不愿立即画兰，又问道，“还有一件什么事？”

王紫稼将身子凑近了顾横波，压低了嗓音问道：“夫人，你看大明三百年江山尚能恢复吗？”

顾横波想不到王紫稼会突然问出这样惊天动地的事来，又不知事情的底细，她对王紫稼说道：“我顾横波不过是个寻常女子而已，略识笙歌，粗通文墨，漂泊天涯，暂居湖上。上不问国家之重，下不系苍生之望。紫稼君何以问这样事关性命的大事来？”

王紫稼又站起身来，向顾横波郑重施礼，动情地说：“顾夫人，上个月我刚从如皋冒辟疆水绘园来。冒公跟我说到他在崇祯丙子年和陈则梁、刘渔仲等人在眉楼结盟，以天下为己任。当时你顾夫人又是何等英姿飒爽。后来顾夫人在桃叶渡与复社君子在一起，怒骂奸贼阮大铖，悲愤激昂，奋迅愤懑，不畏祸之将至。我又听说为反清复明奔走的阎尔梅先生和山西的傅青主先生，都得到过顾夫人的鼎力相助，环视海内，有几个女子能和夫人一样慷慨国事，激励气节的？夫人千万不要将我看作唯沉溺于声色的醉生梦死之徒。”

王紫稼的这一番话，使顾横波为之一振。她早就听说冒襄在弘光元年，曾拒绝阮大铖特荐他为翰林院纂修职务。阮大铖恼羞成怒便造了《蝗蝻录》，几欲一网打尽复社诸君子。当年周镳、雷缜祚下狱被杀，冒襄幸亏有一个好心的捕头向他报了信，才幸脱罗网。乙酉之后，冒襄隐居水绘园，表面上招致大批宾客饮酒赋诗、观剧听曲，和董小宛在一起过着俯仰醉天、逍遥颓唐的生活。实际上他在水绘园的得全堂中，听秋风则以为荆轲之悲歌，明月无寝之夜，则以为刘琨之玉笛。暗地里将那水绘园作为反清复明的人士联络声息的场所。顾横波见这王紫稼来自冒襄的水绘园，又侃侃然说出这一席话来，很自然便把他引为知己了。然而顾横波依然引而不发，反问道："紫稼兄，你以为大明江山能恢复吗？"

王紫稼从顾横波的神情和语气中体察到她的真实的内心世界，便大胆地说道："我太祖皇帝起自布衣，冒霜雪、斩荆棘，于困厄艰难中，得天下三百年。如今满清虽得天下之大半，但湘楚粤桂川等大片国土尚有回旋之余地。那福建的隆武帝、湘滇桂的永历帝，都要比那荒淫颟顸的弘光帝强一些，再说那厦门等地尚有郑成功、张煌言和张名振的十万水师，西南还有当年揭竿而起的李自成、张献忠的余部……"

说到这儿王紫稼看了顾横波一眼，见她听得神情专注、频频点头。他向门外望了一眼，继续说道："以不才看来，目前是中原逐鹿，尚不知鹿死谁手，舍生忘死，无往不胜。复君父之大仇，报国家之大耻的日子就会到来。我看那郑成功、张煌言、张名振、何腾蛟、瞿式耜以及业已就义的黄道周，便是中兴大明江山的当代郭子仪、李光弼式的人物。"

顾横波听了王紫稼这一席滔滔宏论后，又问道："你在水绘园还遇到哪些人啦？"

王紫稼一听顾横波的问话便趁势说："顾夫人，我在水绘园还遇到了阎尔梅和柳敬亭两位。实不相瞒，我这次拜访顾夫人就是要带阎先生的一个至关紧要的口信，这也就是我有求于夫人的第二件事。"

"请说吧，只要我能做到的，一定尽绵薄之力。"顾横波平静地说。

"顺治四年，松江提督吴胜兆与张煌言、张名振二将军联合准备反正。不幸二张率水师到长江口突遭台风而失败。吴胜兆被清廷杀害。最近浙江提督马进宝新任苏松提督，以防二张将军与郑成功的水师。阎尔梅先生知道龚公曾有恩于马进宝，祈望通过龚公游说马进宝，联合反清，这样水师可长驱直入，抵达石头城下。”王紫稼一口气将阎尔梅的口信说了出来。当他说到“长驱直入，抵达石头城下”时，雄姿英发，气概非凡，不像一个手执红牙板唱杨柳岸晓风残月的名伶，倒像一个运筹于帷幄之内，决胜于千里之外的将军。

顾横波怎么也想不到这个王郎在求画兰之后有这样一个惊天地、泣鬼神的口信儿。听完后她已将她西湖船上邂逅时的一缕情丝抛到那遥远的爪哇国里去了，顾横波说道：“张煌言、张名振和郑成功要想通过长江口，沿江直驱金陵，必然要在这苏松一带遇到阻击。游说苏松提督马进宝，便是扫清前驱的上策。可惜孝升已去京都上任，我和那马进宝又素不相识。”

“是否可请龚公书一密信给马进宝呢?”王紫稼紧追不放，死死咬住时机。

“如此大事，稍有不慎，便有灭绝九族的危险，最好不要留下文字把柄，还是当面交谈为稳妥。”说到这儿，顾横波略作停顿，看看王紫稼的表情，继续说，“怎样去游说马进宝，也容我仔细想想。”面对这么一个美男子，说的又都是至情至理的事，她怎么也不忍让他过于失望的。

“夫人，上个月在水绘园商议恢复神州大事，都寄希望于舟山厦门的水师，如果直驱金陵，则天下撼动。内以励国人忠义之心，外则乱满清之指挥。所以松江提督马进宝是个至关紧要的人物。听说他虽残暴但沉溺声色，尤好听曲观剧，为此，阎先生倒想要我去松江一次，只是无人引见。”王紫稼这样说，实际上是想让顾横波和他同去松江。他说的都是恢复宏图、君国要事，但还是不难看出他对美丽的女性的绵绵情意，就像一个诗人、画家一样，虽不诵咏，那铿锵之音起于胸中，丹青虽不染于纸，而五彩绚烂之色自映人心目。

顾横波凝视着王紫稼，忽然感到两颊绯晕，双眼微扬，喃喃道：“你要我也去?”

王紫稼细细端详顾横波，她身穿一件粉荷色轻纱小窄袖紧身衣，下系月白色湘裙，将那丰胸细腰衬托得格外惹人注目。作为一个名动公卿、誉满江南的伶人，王紫稼曾博得无数闺房少女、名门望族的夫人的青睐，他并不稀罕她们的恩宠，但对顾横波这样曾经风靡了六朝金粉之地的名妓，确实有一种想一亲芳泽的觊觎之心。王紫稼几乎没有什么犹豫，自然而然地握住了顾横波的手，说：“夫人，如果我王紫稼能有幸和你同去松江，死也可以瞑目了。”

顾横波的纤纤玉手被王紫稼握着，她感到一种恐慌和心悸，但不忍抽回。她无法拒绝一个长得像她死去的情侣刘芳一样的美男子的抚爱。

“到松江去的事，让我再想想。我有点头昏目眩……”

顾横波此时脸如红梅映霞，海棠凝露。王紫稼乘此机会轻轻靠近顾横波，将一只手臂揽在她柔软的纤腰上。正在这时楼梯上传来脚步声，王紫稼忙将手抽回，没事似的站开去，老老实实地重新端坐在锦榻上。

乖巧机灵的雪枝仿佛预感到夫人的楼厅上，会发生一些什么，故意将脚步踩得很响。“夫人——”雪枝一手拎着食篮，一手掀开门帘唤道，“人参藕粉羹烧好啦!”

“紫稼君，你也吃一点。”顾横波横睨王紫稼一眼道。

王紫稼陪着顾横波，一起吃完了人参藕粉羹后，再也鼓不起亲近顾横波的勇气。说了声“明天再来商议”之类的话就告别了顾横波，准备离去。当他到庭院的时候，看见两株百年以上树龄的垂丝海棠在春风中摇曳，千万朵艳红的花儿鲜亮耀目，绚烂异常，不禁又想起刚才那短暂的令人销魂的时刻，他真不忍遽去。

然而，王紫稼在两天之后，再到孩儿巷拜访顾横波的时候，那里已经人去楼空。王紫稼站在楼厅上，见庭院里那两株垂丝海棠的花朵儿簌簌坠落如雨，飘于青苔之上，一时落英缤纷，裁红晕碧，徒添万斛愁思。

经一天一夜的航程，顾横波从杭州拱宸桥到达她暌违日久、梦魂萦回的苏州。对于王紫稼那种割不断又一定要割断的缕缕情思，顾横波只能毅然离去，一走了结。出于报国之情、故国之思，她当然愿意看到东南水师光复金陵乃至恢复神州，重见汉官威仪的，但她又很怕与王紫稼同去松江游说马进宝，她担心自己不能控制自己的感情，和王紫稼演出一场有悖于情理的悲剧来。

顾横波在苏州就寄寓在卞玉京的横塘彩云桥。这儿庭院花木扶疏，屋宇清洁，书房里湘帘棐几，地无纤尘，绮窗绣帷，麝烟缭绕，牙笺玉轴，堆列书架。卞玉京住楼上，顾横波与婢女雪枝住楼下。

这一天，卞玉京在楼上休息。顾横波则在书房里闲坐。她非常喜欢卞玉京的这间书房。卞玉京有洁癖还有兰癖，她养兰画兰爱兰，当年在桃叶渡和她的妹妹卞敏都是以画兰风靡秦淮的。墙壁上挂一幅条屏。这幅条屏是倪云林的《题郑所南兰》，寄托了卞玉京的亡国之痛：

秋风兰蕙化为茅，南国凄凉气已消。
只有所南心不改，泪泉和墨写《离骚》。

书房里放着几盆兰花，幽香清远，婀娜多姿，数枝在室，微郁袭衣，使顾横波陶醉其中。由这兰花的幽香，她想起王紫稼在杭州留给她的一柄泥金折扇来，要不要现在就为他画一幅呢？她取出折扇在手中摩挲着，犹豫着。

“夫人——”雪枝的一声轻唤在门外传来，“院门外有一个太仓来的相公要找卞玉京姐姐。”雪枝进了书房禀报道。

“是谁？”顾横波问道。

“我不认识，他说他姓吴名伟业。”雪枝答道。

顾横波一听是吴伟业来了，便想起曾经在笛声中黯然伤别的吴卞两人不堪回首的往事。为了负情的吴伟业，卞赛感伤地当了道姑。十几年过去了，他为什么还要来找卞赛呢？

“那你就请他进来吧。”顾横波说。

梳着辫子的吴伟业穿着一件箭袖镶边满服，腰束丝带，显得颇有精神，但比起故明博袖宽袍少了几分潇洒之气。吴伟业学问渊博，胸罗万象。他的满腹经纶需要施展，然而他作为前明的遗民又不想去觍事清廷，因而他心情十分压抑，十分矛盾。最近他听说他的原复社社友陈名夏在清廷深得顺治皇帝的恩宠，已官拜大学士，这又使他的心怦然作动。吴伟业不是那种浅弱无识的人，他还想在仕途上有一番作为。在离开太仓之后，他又听说卞玉京最近倦游归来，仍在横塘居住。于是他怀着一种忏悔的负罪心理重访横塘，一则希望卞玉京能宽恕他的负情，二则试探是否能弥合久已破碎的感情。

吴伟业踏进书房看到一个背影，他轻唤了一声：“赛赛——”

顾横波回头一笑道：“谁是你的赛赛？”

“顾夫人！”吴伟业早就听说顾横波与龚鼎孳结为伉俪，想不到在这儿见到，“孝升也到苏州来啦？你俩不是在杭州玩得好好的吗？”吴伟业显然还不知道龚鼎孳业已官复原职了。

“唉！还是功名利禄忘不了！他赴京复任了，都说是六桥烟水岸柳好，孤山梅鹤高雅，到底还是当官好。”顾横波半是调侃半是自嘲道。

“谁有你们这一对夫妇的伉俪情深呀！孝升兄写的《罗敷媚》四阕，把你俩在西湖的韵事传遍士林了。”吴伟业半是奉承半是羡慕地说道。

“请用茶。”顾横波亲手端上雪枝送上来的一杯绿茶，“骏公兄今日到横塘来总不会是来看我的吧？”说罢俏皮地笑了一声。

吴伟业尴尬地说道：“顾夫人不要取笑我了。”

顾横波莞尔道：“玉京道人就在楼上，要是我把她请来了，骏公兄如何谢我？”

吴伟业惊喜地说：“真的就在楼上？你要我怎样酬谢？”

“骏公兄善吹笛，为我吹一曲《阳关三叠》如何？”顾横波早就听卞赛说过，当年她和吴伟业黯然销魂的那一个吹笛之夜。因而这一句故意使吴伟业十分内疚的话，便脱口而出。

吴伟业此刻并不奢求得到卞赛的谅解，甚至重新得到她的爱，他只求再见她一面，他说：“唯求一见，别无他愿，只要能够见到赛赛，夫人要听什么曲子都行。”

顾横波还没有来得及答话，只听楼梯上传来噔噔噔噔的声音，她以为卞赛下楼来了。吴伟业抬头望去，下楼的却是风流秀曼、增添了几分成熟的柔柔。

吴伟业怯生生地喊了一声：“柔柔——”

柔柔并不搭理吴伟业，脸上冰冷冷的，像凝着一层寒霜。她一双秀目直视吴伟业，道：“我家姐姐说，她不想见到吴相公。她恨你。”也不等吴伟业答话，柔柔径直上楼了。

吴伟业沮丧地站在那里，多半天说不出一句话来。顾横波这时倒有点同情处境难堪的吴伟业，她说：“骏公兄，你稍等，让我去请她。”

吴伟业摆摆手道：“顾夫人，不必了。是我以前伤害了她，是我辜负了她的一片真情，是我迫使她看破红尘，在孤灯黄卷之下过着清心寡欲的生活，是我的过失致使她漂泊无定，浪迹天涯。让她恨我吧，这样或许能减轻她的痛苦，也能弥补我内心的歉疚。”

顾横波听吴伟业如此一说，无可奈何地摇摇头道：“你们这一对冤家哟，恩恩怨怨的风流债何时才能偿清？”

吴伟业叹了口气，说："卞赛毕竟已变成玉京道人了，讲究六根清净。譬如深渊，澄静清明。慧人闻道，心如古井。我本不该到苏州来。顾夫人，明天一早我就挂帆北上。"

顾横波含笑道："女道士又怎么啦，那唐朝的杨玉环和鱼玄机不都当过女道士吗！我送一样东西给你。"说罢，顾横波将一张诗笺从书案的一本唐人诗卷中拈出来，递到吴伟业手上。

吴伟业接过诗笺一看，原来是卞赛抄录的一首李商隐的《无题》诗，诗云：

重帏深下莫愁堂，卧后清宵细细长。
神女生涯原是梦，小姑居处本无郎。
风波不信菱枝弱，月露谁教桂叶香？
直道相思了无益，未妨惆怅是清狂。

看完了诗，吴伟业怅然道："这诗笺我就带走了，容我此时告辞了。"

听到吴伟业远去的足音逐渐消失在门外的青石板上的时候，顾横波和雪枝才登上楼厅。她们掀开内室的门帘，见卞玉京横斜在床上嘤嘤悲泣。顾横波靠上前去，用手拢拢卞玉京那凌乱的云鬓，劝道：

"我的好姐姐，别哭了，那吴伟业已经被我们骂走啦！"

卞玉京仰起那泪痕纵横的粉白脸来，说："打发他走就行了，何必骂他呢。"

顾横波闪动着那双澄美的瞳神，扑哧一笑道："我说玉京道姑孽情未断吧，人家吴伟业是来负荆请罪的，妹妹哪里舍得骂他呢？柔柔，快把那吴郎请回来。"

顾横波为人极为机智，逢到场面尴尬之时，她每每能机智诙谐，妙谑百出，化悲为喜。这时卞玉京被顾横波一逗，果然破涕为笑，霍地站起身，狠狠地捶了顾横波几下。

橹声缓缓，烟火迷蒙。苏州城越来越远了。坐在船上的吴伟业不禁思绪乱飞，感慨万千。虽然他曾与商丘侯方域和如皋冒襄相誓，决不觍事清廷。然而，有当权者强行推荐，如不到任将祸及吴氏家族。吴伟业本人又不甘寂寞，老死牖下与草木同朽，最后还是应征到京城去当秘书院侍讲国子监祭酒。既然已经做出决定，也只好硬着头皮去了。这样做或许能取得遗民们的谅解。

这古老的运河也不知经过多少次了，但心情从未有过这样的惆怅。只怪自己优柔寡断，负情于卞赛，乃至铸成大错。他想此次离苏州，今生今世恐怕再也难以见到卞赛了。苍烟暮霭，渔舟唱晚，吴伟业在迤逦如带的古老运河上沉思默想了几个时辰了。夜的帷幕就要降落下来了，“请停船——请停船——”吴伟业听到一阵苍老沙哑的声音。他便请艄公暂收大橹，船便慢了下来。举目一望，一个老翁和一个头戴玄色道冠、身披黑白相间道袍的道姑正站在船头上。吴伟业虽然看不清道姑的面容，但他一眼认出她就是卞赛。

这时河上飘着细雨，卞赛风鬟雾鬓，忍泪伫立船头。吴伟业待船刚靠近，便一把将卞赛搀扶过来，紧紧握住她冰凉的手。此刻他俩的心已融合在一起，不用做任何解释，也不用说什么多余的话。半晌，吴伟业说：“前不远就是松陵镇，那儿有香粳米饭，鲜美的鲈鱼，还有垂虹桥。今晚就宿在那儿。

卞赛没有说话，她微微颔首就算应允了。

吴伟业和卞赛改雇了一只赭篷小船，在蒙蒙细雨中，沿一条岸边开着野花的小河向松陵镇荡去。这一对分别十几年的情侣，紧靠着坐在船尾，听着那木桨划水声，听着船帮擦着岸边的水和菖蒲声，默默无语，让小船款款地驰进那挂满藤蔓、长着青苔的垂虹桥，过了垂虹桥便是水势浩漫的吴江。这千年古桥多年未修，已无复当年阑额承翼、丹柱金壁的景象了，唯有迟归渔船的灯火或明或暗于江波之上。

吴伟业心里很得意，他想起了宋代的姜白石带着歌女小红冒着大雪过垂虹桥的故事，又想起姜白石《暗香词》："旧时月色，算几番照我，梅边吹笛。唤起玉人，不管清寒与攀摘……"他想起当年吹笛诀别，十几年之后方有这样的情缘重逢。

他俩进了一家雕花门窗、垂檐翘角的临江旅舍。店主收下银两，开了一间陈设雅洁的楼房，送上菜肴醇酒便悄然退去。霏霏的春雨细如雾珠似的散落在窗上。吴伟业知道卞赛好酒量，便满满斟酒让她喝。卞赛确也不想浅斟慢酌——她在痛苦的期待中生活得太久了，此刻，她盼望着一种热烈的狂爱。然而，她毕竟是个女子，她不愿放下她的矜持，她坐得远远的，用火一般的明眸凝视着吴伟业。

吴伟业知道，这时一切语言都是多余的。他吹熄了蜡烛。"这一天也累了，早点睡吧！"

卞赛轻轻唉了一声之后，便慢慢地开始宽衣脱袍。在隐隐的微光下，吴伟业看见她正坐在床边上脱着袜子，不知为什么，到了这一步他倒有些心惊胆战。终于，他和她紧紧地相拥。她用温柔的手指轻轻地抚着吴伟业的项背，那樱唇擦着他泪流满颊的脸。此刻，仿佛一切都不存在了，唯有他俩的身心融合在一起产生的极度的沉醉，极度的欢乐。

吴伟业感到卞赛的肌肤柔嫩像一团丝绵，又像一股股温泉沐浴着他的全身，温馨甜蜜。他觉得他俩又回到十几年前的清溪去了。那挺入两岸芳草的小溪中的小舟，挨擦着的水藻水草驰行的滋味，如幻如梦地重新出现在眼前。卞赛星眸紧闭，欲仙欲死，不知今夕是何夕，犹如玉蝉蜕化，天马行空，一夜温柔，极尽缱绻。几分缠绵，几分凄凉。

到了一片晨曦映亮窗帷的时候，两人方沉沉睡去。

日上三竿之时，卞赛红着脸穿好衣裳，站在镜台边梳弄那凌乱的鬓发。吴伟业用手揉着惺忪的睡眼道："赛赛，再休息一下，下午随我北上京都。"

"你能带一个从前的歌伎，现在的道姑到京都去当官吗？"卞赛神色凄然地说。

"到了京都，你先在丰台住一阵子，等我应付一下皇上，坐一阵子国子监的冷板凳，便和你南归，结庐茅舍竹篱、药栏花径之边，春则寻芳万嫩绿，倾听黄鹂之声，冬则夜阑煨芋，梅影映窗，书籍万卷，挑灯共读。如何？"

"骏公，这可能吗？如果能这样，我们以前何必分手？"卞赛此刻显得十分冷静与理智，"再说你不可能拗得过你那王氏夫人的威严的，我也不愿意到你的老家太仓当一个小妾。"

吴伟业听卞赛说出这番话来，知道她这次也绝不会跟自己到京都去的，便说："你暂不去也行，我先去京都。你在苏州等我，难道我还不如常熟钱牧斋先生吗？柳如是现在在半野堂我闻室里和钱公过着诗酒唱和、琴瑟相谐的日子呢！"

"你可以学钱牧斋，但我并不是柳如是啊！"卞赛说到底还是不愿当别人的如夫人。

"那么……你还是等着我，我一定来接你。"吴伟业嗫嚅道。他知道卞赛的主意很少改变的。

"我要走了，你先送送我吧。"卞赛说着眼泪夺眶而出，"你朝北，我回南。早点走，少掉些眼泪。"

吴伟业也忍不住流下了眼泪，他拉着卞赛的手说："赛赛，我知道你心里还是怨我恨我的，但你又是这样地同情我、谅解我。你冒着雨赶到松陵来和我相会，并以你的柔情温暖了我久已渴慕的心。我此生此世永远不能忘掉你的。"

垂虹桥上，一夜润雨，浥净轻尘。吴伟业携搀着卞赛在这宛如彩虹般的长桥上蹀躞徘徊，恋恋不忍遽别。千百年来，多少个江南人物、吴下隽秀，在这凌波之上的垂虹桥上折柳诀别，写下千古绝唱。更何况诗情艳发而感情细腻的诗人吴伟业。

然而，这一别竟成永别。从此，吴伟业再也见不到卞赛了。

第二十二章　柳敬亭挥泪说王郎

金陵入夏之后就日炎风熏，十分燠热。幸好市隐园里长着几棵巨松，遒干撑云，翠涛泻玉，那树冠仿佛将阳光也滤成深绿色。然而，坐在这苍松之下的龚鼎孳却没有什么凉爽的惬意感。虽然午餐后就淋浴过一次，不一会儿又是炎蒸在体，汗流浃背了。

龚鼎孳心里十分烦躁。他斜卧石榻之上，手上一本唐人诗卷，一句也看不进去。他想起一幕幕令人惊心动魄，又让人后怕的场景。

在太和殿上，他面对顺治帝和摄政王多尔衮上疏："大学士冯铨乃前明阉党，魏忠贤的干儿子，奸猾阴鸷，表面上深沉肃穆，实如李林甫之奸邪。"不料，这冯铨反嘲道："龚鼎孳虽文思敏捷、才藻艳逸，且不说其在丧父时饮酒醉歌，俳优角逐之丑闻，先前李闯入京，鼎孳从贼为大顺御史。"龚鼎孳辩解道："当年唐之魏征原为瓦岗军，后又从窦建德，最后方归顺唐太宗，所谓良禽择木而栖。"这辩解反而惹怒了多尔衮，他说："没有污点的人才能指责人，你怎么可以用闯贼比拟唐太宗。"使龚鼎孳一下子便处于十分尴尬的局面。

为了一洗降从闯贼之恶名，他龚鼎孳也确实做了不少好事。他帮助过许多爱国的遗民，使他们在饥饿中得以温饱。他救过傅青主、阎尔梅，周济过贫困而有才华的诗人朱彝尊、陈维崧。金陵诗人杜茶村甚至把龚鼎孳称为滋润旱苗的及时雨。前不久，他从刑部右侍郎这个烜赫的职位上又被贬谪下来，就是他又为汉人鸣不平。他向顺治帝上疏：今后在审理一切狱讼时，必须先从满、汉司法官吏开始共同审理，改变以前司法狱讼，汉官不能做主的偏向。谁知这又得罪了清廷。顺治皇帝认为龚鼎孳在执法中偏向汉人，“不思尽心报国”。为此，龚鼎孳再一次被连降八级，贬谪江南。

躺在松树下的龚鼎孳摸了摸脑后粗黑的辫子，又抚着额头以上剃得光溜溜的头皮，想起昨夜一个非常奇异的梦。昨宵多贪了几杯酒，读了几行诗便酣然睡去。龚鼎孳正坐在一张琴台边，室内锦幔绣幛，古玩陈设，琴棋书画，一应俱全。顾横波在一旁恸哭，抽噎悲泣地劝他千万不要剃掉头发。他对顾横波说：“留头不留发，留发不留头。既为清廷之臣，焉能不剃头。”顾横波一溜烟似的飞奔而去。顷刻间，晚霞欲灭，暮色四合，月蔽重云，室内昏黑一片。忽然，一道白光中出现一个浑身苍黑的如气如雾的人形，他大声怒呼道：

“嘿！我就是发神啊，跟随你龚鼎孳四十余年啦。今闻尔将抛弃我。我难道能够容忍你的无理吗？从你龚鼎孳幼年，我就安居在你的头上。那时我又齐又细，既光泽又黑亮。可以弄姿于帏房，可以耀影于华簪，可以濯流于清泉。你龚鼎孳为谋取功名十年寒窗，苦思研精，劳心役形，致使我失其华英，早衰而呈二毛。我发神于你龚鼎孳有恩有德，你实应没齿不忘，如今为何中道见弃，现在你龚鼎孳负情剃我而去，吾将诉之苍穹。”

晨鸡破梦，日照窗棂。龚鼎孳一觉醒来，那发神怒斥之声犹句句在耳。他由剃发想到自己一身而事三姓之主，又屡遭贬谪，感怆往事，俯仰身世，不禁感慨万千。自己以才华得名，又以才华得祸，想当清廷的忠臣却又屡遭排斥。他真后悔，当初还不如学范景文、倪元璐、史可法那样以身殉国，痛痛快快留得个身后之名。这种懊恼的烦躁情绪一直延续到午后。尽管多年的官场生涯，使他养成一种深沉不露、处事缜密的习惯，他在本质上，还是有一种名士的习气。

在失意时，他不能藏掖自己的感情，他的情绪必然要在谈吐行为、神气表情中流溢出来。这种连他自己也讨厌的浮躁之气，是他多年来所未有过的。

“孝升——”一声黄鹂宛转似的唤叫，使龚鼎孳顿时如夏饮冰雪般惬意，“在石榻上想什么心事?”顾横波从院门外踏着轻盈的步履，款款而来。

顾横波穿着一件梨花般洁白的织水纹罗衫，一条丝薄的淡红色的湘裙。尽管是随意穿着的，但她的服饰往往会引起金陵仕女们竞相模仿，有时甚至会形成一股时尚。顾横波提前回家，使龚鼎孳的心情如柳暗花明，豁然开朗。他想，如果顾横波留在他身边，心绪就不会这样紊乱，这样烦闷的。

“我有什么心事，还不是盼你早点回家。”龚鼎孳笑着，从石榻上站起来，拉着顾横波的手说。

原来前几天，寇白门告诉顾横波一个消息，说从乙酉之乱之后，一直避居高淳的画家肖云从，最近又回到金陵来了，暂住在十竹斋主人胡正言家里。顾横波自然想起十几年前，她求师于肖云从的种种往事，尤其是后来他那种不可言传的情愫和匆匆离去的惘然，一直保留在她记忆的深处。等顾横波到了十竹斋，肖云从又到清凉山去了。清凉山路远，如果去了赶不及回城，顾横波只好改日再去了。她说：“孝升，肖先生不在十竹斋，他到清凉山去了，十有八九是找那个住在虎踞关的龚半千，他两个都是画家。”

龚鼎孳一听说清凉山，倒触动了他的一桩心事。他与顾横波结缡以来，两情甚笃，伉俪情深，然而膝下无子，如果顾横波能生育下他俩的后嗣，不仅可使家庭更臻完美，也更能巩固顾横波在龚家的地位。于是他便顺着顾横波的话说下去：“夫人，我也想去拜访一下龚半千先生。听说半千先生所住的地方有个寺庙，里面的送子观音特别灵光……”

顾横波一听“送子观音”四个字，脸红了起来。在明清时代，一位士大夫无后裔，这罪过往往归咎于妇人。结婚多年而无生育，确实是顾横波的一块心病。她接着龚鼎孳的话说：“孝升，你的文章连皇帝都说好，说你下笔千言如兔起鹘落，是个真才子。看来你的笔能通神，何不写一篇《祈子疏》，也好让妾身早有梦兰之兆。”

龚鼎孳一听顾横波的赞扬，十分兴奋地说：“不瞒夫人说，我也曾多次私下喃喃祷祝，但从未想到写祈子之文章，我马上就写，马上就写。”

两人兴致勃勃地登上了海月楼。龚鼎孳在博古橱中取出平时绝不轻易使用的端溪红丝砚，又从一只锦盒中拣出一锭程君房青麟髓墨，再从橱里小心翼翼地拈出一卷宣纸来，那宣纸中裹着两张宋代的金粟山藏经纸。龚鼎孳凝视着一张极其珍贵的金粟纸说：“我的笔不能通神，这宋纸却是通神的。”

顾横波怀着虔诚的心情为龚鼎孳抻纸磨墨，只待夫君为她写《祈子疏》了。龚鼎孳曾向皇帝写过无数的疏文，更写过各种文章，《祈子疏》还是第一次。但他毕竟是个聪明绝顶的人，稍一凝神，腹稿便打好了。他从笔架上抽出一支湖笔，在金粟纸上写道：

祈子疏

伏念顾氏，根染尘凡，缘偕伉俪。昔日金戈铁马，年年多难相从。生涯羁旅，一任萍飘，屡经磨难，惊魂未定。今在龙盘之地，虎踞之城，山水清和，人天共喜，伏愿早布梵云，茂开玉树，赐人以智慧之种，慰百年儿女之心，兰茁其英，珠称如意，一惬斯愿，顿足生平。如得麟禖，则世世代代赞扬顶礼。

顾横波看完这《祈子疏》，心情十分激动，她捧起这张神圣的疏文，说："孝升，明天陪我到清凉山去。"

顾横波的话音刚落，婢女雪枝登楼禀道："门外有个麻子说他叫柳敬亭，要见夫人。"

顾横波一听是柳敬亭，急忙叫雪枝请到楼上来。一会儿，那个苍颜古貌的柳敬亭便上了楼。顾横波一见到柳敬亭，悲凉的沧桑之感涌上心头。想当年，柳敬亭是秦淮河上赫赫有名的人物，他说的各种书，曾使她流过泪，开过颜。在甲申年前后，柳敬亭以一个说书艺人的身份，成为拥兵百万的左良玉麾下最受宠信的谋士，甚至连左良玉的许多檄文都出自柳敬亭的口授。如今，他那颗从不屈服的头颅上也剃了发，脑后也拖着一根花白色的辫子。

柳敬亭捧过雪枝奉上的一杯上好的绿茶，端坐在红木椅上。顾横波见柳敬亭手里捏着一柄折扇，悠然地扇着风：他身材依然肥胖而高大，只是原先黑里透红的皮肤，已呈灰黄之色；两条又短又粗的眉毛浓黑依旧，那飘然的白发似在诉说着他飘零的身世。顾横波想到当年柳敬亭在眉楼说书，酒酣之后，悲吟击节，慷慨激昂之情景。当时，柳敬亭所说豪猾大侠、草泽亡命之徒，以及荒诞离奇之事，顾横波都以为是他编造娱人的玩意，直到甲申乙酉前后，天下大乱，柳敬亭所叙述的故事不幸亲身一一经历。

"孝升兄与夫人晓得王紫稼出事了吗？"柳敬亭操着一口浓重的扬州官话问道。

顾横波一听王紫稼出事，吃了一惊，手中的绢扇颤抖了几下，差点掉在地上。龚鼎孳并没有注意到顾横波的失态。他想到的是当年在京都演《会真记》的妖艳绝世的王紫稼，想到的是早几年王紫稼红遍京华，举国趋之若狂，席间无王紫稼不欢的种种情景，难道王紫稼也会出事吗？

"柳先生，王郎得罪谁啦？"龚鼎孳问道。

柳敬亭愤然道："他得罪了巡按御史李琳枝，被李琳枝乱棍暴打，直至皮肉溃烂，送阊门立枷而死。”

“是什么罪名呢?”龚鼎孳又问。

“说是他接受良家妇女馈赠，说他行为淫纵、败坏民风，我看是苏州有些达官贵人陷害了他。”

顾横波问道：“还有什么罪名?”

柳敬亭瞄了龚鼎孳一眼道：“听说是‘通海’。”

说到“通海”，顾横波想起在杭州孩儿巷时，王紫稼曾希望她说服龚鼎孳，进一步游说苏松提督马进宝的事来，心里十分内疚。顾横波想起这个害死王紫稼的李琳枝，琳枝为其字，其名叫李森先。甲申那年，李琳枝也曾受李自成职，在崇祯年间当过国子监博士。入清后任陕西官职时，以严厉被称为“铁面冰心”。想不到王紫稼竟死在他之手。顾横波又想起最近金陵盛传钱谦益与王紫稼关系暧昧的诗来：

金台玉峡已沧桑，细雨梨花枉断肠。
惆怅虞山老宗伯，浪垂清泪送王郎。

难道这是一首预兆王紫稼将罹难而死的谶诗吗?想到这儿，顾横波心里有一种说不出的滋味。

龚鼎孳听柳敬亭说到“通海”两字，立即噤若寒蝉，默不作声。柳敬亭以前是眉楼的常客，他在长吟阁说书的时候，顾横波是每场必到，他深知顾横波的性格，便问道：“顾夫人，我听紫稼君生前说，他曾劝说龚公与夫人游说苏松提督马进宝，不知可有其事?”

顾横波望了望龚鼎孳道：“王紫稼是说过这件事，后来孝升重返京都任职，我们先后回了金陵，松江之行就耽搁下来了。”

“老柳有一件事有求于夫人。”柳敬亭不待顾横波回答单刀直入地说，“我准备到松江找马进宝，想请你俩同行。”柳敬亭知道顾横波对恢复大明江山还是抱有希望的，她对龚鼎孳先受命于大顺，后降于清廷，心情也是十分矛盾不安的，而帮助张煌言、张名振以及郑成功的义师，正是赎罪的好时机。

果然如柳敬亭所料想的那样，顾横波几乎未做任何犹豫，便一口应允道："柳公，我顾横波当随你同去松江游说马进宝。"

龚鼎孳确实曾经有恩于苏松提督马进宝。那是崇祯初年的事了。那一年龚鼎孳随祖父赴京都，祖父手授经书，亲加督课。一个愁云四合、雪大如掌的冬夜，龚鼎孳偶在门外看见一个衣衫破烂的乞丐，他正在读大门上的门联："一片彩霞迎旭日，万条金线带春烟。"

"你也读书识字？"龚鼎孳问道。

"不读书识字何至沦为乞丐！"乞丐愤愤道。

龚鼎孳将这个操山西口音的乞丐请进客厅，并令童子取酒给乞丐御寒，临行赠以棉袍与银两。这个乞丐就是后来混迹于农民军和明军、清军中，凶悍狡猾的马进宝。

要不要到松江去游说马进宝呢？龚鼎孳心情十分矛盾：如果去松江游说马进宝，万一机密泄露东窗事发，给清廷捏住把柄，这"通海"的罪名是有灭族之灾的；如果不去松江，将来郑成功、张煌言和张名振的水师得胜，直捣黄龙，恢复了大明江山，他便失去了一次大好的建功立业机会。再一想，去也不妨。他早就听说，在顺治七年，马进宝任清廷金华总兵时，就接待过前来策反的钱谦益和他的爱妾柳如是。何况，他龚鼎孳当年还在危难中周济过马进宝哩。想必那马进宝不至于过分忘恩负义吧。

"那么孝升兄呢？"柳敬亭问道，他知道只要顾横波答应去松江，龚鼎孳不会不去的。

龚鼎孳慨然道："我龚鼎孳当年也是个热血沸腾以天下为己任的复社中人，束发受书，习知忠义二字。昔日在蕲水七年戎机，奋然拒敌，上马横刀，下马作赋，唯以颈血洒疆场为荣。自做京官，耽于安乐，髀肉复生。至于神州沉沦，河山易色之后，忍辱偷生于宦海沉浮之中。京华遭际，万事忧危，无一日安宁。如今，二张将军与延平王郑成功将挥师直取金陵，鼎孳虽驽庸之才，亦当效犬马之劳。”顾横波听龚鼎孳说出这番话来，心里适畅，连连称好。

顾横波和龚鼎孳或车马或舟楫，一路指点江山，慷慨国事，裁红晕碧，江南风物尽在眼底。几天之后，便到了那爬满青藤的松江古城。轿子进了通波门，穿过广明桥，陈子龙的平露堂赫然在目。陈子龙就是参与策动清廷前松江提督吴胜兆反正，事泄后，被江宁将军巴山搜捕的。后来陈子龙在被押送金陵途中跃入跨塘桥水中自杀。他的头颅曾挂在金陵聚宝门上示众。想到这儿，顾横波心里不禁有些害怕起来，但一见那“平露堂”三个大字，一股凛然的正气，又从心中升起，原来这“平露堂”三字是陈子龙的恩师黄道周亲题。

“孝升，你看这松江城真是一个英雄之地、文物之邦。”顾横波拍了拍龚鼎孳的肩膀道。

龚鼎孳正在轿子里打盹，睁开眼睛说：“夫人所说极是。”他为了投顾横波之所好，便振了振精神继续说，“你知道吗，松江西门外的花园浜就是夏允彝夏完淳父子的旧居，他俩也先后殉国。听说夏完淳在金陵就义时，年仅十七岁。过陆家桥是董其昌的住宅。东大街上有陈眉公的故居，我记得门楣上有陈眉公亲题的一联：“大隐在朝市，仙人好楼居。”

“孝升真是好记性。”顾横波知道龚鼎孳在崇祯初年曾到松江来拜访过耄耋之年的云间大儒董其昌，想不到他真是一个博学强记的人，时隔多年，居然将松江街头巷尾记得一清二楚，“隔几天，你就当我的向导好啦！”她又回眸一笑道。

轿子停在阮家巷的梅南草庐。这个梅南草庐便是崇祯年间云间诸名士，如陈子龙、周立勋、宋辕文、李侍问、李虔等人觞咏高会，慷慨国事之处，人称南园。十几年前盛泽名妓柳如是与陈子龙曾在这南园的小红楼上，有过一段缠绵悱恻的恋情。因而，当龚鼎孳搀扶着顾横波穿过梅林和玲珑的假山石，登上小红楼的时候，他们不胜感慨。到了掌灯时分，两人絮絮夜谈了半个时辰之后，因路途劳顿，很快便酣然入睡了。

翌日上午，盛装的龚鼎孳和顾横波改乘一辆装饰华贵的雕花镂铜的马车去苏松提督马进宝的府邸拜会了。这马进宝府邸为前明嘉靖年间内阁首辅大学士徐阶的故宅，高高的风火墙森严高峻，墙内馆阁林立，绮楼争艳，绿树丛中的雾台云窗、水榭曲廊，幽深神秘。这一天，正是马进宝的生日，大门口车水马龙，冠盖如云，轿厅里停满了轿子，迟来的只能放在大门之外。那细壁车、七香车、玲珑车被身披华丽马鞍的骏马驾着，刚一停下，那马儿们便扑哧扑哧地喷着响鼻。一阵阵急管繁弦之声，从花厅里传来。

高会堂、章赐堂、世经堂是马宅中最为富丽堂皇的正厅。尤其是高会堂，系楠木建筑而成，高敞华美，精致森严。高会堂里，红木几案上，博古橱里、古董架上，放置着周鼎商彝，宋元古玩；墙上悬挂着宋克的章草，祝枝山的狂草以及倪云林的山水画。这些都是马进宝在戎马军旅中的消遣之物。有的是江浙一带豪门望族所馈赠的，有的是他的部下在民间掠夺来的。

马进宝是山西隰县人，早年读过几年书，后来沦落京华，几为饿殍饿鬼，幸得龚鼎孳的周济，后来投奔陕北闯王李自成，成为一名剽悍的闯将。其人豹眼浓眉，貌伟髯浓，膂力绝伦。崇祯年间他与明军孙传庭部激战时，于百万军中，手持铁杠，每战饮酒，半酣入阵拼杀，所向披靡，人称马铁杠。甲申年，清兵入关，马进宝降清。顺治三年随亲王博洛南下，攻克金华后残酷屠城，授金华总兵。他生性暴戾，杀人如麻，无恶不作。他率兵巡历各地时，居民往往倾城到数十里之外去避难。松江为长江要扼，清廷派马进宝来镇守也是有其原因的。马进宝其人雄鸷果断，手段狠毒，且富机谋，屡战屡胜，深得摄政王多尔衮的宠信。

龚鼎孳让顾横波留在马车内，自己先进了门厅。穿过假山甬道，在高会堂前的汉白玉的石阶下站定。这时身材魁伟的马进宝急步走下石阶，撩起锦袍，双膝跪下，且拜且唤道：“孝升兄，我马逢知有今天这般光景，全凭恩公当年在风雪之中慷慨解囊，周济小弟，不然我马某早已成了一个饿死鬼。我虽非淮阴侯韩信，然一饭之恩岂敢相忘！”

龚鼎孳急忙扶起跪在地上的马进宝，他心里很是高兴，这马进宝还没有忘记当年的往事，这次游说大任庶几可行，于是拉着马进宝的手说：“鼎孳当年在京都所见的文臣武将多庸碌之才，真是满眼伧俗，不堪酬对，独于红尘闹市中识得英雄。这几年来，逢知兄凭孙武之智，扛鼎之勇，走南闯北，屡建奇功。当年马援虽称伏波将军，以愚之见，逢知兄便是当代的马伏波！”

龚鼎孳这一番奉承之词，将马进宝捧得眉开眼笑，忙把龚鼎孳迎到楠木厅上。刚坐定，龚鼎孳笑道：“拙荆顾横波，久闻将军威名，正在大门口等待将军召见，不知将军可愿屈尊一见否？”

马进宝听说顾横波正在大门外，不禁喜出望外，便要亲自到大门口迎接。马进宝原先并不是个好色之徒，但近几年久驻都会，钟鸣鼎食、声色犬马的奢侈生活，也使他渐涉风情，并以猎艳为能事，一般的美鬟妖婢，娇妻美妾，已经使他渐而生厌，原来那北方浓痴肥艳的女子也早被驱逐出马府。只有像顾横波这样曾经名满江南，曾使无数个达官贵人如痴如狂的昔日秦淮名妓，才能使他萌生一种爱慕的欲望。

马进宝刚走到轿厅，便看见大门口一辆马车上走下一个举止娴雅、气质高贵的女子来，她身穿一件鹅黄色薄绸衫，窄袖宽领，紧俏俏地裹在身上，显出曼妙的身姿，修长的双腿上飘逸着一幅水青色长裙。远远望去云鬓雾鬟，秋波流慧，那曼妙的姿容，朗朗如玉山照人，妩媚而艳丽之中，又有一股端穆之气，令人不敢轻薄、亵玩，绝非一般粉白黛绿的美女所能相比。

“顾夫人，远辱造访，”马进宝虽为一介武夫，人倒是聪明的。近几年来接触文人渐多，也颇涉文墨，多与文人过从，也学得文雅起来，“逢知不胜荣幸，不胜荣幸……”顾横波尚未开口，那万种风情和千缕神丝，已让马进宝魂不守舍，魂荡魄动，不能自已了。

“伏波将军，”熟知典故的顾横波也很自然地想到运用东汉大将军马援的尊称去称呼马进宝，“顾横波久慕将军英名，今日幸会方酬多年夙愿。”说罢，深深作礼。

马进宝将顾横波迎进楠木厅。刚一坐定，乐伎的箫笙琴瑟吹奏弹唱起来。十几个舞女在猩红的毛毯上婆娑起舞，像一株株雪妆银树在风中摇曳。一群唇红肤白的侍女捧着朱漆托盘，奉上山珍海味，珍果醇醪。马进宝看着这一群歌姬舞女，再瞧瞧坐在他身旁的龚鼎孳和他的绝代佳丽顾横波，禁不住掀髯朗笑起来。这金樽美酒斗十千、英雄美人共一堂的场面，是他当年在李闯王麾下，吃高粱面、睡稻草地时所未曾想到过的。

“孝升兄，嫂夫人，你们是见过大场面的，这点玩意有污清目。”马进宝又是一阵狂笑。

这时，一小侍女手捧一只雕金漆盘颤颤抖抖地走到马进宝的面前，将盘中的酒壶和酒杯递送上去，一不留神漆盘落地，酒壶与酒杯摔个粉碎，满壶的松江三白酒溅到马进宝的锦袍上。刹那间，这小侍女的脸儿吓得煞白，趴在地上低头不敢起身。

马进宝冷笑一声，喊道：“来人，带下去斩了！”此话刚出，那小侍女放声大哭，求饶道：“老爷，老爷，饶了我吧，可怜我无爹无娘……”

顾横波被这突如其来的事惊得说不出话。她突然想到自己的身世，从来没有见过亲生父母，只是依稀听说，她父亲是从苏州强制迁金陵神帛堂的匠户，织得一手好云锦。她真可怜这个小侍女。她对马进宝莞尔一笑，缓缓地说：“马将军，这小丫头粗手笨脚的，做事不玲珑。不过，念她年龄尚小，涉世太浅，留她一条生路吧。”

“好，好，看在嫂夫人的面子上，饶了她。”马进宝说道。

一个宽额头尖下巴的校尉跪在地上，问道：“大人，如何处置？”

马进宝俯视着这个头戴白石顶官帽，拖着一根细细辫子的校尉，倨傲地说道：“笨蛋，这还用问，按老规矩办就是了。”

这时，顾横波和龚鼎孳才注意到这楠木厅里除了众多的宾客和乐伎舞姬之外，在退厅、照厅、耳房里武士环列，强弓手、刀斧手、长枪手影影绰绰可见。马进宝是从刀斧锋镝中厮杀出来的武将，他本人也曾多次靠残酷机诈的突袭而取得目前这个煊赫的地位。因此，他无论在何时何地，都不会忘记武士的护卫，以预防来自各方面仇敌的突然袭击。顾横波趁喝酒的机会细细端详了眼前这个关西大汉马进宝。他性格多疑多变，曾多次杀害有恩于他的文臣武将。

马进宝用手扶了扶拖花翎的红顶官帽，举起另一个侍女送上的酒杯，笑道：“刚才让那个小贱人扫了兴。来来来，孝升兄，请受小弟一杯酒！”

龚鼎孳举起酒杯，微微地吮了一小口道：“鼎孳酒量甚浅，不胜酒力，还是让夫人代我干吧！”

顾横波站起来，豪爽地接过酒杯，一饮而尽，说道：“马将军武功赫赫，实为一代名将，纵观古今天下名将，唯郭子仪、马伏波方可与将军比肩。逢知将军，理应受我顾横波三杯酒。”说罢，顾横波款款移动莲步，挪近马进宝酒案，亲手为他斟酒三杯。马进宝特别爱听别人称他逢知将军，因为这是他在顺治十三年率军冲越漳州南门，大败郑成功义军有功，在奉旨进京陛见后，顺治皇帝赐名的“逢知”。他心里一高兴，便将那三杯酒倾倒在一只大酒碗中，一仰脖喝了个干净。

马进宝闻到顾横波身上飘来一阵阵幽香，真使他心旌飘摇，浮想联翩。他突然想起，他手下一个清客曾给他看过一首香艳体的诗篇来，其中两句是“缕衣相接闻喘息，满怀暖玉见肌肤”。

“顾夫人，”得意忘形的马进宝此刻心里只有顾横波，早把龚鼎孳忘在一边，“这次到末将这儿来，定有教诲于逢知的。”说罢又瞄了顾横波一眼。

顾横波在回到座位临转身那一瞬，轻轻地说：“华筵之上尚不可言谈此事。”

马进宝以为自己品味出了顾横波话中的含义，顿时心领神会，又因龚鼎孳在场不便在言语中过分轻薄，便说：“好好，今夜请孝升兄伉俪秉烛夜谈如何？”

龚鼎孳知道顾横波要向马进宝说什么，很担心马进宝会翻脸不认人，酿下杀身之祸，便想拖延一下策反的时间，说：“今夜松江翰墨场上的一些文友还要在思鲈巷为我洗尘，改日到府上与将军秉烛夜谈。”

乐伎的管弦之声尚悠悠地奏着，珍馐美肴一道道端上来。正在推杯换盏、欢声笑语盈耳之时，那个宽额头尖下巴的校尉手捧一只乌黑锃亮的扬州漆盒，单腿跪地，禀道：“启禀将军，请验看。”

说罢将漆盒揭开，一股血腥气直扑顾横波的鼻端，她定睛一瞧，不禁毛骨悚然，那攥紧的掌心沁出一层冷汗。原来这只扬州漆盒里竟盛着一只鲜血淋漓的手臂。马进宝向漆盒扫了一眼，说：“看在客人面子上饶了这个贱丫头的命，算她幸运。”

顾横波平生走南闯北，可谓见闻广矣，识人多矣，但从未见过这惨不忍睹的场面。这时，她更了解她的对手是一个何等暴戾冷酷、反复无常的人，要对付这样一个阴鸷善变的武夫是很不容易的。尽管顾横波十分厌恶马进宝这种嗜血的癖好，但那校尉端起漆盒退下之后，她那颦眉蹙额的神态很快舒展开来了。她说：

“逢知将军，听说军中盛传将军神勇异常，常于万军之中取敌酋之首级如囊中取物，武器之中尤擅一根铁杠，挥舞起来有泰山压顶之势。”

马进宝乐得开怀大笑，说：“虽说自古将相本无种，马某能当上这苏松提督，也全赖孝升兄当年的恩德，否则何来今日之逍遥。”

乐伎的管弦之声骤止，一群盛装的苏州女子操着吴侬软语齐声唱起昆曲《麻姑拜寿》的曲子，每人都手捧着一只硕大的寿桃，在香烛缭绕的氤氲中翩翩起舞。马进宝寿辰庆典的气氛达到了高潮。

第二十三章　游说苏松提督

帷幕低垂，酒意阑珊。马提督寿宴已到尾声。

龚鼎孳准备辞别马进宝，回阮家巷的梅南草堂。马进宝笑着提醒道：“顾夫人不是还有话对我马某说吗？”

龚鼎孳也是一个极为机敏的人，便说：“我在思鲈巷还有一个聚会要应酬，聚会一结束我就到贵府来接夫人。”

马进宝爽朗地笑道：“孝升兄尽管放心，谁敢拐走顾夫人？”

顾横波将龚鼎孳送到大门口，在上马车的时候，龚鼎孳乘此机会悄悄地对顾横波说：“我看马进宝其人鼻翼之下有两条深深的皱纹，一双鹰目中闪着傲睨凶残的精光，是一个杀人如麻的屠夫。游说此人恐有杀身之虞。我看劝他反清起义的事还是暂时不要提了。”

对于龚鼎孳的忧虑，顾横波报之以平静的微笑。她深知她的这位夫君，在近十年的险恶的宦海风云中，已由一个有魄力有主见的人变成世故练达的士大夫。她说：“这个马进宝既然是个奸诈多变的人，那么他对清廷也决不会忠心耿耿、从一而终的。这是其一，我看此人逞强好胜，也绝非一个愿意久居于清廷卵翼下的角色。且看他过去，一会儿混迹于李闯王麾下，一会儿投降明军，一会儿又归顺清兵，首鼠两端，毫无信义可言，这是其二。这样的人倒是可以利用的。”

龚鼎孳听顾横波说得有理，便又叮嘱了几句，径直前往思鲈巷去了。

顾横波在花厅里休憩了半个时辰之后，如约步入马进宝的书房“三赐堂”。三赐堂原是前明内阁首辅徐阶的书房。因其室宽敞华丽，陈设精致，就被马进宝据为书房，为了显示自己的儒雅，马进宝便约顾横波在此商谈。

马进宝一见貌似天仙、气质高雅的顾横波终于独自如约来到书房，心里一阵欣喜。他马进宝有妻妾八十人，每夜让众妾抓阄，中签者便与他同房。有一个长辈曾劝他减少一些小妾，他便对这八十个妾宣布，愿意离他而去的可拈签，他可以赠以银两送回娘家，结果有许多妾不堪其酷淫而拈签，几天后，这些拈签者全被他秘密杀害。马进宝对人说，那些拈签的小妾已经让她们出嫁了。最近，马进宝对杀人游戏似乎有些厌倦，他想体验一下文人雅士的风流韵事，因此顾横波这样名闻天下的绝代佳人正是他最感兴趣的。

“顾夫人，”马进宝尽力将自己的声音放温柔些，“你是雅宾，快来看看我这两缸莲花，如何?”

顾横波抬头一看，只见南窗下放着两只硕大的五色钧陶花缸。一个花缸里长着几朵金边重台莲，另一只花缸里长着的变色并头莲，正挺立在水中娇艳如美人之面，在清风下盈盈晃动。顾横波不禁暗暗喝彩，她早就听说徐阶府中有两缸百年珍品，想不到如今已成了这个杀人不眨眼的武夫的玩物。那博古橱中放着的是铜雀台的瓦砚，前明的众兽朝龙盘，宋代鹦鹉啄金杯；墙上挂着一对击之可清耳的钟磬，这些都是前权严嵩家藏旧物。严嵩事败家产被抄没，如今成了马进宝的囊中之物，这使顾横波大有一种尘世沧桑之感。

“这莲花是少见的珍品!”顾横波赞扬道，“若是文人墨客专在风花雪月上下功夫，最是消磨志气，然而将军百战归来，于运筹帷幄之间，养此花中君子，以怡倦眼，实非庸夫俗子、雅得极俗的人所能比拟的。”

马进宝听了顾横波一番褒扬的话，心里甜滋滋的，一双眼睛横睨着她，心里一股热气在全身涌起。这种犹如狎客在花街柳巷里才有的欣赏歌伎名妓的目光，使顾横波心里甚为反感，但她此刻不得不忍住厌恶之情，强作笑容迎接马进宝的火灼灼的目光。

“顾夫人，”马进宝亲昵地唤了声，“这里没有外人，我就在此聆听夫人的教诲了。”

顾横波接过一个俊童送上来的香茗，并不急于开口，只是低头凝视着茶盏里升浮荡漾的嫩茶叶。马进宝瞥了那俊童一眼，挥了挥手。俊童赶忙退出书屋。顾横波用眼睛的余光瞥见书童已走出，便将藏在胸中许久的话，用一种平和自然的语调说出来：

“马将军友遍天下英雄之士，历尽人间峥嵘之事，可知当今世界有一位真正的英雄？”

马进宝以为顾横波对自己总要奉迎阿谀几句，不料她却先问别人如何如何，便反问一句：“顾夫人以为当今世界谁是铮铮铁汉、落落英雄呢？”

“此君看起来甚为儒雅，却能抵掌谈兵，运筹帷幄。他静若处子却又能屠龙伏虎，既可以挥毫作赋又拥有十万精兵，雄视天下。”顾横波引而不发，并不急于说出其人姓名来。

“顾夫人所说的到底是谁，说出来也让我马某敬仰敬仰！”马进宝好奇地问道。

“此人便是延平王郑成功，军中又称‘国姓爷’。”顾横波几乎是一字一顿地吐出这几个字。她以探究的目光凝视着马进宝的反应。

马进宝听见“延平王郑成功”几个字，着实吃惊了一下。难道这个横波夫人不知道他马逢知由金华总兵升至苏松提督，受清廷之重任与崇明的梁化凤成犄角之势扼守长江，便是对付“海寇”郑成功的吗？若是其他人仅凭这几句话便可招惹弥天大罪，落个身首异处的下场，但这顾横波却可以从容地徐徐道来，毫无忌惮。顾横波的声音如娇莺鸣啭于树，玉臂轻摆，那飘逸的衣裙里透出幽幽微香，早已使马进宝神不守舍了。他痴痴地看着顾横波那两钩弯月似的细眉下秋水般的明眸，想这个横波夫人不是那种可以施以强暴的美人，也不是那种生张熟魏、朝秦暮楚的歪货。对她只能智取，而不能强求。

“郑成功——”一向骄横的马进宝此时说话斟字酌句起来，他想，既然顾横波这样问起他，要给她一个从容大度的印象，“郑成功虽为朝廷视为寇敌，庸夫俗子闻之变色，但在我看来却也是一条好汉，自古成者为王，败者为寇嘛!”

顾横波神色庄严地说：“马将军，我听说那郑成功雄兵十万，正秣马厉兵，击楫枕戈，只待时机一到，便要联合张煌言、张名振他们，溯江而上，直驱金陵。到那时，马将军在长江抵挡郑张联军，到底谁胜谁负，就很难预料了。”

马进宝想不到这样一个绝色美人会说出这样尖锐的话来，不禁又问道：“凭什么说很难预料呢?”

“面对郑张联军，马将军就要遇到三个难处。”顾横波见马进宝听得全神贯注，便继续说道，“郑成功统兵十万之众，与舟山的二张，鹰视虎步，拥兵踞流，勇于水战，进则攻克金陵以图恢复中原，退则可以雄霸海上，如果郑成功直驱长江大获全胜，将军万一失利败北，清廷一定会降罪于你，此为一难；若郑张联军果然得了天下，因为你马将军曾经扼守长江口而迁怒于你，此为二难；如果马将军在长江口抵御郑张联军得胜，必然声誉日隆，功高则震主。满族官员也不会让将军这样的汉官在顺治皇帝面前得宠，搞得不好还会招来杀身之祸。这是三难。”

马进宝过去也听说顾横波是一个能说会道的女人，没想到她对军旅之事竟能说得这样头头是道，分析得丝丝入扣，又问道：“依顾夫人之高见，马某将如何动作?”

顾横波见马进宝已听得入了神，便说出她此行的目的："我看马将军与其在清藩篱下依傍，仰其鼻息，还不如随郑张大军举起义之旗，光复汉室，一扫腥膻，反清复明。其功勋更胜于当年郭汾阳之中兴之业。"

"顾夫人，你好大的胆子！"马进宝被顾横波这一番惊世骇俗的话说得怔了好多时，才说出这句话来。但继而一想，觉得顾横波说的有些道理，但如果随从郑成功他们反正，这举义旗反清复明是冒天下之大不韪的事情。万一兵败，莫说是杀头，就是寸磔千刀、碎尸万段也有可能的，想到这里，不禁打了个寒噤，他那一番惜香怜玉的绮想艳思也淡了。平日杀人不眨眼的马进宝此刻心里也七上八下，拿不定主意了。

顾横波在到松江之前，早就打听到马进宝其人虽然奸诈凶残，老于世故，但又百战功高，对清廷虽不敢公然倨傲，但也存骄蹇任性之心，便说道：

"马将军，大明自高祖、成祖以来莫不以武功取天下，继之以仁义安人心。清乃以骑勇而得大明天下，但为其前驱者仍以汉将为多，乃至大明社稷一旦废坠，河山变色。现在将军为苏松提督，江南兵力三分，将军居其一，如以将军的兵力与延平王郑成功合璧，那南方数省俱可在义军手掌之中。其时左袒一呼，天下呼应，明室中兴有望，此乃千载难逢功业，望将军三思！"

马进宝看着顾横波那妩媚中渐呈凛然的脸庞，寻思道："这个顾横波绝非等闲女子，决不能率尔待之。如听从她的游说，与那郑张联军合作反清，要冒极大风险；如果逮捕她向清廷邀功，似乎也没有必要，万一郑张联军果然成了帝王之业，岂不大大得罪了郑延平他们……"想到这儿，他以手指缠着颔下的黑须，狡黠地笑道：

"想不到顾夫人是一位女中豪杰，敬佩，敬佩。昔日孝升公在风雪中慷慨解囊，救了我马进宝，如今顾夫人又晓以大义。其实我马某也是血性汉子，只是当年在京都请缨报国无门，才误投闯逆麾下，如今为清廷守戍海口也是出于无奈。不过与郑成功、张煌言、张名振联盟之事，还待我再斟酌斟酌，我很快就会做出决定。”还没待顾横波开口，马进宝霍地站立起来，径直走到一只酒柜边说道：“顾夫人，如此豪举怎可无酒。”

顾横波举目一看，那酒柜里放满了各种名酒，便莞尔一笑，说：“杜甫诗云‘赖有杯中物，还同海上鸥’。马将军此刻饮酒莫不是将与郑张作海上联盟，共举大事之先兆。”

马进宝本是个机警善悟的人，虽久在军旅之中也颇好文墨，身边一些文士墨客经常敬献江南名酒给他。现在顾横波由酒说到与郑张之盟，更对她的机智和才学赞赏有加，于是指着柜中的酒，开怀大笑道：“顾夫人，马某近年来镇守江南各地，故多藏江南名酒，你看这是金陵春、扬州的木瓜酒、镇江的苦露酒，那是松江的三白酒、南翔的郁金香。来，我们各来喝一大杯！”

顾横波接过马进宝递上来的一杯三白酒，笑道：“松江乃眉生旧游之地，十几年前曾和盛泽柳隐姐姐到白龙潭来玩，当时我们就喝过这三白酒，芳香透齿，数日犹留齿颊间，所谓‘不吃三白酒，枉在江南走’。”说罢一饮而尽。她想这马进宝确实是一个不好对付的人，他不但手段毒辣而且工于心计，要他同意与郑张共举义旗是很不容易的。

马进宝几杯酒下肚，睁着一双火辣辣的醉眼。这几年马进宝在风月场中亦算是老手。他已经懂得个中情味只在那心甘情愿的温柔乡中，切不可莽莽撞撞，他试探道：“顾夫人可知道这里曾是以前丞相徐阶的府宅，后花园的景致好得很，你在松江期间可搬过来住住，也好让我常有亲近亲近，不，常有讨教的机会。”

顾横波嫣然一笑道：“我很想有这份福气，能够住上丞相的住宅。不过马府门第高峻，台阶威严，眉生来此一住，我的那些云间乡野故人就不敢来了。再说，我还有一个坏习惯——在外旅居一经选定住处，便不再更迁。辜负了马将军的一番美意，实在抱歉。”

凭马进宝的权势，一般绮年少妇、豆蔻姑娘莫不以得到他的青睐而引以为荣的，但这顾横波却三言两语便推托过去，愈发显出高贵与矜持来，这也更加惹起马进宝的觊觎之心。他说：“顾夫人请不要过虑，顾夫人的朋友便是我马某的朋友，尽管来嘛!”

顾横波感到这时应该对症下药，点一点他的“穴位”了，很快转移话题道：“是否搬到将军府上来住，且容我再缓几天。我想对马将军说几句知心的话。”

马进宝一听是“知心话”，顾不上多想什么，急趋前去紧紧握住顾横波的玉手，那温软柔和的感觉使他昏昏然如腾云驾雾一般，那一股似兰似麝的香气更使他语无伦次了：“顾夫人，顾美人要对我说知心话，快快说……”

顾横波镇定地说：“马将军放开我的手，让我定定神，细细说。”

“对对对。”马进宝这时才感到自己过于猴急，连连说着，缩回了手。

顾横波故作神秘地说：“马将军，我看你的印堂之间有一股阴气，似有不吉之兆。所谓‘人无远虑，必有近忧’!”

“忧从何来，倒要讨教于夫人。”马进宝平时杀人如麻，罪孽深重，这几年颇信占卜相面之术。

“马将军归顺清廷之时，手下尚有精悍骑兵两万余人，步兵三万多人。只待这些人马在征战中消磨殆尽，马将军就会渐渐失去宠信，甚至身遭不测。”顾横波点出忧虑的由来。

马进宝从没有想过这一层，愕然问道：“顾夫人，此话可有根据?”

顾横波自从乙酉之变，神州沉沦，河山易色，无一日不关注时局的变化，对于松江官员的升迁更是了如指掌。她说：“那李成栋投靠清廷后，随豫王多铎平定江南，战功最著，曾立下汗马功劳，他也曾被任命为苏松提督。只因为他是汉人，终究得不到清帝真正的信任。在顺治五年奉命征粤时，他的老母亲被清廷留在松江为人质。后来李成栋在广东弃清归明向永历帝称臣。那时留在松江的家属悉被斩杀籍没。再看那些据守江南的官员如吴兆胜、土国宝的下场又如何？无不是被清廷猜疑，遂遭杀身之祸的。”

顾横波这一席话刚说完，马进宝早已不寒而栗了，但他的脸面上是一副若无其事的样子，问道：“依顾夫人的高见呢？”

顾横波慨然道：“马将军，郑张他们为光复明室，赴汤蹈火在所不辞，自是华夏英杰，将军何必为眼前利益，以清廷为刀俎，汉人为鱼肉呢？还不如与郑张他们共举义旗，同为中兴大明的功臣。”

这时，马进宝觉得顾横波说的确有道理，便说道：“真是听君一席话，胜读十年书。请顾夫人稍等两天。我要亲笔写一封信给延平王郑成功，请你转呈，我要和他共举义旗，反清复明。我马进宝虽为苏松提督，其实也是身在曹营心在汉的。”

顾横波听马进宝终于松口，心里十分欣喜，她说：“马将军的文德武威为天下人所瞩望，纵观东南英豪，为廓清中原，一扫膻腥者，舍马将军其谁。将军此举，大明复兴有望了。”

此时，已是更深人静的夤夜，顾横波的两个轿夫和随从已多次催她回寓。马进宝知道留她不住，就亲自将顾横波送到门厅，眼睁睁看她的轿子翩然而去。马进宝早就听说顾横波以前在眉楼时，慷慨国事毫无闺房妇人之态，今夜他算是真正领教了。

两天之后，马进宝设盛宴招待龚鼎孳、顾横波伉俪。马进宝思虑再三，决定口授一封致延平王郑成功的密信，准备在宴请之后交给顾横波，再由说书的柳敬亭转交通海的舟山人。

刚过巳时，龚顾的轿舆已到了高会堂马府官邸。他俩提前去马府赴宴是为了早些和已在马府说书的柳敬亭会晤。尽管和柳敬亭分手不多久，但一想起这个柳麻子，顾横波便有一种苍凉的怀旧之情。当年她常和卞玉京、李香君、董小宛、侯方域、冒襄、吴伟业他们在桃叶渡河房听柳敬亭说书。那柳敬亭髯胡麻面，说书时音节顿挫，或叱咤作战场刀剑之声，或喁喁效英雄美人生死歌泣之悲鸣。说到哀怨处，令人骨肉酸楚，说到慷慨处，催人有击楫起舞之志。当时，冒襄曾即席写过一首诗赞道：

游侠髯麻柳敬亭，诙谐笑骂不曾停。
重逢快说隋家事，又向河亭一日听。

顾横波和龚鼎孳刚踏上楠木厅的汉白玉石阶，就听到柳敬亭那洪亮而苍劲的声音。柳麻子正在说他最为拿手的《景阳冈武松打虎》。马进宝不像当年的宁南侯左良玉那样宠信柳敬亭——每夜张灯高坐，出入卧内，甚至和柳敬亭共商君国大事，未尝顷刻离分，称他为“柳将军”。马进宝只是拿柳敬亭当作一般优伶取乐消遣而已。

说到武松打虎时，柳敬亭声如洪钟，汹汹然而惊涛裂岸，那虎啸声如风号雨泣，令猛兽骇惊。柳敬亭说书有一种威严的气氛，即使在马府中也不例外，顾横波与龚鼎孳悄然坐在马进宝一旁，恭敬地聆听，听得入神的马进宝也没注意进了楠木厅的龚鼎孳和顾横波夫妇。

说完《景阳冈武松打虎》之后，柳敬亭又说了一段《秦琼卖马》，待听众尽兴之后，柳敬亭站起身来，连连向马进宝作揖道：“敬亭自乙酉鼎革之后，风尘流落，萍踪江湖，蒙马帅青睐，在此献艺，不以敬亭老丑为嫌，实令我五内感铭。书艺不精之处还望各位海涵。”

其实眼目清利的柳敬亭早已在说书时瞥见顾龚两位，此刻才拱手致意道：“孝升兄，顾夫人，别来无恙，弟湖海飘零，蓬飞萍荡，徒添两鬓斑白，未得一阵衷曲，今日在马帅府可望挑灯共话了！”

顾横波将目光从柳麻子身上扫到马进宝脸上，又从马进宝脸上睨回柳敬亭脸上道："你看马将军果然好眼力，将敬亭兄召至高会堂说书，可要知道我们柳老先生可是当年宁南侯左良玉将军的座上之客哟！听此君说书可谓如饮宴酒，快慰平生也。"

马进宝心里想，顾横波怪会说话，既赞扬了柳敬亭又夸了他本人，心里很是惬意，便说："顾夫人，我那书函已经写好，待酒宴之后面交。"

正在这时，一个身躯粗壮的校尉跪在阶下通报："摄政王多尔衮亲派亲王博洛大人已在大门外，请老爷迎接。"

马进宝一听多尔衮和博洛几个字，那平时骄横跋扈的神情顿时变得恭谦起来，熟知马进宝的人都知道，他最怕的就是多尔衮和博洛。他向龚鼎孳和顾横波拱了拱手说："请稍候，亲王亲莅必有要事。"

不一会儿，马进宝和他的随从簇拥着头戴珊瑚红顶金丝帽，身穿曲襟黄绸箭衣的博洛气宇轩昂地踏进了楠木厅。他阔阔的脸盘，肤色微黄，五官长得十分清秀，不像一个驰骋沙场的将帅，一双细长的眼睛闪烁着威严的光芒，使人望之胆怯，在他身后紧紧跟着两个穿着旗装、珠翠盈头的绮年少女。那一身镶边的短衣和长裙紧紧裹着她们娉婷的身子，这两个盛装少女的出现，使原来庄严的场面产生一种奇特气场。久历宦海的龚鼎孳和顾横波心里知道，将会有重大的事情发生。

马进宝将亲王博洛以及两个旗装少女迎至主座之后，恭敬地长揖道："不知大人亲莅，有失远迎，请恕吾罪。"

顾横波看到马进宝一副奴颜婢膝的模样，极度厌恶。她想到，十年前就是这个博洛在福建浦城威逼葛嫩娘，结果葛嫩娘不屈大骂，含血唾了博洛一脸，恼羞成怒的博洛挥刀杀了葛嫩娘，同时殉难的还有杨文骢和孙克咸。

"马将军，摄政王念你镇守松江甚是辛劳，奏请皇上，特赐两位美人为你承宴侍寝。"博洛说话率直矜持，说罢朗声大笑。

马进宝当年镇守金华时，经常向博洛奉献江南美女，想不到他现在竟亲自送来了满族少女。他侧身一看，见那两名美女直勾勾地看着自己，其中虽有妩媚之情，但更多的是那种毫无掩饰的粗犷和野性。他跪伏在地上叩头道："卑职无功受禄，实不敢接纳。"马进宝是一个性格十分复杂的人，他粗野而又极富心计。他一方面感到荣幸，另一方面又知道这两名满族美女将是清廷安置在他身边的床头密探，如果听从这样的恩赐，不用说与其他妻妾谈笑谑浪、打情骂俏的乐趣将消失殆尽，就连自己的一举一动都将受其桎梏。但摄政王、博洛权倾天下，谁敢违抗？由此，马进宝想起前两天顾横波对他所说的"清廷为刀俎，汉人为鱼肉"的话来。他想，既然清廷对他是怀有戒心的，自己又何必死心塌地为他们卖命呢？何况，目前神州纷攘，各地汉将常有反正之举，中原问鼎，鹿死谁手，尚无定论。看来和郑张水师暗中联络也不失为狡兔之计。

"马将军不要过于谦逊了。你知道归顺大清的人中除了平西王吴三桂之外，谁还得到过这样的殊荣？"博洛沉下了脸。

"摄政王的美意，卑职领受了。"马进宝匍匐于地拜道。

"马将军，我们先去苏州。三天之后你到苏州来成婚配之礼，切不可耽误了。"博洛不容置疑地说。

"卑职何敢耽误，谢亲王垂恩于我马逢知。"马进宝叩头再三。

午牌时分，马进宝吩咐传膳。因为博洛的到来，马进宝紧急召集名厨，准备了一桌极为丰富的满汉大菜，外加"趴猴头""宫门献鱼""芭蕉鱼翅""酥烂脆香凤""象牙鸡条""皎月香鸿"等名馔，都是连博洛这样的皇族都没有吃过的。

然而在传杯递盏、酒酣耳热之际，顾横波很快看出马进宝因摄政王多尔衮赠清美人而引起的情绪变化：在他笑容满面之中，有急躁而阴郁的痕迹。马进宝不像往常那样细饮慢酌，或在席间与侍女调笑无端，而是草草停杯，让膳房送上饭来。他似乎有什么心事，一双筷子在饭碗里拨来拨去，忽然，他用筷子从碗里夹出一粒黑黑的老鼠屎，又不动声色地将这颗老鼠屎放在桌上。嘴角一牵，泛出一丝阴鸷的冷笑来。

顾横波心细如发，她已看见马进宝这一个极其微小的动作，她前两天目睹过马进宝暴戾的嗜好，暗自为那个烧饭的厨师担心。

坐在另一侧的柳敬亭也注意到马进宝从碗中夹出鼠屎的细微动作。他知道这个马进宝虽然在资历和声望上尚逊于当年烜赫一时的宁南侯左良玉，而残暴与奸诈则胜之。柳敬亭从容地踱到马进宝的桌前，敏捷地拾起那颗鼠屎，并放在鼻端嗅了嗅道："怪哉，怪哉！这白米中怎么有一粒黑米呢，有人说黑米比白米还要香……"说着便将这颗鼠屎丢到嘴里去吞食了，一面又说："好香，好香，果然名不虚传。"

马进宝的原意是待送走贵宾博洛之后，他要将膳房厨师传来，以死罪让掌刑官推出斩首。这个柳麻子竟然将鼠屎当成黑米吃下肚去，乐得马进宝捧腹大笑，自然就免去了那厨师的死罪。

在送走亲王博洛的当天晚上，马进宝才铁了心要和郑成功、张煌言、张名振暗中结盟。宾主坐在一座幕以红罗、镂银雕铜的亭子里，隔着一池清碧的水波，观看那水榭舞台上的昆曲传奇，演的居然是阮大铖的《燕子笺》，这戏班子的一些伶人有的还是当年石巢园里的旧人哩。当这些来自关外的清廷的皇族正在观看这悠扬柔和的南方曲调的时候，马进宝暗暗地将致延平王郑成功和二张将军的结盟书信交给了顾横波。

半个月之后，正在厦门厉兵秣马、操练水军的郑成功收到了顾横波捎来的密信。马进宝在信中表示：在郑张水师从东海进入长江口的时候，他就会立即配合义军，联合抗清，复兴大明江山。郑成功看过了这封信后，心里很明白——马进宝是个朝秦暮楚、狡猾奸诈的无耻之徒，到他的百战水师进军长江的时候，这个狗彘不如的马进宝未必肯出一兵一卒，使义军有绠短汲深之虞。但有一点可以肯定，经顾横波的游说，在海师十万、战船千艘溯江而上的时刻，马进宝会拥兵自保，作壁上观的；到了义军直驱长江，光复金陵的时候，他更不能发兵抄后袭击的。想到这儿，郑成功从内心深处感谢那位出身青楼的横波夫人了。

第二十四章　一曲秦淮哀江南

顺治十四年初春，龚鼎孳在京都任上又得罪权臣冯铨，因事涉满汉官员矛盾，连降几级被贬出京。龚鼎孳觉得离开那冠盖如云、喧嚣浮华的天子脚下，离开那尔虞我诈、钩心斗角的官场或许也是一件好事。幸好，龚鼎孳在吏部任上所得贺礼俸禄甚丰，加上祖上产业，回到金陵市隐园去，也正是他所期望的。因此，当他的官船从运河南下时，心里常常会想起苏东坡的那两句词："小舟从此逝，江海寄余生。"

此刻，龚鼎孳正坐在市隐园的浴龙池边，手执一根鱼竿，左手将钓丝解开，上了香饵，抛入池中。顷刻间，那钓丝忽沉忽浮，龚鼎孳猛地把鱼竿提起，不料用力过猛，一尾金色鲤鱼在钩上左右摇晃，扑通一声复又跃入水中。这鲤鱼的脱钩忽然使他想到前两年和夫人顾横波去松江游说马进宝提督的事来。幸好，那次郑成功和张煌言他们的水军在长江口遇到台风袭击而仓皇退兵，否则他和顾横波难免要受到牵连。

龚鼎孳抬头看看池边一块石碑上刻着的《浴龙池记》心里又有几分得意，一百多年前正德皇帝朱厚照也曾坐在这儿钓鱼，因为不慎落水，那个画家徐霖便将这个普普通通的小水塘改名为"浴龙池"。鱼竿重新垂下，不一会儿钓丝微微晃动，他便忙提起鱼竿，却是一只贪吃的大虾子，那双钳紧紧夹住鱼饵不放。

“孝升，你真有闲心!”顾横波站在龚鼎孳的身后，拍了拍他的肩膀，“我的寿辰你忘了?”

“夫人的寿辰，我早已安排好啦!”龚鼎孳笑道。

龚鼎孳为了顾横波的寿辰确实是用尽了心机的。且不说几天前就派人将市隐园里里外外打扫得整齐干净，园子里到处张灯结彩、披红裹绿，就连顾横波常去的亭台水榭也用五色彩带披挂起来，此外，还在海月楼前搭起一座戏台，预请了伶人排演戏文，在膳食上更是请了名厨开了菜单，到金陵城内外采买新鲜荤蔬，有的还专程去安徽采购。龚鼎孳收起鱼桶、鱼竿交给站在一旁的婢女雪枝，跟随顾横波到了海月楼。龚鼎孳看到楼厅里放满了各种贺寿的礼品十分得意，也有几分感慨，他并不看重这些礼品的实际价值，而是看重隐匿在寿礼之后的种种含义。

昨天，龚鼎孳一个门人严某，以前靠了龚鼎孳的推荐补了浙江监司的肥缺，仕途甚为得意，特地派人送来了丰厚的礼品。顾横波特别看中九色玉——整齐排列在一只紫檀木的圆盒内，看起来绿如翠羽，黄如蒸栗，赤如丹砂，青如鲜苔，紫如凝血，白如冰花……实在逗人喜爱。龚鼎孳欢喜的则是一方铜雀台瓦所制的砚台，砚背有王觉斯的铭文，形极古朴，质极莹润，楼厅的正墙上悬挂着常熟钱谦益送来亲笔所撰的对联一副，其联的上联是缅怀故国，下联则是赞颂清廷的，也确实是他性格的写照：

大江东去，浪淘尽千古英雄，问楼外青山，山外白云，何处是唐宫汉阙；

小苑春回，莺唤起一庭佳丽，看池边绿树，树边红雨，此间有舜日尧天。

“夫人，”龚鼎孳看着钱谦益所送的对联，忽然想起一件事来，便问道，“肖云从先生请到了吗？他可是个行踪不定的人哟。”龚鼎孳降清，在清初的遗民中声誉不佳，他很想和肖云从这样品性高洁的遗民过从，以企恢复清流的形象。

说起肖云从画师，顾横波想起崇祯初年她在山气蓊郁、渔灯舟火初起的燕子矶送别肖云从的情景。想起那些业已久远的往事便凄然有所思，她想起肖云从高尚孤傲的品格以及他那含而不露的激情。

昨天上午，厨师在膳房准备早餐时，发觉厨房内有一股异香，原来灶中所焚烧的柴火，都是东郊钟山树木中的嘉树异木。三百年前，太祖皇帝建孝陵时，在南海诸地采来的异木嘉树，遍种钟山，如今岁月沧桑，鼎革之变，以致这些沉楠香木都被樵夫山民当作一般木柴，摧而薪之了。顾横波由这些被焚烧的嘉树异木想到隐居的肖云从，于是由雪枝做伴，到了钟山脚下。她要找到肖云从，请他参加她的寿辰大典，也想借此一叙别后之情，出得城门，十里长松翠竹密不透日，野花香气袭人。一直到了灵谷寺，见那亭苑萧条，围绕无梁殿的松树一半被野火焚烧，殿内满是鸽翎蝠粪、枯枝败叶，早已无复当年香火兴盛、钟鼓齐鸣的佛家盛景了。那殿外田园荒芜、柴扉空闲，乙酉年一场兵燹之后，这里门户萧瑟、寺院败落，僧侣四处流落，凄凉之状令人感慨不已。按照先前十竹斋主人胡正言的指向，沿灵谷寺的山门行五里步行到一株老干纷披、似虬似鹤的宋梅下，再由此树北向顺一条幽径行约半里，果真找到了一别二十年的肖云从。

身披半新红袍的肖云从在浪迹天涯之后，终于隐居在钟山之下被题为“无闷斋”的茅屋里。顾横波进了竹篱门，应门童子通报了顾横波的来访，肖云从放下手中的画笔，他刚刚画完了用赵子固笔法的《西台恸哭图》，还在画的左下角署下“钟山梅下老人肖云从题于无闷斋”的字。

“尺木先生，请受顾眉生一拜！”顾横波正欲匍匐下拜，被肖云从急忙扶起。她继续说道：“先生来往无踪好不容易在这儿找到。”

已过花甲之年的肖云从虽是一个瘦骨嶙峋的老人，但目光有神，仪态俊朗。顾横波心里很明白，他身穿红袍是寓意不忘朱明故国的意思，肖云从见到分手二十年的顾横波，一下子便回忆起那桃叶渡畔，年方十七的顾横波三次渡河跟他学唱昆曲的情景。那爱欲的情愫早已随着岁月的流逝消失殆尽，但一旦回想起来，依旧怦然心动。

顾横波那光洁如瓷玉般的肤色还是那样令人目眩神摇，乌黑浓密的发髻上一对丹凤金钗，更衬出她的雍容华贵，一双秀丽妩媚的眼睛如盈盈的秋水。肖云从早已知道她嫁给合肥才子龚鼎孳了，也听说这一对夫妻感情很好，早几年他还读过龚鼎孳在杭州与顾横波月夜泛舟西湖的诗词。他心里暗暗祝福顾横波有这样美满的归宿。

然而，他对龚鼎孳身受大明国恩，却降顺又仕清的行为十分厌恶。一想到这里，刚才那一瞬间的绮思遐思和二十年前的美好回忆也几乎消失殆尽了。他神情淡然地问道："顾夫人在市隐园里过着锦衣玉食的舒心日子，怎么找我这个山野散淡的人呢？"

顾横波听出肖云从话语之中对龚鼎孳的不满，也当然包含对她追随龚鼎孳的不满。但顾横波理解肖云从，她也不想多作解释，开门见山地说道："尺木先生，我在城里寻找过你好多次，胡正言告诉我，你这里的住处。一则来拜访，二则是想请先生光临市隐园。后天是我的生日。"

肖云从笑道："顾夫人的华辰我当然是愿意去助兴的。但是，我不想见到你家龚先生。"

顾横波想不到肖云从会断然拒绝她的邀请，一时十分尴尬，说道："我知道以前你是很赞赏孝升的。二十年前你还到蕲水投奔过他……孝升在甲申乙酉之际，天崩地裂之时的所作所为确实不尽如人意，但他也有他的难处……"

肖云从愤然道："谁没有难处？那史道邻喋血扬州，阎应元城破赴死，杨龙友、孙克咸殉难浦城，难道他们没有难处？我看龚先生虽有运筹帷幄、倚马千言之才，但胸中唯缺一股豪气！如今山河变色，明室沦亡，作为深受国恩国禄的龚先生怎么能安心住在南都……”

顾横波看了看画桌上刚刚画完的《西台恸哭图》，打断了肖云从的话：“尺木公，孝升内心其实很苦，何况，我们这几年冒着风险也为反清义士多次庇护。他不能像谢翱那样在严子陵的西台恸哭、扼腕唏嘘故国的沦丧，也不能像先生这样以书画自娱、隐逸于江南徜徉于山水之间，做一个清高的遗世孑立的君子。只因孝升无论在崇祯年间，还是仕于清廷，都急公好义，力持清议，所以树敌过多，为此动辄得咎，得罪权臣的是他，为汉官主持公道的亦是他，稍一不慎便要遭杀身之祸，他确实有他的难处。”

肖云从莞尔一笑，道：“顾夫人说的也不是没有道理，但我肖云从绝不离开钟山了，更不会像南朝的周颙那样装模作样地结庐山林隐居于钟山之下，半官半隐，待价而沽，乃为猴鹤所怨，既然誓不进城，那么也不能到市隐园去了，夫人请鉴谅！”

顾横波和雪枝无可奈何地离开肖云从的无闷斋茅屋之后，顺道过青溪凭吊了十几年前为她殉情而死的刘芳。在那青溪小姑庙的一侧，青草茂盛，几棵松柏翠绿一片，泛出冷冷的寒碧之光，有如刘芳生前哀怨的眼神一般，两三只夏蝉在高枝上鸣叫着，仿佛是刘芳在临死前遗留下来的绝唱。顾横波心里一片凄凉，这充溢着活力的盛夏尚且如此，更不用说那枯杨遍地、蓑草连天的暮秋了。顾横波又想到了像刘芳这样善良的美少年的夭折固然是悲惨的，然而活着的人如何呢？他们也是被命运所拨弄，自以为功成名就、有官有禄，可是到临头，跳踉一生，不过是水底捞月一场空。既然人生如梦，转眼便是百年，顾横波更加觉得活着的时候，就要活得轰轰烈烈、痛痛快快。因此，她要将自己的生日之庆典搞得热闹一些，为了不让龚鼎孳扫兴，她不想说肖云从不来市隐园的真正原因，只是说肖云从有病不能来赴宴。

像肖云从这样品格高清的须眉男子，不来市隐园为自己的寿宴增色添光，固然是一件遗憾的事情，但毕竟不是那些一河之隔、一街之距的手帕姊妹——那些有生死之交的秦淮名妓，她们要是不来的话，顾横波一定会感到懊丧的。

陷于沉思的顾横波并没有回答龚鼎孳刚才所问的肖云从的行踪，她此刻很想到旧院去寻找她往昔的女伴来市隐园。正在这时，门外传来一阵脚步声，顾横波知道一定是平时十分熟稔的朋友来了，因为一般宾客到市隐园来总归要通报的。她抬头一看，是暌违已久的冒襄。

冒襄依旧那么英俊挺拔，但饱满舒展的额头上已有几条岁月留下的皱纹，而且鬓发已苍白，清癯的面容上还是流露着以往的机敏和洒脱。顾横波情不自禁地久久地注视着冒襄，她当然不会忘记他们年轻时代未曾圆满的绮梦——她和冒襄失去了挚爱一场的机会……

“辟疆，辟疆，我们可把你盼来了！”顾横波动情地说，这时才注意到冒襄身后站一个美少年，活脱脱一个年轻时代的冒襄。

“青若，快来拜见伯父伯母。”冒襄话音刚落，他的儿子冒青若便撩起袍服跪倒在地。冒襄在明亡之后，归隐于如皋水绘园饮酒、赋诗、观剧和纵情谈论，然而他矢志不仕清廷，曾多次拒绝陈名夏、龚鼎孳等故友的荐举和清廷的征召。他认为自己是遗民绝不当清朝的官，但儿孙们应该当清廷的官，他带宠儿冒青若到市隐园来，就是想跟龚鼎孳学科举文章、为官之道的。

龚鼎孳搀扶起冒青若后，与冒襄父子互道契阔。站在一旁的顾横波突然有一阵凄凉落寞感，她感到自己包括冒襄他们这一辈人的黄金时代已经渐渐过去。二十年前，冒襄、陈梁、张明弼、刘履丁、吕兆龙几个复社名流在她的眉楼结盟的情景还历历在目，而现在冒襄的儿子也到弱冠之龄了。

自从郑成功、张煌言、张名振的联合海师从长江口溃退之后，各地反清义军也纷纷失败，死的死，降的降。冒襄对“反清复明”、恢复朱明天下的誓愿也逐渐迷茫起来，无复当年那种指点江山、雄怀顾盼的气概了。

“伯父伯母大人在上。”刚被扶起的冒青若又双膝下跪叩拜起来，叩了几个响头之后，站起身来道，“小辈才疏学浅，还望伯父母大人不吝指教。”

龚鼎孳笑盈盈地对冒襄说：“愚弟游宦半生，浪迹天涯，当年科举虽然得意，但仕途也是荆棘满路。不过像令郎这一辈人的命运总归要比吾等好，青若君以后一定会重振水绘园，光宗耀祖的。”

冒襄、龚鼎孳和顾横波之间有许多不能让小一辈的青若知道的事情和复杂的感情，便让青若由仆人陪同去金陵名胜之处游玩。

青若刚走，已在清廷任秘书院侍讲、国子监祭酒的吴伟业专程从太仓来祝寿。吴伟业仕清之后，心情十分痛苦。顺治十年，隐居在商丘的侯方域曾写信给他，希望他“坚塞两耳”，拒绝清廷征召，可是两个人后来都当官的当官，应试的应试，并没有恪守自己的誓言。在内心的矛盾悔恨中，他和钱谦益一样，借亲人病丧南归，在故乡太仓“贲园”垒石凿池，广植梅花，梅花开放时，景物绝幽，他便自称梅村先生，后来还写过一首自悔的诗：

> 忍死偷生廿载余，而今罪孽怎消除。
> 受恩欠债应填补，总比鸿毛也不如。

吴伟业到金陵市隐园来祝寿，也是想借此追寻当年和卞赛缠绵的爱情的遗踪的。在稍事寒暄之后，顾横波问道：“骏公，听说玉京在无锡惠山脚下当道姑，为何不把她带来？”

吴伟业已无往年那种长袍大袖、峨冠博带名士的雍容气度了，这些年来政界与情场的悲苦、烦怨、困窘、懊恼和惊恐，使他原先那种魄力和慷慨豪爽消失殆尽，他那诗人的眼睛也变得迟钝含混起来。可是当顾横波问起卞赛来，作为一个男子，他的眼泪竟失控地洒落下来。

吴伟业和卞赛在吴江松陵的垂虹桥上分袂之后，他一直过着忍辱偷生的亡国士大夫的生活。几年之后，他和仆人吴安又来到了古木翳然、芳草萋萋的太湖边上。吴安在一家酒店里发现一个妇人身姿很像多年不见的柔柔。吴伟业不禁心里一阵狂喜，柔柔是卞赛的贴心婢女。最后在锦树林附近的紫阳观里找到了柔柔。柔柔流泪对吴伟业说："玉京姐已病死，坟就在枫树林中。"吴伟业果然在林中落满飘零的红枫叶的幽道旁看见一块石碑"玉京道人之墓"。

吴伟业垂首伫立坟前，他忏悔，他倾诉，眼泪洒落如泉："赛赛，我以前曾说过，让你离开桃叶渡到太仓梅林中永筑爱巢，成百年之好，是我背弃诺言，在松陵垂虹桥我恣意得到你的柔情和温馨，却不愿承担一个男子汉应有的风险和牺牲。现在，你寂寞地睡在这儿，你是病死，也是我害死的，我虽不杀伯仁，伯仁因我而死。我这些年来虽也漂泊不定，但毕竟还有一个家，而你呢，在孤灯黄卷之下过着凄凉无望的生活。我如今还苟活在人间，而你已躺在这燕山一隅太湖之滨的荒草野藤的黄土堆中，有谁陪伴你孤独的灵魂，有谁为你排遣一生倾诉不尽的哀愁？我只有在这儿捧上一瓣心香来忏悔我的罪过。赛赛，我纵是千死万死也不能赎清我的罪孽……"

听罢吴伟业的一番叙述，顾横波也伤心地抹眼泪，末了还狠狠地数落了吴伟业的不是："也算赛赛命苦，碰到你这个多情而又无义的相公，你看人家钱谦益，就有魄力将柳如是娶到半野堂去，谁也拿他无可奈何。你还不如钱老头子。你啊，我还不知道你在赛赛坟上哭的眼泪是真是假呢！"

吴伟业苦笑着对顾横波说："任你怎么说，我都认了。"

顾横波见吴伟业面露尴尬之色，便说："骏公兄，我不过说来玩玩的，你也别往心里去。"说到这儿，转过身来对龚鼎孳说，"昨天说好的，寇白门怎么还不来？"明日正式寿宴来的宾客众多，怕和几个知心的来不及说话，顾横波便约一帮最贴己的密友和文友到家里来赴宴，把话说爽快了。真是说曹操，曹操到。豪爽痛快的寇白门在婢女斗儿的陪同下，也登上了海月楼。

寇白门虽久经风霜，但依然如从前那样热情奔放，一双大眼睛灵活有神，那颀长而丰腴的身姿还是那么有魅力。她想不到在这海月楼，平时很难一睹神采的冒襄和吴伟业此刻都在，真使她喜出望外。一番寒暄之后，各自说了些感慨岁月流逝，故人生死的感伤的话后，寇白门一本正经地说："我有一件事本想只和眉生商量的，现在在座的都是我寇白门最为敬佩最为尊敬的人，就说了，也请诸君为我拿主意。"

顾横波笑道："白门，快说，这儿没外人，这三个大男人都是满腹经纶，而且足智多谋的。"

"这事说起来，也很简单，想当年我嫁给那个所谓天潢贵胄的朱国弼，算我认错了人，甲申之后我和斗儿匹马短衣，风雪南归，以万金为他赎身，也尽了心，现在瓜洲肖伯梁先生豪华多情，有心要娶我，又有些人议论，诸君为我做主，看该不该嫁。"

冒襄朗声笑道："原来是肖伯梁，常熟钱谦益宗伯有诗云'天公要断烟花种，醉杀扬州肖伯梁'。此人是个风流种子，有情有义的，嫁给他有何不可。什么闲言碎语都不要怕，以前范仲淹幼年丧父，其母改嫁姓朱的，范仲淹当了大官不但不讳言而且说'仲淹以朱氏养育有恩，希望思厚报'，连他在苏州的义庄还准许给予寡妇再嫁的费用呢。"

听冒襄这么一说，龚鼎孳也引经据典说了起来："太祖皇上的妹妹死了丈夫，不照样改嫁？先嫁米福德，后嫁高省德。王安石的儿子得了疯病，他同情儿媳，亲自为她择婿改嫁哩。白门发泽肤雪，婀娜动人，风韵不减当年，有何不能择善而嫁？"

这一番话把寇白门说得心花怒放，连连说："好好，到底是秀才，一肚子学问，下个月请你们到扬州影园去喝酒。"

冒襄听到"影园"两字心里不由颤抖了一下，影园是扬州名士郑超宗的名园，当年盛开黄牡丹令天下诗人骚客赋诗，以金杯奖其冠者。乙酉之际，郑超宗死于兵乱，影园如今改换主人。冒襄再也想不到，眼前这位豪爽有侠义风的寇白门的命运是很不幸的。她嫁给肖伯梁后，依然郁郁寡欢，那肖伯梁并不比朱国弼好多少。两年后离异复归金陵，遂叹美人之迟暮，嗟红豆之飘零，最后又被一负心少年所弃，遂一病不起，医药罔效，凄凉地死在秦淮河畔一间破旧的河房里。那一年，钱谦益重游金陵写了数十首《金陵杂题》，其中一首是写寇白门的：

> 丛残红粉念君恩，女侠谁知寇白门。
> 黄土盖棺心未死，香丸一缕是芳魂。

楼梯上传来一阵急匆匆的脚步声。门帘动处，进门的是往来于齐鲁江浙一带的反清义士阎尔梅。

一见阎尔梅，龚鼎孳心里犹有余悸。记得顺治五年初夏，阎尔梅躲避江宁提督巴山的追捕，跑到了市隐园里，总算躲过了一场灾难。好在那巴山和洪承畴明里暗里在多尔衮面前争宠，结果双双都被调离金陵。龚鼎孳并不欢迎阎尔梅这样剑拔弩张的人物，但顾横波喜欢和锋芒毕露的人抵掌剧谈时事，臧否人物，他只好表面上酬酢一番："用卿兄能光临寒舍，实在是夫人的面子，快请坐，快请坐。"龚鼎孳站起身来，恭恭敬敬地将阎尔梅迎坐下来，并命仆人端上上好的明前绿茶，奉上茶几。

阎尔梅还是和尚打扮，颈上挂着数珠，肩上搭着件褊衫，面色黧黑，一对大耳朵却出奇地白。他喝了盅茶水后，说道：

"孝升兄，前年你和夫人的松江之行，虽未能让提督马进宝举义旗反正，总算让他做了不抵御郑张水师的允诺。如此功德，苍天亦有眼明察的，所谓慧人闻道，心净欢然也。"阎尔梅环视了参差而坐的冒襄、吴伟业、龚鼎孳和顾横波，放轻了声音又说："我听说，张名振最近病亡，临终前已将兵权交给张煌言，郑延平水师在厦门练兵，不日将有大动作。"

龚鼎孳暗暗皱眉，他对阎尔梅一到市隐园便大谈兵家之事并热衷于恢复明室的举动十分恼火，经过了这么多年的宦海风涛、兵燹之难，龚鼎孳此刻并不想高官厚禄、富甲天下，他希望在时代的风霜雨雪之中，得到茅屋瓦檐下一席清静安适之地。早年那喜谈六韬三略之志、击碎唾壶之慨已经消磨得差不多了。但老于世故、人情练达的龚鼎孳绝不会在冒襄、吴伟业，尤其是阎尔梅面前流露出他的真实意愿的。他满面凛然地对阎尔梅说："用卿兄，我知道郑延平和张煌言都是将帅之才，不像之前弘光帝手下的马阮等人鼙鼓在郊、笙歌在室，终于落得个身败名裂的下场。如今河山易色，且看金陵城郭亦不免有故国丘墟、铜驼萧瑟之悲。每当风雨如晦之夜，辄生闻鸡起舞之志，一旦郑延平水师直驱金陵，鼎孳定敬随鞭镫。"

阎尔梅素来敬佩龚鼎孳的文才和口才，听了这一番话，禁不住说："大明社稷虽亡，但读书种子是亡不了的。"

这时婢女雪枝上楼问顾横波道："夫人，酒宴已备好，放哪儿？"

顾横波说："今天都是挚友故交，酒宴就设在九声阁吧！"

冒襄以前来过市隐园并不知有九声阁，便问道："何谓九声？"

顾横波笑道："这市隐园地近大报恩寺塔，园中山林幽雅，故有风声、雨声、钟声、梵声、松声、琴声、棋声、鸟声、虫声，故称九声。待会儿，在阁中饮酒，大概可以听到钟声、琴声、松声、虫声的。"这一席话使诸客兴致勃勃，乘兴下了海月楼，经假山池塘，复登九声阁。

众人在九声阁围着一张柚木八仙桌一一坐定。婢女们送上上好的细瓷茶盅。那果绿、绛红、鹅黄等色的云锦茶垫，使得这九声阁格外有生气。阁外风静故无松涛之声，倒是满园梧桐树上的蝉声不断，加上桐阴照映，令人须眉皆绿，好一派清凉世界。阎尔梅抬头望了望，正好看到那正南墙上一块龙蟠螭绕的匾上篆着三个古色古香的大字“九声阁”，出自权倾朝野的摄政王多尔衮的手笔，阎尔梅心里就不大高兴。

龚鼎孳郑重地站立起来，说了声：“上酒，上菜。”顷刻之间，几个仆人端上一盘盘佳肴名馔，每送上一盘便报着菜名：

“高丽肉、木犀肉、爆肚、凤鱼鸡、海参鸭、煎江鲚、哈儿巴肉、荚香肉、烩鱼翅、芙蓉蛋、杏酪豆腐、炸八块……”

在丰富的菜肴的传送之中，两个俊童又递上各类美酒，一只陶瓶被俊童挖去封口，瓶口方开，清香满室。龚鼎孳得意地说：“诸君快尝一尝这存放了十年的松江三白酒。”冒襄和吴伟业都是善饮的豪客，接过顾横波敬上的三白酒，一仰脖子便喝了下去，连声喊：“好酒，好酒。”

这时顾横波打开了一坛酒，对寇白门笑道：“李太白有诗云，‘瓮中百斛金陵春’，我敬你一杯本地封缸酒吧，就是李太白说的金陵春，这一坛酒是藏了三十年的陈酒哩。”

寇白门接过顾横波的酒后，说：“明天是眉生的寿辰，让我来先敬眉生一杯。”说罢，取过右侧的一坛酒，倒了满满一杯送到顾横波嘴边，顾横波一看这酒便嚷道：“这是奔牛酒，人常言，‘不吃奔牛酒，枉在江南走’。以前陈圆圆最爱吃奔牛酒。”接着便爽快地一饮而尽。

说者无意，听者有心，一提到陈圆圆，最感伤的是冒襄。崇祯十四年，冒襄在苏州水乡的船上第一次见到陈圆圆。远远望去那陈圆圆如孤鹤在烟雾之中，高雅脱俗。最销魂的是她的昆腔与舞姿，所谓如云出岫，如珠在盘，令人欲仙欲死。后来两人几度欢会。但在那风雨之夜诀别之后，再也见不到了。听说陈圆圆诞生在常州奔牛镇，喜欢喝奔牛酒。六年前，他的爱妾董小宛病死于水绘园，他悲恸欲绝，而陈圆圆现在远在云南昆明，至今生死不明，据闻那吴三桂另有新欢，陈圆圆已削发为尼了。想到这儿，冒襄只是默默地喝着闷酒。

阎尔梅生性刚烈，好饮烈酒，以为唯有烈酒方可一醉，所谓芳香透齿，人生一乐，他吮着清腴甘肥的菜肴，大口地喝着烈酒，不多一刻便酒酣耳热，那平时的愤世嫉俗之情如地火一般喷涌而出，那一股凛然正气如钱塘八月之潮，借酒气磅礴而来。阎尔梅望着吴伟业脑后那根乌黑油亮的辫子，问道：

“骏公，我有一点事始终弄不懂。想那崇祯年间，你和西铭先生同为复社中执牛耳人物，为明室社稷之危亡，悲歌击筑，发上指冠，一片壮怀激烈肝肠，听说早几年侯朝宗活着的时候，你们两位还相约绝不去清廷当官，怎么到了朝宗一死，你又去当什么秘书院侍讲、国子监祭酒了？”

在推杯换盏、把酒谈笑之中的主人和宾客们一听到阎尔梅突然发难，都十分尴尬。这个阎尔梅性情乖僻任性，平时说话豪爽大气，现在仗着酒性竟说出这样令人难堪的话来。一阵沉默之后，倒是吴伟业打破了这使人尴尬的沉闷：“用卿兄甲申年在徐州怒骂伪淮扬防御使武愫，碎其伪牒，忠义之情天下感奋。伟业不才，自鼎革之后蛰居太仓梅园一隅。后因薄负虚名，在江南仍旧主持文社，几次虎丘召开十郡社友大会。奸民陆鸾告密，说我是复社余孽，借兴举社事妄图通海。如果四年前不去京都任职，恐怕也活不到今日了。伟业一生遭际，万事忧危，无一刻不历艰难，无一境不尝辛苦。”

阎尔梅的嘴嗫嚅着，还想说什么，龚鼎孳用目光和手势示意阎尔梅不要再说令人难堪的话了，他说：“用卿兄有些醉了，骏公不必介意，还是多吃点菜，多喝点酒。”阎尔梅心如明镜，眼中容不得一丝纤翳，而世间混浊，道路阻遏，必然使他的言行显得激愤。他时而感到明室恢复有望而欣欣然，时而又感到四顾茫茫，日暮途穷，人间何世。他的急躁正体现了他那强烈的反清复明的愿望。借着一股醉意，他睁着迷蒙的眼睛道：

“孝升兄，我感谢你在市隐园里救了我，那巴山要是逮住我，我早就死于非命。你有好酒量，你也要多喝点，孝升兄，你知道有多少人在背后骂你吗，说你既受大明恩惠，却又归顺李闯仕于大清……”

顾横波平时十分敬重阎尔梅，此刻也感到他仗酒使气实在有些过分，便笑着说：“用卿公是喝醉了，还是去休息一会儿吧！”

龚鼎孳平时涵养极好，他的目光谦和，声音浑厚而柔美，在儒雅的举止中处处透露出他的从容不迫。然而今天他却按捺不住自己因羞愧而产生的恼怒。阎尔梅原先不过是徐州府区区一举人而已，科举无望则以褊急的忧国忧民之举动博得名声，要不是自己和夫人搭救，早已身首异处，一瞑不视了。甲申乙酉之后，龚鼎孳忍辱赍志于艰难之中，也曾营救庇护过不少反清志士，并为汉官在清廷上争得了应有的地位。亡国之痛，中原腥秽之耻，在梦魂中无一日不存。可是，这几年在汉同胞之中遭到的诟病之声不断。由此，内疚神明、外虑清议，在惶惑与警惕中打发日子，尽管如此，他和夫人就在烽燧相望、戒备森严的海边名郡松江游说以残暴多变而著称的马进宝，也不是一般人所能做到的。龚鼎孳在盛怒之中，忽然又想到在座的都是多年挚友，尤其不能当着顾横波的面发脾气。心想遇欺诈之人，以诚心感动之，遇暴戾之人，当以和气熏之，便淡淡地说：“夫人所说极是，用卿兄是喝醉了，还是去休息休息吧。”

龚鼎孳的话音未落，身材高大、一脸风尘色的柳敬亭带着一股刚毅之气掀帘出现在众人面前。他作揖道：“各位，我柳敬亭来迟了。不过，我要告诉诸君一个好消息，国姓爷郑成功与张煌言兵部的联军冲过惊涛骇浪，已过崇明、松江等地，沿长江直驱京口金陵，估计在两日之内可达京口！”

柳敬亭这开门见山的消息犹如一声惊雷，炸在每个人的心上。此刻，顾横波仿佛看到那英气勃勃的郑成功战船云集，风樯万千，纵横于风涛锋镝之中，依稀瞥见金陵十三座城渐次洞开，金陵父老提酒燃香以迎义师的感人情景。她想，她的松江游说马进宝之举，总算是成功。义军终于顺利地通过了松江、崇明一带江海防区，那马进宝果然没有派兵阻击郑成功的义师。但她并没说什么，而是环视座中众人。

龚鼎孳心里所想的要比顾横波复杂得多，他害怕的倒不是郑成功的胜利，万一水师败于清廷，便会追查马进宝怠战的原因。弄到最后，那个反复无常的马进宝极有可能供出他与顾横波曾去松江游说的详情。想到这儿，龚鼎孳一阵背脊发凉，手掌心沁出了冷汗。他拿定主意，待明日顾横波的寿宴结束，赶紧离开金陵，干脆到京都这个宦海的中心去躲避即将来临的大风暴。

甲申年之后，吴伟业也曾在南都金陵的小朝廷里任少詹事的职务，因为朝内有政敌蔡奕琛，故两个月后离开金陵，这倒避免了后来或杀身殉国或纳表称降的选择。现在听柳敬亭这么一说，他心里十分懊悔——怎么又跑到金陵这个危险的地方来了。乙酉之变，他恰巧隐居家乡寄情于吟咏唱酬之中，在老屋旁经营梅树，修筑旧园，于江南腥风血雨之中，独得一片宁静之地。想到这里，吴伟业抬头望望大家，见众人都低着头吃着闷酒，他知道由水路回太仓已经十分危险，于是侧身对冒襄说：

“辟疆兄，听说君家水绘园里有几位读书人，与延平王郑成功关系甚密，弟此番既已到金陵，正想过江到如皋去拜访他们，不知兄几时回家。”

冒襄是个极聪颖的人，当然听出吴伟业话中的意思来，便说：“水绘园虽简陋，却可垂湘帘、展瑶簟、置石榻，供梅村先生北窗一枕。那蔗浆梨液可解干暑，碧梧青竹可供清凉。天下儒生何人不识骏公之名，水绘园正翘首以待先生光临呢。”

柳敬亭并没细究在座诸人的表情，他沉浸在极度的兴奋之中，继续说道：“听说延平王和张煌言兵部已派人到江南，江淮沿江一带传递消息，并游说各郡县反正。看来光复神州，中兴大明有希望了！”

阎尔梅满斟一杯酒，急趋到柳敬亭身旁道：“大明百姓望王师久矣，敬亭兄带来佳音，请浮一大白！”阎尔梅见柳敬亭已将酒喝净，又对众人说道，“满清蹂躏神州已十数年，嘉定三屠，扬州十日，江阴流血满城，百姓呻吟于沟壑，社稷俱蒙污秽，吾等血性男儿岂能坐视汉家旌旗飘扬于长江之中，徒听鼙鼓震荡于风樯战船之上乎？孝升兄，今夜酒宴权作顾夫人之寿宴之庆，我想酒宴之后便告辞了。”

阎尔梅说到做到，当夜便和柳敬亭离开了市隐园。他知道朝阳门、通济门、三山门、仪凤门等地都是义军攻城的必争之地，他准备联络反清志士绘制地图，做好内应，以迎郑成功、张煌言海师。众客在酒阑兴尽之后，纷纷告辞，顾横波因多喝了些酒，回到卧室便沉沉睡去。独有龚鼎孳怎么也睡不着。他推开窗户，见那满天星斗在夏夜里闪烁，市隐园里蓊翳的林木发出阵阵香气，浴龙池中鱼儿飞跳出水面，又扑通一声掉在水里。他用手支着腮，想了很久，终于取出笔墨，在一张金边的纸上写了一篇名为《弭海乱疏》上顺治皇帝书：

> 臣见我朝自大兵入关之后，风调雨顺，麦秀河清，人心安悦。迩来郑张等逆，兴师海上，妄自纵横，以釜底游魂，徒乱百姓，深入内地，狡悍鸱张。而东南地势深阻，山则峭峻，水则纡迴，非北方平原可任万骑驰骋。窃念臣以惊悸余生，感皇恩浩荡，胆敢渎疏于天威之前……

写到这儿，龚鼎孳见顾横波翻了个身，梦呓道：“直驱长江，光复神州。”心里便生几分羞愧，然而他又感到没有什么比保全自己和顾横波的性命和家产更为重要，于是继续提笔疾书。

远处的秦淮河上还稀疏地亮着几盏羊角风灯，随着河风传来了一阵箫声，其声如怨如慕，如泣如诉。那秦淮旧院的颓破河房里，坐着一个半痴半醉的老道士，敲着手中的渔鼓，唱着一曲歌谣，龚鼎孳隐隐听出那是昆山归庄所写的佯狂玩世的《万古愁》：

> 恨的是左班官平日里受皇恩，沾封诰，乌纱罩首，金带围腰。
>
> 今日里向贼庭稽颡得早，那如鬼如蜮的文人，狗苟蝇营，还怀着几句劝表。
>
> ……
>
> 更可恨九衢万姓悲无主，三殿千官庆早朝，便万斩也难饶。

翌日，市隐园里热闹非凡。客厅、花厅、暖阁、楼堂、门厅和宽敞的轩室都挂满了寿屏、寿幛。正厅里有官绅文人门生送来祝寿的楹联。门房里管家在为接受礼品登账。因为是女主人寿辰，到市隐园来的女眷特别多，嫣红黛白、莺莺燕燕，她们服饰新奇，令人目不暇接。那新髹的楠木厅里挂着珍珠的软帘，盆栽的珠兰、白兰花和茉莉散发出沁人心脾的芳香。

顾横波在祝寿客人的簇拥下，坐在正厅里，应酬人们的吉祥话。她的心情反而不如前两天来得好。她感到人生确实如树花同发，随风而堕，有拂帘幌坠于茵席之上的，也有落于粪溷的。她自幼失去父母，乃至今天的寿辰宾客虽多，并没有一个是自己的血缘亲戚，她的父母在哪儿呢？坐在顾横波一旁的寇白门正在和李十娘说话。寇白门说起秦淮姐妹的遭遇，惹得多愁善感的李十娘不住地擦泪。那李香君跟侯方域去了商丘，至今生死不明；卞玉京早已凄凉地死在惠山脚下；葛嫩娘与孙克咸殉国于福建；那风流绝世的杨宛叔罹难于甲申京都郊野；天姿巧慧的董小宛伺候冒襄九年后，以劳瘁死于水绘园中。

“都怪我不好，今天是眉生的寿辰，倒惹你抹起眼泪来啦。”豪爽的寇白门抚着李十娘的肩膀道，“还是先去看戏吧。”说罢，寇白门拉着李十娘的手，到后厅去看丁继之、张燕筑、王式之和王恒之演的《王母瑶池宴》去了。

寿辰之典忙碌了整整一天，申牌开筵，酉牌初重开戏文，一时锣鼓、丝弦管笙之声不断，将寿辰之庆典推向了高潮。龚鼎孳一直心不在焉地应酬着各方宾客，心里盘算着及早北上京都，向皇上呈递《弭海乱疏》，好不容易等到酒意阑珊、曲终人散之后，龚鼎孳拖着疲惫的脚步进了内室。他的一双眼皮涩重，昏昏欲睡，但他还需要强打精神将《弭海乱疏》润色一下。他想尽早起程由水路北上京都。他感到口渴，便走到一张冰纹石的圆桌边，在水晶盘里取了一块西瓜。忽然壁上的四盏镂花烛灯一齐亮了起来。顿时间，室内一片光明，灯下站着眉宇紧蹙、神态端凝的顾横波，她已脱下了华贵的衣裙，卸下了头上的珠翠，绾了一个松松蓬蓬的慵髻，淡雅洁莹，丰神绝世。

“夫人，你还不早点儿休息?”龚鼎孳柔声问道。

“我哪里睡得着。”

“我想跟夫人商量，”龚鼎孳并没有注意到顾横波的神态和平时有什么不同，只是觉得她这几天太疲惫了，“我想明天和夫人一起回京都去，我已经请人去雇船了。”

“为什么?”顾横波追问。

“我听说冯铨已被免职，皇上有再度重用我的可能，再说近来海氛甚炽，郑成功、张煌言的军队一旦直驱金陵，便要堵塞切断运河，阻击京都的漕运，到那时战乱再起，天下大乱，我们只能困在金陵了。”龚鼎孳说出了心里话。

顾横波生气地说：“你昨天还对阎尔梅说‘每当风雨如晦之夜，辄生闻鸡起舞之志，一旦郑延平水师直驱金陵，鼎孳定敬随鞭镫’！现在郑成功他们果真要挥师直驱金陵，你却要一走了之?”

龚鼎孳叹了一口气，将刚才那块拿在手中的西瓜放下，缓缓地说道："夫人，我还有什么可以隐瞒你的呢？你看，故明的气数已尽，崇祯帝早已死于煤山。乙酉年间那些天潢贵胄有几个成气候的？弘光帝颟顸而荒淫，隆武帝褊急而无能，至于那柔懦的永历帝、监国的鲁王、海上的绍武帝，都像天上的流星一闪而过。看来是天弃朱明，该改朝换代了。再说大清国势已定，郑成功、张煌言他们虽然韬略超群，勇冠三军，但也犹如杯水车薪，无力回天了。"

顾横波听了龚鼎孳的这一番话也重重地叹了口气，她说："我看相公和侯朝宗、吴梅村一样，一个个都是当年玉润金声、兰薰桂馥的复社公子，又都是安邦定国、才华丰绝的人物，可是到了要紧关头，你们总归有理由躲到后面去。我以前听柳敬亭说隋唐，有道是自古将相本无种。现在湖广、楚粤、桂川、黔滇尚有回旋余地，只待郑成功他们一发难即可成燎原之势。现在正是造就郭子仪、李光弼这样中兴人物的时世，如果相公和阎尔梅他们一起勠力同心，共成复明大业的话，也可洗刷你的甲申乙酉之耻！"

听到"甲申乙酉之耻"时，龚鼎孳脸红到了耳根。甲申年从顺，乙酉年降清的事，除了摄政王多尔衮曾经使他尴尬过，还没有人当面使他难堪过。是的，顾横波说得也没错，正是像他龚鼎孳这样的昔日名士们，以东林复社的气节、以忠于大明社稷的坚贞熏陶了像顾横波、李香君、葛嫩娘这样的秦淮名妓；现在正是她们，到了山河变色、天崩地裂的时候，要用他们以前所鼓吹的格言壮语来要求他们、谴责他们。难堪归难堪，龚鼎孳依然勉力保持从容、举重若轻的神态，他拍了拍顾横波的肩膀说：

"夫人，你看从崇祯初年以来，神州文武恬嬉，民穷物匮，天灾人祸，饿殍满地。甲申鼎革至今，凡战乱之处无不是颓垣断壁、废井荒村，但见苍生鼎沸，民生涂炭，江南剩水残山不堪寓目。且说那扬州十日、嘉定三屠之惨剧，史可法虽有忠义之心，却无保民守城之策，以致扬州百姓遭淫掠屠戮之惨，亘古未闻，吾民何辜，遭此巨劫。那嘉定守城儒生徒有胆气而无谋略，只落得衢市之间，尸相枕藉，百姓罹锋镝之难者数以万计。如今，天下初定，人心思安。此番风樯乍起，海氛谲波，干戈一动，天下扰攘，又将国无宁日。夫人，如今民心厌乱，万民苦战，谁不想过过太平日子呢？”

听了龚鼎孳这一番话，顾横波脸上立即罩上一层愤懑的云翳，她身上虽然穿着一袭薄如蝉翼的绸衣，激动的燥热却使她浑身沁出汗。她从袖中抽出了龚鼎孳在昨夜所草就的那张《弭海乱疏》来，恨恨地说：“孝升，照你这样说来，像史可法、陈子龙、阎应元这些忠义之士的以身殉国倒是有罪的，像秦桧、马士英、阮大铖一类的人却是有功的，郑成功、张煌言他们宁为兰摧玉折，不作萧敷艾荣，吾等与彼相比，能不汗颜？既然不想助他们一臂之力也罢，又何必写什么《弭海乱疏》？”

龚鼎孳经顾横波义正词严地一问，额头上都沾满了汗珠，讷讷地说：“夫人……夫人如珠玉在侧，鼎孳自惭形秽，不过，我说的都是实实在在的话。人无远虑，必有近忧。人有深沉之思，然后有变通之略。我想请夫人谅解为夫的一番苦心，尽早和我离开金陵，如果你暂时不愿去京都，去合肥也好。”

顾横波将一纸《弭海乱疏》掷在地上，说道：“我不去京都，也不去合肥，我就留在金陵。”说罢便宽衣就寝了。任凭龚鼎孳如何劝说，顾横波躺在床上一言不发，这一对堪称伉俪佳偶的夫妇第一次同床异梦，各自几乎是睁着眼挨到天明。

在龚鼎孳离开金陵的二十天后，郑成功、张煌言水师以摧枯拉朽之势，长驱直入，直抵金陵城下，不但江南半壁重见汉家旌旗，即便天下大势也仿佛豁然开朗，明室复兴，胜利在望。清江南总督郎廷佐闻郑军围城在即，便将城外民房一律烧焚，近城十里居民俱令入城，并大开水西门、旱西门，使百姓在五日内出城买柴，如城外不卖及卖不完的，一概烧毁。这时郑成功的海师距城二十余里，战船停泊长江边。郎廷佐令清兵诡装百姓，载柴携酒肉与郑兵贸易，数日后渐相亲不疑，这些清兵间谍得以侦察到郑军虚实与火药所在。很快，郑军完成对金陵城的包围，结营白土山，距仪凤门七里，此时，张煌言水师沿江进发，诸军肃然，秋毫无犯，自芜湖至九江等处，所过郡邑多附降献册，以为恢复明室、克复神州的日子就要到了。

这时金陵城里鸡犬无声，郎廷佐坚守城池，郑成功围困不攻。城中人心惶惶，不少人饿死室中。郑军中有一个林姓管甲吏，在破瓜洲时淫掠被郑成功鞭笞二十，于是怀恨在心。七月二十二日，林某潜入城内，见郎廷佐说："郑成功三日内必破城，明日二十三日是郑成功生日，诸将卸甲饮酒，乘其不备可破。"于是郎廷佐令清兵悍将梁化凤、哈哈木、管效忠等各引精骑从各门冲出。这时郑军总兵余士信，先锋甘辉正在饮酒看戏。郑军虽匆忙应战，但战斗仍然十分激烈，管效忠叹道："吾自满洲入中国身经十有七战，未有此阵战。"结果甘辉酒醉中箭被擒，不屈而死。马信、余士信诸将俱败。郑成功见大势已去，为保存实力，下令全军退出长江。郑成功围城之后临战轻敌，致使十几年卧薪尝胆，恢复神州的宏愿毁于一旦。

在市隐园海月楼上的顾横波听到郑成功海师全线溃退的消息后，扼腕深惜，恸哭一场，如贾生之哭国事，如阮籍哭其途穷。溶溶的月色映进窗，一片迷离扑朔之境。

她觉得这市隐园的花草一直蔓延到芳草萋萋的钟山脚下。她沿着这茸茸细草的幽径，路过月光下的青溪，见杨柳遍地、野草连天的叠叠荒冢中，刘芳的坟墓上一棵苍翠的松树如绿色的云霞灼目。远处亮着一盏灯，灯下一位长者在抚弄着古琴，她知道这就是她多次寻找的遗民肖云从。

市隐园外传来一阵幽咽的洞箫之声，仿佛是旧院废圃圮屋中一个雏妓在唱着云间才子夏完淳生前所作的《青楼篇》：

二十年来事已非，不开画阁锁芳菲。
那堪两院无人到，独对三春有燕飞。
风弦不动新歌扇，露井横飘旧舞衣。
花草朱门空后阁，琵琶青冢恨明妃。
独有青楼旧相识，蛾眉零落头新白。
梦断何年行雨踪，情深一调留云迹。
院本伤心正德词，乐府销魂教坊籍。
为唱当时《乌夜啼》，青衫泪满江南客。

翌日清晨，市隐园的轿厅外停着一辆装饰华丽的高轮马车。顺治朝新任刑部尚书龚鼎孳大人派人来接横波夫人赴京。